Stuart Harrison
Der Schneefalke

Stuart Harrison

Der Schneefalke

Roman

Aus dem Englischen
von Charlotte Breuer
und Caroline Einhäupl

List

Die Originalausgabe erscheint 1999 unter dem Titel The Snow Falcon
bei HarperCollins, London, Großbritannien.

*Der List Verlag ist ein Unternehmen
der Econ & List Verlagsgesellschaft, München.*

ISBN 3-471-79391-7

Lektorat: Claudia Schlottmann

*Satz: Franzis print & media GmbH, München
Druck und Bindung: Graphischer Großbetrieb, Pößneck*

Für Dale, in Dankbarkeit

TEIL 1

1. Kapitel

Der Falke bewegte sich unruhig, er witterte Gefahr. Von seinem Felsen aus, hoch oben in den Bergen, sah er tief unten eine Gestalt durch das Schneefeld stapfen. Sie war ungefähr eine Meile weit entfernt, kaum mehr als ein Punkt in der weiten weißen Landschaft, doch die scharfen Augen des Falken nahmen jede Einzelheit wahr, auch das Gewehr über der Schulter des Mannes und die tiefen Fußspuren, die er im Schnee hinterließ.

Hin und wieder blieb der Mann stehen und blickte in den Himmel hinauf, als suche er etwas. Er schirmte seine Augen mit der Hand gegen das gleißende Sonnenlicht ab, ließ seinen Blick schweifen und ging dann weiter. Der Falke beobachtete jede seiner Bewegungen mit Mißtrauen. Er hatte ihn während der letzten Tage mehrmals gesehen, und jedesmal hatte sein Instinkt ihm geraten, vor diesem Mann auf der Hut zu sein.

Eine Woche zuvor hatte in der Gegend ein Sturm gewütet und Schnee und Kälte aus dem Norden mitgebracht. Tagelang hatte der Wind den Falken immer weiter nach Süden abgetrieben, weg von seiner eisigen Heimat. Oft hatte er vor dem Inferno des Schneesturms, der seine Welt in einen tosenden weißen Wirbel verwandelte, in Felsspalten Schutz suchen müssen. Doch immer wieder hatte der Hunger ihn hinausgetrieben, und er war mitgerissen worden, bis der Sturm sich gelegt hatte. Nun fand er sich in einer Landschaft wieder, die ihm fremd war. In der Ferne hoben sich die Berggipfel blaugrau gegen den Himmel ab, die Täler waren dicht bewaldet. Oberhalb der Baumgrenze gab es nur steile Felshänge und Schnee.

In einigen Tälern glitzerten Flüsse und unergründliche Seen. Beute gab es im Überfluß. Vor zwei Tagen hatte der Falke im Sturzflug ein Schneehuhn geschlagen, das über ein offenes Feld flog, doch jetzt packte ihn wieder der Hunger. Im Schutz eines überhängenden Felsens, wo die Schneedecke besonders dünn war, hatte er einen Hasen entdeckt, der an einem Grasbüschel nagte. Doch die dunkle Gestalt war schon sehr nahe gewesen, deshalb hatte er sich den Leckerbissen entgehen lassen.

Eine Brise strich über den Felsen, und der Falke öffnete leicht seine Flügel, ließ sich vom Wind die Federn plustern. An Brust und Schenkeln war sein cremeweißes Gefieder braun gesprenkelt. Die Deckfedern wurden zu den Spitzen hin dunkler, so daß das Weiß an Schwanz und Schwingen in ein helles Grau überging. Mit einer Länge von fünfundsechzig Zentimetern und einer Spannweite von etwa einem Meter gehörte er zur größten und kräftigsten Falkenart der Erde. Für ihn gab es keine natürlichen Feinde. Nur der Mensch konnte ihm gefährlich werden.

Ellis blieb stehen, um wieder zu Atem zu kommen.

»Verdammt«, fluchte er heiser und spuckte in den Schnee. Er war erschöpft von dem langen Aufstieg und schwitzte in seinem Parka. Mit jedem Schritt sank er tief in den knirschenden Schnee ein. Es war ein anstrengender Marsch, und ihm dröhnte der Schädel.

Wenn die Aussicht auf das viele Geld nicht so verlockend gewesen wäre, läge er jetzt noch zu Hause im Bett. Er rückte den Riemen seiner Flinte zurecht und schaute zum Himmel. Es war nichts zu sehen, außer ein paar vereinzelten Wolken und der blendenden Sonne. Der gleißende Schnee reflektierte das Licht, das ihm wie Nadeln in die Augen stach. Vor ihm erhob sich senkrecht eine dunkle Felswand. Er wischte sich den Schweiß von der Stirn und rieb sich die Augen. Am Abend zuvor hatte er zuviel getrunken, jetzt bereute er es. Er hatte ein paar Runden Wild Turkey ausgegeben und mehr als sechzig Dollar auf den Kopf gehauen. Red Parker und Hansen hatten ihn gefragt, wieso er auf einmal so verdammt spendabel sei, aber er hatte ihnen nichts weiter erzählt, als daß er demnächst mit einer größeren Summe rechnete. Danach hatten sie angefangen, ihm einen Drink nach dem anderen zu spendieren, in der Hoffnung, er werde sie an seinem Geldsegen beteiligen. Aber da kannten sie ihn schlecht.

»He, Ellis, hast wohl 'ne reiche Alte beerbt, von der wir nichts wissen, was?« hatte Red ihn aufgezogen.

»Was geht euch das an? Steckt eure Nase in eure eigenen Angelegenheiten«, hatte er erwidert.

»Verdammter Hurensohn«, hatte Hanson gefeixt.

Ellis runzelte die Stirn. Es war ziemlich voreilig von ihm gewesen, von dem Geld zu reden und sie dann auch noch in dem Glauben zu belassen, er werde ein Vermögen erben. Womöglich würde er überhaupt keine Kohle sehen, dachte er erbittert, und wie stünde er dann da? Zwei Stunden marschierte er jetzt schon durch den Schnee, und von dem Falken keine Spur. Sein Mund fühlte sich an, als hätte er Sand gegessen. Er ging in die Knie, zog einen Handschuh aus und schaufelte sich eine Handvoll Schnee in den Mund. Der Schnee schmeckte bitter, aber er löschte den Durst. Ellis nahm seine Mütze ab und rieb sich den Schädel mit Schnee ein, um den stechenden Schmerz zu lindern. Er hauchte seine Finger an, bevor er sich den Handschuh wieder überstreifte, dann rieb er sich die Arme. Die Kälte kroch einem verdammt schnell in die Glieder, sobald man sich nicht bewegte.

Vielleicht war der Falke längst über alle Berge, oder vielleicht hatte er sich auch getäuscht, als er ihn für einen Gerfalken hielt. Die Ungewißheit verdüsterte seine Stimmung noch mehr. Schlimm genug, daß ihm womöglich tausend Dollar durch die Lappen gingen, aber die Vorstellung, daß die Plackerei hier oben, noch dazu mit einem fürchterlichen Kater, reine Zeitverschwendung sein sollte, machte das Ganze unerträglich. Einen Augenblick lang war er versucht, einfach kehrtzumachen und zu seinem Wagen zurückzugehen. Aber dann mußte er wieder an das viele Geld denken, und er beschloß, noch eine Weile durchzuhalten.

Er hatte die Arbeit, und Tusker würde am Ende den großen Reibach machen. Sie hatten sich auf einen Tausender für den Gerfalken geeinigt – aber wenn er jetzt darüber nachdachte, war Tusker viel zu bereitwillig auf den Preis eingegangen und er, Ellis, würde mal wieder den kürzeren ziehen.

Er hatte den Falken vor drei Tagen entdeckt, am frühen Morgen, als er stehengeblieben war, um zu pinkeln. Zunächst hatte er ihn für einen Wanderfalken gehalten, doch dann war ihm der Vogel dafür zu groß erschienen, und das hatte ihn neugierig gemacht. Der Form der Schwingen nach konnte es aber auch kein Bussard oder Adler sein. Der Vogel ließ sich hoch über den Bäumen von einem Aufwind tragen, als Ellis ihn erblickte. Als der Falke langsam eine niedrige Schleife flog, hatte Ellis seine helle Färbung gesehen. Am liebsten hätte er ihn auf der Stelle abgeschossen, aber sein Gewehr lag im Wagen, und der stand zu weit weg. Seitdem war er dem Vogel nie wieder so nahe gekommen.

Später war Ellis nach Williams Lake in die Stadtbücherei gefahren, um nachzuforschen, ob in irgendeinem Buch ein Tier abgebildet war, das wie der Vogel aussah, den er beobachtet hatte. Als er das Bild von dem Gerfalken sah, erkannte er ihn sofort. Er hatte keine Ahnung, was den Vogel so weit nach Süden verschlagen haben mochte, denn in dem Buch hieß es, diese Art komme vor allem im hohen Norden vor. Deswegen und wegen seiner hellen Farbe werde er auch Schneefalke genannt. Als Ellis las, daß es sich um eine äußerst seltene Falkenart handelte – und je heller das Gefieder, desto seltener –, kam ihm die Idee, Tusker ein Geschäft vorzuschlagen.

Tusker arbeitete gerade an einem Grizzly, als Ellis die Werkstatt betrat. Es war eine Bärin, die in Angriffshaltung auf den Hinterläufen stand, die Zähne gefletscht, riesig und furchterregend. Im trüben Licht der Werkstatt wirkte sie beinahe lebendig, und Ellis zuckte unwillkürlich zusammen. Tusker warf ihm einen amüsierten Blick aus seinen stechenden, schwarzen Augen zu.

»Sieht ziemlich echt aus, was?«

»Kann man wohl sagen«, erwiderte Ellis. Er ging nicht gern zu Tusker. Der scharfe Geruch der Chemikalien, die Tusker benutzte, und der dumpfe Gestank nach Tod, der jedesmal noch stundenlang in den Kleidern hing, schlugen ihm auf den Magen. Er sah sich betont lässig um, darauf bedacht, sich vor Tusker keine Blöße zu geben.

»Was kann ich für dich tun?« fragte Tusker, während er seine Hände an einem schmuddeligen Lappen abwischte.

»Ich hab' vielleicht was für dich.«

»Das Geschäft läuft im Moment nicht besonders gut.«

Ellis wandte sich ab, um sich seinen Ärger nicht anmerken zu lassen. Tusker behauptete jedesmal, die Geschäfte liefen schlecht, egal, worum es ging, damit man nur ja nicht auf die Idee kam, er würde einen hohen Preis zahlen. Im vorderen Raum hatte Tusker seine Arbeiten ausgestellt. Ausgestopfte Waschbären und Biber, Füchse, die durch hohes Gras schlichen, sogar Lachse, fix und fertig mitsamt Plaketten, die nur noch beschriftet werden mußten. Tusker verdiente nicht schlecht mit diesen Trophäen. Die Angler kauften sie bei ihm und prahlten dann zu Hause damit, was für einen Kampf der Fisch ihnen geliefert habe, bis sie ihn schließlich aus dem Wasser ziehen konnten. Es gab genug Typen, die nach den langen Stunden, die sie bis zur Hüfte im eiskalten Wasser gestanden hatten, auch etwas vorweisen wollten. Tusker meinte, einige von ihnen glaubten am Ende sogar selbst an die Geschichten, die sie sich zusammenphantasiert hatten.

Ellis mußte zugeben, daß Tusker sein Handwerk verstand, doch er konnte sich kaum eine unangenehmere Art vorstellen, seine Brötchen zu verdienen. Den ganzen Tag lang von toten Tieren umgeben zu sein, ihnen die Eingeweide herauszureißen, die dann in einer riesigen Mülltonne hinter dem Haus vergammelten und im Frühling Schwärme von Schmeißfliegen anlockten, das wäre nichts für ihn gewesen. Ellis betrachtete einen Fuchs, der ihn mit funkelnden Augen anstarrte, jeden Moment bereit, die Flucht zu ergreifen, so lebensecht, daß Ellis beinahe meinte, er hätte sich tatsächlich bewegt.

»Gibt es ab und zu Kunden, die sich für Falken interessieren?« fragte Ellis schließlich. Es klang nicht so beiläufig, wie er beabsichtigt hatte, und ihm entging nicht, daß Tusker stutzte und die Augen zusammenkniff, bevor er antwortete.

»Von was für einem Falken reden wir denn?«

»Von einem Gerfalken.«

Es entstand eine Pause. Tusker widmete sich wieder seiner Arbeit. »Und wie willst du an einen Gerfalken kommen, Ellis?«

Ellis hatte Tuskers Blick, dieses plötzlich aufflackernde Interesse in seinen Augen, sehr wohl bemerkt, und sein Selbstvertrauen war sofort gestiegen.

»Eigentlich müßtest du doch ein paar Leute an der Hand haben, die dir so was abkaufen«, sagte Ellis. »Sammler oder so. Glaubst du, einer von denen könnte Interesse haben?«

»Schon möglich. Aber du weißt doch, daß Gerfalken unter Artenschutz stehen, oder?«

Ellis schnaubte verächtlich. Das sollte wohl ein Witz sein. So etwas hatte für Tusker noch nie eine Rolle gespielt. »Tja, wenn du nicht interessiert bist, meinetwegen. Ich dachte nur, da wir ja schon öfter Geschäfte gemacht haben, solltest du der erste sein, dem ich das Tier anbiete.« Dann wandte er sich zur Tür, obwohl sie beide wußten, daß er gar nicht vorhatte zu gehen.

»Bist du sicher, daß es ein Gerfalke war?«

»Sonst wäre ich nicht hier.«

»Normalerweise kommen sie nicht so weit nach Süden«, sagte Tusker nachdenklich. »Wie sieht er denn aus?«

Ellis beschrieb ihm den Vogel. »Und er ist fast schneeweiß«, fügte er hinzu. »Also ein ziemlich seltenes Exemplar, würde ich sagen.« Dann nannte er Tusker den Preis, eine, wie ihm in dem Augenblick schien, phantastische Summe, die er einfach aus der Luft gegriffen hatte.

»Für zweihundert mach' ich's diesmal nicht. Ich will tausend.«

Tusker zögerte einen Augenblick lang. »Das ist ein stolzer Preis, Ellis. Aber in Ordnung, ich denke, sechshundert sind drin.«

Sechshundert! Daß ein einziger Vogel so viel wert sein sollte, hatte ihn fast umgehauen, aber Ellis ließ sich seine Verblüffung nicht anmerken. Außerdem hatte Tusker in seinem ganzen Leben noch nie sechshundert Dollar für irgend etwas gezahlt, wenn es nicht ein Vielfaches davon wert war. Ellis ließ sich nicht beirren. Er schüttelte den Kopf. Vor lauter Nervosität schnürte es ihm die Kehle zu, und er hoffte inständig, daß er es mit seiner Sturheit nicht zu weit trieb.

»Tausend«, sagte er nachdrücklich.

Tusker runzelte die Stirn, verzog den Mund und reichte ihm die Hand. »Abgemacht.«

Beim Hinausgehen fiel Ellis, der mühsam ein Grinsen unterdrückte, in einer dunklen Ecke ein Käfig auf, in dem sich etwas bewegte. Er blieb stehen und sah, daß es sich um ein Bärenjunges handelte, das anfing, nach ihm zu schnüffeln und in hohen Tönen zu winseln. Tusker hatte seinen Blick bemerkt.

»Den hat mir ein Typ letzte Woche gebracht, zusammen mit der da.« Er deutete mit dem Daumen auf die Grizzlybärin, die fast fertig ausgestopft war. »Den Kleinen hat er erst entdeckt, nachdem er die Mutter schon abgeknallt hatte. Er wußte nicht, wohin damit, also hat er ihn einfach mitgebracht.«

»Was hast du mit ihm vor?«

»Ich werde ihn direkt neben seine Mama stellen«, erwiderte Tusker grinsend. »Eine Bärin, die ihr Junges verteidigt. Das macht sich gut in der Stadtwohnung von irgend so 'nem reichen Pinkel. Dann kann er seinen Freunden erzählen, wie er beinahe mal von einem Bären zerrissen worden wäre. Ich würde sagen, mit so einer Geschichte läßt sich ordentlich Eindruck schinden.«

Ellis wandte sich ab und ging hinaus, Tuskers Lachen im Ohr. Wer so etwas lustig fand, konnte nicht ganz richtig im Kopf sein.

Jetzt, nachdem er auf seinem Marsch durch den Schnee Zeit genug gehabt hatte, über alles nachzudenken, war Ellis sicher, daß Tusker ihn über den Tisch gezogen hatte. Dieser Hurensohn würde den Falken wahrscheinlich für das Fünffache verhökern, wenn er erst einmal präpariert war. Allein der Gedanke daran brachte Ellis in Rage. Eigentlich sollte er Tusker sagen, der Preis habe sich mittlerweile verdoppelt, sollte zweitausend oder mehr für den Falken verlangen. Womöglich hatte er den Wert des Vogels völlig unterschätzt. Vielleicht sollte er noch ein paar andere Händler aufsuchen, um rauszukriegen, was er tatsächlich wert war. Es gab genug Präparatoren in der Gegend, obwohl die meisten wahrscheinlich längst nicht so skrupellos waren wie Tusker.

Bevor er irgend etwas unternehmen konnte, mußte er allerdings noch ein kleines Problem lösen: Er mußte das verdammte Tier erst mal finden. Wieder blieb er stehen, um zu verschnaufen; seine Lungen schmerzten von der eisigen Luft. Er befand sich oberhalb der Baumgrenze und überquerte eine freie Fläche, die immer steiler anstieg. Er suchte den Himmel ab, aber es war nichts zu sehen.

Ellis fuhr sich mit der Hand über das unrasierte Kinn.

Wenn er den Gerfalken nicht rasch aufspürte, wäre der verdammte Vogel bald über alle Berge. Er setzte das Fernglas an und ließ seinen Blick erst über den Himmel, dann über die vor ihm liegenden Felshänge wandern. Als er das Glas gerade wieder absetzen wollte, bemerkte er eine Bewegung, schaute noch einmal genauer hin und entdeckte die hellen Schwingen.

Der Falke beobachtete die Gestalt weit unter ihm; sie bewegte sich nicht mehr. Der Wind, der über die Felsen strich, plusterte ihm die Federn auf und fuhr ihm verlockend unter die Schwingen. Er richtete seine Aufmerksamkeit auf den Wald, der sich tiefgrün die Hänge hinabzog. Der Hunger plagte ihn, und er brauchte Bewegung. Ein einzelner Vogel tauchte auf und flog durch das Tal auf ihn zu. Er konnte seinen schnellen Flügelschlag erkennen, sah, wie der Vogel, der selbst auf Nahrungssuche war, wachsam den Kopf in alle Richtungen drehte. Der Falke ließ den Vogel nicht aus den Augen. Er spürte den Sog des Windes und zugleich seinen Hunger, aber er war auf der Hut – die Gestalt, die aus der entgegengesetzten Richtung immer näher kam, machte ihn nervös. Irgend etwas, ein tief verwurzelter Instinkt, hielt ihn zurück, warnte ihn. Der Vogel war nicht mehr weit entfernt. An dem hellgrauen Gefieder und den schwerfälligen, rudernden Flügelbewegungen erkannte der Falke, daß es sich um eine Taube handelte. Wenn er jetzt aufstieg und das Gegenlicht ausnutzte, konnte er sie von hinten angreifen. Die Taube hatte ihn noch nicht bemerkt, doch schon bald wäre sie nahe genug, um zu sehen, wie er abhob, und das würde ihr Zeit geben, sich in den Schutz der Bäume zu retten. Seine Unruhe wuchs, zwei widerstrebende Impulse zerrten an ihm. Unsicher schaute er noch einmal zu der Gestalt hinunter, dann hob er, vom Hunger getrieben, mit ein paar kräftigen Flügelschlägen ab, bis er spürte, wie die Luftströmung ihn trug.

Ellis spähte durch sein Zielfernrohr, den Finger am Abzug. Als sich der Falke in die Luft erhob, konnte er die helle Färbung seines Gefieders vor dem dunklen Felsen deutlich erkennen. Der Gedanke an das Geld ließ ihn zufrieden grinsen, während er den Falken im Visier behielt und auf den richtigen Augenblick wartete. Der Vogel war weiter entfernt als ihm lieb war, aber Ellis war ein guter Schütze. Gleich der erste Schuß mußte sitzen. Für einen Gerfalken mit abgeschossenem Kopf würde Tusker ihm nicht viel bezahlen.

Der Falke näherte sich der Taube so schnell, daß Ellis ihm nicht mehr folgen konnte. Doch dann, als der Falke in einen sanften Gleitflug überging, hatte er ihn wieder im Visier. Der Schußwinkel war schlecht, und Ellis zögerte, während sein Finger sich um den Abzugshahn krümmte.

»Flieg 'ne Kurve, verdammt«, zischte er.

Ellis stellte sich vor, wie er mit einem Bündel Dollars in die Bar marschierte und eine Runde spendierte. Vielleicht würde er Rachel groß in ein Restaurant ausführen, und sie konnten noch einmal ganz von vorn anfangen. Die Geschäfte würden wieder besser laufen, sie würden sich nicht mehr dauernd streiten, und er würde mit der Sauferei aufhören. Alles was er brauchte, war ein sauberer Schuß.

Mit ausgebreiteten Schwingen drehte der Falke ab, wartete, bis die Taube noch näher kam, und dann, genau im richtigen Augenblick, legte er die Schwingen zurück und setzte zum Sturzflug an. Er gewann schnell an Geschwindigkeit, die Flügel fest am Körper, so daß er vom Boden aus nur noch als unscharfer Punkt zu sehen war, viel zu schnell, als daß man ihm mit dem Blick noch hätte folgen können. Die Luft rauschte um seinen Kopf, während er in die Tiefe raste. Die Taube witterte Gefahr und versuchte auszuweichen, doch da war es schon zu spät. Der Falke stürzte von hinten auf sie zu, streckte die Fänge nach vorn und schlug seine Beute mit den langen Krallen seiner hinteren Zehen. Eine Wolke von Federn wirbelte durch die Luft, und die Taube trudelte leblos abwärts. Der Falke fing sie fünfzehn Meter über dem Boden ab und trug sie in den Schutz der nächsten Bäume.

Widerwillig ließ Ellis sein Gewehr sinken. Der Falke hatte ein zu kleines Ziel geboten, und bevor er schießen konnte, hatte er ihn schon wieder aus dem Visier verloren.

»Verdammt«, fluchte er vor sich hin.

Die Chancen, den Falken an diesem Tag noch einmal zu Gesicht zu bekommen, standen schlecht. Nachdem er seine Beute verspeist hatte, konnte es Stunden dauern, bis er sich wieder in die Luft erhob. Ellis zündete sich eine Zigarette an, mußte husten und spuckte in den Schnee. Seine Schläfen pochten, und ihm war leicht schwindelig. Er wandte sich um und machte sich auf den langen Rückweg.

Morgen früh würde er erneut aufbrechen, aber jetzt brauchte er erst einmal ein paar Stunden Schlaf und vielleicht ein Bier gegen den Durst.

2. Kapitel

Michael Somers hielt am Rand der Kleinstadt gegenüber der Kirche an. Sie sah noch genauso aus, wie er sie in Erinnerung hatte, eine kleine, weiße Holzkirche in der verschneiten Februarlandschaft, daneben der Friedhof, eingefaßt von einem weißen Lattenzaun. Hinter dem Friedhof erhob sich der Wald, hauptsächlich Fichten und Zedern. Er stieg aus seinem Nissan und ging durch das kleine Tor auf die Kirche zu, die Schultern hochgezogen, um sich gegen den Wind zu schützen, der von den Höhen herunterpfiff. In der nordwestlichen Ecke des Friedhofs stand eine einzelne Pappel, die schon da war, solange er sich erinnern konnte. Im Sommer sorgte ihr Blätterdach für ein schattiges Plätzchen, doch jetzt waren ihre Äste leblos und kahl. Dieser Teil des Friedhofs wurde neu belegt, die alten Gräber, von denen niemand mehr wußte, wer dort begraben lag, wurden eingeebnet. Überall lagen verwitterte Kreuze herum und Engel ohne Arme, die Erde war aufgeworfen. Hier und da waren bereits neue Gräber angelegt worden.

Er fand das Grab seiner Eltern, den polierten grauen Grabstein mit den goldenen Lettern. Mit achtzehn war er aus dem College hergekommen, um an der Beerdigung seiner Mutter teilzunehmen, sein letzter Besuch in Little River Bend. Vielleicht war das der Punkt gewesen, an dem er begonnen hatte, die Kontrolle über sein Leben zu verlieren, obwohl die Ursache viel tiefer liegen mußte. Zwölf Jahre später lebte er mit Frau und Kind in Toronto, als er erfuhr, daß sein Vater bei einem Unfall ums Leben gekommen war. Diesmal fuhr er nicht zur Beerdigung. Während der Sarg seines Vaters in die Erde hinuntergelassen wurde, saß er in einer Besprechung und tat so, als führte er ein normales Leben. Erst später stellte sich heraus, wie sehr da bereits alles aus den Fugen geraten war, und der Tod seines Vaters beschleunigte diesen katastrophalen Prozeß noch, so daß am Ende nicht nur sein eigenes, sondern auch das Leben anderer zerstört war. Als er jetzt dort am Grab stand, war plötzlich alles wieder da, und die Erinnerung drohte, ihm den Schädel zu sprengen. Er schob die Hände tief in die Hosentaschen und schaute über den Zaun hinweg auf die schneebedeckte Landschaft.

Zwei Wochen zuvor war Heller, der Psychiater in St. Helen, zu ihm gekommen, um ihm Glück zu wünschen. Mit der Zeit hatte er Heller schätzen gelernt und war ihm dankbar für alles, was er für ihn zu tun versucht hatte. Heller war es auch gewesen, der ihm vorgeschlagen hatte, nach Little River zurückzukehren.

»Wir kennen uns seit drei Jahren, und Sie haben nicht ein einziges Wort über den Ort verloren, aus dem Sie stammen, wissen Sie das? Was gibt es dort, wovor Sie sich fürchten?«

»Wer sagt denn, daß ich mich fürchte?«

»Wenn Sie sich nicht fürchten, dann kehren Sie zurück.«

Darüber hatte er eine Zeitlang nachgedacht, dann, in einer der nächsten Sitzungen, hatte er gefragt: »Können Sie das mit dem Bewährungshelfer klären?«

Heller erwiderte, er habe bereits Erkundigungen eingezogen. »Sie können sich bei der Polizei in Little River Bend melden oder bei der Behörde in Williams Lake. In Prince George gibt es einen Arzt namens Patterson. An ihn können

Sie sich wenden, wenn Sie Hilfe brauchen. Ich werde ihm Ihre Akte schicken.«

»Mein Gott, was Sie schon alles geregelt haben«, sagte Michael. »Waren Sie sich so sicher, daß ich hinfahren würde?«

»Ich glaube, Sie wissen, daß Ihnen nichts anderes übrigbleibt«, sagte Heller. »Sie sind jetzt geheilt, aber wenn Sie eine Zukunft haben wollen, müssen Sie sich mit der Vergangenheit aussöhnen.«

Am Tag seiner Entlassung hatte Michael gesagt: »Schade, daß wir uns jetzt nicht mehr die Spiele der Blues zusammen ansehen können. Das wird mir fehlen.«

»Stimmt.« Heller lächelte wehmütig. Eishockey war ihre gemeinsame Passion gewesen. »Rufen Sie mich an, wenn Sie mich brauchen.«

»Mach' ich. Vielen Dank.«

Und das war alles gewesen.

Michael wandte sich vom Grab seiner Eltern ab. Unter seiner Schädeldecke machte sich ein dumpfer Schmerz bemerkbar, der, das wußte er, als nächstes in die Schläfen wandern würde. Manchmal fühlte es sich an, als steckte sein Kopf in einem Schraubstock, und der Schmerz konnte so stark werden, daß er kaum noch Luft bekam. Bei seinem Wagen angekommen, atmete er tief ein und aus und massierte sich den Kopf.

Er fuhr über die Main Street in den Ort. Einiges hatte sich während der Jahre seiner Abwesenheit verändert, aber im großen und ganzen sah die Stadt immer noch aus wie früher. Erinnerungen stiegen in ihm auf; er erkannte den alten Obstladen, dann ein Haus etwas abseits der Fourth Street, in dem früher der alte Spencer gewohnt hatte, der immer von morgens bis abends auf der Veranda gesessen und jeden, der vorbeiging, angelächelt und mit Namen gegrüßt hatte, sogar die kleinen Kinder. Er war der älteste Mensch in der Stadt gewesen und hatte sein ganzes Leben dort verbracht. Spencer mußte schon lange tot sein, aber das Haus hatte sich nicht verändert, sogar der eine Fensterladen hing noch immer schief in den Angeln.

Ein Stück weiter die Main Street hinunter befand sich der Laden, den Michaels Vater bis zu seinem Tod geführt hatte. Die Schaufenster waren von innen mit schwarzem Papier beklebt, so daß das Gebäude zwischen den anderen Häusern wie ein dunkles Loch wirkte. Links daneben, wo früher ein Schnellimbiß gewesen war, befand sich jetzt ein Drugstore. Aber das Bekleidungsgeschäft Greermans Clothing auf der anderen Seite hatte sich überhaupt nicht verändert. Man hätte meinen können, es hingen immer noch dieselben Jeans und dieselben karierten Flanellhemden im Schaufenster, neben demselben verblaßten Poster von damals, auf dem ein paar Kerle vor einem riesigen Lastwagen posierten. Beim Anblick des Ladens, der seinem Vater gehört hatte, schnürte es Michael die Kehle zu. Erinnerungen stürmten auf ihn ein. Er fuhr langsamer, plötzlich von seinen Gefühlen überwältigt, und spürte einen bitteren Geschmack im Mund. Unbewußt biß er die Zähne zusammen. Er dachte an Louise und Holly, und der tiefe Schmerz, der ihn seit langem begleitete, loderte auf und verlosch wieder wie eine Streichholzflamme. Er gab Gas und verscheuchte die Erinnerungen.

Er parkte vor dem Büro, das Carl Jeffrey übernommen haben mußte, nachdem sein Vater in Pension gegangen war. Anscheinend war Carl jetzt der einzige Rechtsanwalt im Ort. Michael kannte ihn aus der Highschool als einen übergewichtigen, unbeliebten Jungen mit dicken Brillengläsern. Er war kein guter Schüler gewesen, aber sein alter Herr hatte ihn gnadenlos angetrieben, weil er sich in den Kopf gesetzt hatte, daß sein Sohn seine Kanzlei übernehmen sollte.

Als Michael ausstieg, fragte er sich, wie die Leute auf seine Rückkehr reagieren würden. Auf dem Weg hierher hatte er sich gesagt, daß in zwanzig Jahren viel passierte; vielleicht erinnerte man sich nicht einmal an ihn, oder es interessierte niemanden, was vor sieben Jahren in Toronto geschehen war. Womöglich hatten sie überhaupt nichts davon gehört.

Er stieg die Stufen hinauf und betrat das Vorzimmer. Eine junge Frau schaute von ihrem Computer auf und lächelte ihn an.

»Guten Tag, was kann ich für Sie tun?«

»Ich möchte Carl Jeffrey sprechen.«

»Wen darf ich melden?«

»Michael Somers.«

Ihr Lächeln verrutschte, als hätte er eine Drohung ausgesprochen.

»Ich werde Mr. Jeffrey sagen, daß Sie da sind.«

Sie stand auf und verschwand, nachdem sie ihm noch einen kurzen Blick zugeworfen hatte, im Büro, obwohl sie einfach das Telefon auf ihrem Schreibtisch hätte benutzen können. Als die Tür sich nach ein oder zwei Minuten wieder öffnete, folgte Carl ihr auf dem Fuße, ein breites Lächeln im Gesicht.

»Hallo, Michael! Lange nicht gesehen. Wie geht's?« Sie gaben sich die Hand und musterten sich gegenseitig von Kopf bis Fuß. Carl schüttelte den Kopf. »Mann, du siehst noch genauso aus wie früher.«

»Du hast dich auch nicht sehr verändert, Carl.«

Tatsächlich sah er so aus, wie Michael erwartet hatte. Das Gesicht war dasselbe, nur noch fleischiger als früher, der speckige Hals quoll über den Hemdkragen. Die Ärmel seines Anzugs waren abgewetzt, das Jackett spannte über dem Bauch, und seine Krawatte hatte einen Fleck. Carl winkte ab und schob Michael in sein Büro.

»Wie lange ist es her? Zwanzig Jahre? Wie schaffst du es nur, so jung zu bleiben? Setz dich, mach's dir bequem. Zigarette?« Er nahm eine Schachtel Camel Lights und bot Michael eine an.

»Nein, danke, ich hab' aufgehört.«

»Wirklich? Das sollte ich auch tun. Die Dinger bringen einen um.« Carl betrachtete die Zigarette in seiner Hand, stieß nachdenklich eine Rauchwolke aus und ließ sich schwerfällig in den Sessel sinken.

Sie waren gleich alt, siebenunddreißig Jahre, aber Carl wirkte älter. Wie viele Übergewichtige hatte er weiche Züge, und seine Körperfülle gab ihm etwas kleinstädtisch Wohlgesetztes. Teilweise lag dieser Eindruck auch an seinem Anzug und dem Büro mit dem riesigen Schreibtisch und den Fenstern zur Straße hin. In einer Großstadt hätte er wie ein zerknitterter, etwas schmieriger zweitklassiger Anwalt gewirkt, und sein Gesicht hätte vielleicht ein wenig gequält ausgesehen, aber hier machte er den Eindruck eines gutsituierten Geschäftsmannes, bodenständig und selbstbewußt. Im Gegensatz dazu wirkte Michael nervös. Das war ihm selbst schon öfter aufgefallen, wenn er zufällig im Vorbeigehen sein Gesicht in einem Fenster oder einem Spiegel sah. Er fand, daß er den Eindruck erweckte, als wäre er ständig auf der Hut, die Stirn in Falten gelegt, als plagte er sich mit irgendeinem Problem herum. Sein dichtes, blondes Haar war ihm jedoch geblieben, und manchmal entdeckte er in seinem Spiegelbild Spuren des jungen Mannes, ja sogar des Kindes, das er einmal gewesen war, und er vermutete, daß Carl deswegen über sein Aussehen so überrascht war. Aber vielleicht entsprach er auch einfach nicht dem Bild, das Carl sich von einem ehemaligen Sträfling machte.

»Seit wann bist du in Little River?« fragte Carl.

»Ich bin gerade angekommen.«

»Nach deinem letzten Brief hatte ich eigentlich früher mit dir gerechnet, und ich hab' schon fast angenommen, du hättest es dir anders überlegt. Dann dachte ich, ich hätte mich im Datum geirrt, aber als ich in diesem Krankenhaus anrief, St. Helen, oder wie es heißt, da haben sie mir gesagt, du seist vor ein paar Wochen entlassen worden.«

»Ich habe mich entschlossen, mit dem Auto herzukommen«, sagte Michael.

»Von Toronto? Mein Gott, eine so lange Strecke? Es mag dir entgangen sein, aber heutzutage gibt's Flugzeuge.«

Michael zuckte die Achseln. »Mir war danach, mit dem Auto zu fahren.«

Er hatte keine Lust, näher auf das Thema einzugehen. Einen Teil des Geldes, das sein Vater ihm hinterlassen hatte, hatte er für einen Nissan Patrol ausgegeben und sich auf den Weg quer durch den Kontinent gemacht. Er war über die Route One bis zu den Rocky Mountains gefahren, hatte das Gebirge durchquert und schließlich die Siebenundneunzig in Richtung Williams Lake genommen. Zum Schlafen war er in billigen Motels abgestiegen. Ansonsten hatte er seine Zeit entweder hinter dem Steuer verbracht oder spät abends in Autobahnraststätten gesessen und bei einem Bier die Leute beobachtet.

Auf der langen Fahrt nach Little River hatte er sich langsam an den Gedanken gewöhnen können, daß er seine Freiheit wieder hatte. Es tat gut, durch die menschenleere Landschaft zu fahren, und hin und wieder hatte er das Bedürfnis verspürt, anzuhalten und einfach ein bißchen herumzulaufen. Wenn er einen Linienflug nach Vancouver und dann eine kleine Maschine nach Williams Lake genommen hätte, wäre die Umstellung allzu kraß gewesen, und er hätte sie nicht so leicht verkraftet. Während der Fahrt schon hatte er eine wachsende Angst vor der Rückkehr verspürt, und ein paarmal war er drauf und dran gewesen, einfach umzukehren. Davon erzählte er Carl jedoch nichts.

Carl begann, in den Papieren auf seinem Schreibtisch herumzukramen, blickte dann auf und räusperte sich:

»Darf ich mich nach deiner Frau erkundigen? Ich meine, hast du sie gesehen?«

»Wir sind geschieden.«

»Ihr habt eine Tochter, stimmt's? Wie heißt sie noch?«

»Holly.« Er hatte plötzlich ihr Bild vor Augen, so wie damals, als er sie zuletzt gesehen hatte, als kleines Baby. Sie war inzwischen fast acht Jahre alt, und er hatte keine Ahnung, wie sie heute aussah. Er spürte, daß Carl ihn beobachtete und zweifellos versuchte, seine Gedanken zu lesen.

Einen Moment lang herrschte Stille, und als Michael nicht weiter auf das Thema einging, ergriff Carl wieder das Wort.

»Tja, dann wollen wir mal zum geschäftlichen Teil übergehen?«, sagte er und schlug einen Aktenordner auf. »Eigentlich ist alles noch genauso, wie ich es dir geschrieben habe. Das Haus ist natürlich ziemlich runtergekommen, was kein Wunder ist, nachdem es so lange leergestanden hat, aber es ist nicht allzu schlimm. Ich habe jemanden gebeten, es sich einmal genauer anzusehen. Es könnte einen neuen Anstrich vertragen, und das Dach muß an ein paar Stellen abgedichtet werden, ansonsten sind keine größeren Reparaturen nötig. Dann ist da noch der alte Laden von deinem Vater. Wie du weißt, hat seine Versicherung die Hypothek übernommen, als er gestorben ist, der Laden ist also ebenfalls schuldenfrei.«

»Ich habe im Vorbeifahren einen Blick darauf geworfen«, sagte Michael und mußte an die mit schwarzem Papier zugeklebten Schaufenster denken. »Mir ist aufgefallen, daß Greermans immer noch da ist.«

»Ja, ja, in so einer Kleinstadt ändert sich nicht viel«, sagte Carl. Er blätterte eine Seite um und betrachtete eine Zahlenkolonne. »Das Geld, das dein Vater hinterlassen hat, liegt, wie du weißt, seit seinem Tod auf einem Konto bei der Bank. Natürlich mußten über die Jahre die Steuern davon bezahlt werden, so daß die Summe trotz der Zinsen ziemlich geschrumpft ist, aber es sind immer noch fast zwanzigtausend. Natürlich wirst du hier für das Haus keinen Preis wie in der Großstadt erzielen, aber für einen Neuanfang müßte es reichen.«

Michael nickte, doch er war kaum noch bei der Sache. Er trat ans Fenster und schaute auf die Straße hinaus.

Carl stand auf und stellte sich neben ihn. »Du hast es in den letzten Jahren ziemlich schwer gehabt, Michael, ich kann mir vorstellen, wie du dich fühlst. Deswegen freut es mich besonders, daß ich gute Nachrichten für dich habe.«

Am Ende der Straße stand ein Schneepflug. Ein Lastwagen hielt an, ein Mann stieg aus und begann, sich mit dem Fahrer des Schneepflugs zu unterhalten. Der Winter war in diesem Jahr vergleichsweise mild. Er konnte sich an Winter in seiner Kindheit erinnern, als die Temperaturen im Februar unter vierzig Grad minus gefallen waren und der Schnee meterhoch lag. Er riß sich vom Fenster los, um sich anzuhören, was Carl zu sagen hatte.

»Gute Nachrichten?«

»Sehr gute sogar, es wird sich alles zum Guten wenden«, versicherte ihm Carl. »Du wirst all das hier hinter dir lassen können. Verdammt, ich weiß, für mich ist es leicht, so etwas zu sagen, aber man muß immer das Positive im Leben sehen. Als ich gehört habe, daß du entlassen wirst, habe ich das hier aufgesetzt. Alte Freunde müssen schließlich zusammenhalten.«

Michael ließ sich zum Schreibtisch zurückführen, verblüfft darüber, daß er und Carl auf wundersame Weise alte Freunde geworden sein sollten. Soweit er sich erinnerte, hatten sie kaum miteinander zu tun gehabt, als er noch in Little River wohnte, und in den wenigen Briefen, die sie seitdem gewechselt hatten, war es nur darum gegangen, nach dem Tod seines Vaters dessen Vermögensangelegenheiten zu regeln.

»Also, ich will dir gleich sagen, das erste Angebot, das dieser Typ gemacht hat, war viel zu niedrig. Ich habe ihm erklärt, daß du in dem Fall kein Interesse hättest. Schließlich habe ich mich dann mit ihm auf einen, wie ich finde, fairen Preis geeinigt.«

Michael betrachtete die Zahlen, ihm war immer noch nicht klar, wovon Carl überhaupt redete.

»Wohin willst du denn eigentlich jetzt gehen? Zurück nach Toronto?«

Es dauerte einen Moment, bis Michael begriff, was Carl meinte. Eine Weile saßen sie sich schweigend gegenüber, während Carl aus Unbehagen oder einfach nur irritiert die Stirn runzelte. Das Schriftstück, soviel war Michael mittlerweile klargeworden, war ein Kaufangebot für das Haus und den Laden. Das war also Carls gute Nachricht. »Ich verkaufe nicht«, sagte Michael schließlich.

»Du verkaufst nicht?« Carl blinzelte. »Das verstehe ich nicht.«

»Ich bleibe hier, Carl.«

Carl nahm seine Brille ab und starrte angestrengt auf die Gläser, während er sie mit einem Taschentuch, das er aus seiner Brusttasche gezogen hatte, blank putzte. Das Lächeln war immer noch da, aber es wirkte gezwungen, so als könnte es jeden Augenblick gegen Carls Willen weggewischt werden. Nach einer Weile schaute er auf. »Soll das heißen, du willst hier leben? In Little River?«

Michael entging der skeptische Unterton nicht. »Du siehst aus als hieltest du das für keine gute Idee«, sagte er.

Carl spielte mit seinem Kugelschreiber. Er stand auf, die Situation war ihm anscheinend unangenehm, Unmut machte sich auf seinem Gesicht breit. Michael fragte sich, ob Carl vielleicht davon profitiert hätte, wenn das Geschäft zustande gekommen wäre, und sich jetzt ärgerte, daß er leer ausging. Dann kam ihm noch eine andere mögliche Erklärung in den Sinn, eine, an die er bisher nicht gedacht hatte, und von der er hoffte, daß sie nicht stimmte.

»Um die Wahrheit zu sagen«, fuhr Carl fort, seine Worte sorgfältig wählend und bemüht, vernünftig zu klingen, »ich hatte einfach angenommen, du würdest nicht hierbleiben wollen. Ich meine, es ist ein Glück, daß du nicht alles verkauft hast, als dein Dad gestorben ist. Es ist noch genug da, um irgendwo neu anzufangen.«

Mit Glück, dachte Michael, hatte das nichts zu tun. Damals hatte er auf nichts von dem, was einmal seinem Vater gehört hatte, auch nur den geringsten Wert gelegt. Es hätte ihn völlig kalt gelassen, wenn das Haus und der Laden vermodert wären.

Carl kam wieder in Fahrt. »Manchmal wünschte ich, ich wäre in jungen Jahren von hier weggegangen, so wie du. Ich kann mir nicht vorstellen, warum du in einem Ort wie diesem leben willst. Was kannst du hier schon tun? Du bist in der Werbung gewesen, stimmt's? Ich meine, in diesem Bereich sind die Jobs hier nicht gerade reichlich gesät.«

»Woanders wird wohl auch keiner besonders scharf auf mich sein«, sagte Michael.

»Na ja, vielleicht nicht in Toronto. Aber es gibt ja noch andere Orte.« Carl zählte auf, was ihm spontan in den Sinn kam. »New York oder vielleicht Kalifornien.«

Als Carl die Vereinigten Staaten erwähnte, dachte Michael unwillkürlich wieder an Louise und Holly. Nach allem, was er gehört hatte, war seine Frau wieder verheiratet und lebte in Boston.

»Ich hatte nicht vor, wieder in die Werbung einzusteigen«, sagte er.

»Und was willst du statt dessen machen?«

»Keine Ahnung. Irgendeinen Job werd' ich wohl finden. Ich bin nicht wählerisch.« Tatsächlich hatte er sich über praktische Fragen noch keine großen Gedanken gemacht. Er wußte nur, daß er hierherkommen, daß er sein Leben in Ordnung bringen mußte, und was danach kam, war ihm im Augenblick egal. Falls es ein Danach überhaupt gab.

Carl wollte etwas sagen, überlegte es sich dann aber anders. Er schlug einen beruhigenden Ton an. »Du lehnst ein sehr gutes Angebot ab, Michael. Ich meine, selbst irgendeinen Job zu finden, dürfte in dieser Gegend nicht einfach sein.« So wie er das sagte, klang es fast wie eine Prophezeiung.

»Weil ich im Gefängnis war?«

»Nein, das ist es nicht. Mein Gott, es gibt noch mehr Leute hier, die mit dem Gesetz in Konflikt geraten sind. Aber, na ja, du weißt ja, wie die Leute sind.«

Michael dachte an Carls Sekretärin, und wie sie reagiert hatte, als er seinen Namen nannte. »Ich bin in diesem Ort groß geworden, Carl«, sagte er, nicht ganz sicher, was er damit eigentlich zum Ausdruck bringen wollte. Vielleicht wollte er nur um Verständnis bitten. Er war kurz davor, Carl zu erklären, wie er sich fühlte, warum er zurückkehren mußte, aber Carl ließ ihn gar nicht erst zu Wort kommen.

»Little River ist ein kleines Nest, Michael. Die Leute hier sind anders als in der Großstadt, vergiß das nicht. Außerdem hast du ewig nicht mehr in einem Kaff wie diesem gelebt. Schon damals bist du doch nur weggegangen, weil du es nicht mehr ausgehalten hast. Und mal ehrlich – entsprechend hast du dich auch mit Besuchen zurückgehalten. Ich meine, bevor du in den Knast gekommen bist.«

Carl hatte recht, aber die Gründe, warum Michael nie wieder hergekommen war, lagen wesentlich tiefer.

»Wissen die Leute hier über mich Bescheid, Carl?«

Carl schien die Frage zu überraschen. »Ob sie über dich Bescheid wissen? Na klar, es stand schließlich in der Zeitung. In Orten wie diesem haben die Leute ein verdammt gutes Gedächtnis.« Carl machte eine Pause. »Hör zu, überleg dir das gut. Wenn du verkaufst, kannst du irgendwo hingehen, wo dich keiner kennt. Die hiesigen Zeitungen haben es mit den Tatsachen nicht so genau genommen, als sie über deinen Fall berichtet haben, Michael. Und du weißt ja, wie Gerüchte entstehen. Mord ist ein heikles Thema.«

»Ich habe niemanden umgebracht«, sagte Michael.

»Was nicht bedeutet, daß du nicht die Absicht gehabt hättest«, erwiderte Carl.

Einen Moment lang sagte Michael nichts, las nur in Carls Gesicht wie in einem offenen Buch. Wie töricht von ihm, daß er all das nicht vorhergesehen hatte. »Es geht gar nicht um Little River, stimmt's, Carl? Ich meine, du redest nicht nur davon, was die Leute da draußen über mich denken, nicht wahr?« Er deutete auf das Fenster. Die Enttäuschung verlieh seiner Stimme eine Bitterkeit, die Carl vielleicht mißdeutete. Einen Augenblick lang flackerte etwas in seinem Blick auf, ein Anflug von Furcht, eine böse Vorahnung.

»Du mußt die Sache einmal von einem anderen Standpunkt aus betrachten«, sagte Carl.

Michael erhob sich. Er konnte sich schon denken, wie dieser Standpunkt aussah. »Vielen Dank, daß du dir Zeit für mich genommen hast, Carl.«

Carl begleitete ihn zur Tür. »Ich glaube, du machst einen großen Fehler«, rief er ihm nach.

Michael verließ das Büro, ohne zu antworten.

Das Haus lag abseits einer Landstraße ein paar Meilen außerhalb des Ortes. Zwischen den Bäumen hindurch schlängelte sich ein ungepflasterter, mit Schlaglöchern übersäter Weg, der jetzt unter einer dünnen Schneedecke lag. Am Ende des Weges befand sich eine Lichtung, und ein paar hundert Meter weiter verlief der Fluß, der dem Ort seinen Namen gegeben hatte.

Michael stellte den Motor ab und genoß die Stille. In diesem Augenblick brach die Sonne durch die Wolkendecke, tauchte die Berge in helles Licht und warf einen Schatten über die schneebedeckten Hänge und den Wald bis hin zu der kleinen Lichtung. Das ganze Haus erstrahlte im Licht, und einen Moment lang war es, als hätte jemand in einem alten, verstaubten Zimmer die Vorhänge aufgezogen. Es war ein zweistöckiges Holzhaus mit einer Veranda an der Vorderseite, und obwohl die Farbe abblätterte, wirkte es einigermaßen solide. Michael ließ den Anblick auf sich wirken und spürte, wie ihn die Vergangenheit einholte. Die Sonne verschwand hinter einer Wolke, und alles war wieder grau in grau. Der Himmel schien tief zu hängen, das Haus wirkte plötzlich einsam und trostlos.

Es schauderte ihn, wenn er an seine Kindheit in diesem Haus dachte, und er schob die Erinnerungen beiseite. Die Luft in den Räumen war feucht und abgestanden, und die Wände fühlten sich kalt an. Er ging von Zimmer zu Zimmer und zog die Schonbezüge von den Möbeln. Er hatte angenommen, die Einrichtung hätte sich nach dem Tod seiner Mutter verändert, doch es war alles noch so, wie er es in Erinnerung hatte.

Er ging in das Zimmer seiner Mutter im ersten Stock. Das Bett, in dem sie gestorben war, stand immer noch da. Sie hatte ein Röhrchen Schlaftabletten geschluckt, an einem späten Mittwochnachmittag, kurz bevor sein Vater wie gewöhnlich gegen sechs von der Arbeit kommen sollte. All die Jahre war der Vater nur donnerstags, wenn er nach Ladenschluß noch den Papierkram erledigte, später nach Hause gekommen. Einen Monat, nachdem Michael am Ende der ersten Semesterferien zurück ins College gefahren war, war es passiert. Er erinnerte sich, wie er seinen Eltern erzählt hatte, er könne wegen eines Jobs, den er gefunden habe, wahrscheinlich erst im Sommer wieder nach Hause kommen, und er hatte noch immer den Ausdruck der Enttäuschung im Gesicht seiner Mutter vor Augen. Als er diesen Blick sah, war ihm klargeworden, daß sie die Tage bis zu seiner Rückkehr gezählt hatte. Er aber hatte es kaum erwarten können wegzugehen, fort aus der klaustrophobischen Atmosphäre, die in diesem Haus herrschte, und als die Zeit in seinem Elternhaus endlich hinter ihm lag, hatte er kein Bedürfnis verspürt zurückzukehren, noch nicht einmal in den Ferien.

An dem Abend, als Michaels Mutter starb, hatte sein Vater mit seiner lebenslangen Gewohnheit gebrochen und war erst gegen elf nach Hause gekommen. Als er sie fand, war sie bewußtlos, und bis der Notarzt kam, war sie tot. Es ging das Gerücht, er sei schon früher zu Hause gewesen und habe sie gefunden, sei dann aber wieder weggefahren, bis er sicher sein konnte, daß die Tabletten ihre Wirkung getan hatten. Als Michael ihn gefragt hatte, wo er gewesen sei, antwortete er, er habe sich die ganze Zeit im Laden aufgehalten, konnte jedoch nicht erklären, wozu. Die Frage hatte Michael seitdem nie mehr losgelassen.

Er stand in der Tür zu dem stillen Zimmer und sagte sich, alles, was hier geschehen war, habe zu seinem eigenen allmählichen Zusammenbrechen beigetragen. Heute wußte er, daß seine Mutter psychisch labil gewesen war. Womöglich hatte er diese Neigung geerbt. Heller hatte ihn gefragt, ob er sich für ihren Tod verantwortlich fühle, ob er glaube, sein Fortgehen sei die Ursache für ihren Selbstmord gewesen. Er hatte lächelnd den Kopf geschüttelt. Das wäre eine zu simple Erklärung gewesen.

Nach ihrer Beerdigung hatte er seinen Vater nie mehr gesehen. Wie zwei Fremde, die sie schon immer füreinander gewesen waren, hatten sie nebeneinander am Grab gestanden. Auch danach hatte er keine Worte gefunden, um seinen Gefühlen Ausdruck zu verleihen, hatte nur die lange unterdrückte Wut in sich gespürt. Er hatte keine Träne um seine Mutter geweint, aber das war ihm erst später bewußt geworden, viele Jahre danach, als er, nachdem er die Nachricht vom Tod seines Vaters erhalten hatte, lautlos weinend an seinem Schreibtisch saß, voll Trauer um einen Mann, der ihm sein Leben lang nie nah gewesen war.

Während er sich in dem halbdunklen Zimmer umsah, verschmolz die Vergangenheit mit der Gegenwart, und seine Rückkehr erschien ihm als die logische Folge seines Scheiterns. Er hatte sich geschworen, niemals wie seine Eltern zu werden, hatte sich vorgenommen, ein glückliches Heim für die Frau und die Kinder zu schaffen, die er einmal haben würde. Jetzt hatte er eine Tochter, die er nicht kannte und die von ihrer Mutter wahrscheinlich erzählt bekam, ihr Vater sei verrückt und habe versucht, ihr etwas anzutun.

Willkommen daheim, sagte er mit trauriger Ironie halblaut vor sich hin.

3. Kapitel

Am nächsten Morgen herrschte leichtes Schneetreiben in Little River Bend, und es sah aus, als würde es so bald nicht aufhören.

Susan Baker zog die Schlafzimmervorhänge zurück. »Verdammt«, murmelte sie. Vor dem Haus war der Schnee an einer Stelle aufgewühlt, und Bob wälzte sich auf der nackten braunen Erde herum wie von der Tarantel gestochen. Wütend klopfte sie ans Fenster. Der Hund hielt inne und schaute sich mit heraushängender Zunge nach allen Seiten um. Er hatte offensichtlich einen Höllenspaß und war vollkommen außer sich.

»Jamie!« rief Susan. »Bob suhlt sich mit irgendeinem toten Tier im Dreck herum. Ich will ihn nicht im Haus haben, bevor ihn jemand saubergemacht hat, und ich werde dieser Jemand nicht sein.«

Bevor sie sich vom Fenster abwandte, schaute sie über die Bäume hinweg zu dem Haus hinüber, das ungefähr einen halben Kilometer entfernt stand. Alles, was sie sehen konnte, war eine dünne Rauchfahne, die aus dem Schornstein aufstieg. Sie dachte an den Mann, der vor ein paar Tagen dort eingezogen war, und fragte sich, ob es stimmte, was die

Leute sich über ihn erzählten, ob er wirklich jemanden ermordet hatte. Niemand schien etwas Genaues zu wissen, doch sie hatte kürzlich erst wieder zwei neue Versionen der Geschichte gehört, die mit jeder Wiederholung unheimlicher wurde. Nach der einen Version hatte er seine Frau umgebracht, nach der anderen mehrere Menschen einschließlich seiner eigenen Tochter. Sie war sich sicher, daß das nicht stimmen konnte, aber obwohl es sie abstieß, wie genüßlich manche Leute sich das Maul zerrissen, konnte sie sich bei dem Gedanken, daß der Kerl neuerdings ihr Nachbar war, eines unguten Gefühls nicht erwehren. Schließlich mußte sie an Jamie denken. Wo Rauch war, da war auch Feuer. Das war einer der Sprüche ihrer Mutter, eines der dummen Klischees, mit denen sie alles und jedes kommentierte, und Susan verzog das Gesicht, als sie daran dachte.

»Lieber Gott, laß mich nicht wie meine Mutter werden«, seufzte sie, doch im selben Augenblick bekam sie ein schlechtes Gewissen und beschloß, zur Wiedergutmachung ihre Mutter am Wochenende anzurufen.

Sie ging in das Zimmer ihres Sohnes. Jamie lag im Bett und regte sich nicht. Als sie ihn an der Schulter berührte, drehte er sich um und schaute sie verschlafen durch seine glatten braunen Haare an, die ihm in die Augen hingen.

»Hast du gehört, was ich gesagt habe?« Er schüttelte den Kopf. »Bob wälzt sich draußen im Dreck. Hast du ihn rausgelassen?«

Sie konnten den Hund bellen hören, und Jamie schaute zum Fenster hinüber. Er nickte.

»Dann stehst du am besten gleich auf und machst ihn sauber, bevor du zur Schule gehst.« Sie schlug die Bettdecke zurück und ging hinaus. »In zehn Minuten gibt's Frühstück«, rief sie ihm über die Schulter zu.

Die Heizung lief schon seit einer Stunde, und unten in der Küche war es warm. Susan schaltete das Radio ein, setzte Kaffee auf und schlug ein paar Eier in die Pfanne. Im Wetterbericht wurde eine Kaltfront angekündigt, und sie wünschte, sie bräuchte heute nicht nach Prince George zu fahren. Durch das Fenster konnte sie den Weg sehen, der durch den Wald zur Straße führte. Bisher war er nur leicht mit Schnee bedeckt, kein Problem für ihren Ford, selbst ohne Schneeketten. Manchmal mußte sie im Winter Hank Douglas anrufen, der ein Stück näher am Ort wohnte, und ihn bitten, mit seinem Traktor zu kommen und den Weg vor ihrem Haus bis zur Straße zu räumen, doch das war heute nicht nötig.

Jamie kam in die Küche und nahm eine Tüte Milch aus dem Kühlschrank.

»Möchtest du Kakao?« frage sie ihn.

Er nickte. Plötzlich sprang Bob von draußen an der Tür hoch und sabberte die Glasscheibe voll. Als Jamie ihn hereinlassen wollte, schüttelte Susan den Kopf. »O nein. Erst, wenn du ihn saubergemacht hast, okay?«

Jamie zeigte auf den Hund und zuckte die Achseln.

Sie schüttelte wieder den Kopf. »Kommt nicht in Frage, mein Lieber. Du hast ja gehört, was ich gesagt habe.«

Frustriert deutete Jamie erneut auf Bob. Offenbar versuchte er ihr klarzumachen, daß es nichts zu säubern gab, was sie letztlich zugeben mußte; was immer es gewesen sein mochte, das Bob da draußen in Raserei versetzt hatte, es mußte gefroren gewesen sein, denn in seinem Fell war nichts hängengeblieben. Doch sie tat so, als verstünde sie Jamie nicht, und kniete sich vor ihn.

»Möchtest du mir etwas sagen?«

Sofort zog er die Brauen zusammen und stapfte zum Tisch. Er durchschaute sie. Es hatte keinen Zweck, ihm etwas vorzumachen. Er wußte genau, wann sie sich nur dumm stellte, wenn er versuchte, ihr mit Zeichen etwas zu verstehen zu geben, und hatte begriffen, daß es ein Trick war, damit er vor Verzweiflung endlich den Mund aufmachte. Natürlich fiel er nicht darauf herein. Sie schaute ihn an, während er lustlos in seinen Spiegeleiern stocherte und grimmig vor sich hinstarrte. Wer versuchte hier wem etwas vorzumachen? Er wußte genau, wie er sie um den Finger wickeln konnte, bis sie endlich nachgab, aber sie wandte sich ab und schaute aus dem Fenster, fest entschlossen, nicht nachzugeben. Doktor Carey hatte ihr oft genug eingeschärft, sie solle hart bleiben. »Wenn Sie es ihm allzu leicht machen, hat er keinen Anreiz zu sprechen«, hatte er ihr erklärt. Sie wußte den guten Rat zu schätzen, andererseits war Doktor Carey nicht Jamies Mutter. Sie war es, die jeden Morgen, wenn sie ihn zum Schulbus brachte, einen Kloß im Hals hatte. Er wirkte so klein und einsam, und jedesmal, wenn sie ihn so sah, war sie versucht, ihn in den Arm zu nehmen und ihm zu versichern, alles werde gut. Hart zu bleiben war nicht einfach.

Sie sah Bob draußen durch den Schnee in den Wald laufen. Automatisch ging sie zur Tür, um ihn zurückzurufen, doch dann sah sie Jamies flehenden Blick. Seufzend gab sie sich geschlagen.

»Okay, okay. Hol ihn rein.« Kopfschüttelnd schaute sie Jamie nach. Dann warf sie einen Blick auf die Uhr. »Mein Gott, ich bin viel zu spät dran«, murmelte sie und lief nach oben.

Sie war fast fertig angekleidet und knöpfte sich gerade die Bluse zu, als sie aus dem Fenster schaute und erschrocken innehielt. Jamie stand vor einem Mann, der offenbar aus dem Wald gekommen war und Bob am Halsband festhielt. Er trug Jeans und eine hellbraune Jacke und hatte dichtes Haar, das sie an die goldgelbe Farbe von reifem Mais erinnerte. Einen Augenblick lang war sie verblüfft, dann wurde ihr klar, wer der Mann war. Sie rannte die Treppe hinunter und stürzte so hastig auf die Veranda, daß Jamie und der Mann, der ihr neuer Nachbar sein mußte, sie verdutzt anstarrten. Peinlich berührt blieb sie stehen.

»Ihr Hund ist zu mir rübergelaufen«, sagte Michael und deutete in die Richtung, aus der er gekommen war. »Jedenfalls nehme ich an, daß es Ihrer ist.«

Er klang verunsichert, und Susan nahm an, daß er Jamie

gefragt und natürlich keine Antwort bekommen hatte. Während er abwartend vor ihr stand, mußte sie unwillkürlich an die Geschichten denken, die über ihn kursierten, und daran, daß sie und Jamie allein im Haus lebten.

»Ich habe gerade Ihren Sohn gefragt …«

»Das ist unser Hund«, sagte sie hastig. Die Worte waren ihr schroffer herausgerutscht als beabsichtigt, so daß er zusammenzuckte und auf Abstand blieb. »Bob, komm her«, rief sie, und Michael ließ das Halsband los. Dann sagte sie zu Jamie: »Wir müssen los, sonst verpaßt du den Bus. Geh rein und pack deine Sachen, und nimm Bob mit ins Haus.«

Jamie warf ihr einen neugierigen Blick zu, als er an ihr vorbeiging und sie ihn an der Schulter berührte, um ihn zur Eile anzutreiben. Als sie sich wieder umdrehte, schaute Michael sie seltsam forschend an. Er wirkte fast ein bißchen verärgert, dachte sie und mußte schlucken. Sie fuhr sich mit der Hand durch die Haare.

»Wir müssen gehen«, sagte sie. Er nickte, und bevor sie noch etwas sagen konnte, drehte er sich wortlos um und ging zurück in den Wald. Plötzlich tat es ihr leid, daß sie so barsch gewesen war.

»Vielen Dank, daß Sie uns den Hund zurückgebracht haben«, rief sie ihm nach. Er gab keine Antwort, und als er zwischen den Bäumen verschwand, war sie sich nicht einmal sicher, ob er sie überhaupt gehört hatte. »Verdammt«, murmelte sie. »Das hast du mal wieder gut hingekriegt, Susan.«

Die Landstraße, auf der Susan in den Ort fuhr, war schneebedeckt; in der Gegenrichtung war nur eine einzelne Reifenspur zu erkennen. Jamie hielt seine Schultasche umklammert und schaute gedankenverloren durchs Fenster auf das Schneetreiben. Wie sooft hätte Susan zu gern gewußt, was in seinem Kopf vorging.

Sie erreichten Little River, und Susan sah, daß der Schulbus schon an der Haltestelle stand. Dicke Abgaswolken quollen aus dem Auspuff in die kalte Winterluft.

»Vergiß nicht, welcher Tag heute ist«, sagte Susan, als Jamie ausstieg. »Ich hole dich um zwölf ab, okay?«

Sie beugte sich zu ihm hinüber, um ihm einen Kuß auf die Wange zu geben, doch er wandte sich ab. Sie schaute ihm nach, während er zum Bus ging, wo ein paar Kinder in seinem Alter sich bereits darum drängten, als erste einsteigen zu können. Jamie blieb abseits stehen, trat von einem Fuß auf den anderen und wartete, bis der Einstieg frei war. Sie stellte sich vor, wie er durch den Mittelgang ging, um sich einen freien Platz zu suchen. Die anderen Kinder plapperten wild durcheinander, diskutierten über ein Eishockeyspiel oder einen Film, den sie im Fernsehen gesehen hatten, während Jamie ganz allein am Fenster saß und mit dem Finger Muster auf die beschlagene Scheibe malte.

Sie wartete, bis der Bus weg war, dann fuhr sie zu ihrem Büro auf der Main Street. Je nach Stimmung empfand sie, wenn sie morgens zur Arbeit fuhr, den Ort als schrecklich deprimierend oder als angenehm vertraut. An manchen Tagen war sie froh, daß Little River so klein war und sie fast jeden kannte. An anderen Tagen machte es sie ganz verrückt, und dann träumte sie davon, in der Anonymität einer Großstadt zu leben.

Während des vergangenen Jahres hatte Susan hin und wieder überlegt, ob sie mit Jamie wegziehen sollte; vielleicht wäre es besser für sie beide, dachte sie. Manchmal, wenn sie das Bedürfnis verspürte, Bilanz zu ziehen, legte sie Listen an; alles Positive in ihrem Leben schrieb sie auf ein Blatt, alles Negative auf ein anderes. Es war ein Weg, logisch an die Sache heranzugehen. Wenn die negativen Dinge überwogen, dann hatte man zwar ein Problem, aber zumindest hatte man es schwarz auf weiß und konnte irgendwo ansetzen.

Ihre Listen waren immer gleich lang. Es gab nichts außergewöhnlich Schlechtes in ihrem Leben, keinen zwingenden Grund für große Veränderungen, dennoch empfand sie eine unterschwellige Unzufriedenheit.

Sie parkte vor ihrem Büro mit dem Schild »Little River

Immobilien« und stellte den Motor ab. Einen Moment lang blieb sie im Wagen sitzen und schaute die Main Street hinunter. Man konnte in dem kleinen Ort fast alles bekommen; es gab einen Drugstore, ein paar Bekleidungsgeschäfte, einen Supermarkt, einen Eisenwarenladen. Solange man keinen gesteigerten Wert auf große Auswahl legte, fehlte es einem an nichts. Wenn man Lust hatte, abends auszugehen, gab es das Valley Hotel – so ziemlich das einzige Lokal, in dem man ein anständiges Abendessen bekam –, und das Clancys, eine Kneipe, in der einem aber nur Fertiggerichte aus der Mikrowelle vorgesetzt wurden.

Susan schreckte aus ihren Tagträumen auf, als ein Bekannter im Vorübergehen an die Autoscheibe klopfte und sie grüßte. Sie grüßte zurück, stieg aus dem Wagen und ging in ihr Büro. Zu dieser Jahreszeit war das Geschäft ruhig, und sie erwartete nicht viele Kunden. Sie hatte vor, ein paar Leute anzurufen, von denen sie wußte, daß sie planten, ihre Häuser zu verkaufen, und später würde sie auf einen Kaffee zu Linda Kowalski rübergehen, ihrer besten Freundin, die zusammen mit ihrem Mann Paul den Diner auf der anderen Straßenseite betrieb.

Der Vormittag ging schnell vorüber. Um halb zwölf schaltete sie den Anrufbeantworter ein und hängte ein Schild an die Tür. Es hatte aufgehört zu schneien, aber der eiskalte Wind ließ sie erschaudern. Sie kratzte den Schnee von der Windschutzscheibe und fuhr nach Bakerstown, um Jamie abzuholen. Er wartete schon in der Eingangshalle auf sie, und als er sie vorfahren sah, kam er heraus und kletterte mit verdrossener Miene auf den Beifahrersitz. Bevor sie sich auf den Heimweg machte, fuhr sie noch einmal zurück nach Little River. Sie hielt vor der Kirche an und nahm die Blumen vom Rücksitz, die sie am Vormittag gekauft hatte.

»Kommst du mit, Jamie?«

Wie immer, wenn sie ihn mit hierher nahm, hätte sie genausogut mit sich selbst reden können. Er starrte unverwandt aus dem Fenster, als hätte er sie nicht gehört.

Sie spürte, wie Wut in ihr aufwallte, aber nur für einen kurzen Moment. Manchmal war sie furchtbar frustriert, aber es hatte keinen Zweck, ihrer Wut und Enttäuschung nachzugeben. Dafür hatte sie solche Situationen schon zu oft erlebt. Mit einem resignierten Seufzer stieg sie aus und ging durch den Schnee auf den Friedhof.

Der Grabstein war ein einfacher Granitblock mit Davids Namen sowie seinem Geburts- und Todesdatum. Darunter stand: »Geliebter Ehemann und Vater.« Die Inschrift gefiel ihr eigentlich nicht, aber damals war ihr nichts Besseres eingefallen. Er war sechsunddreißig Jahre alt gewesen, als er bei einem Jagdunfall ums Leben kam, etwas, das immer wieder, ja sogar ziemlich häufig, passierte. Ein Moment der Unachtsamkeit, und der Mann, den sie elf Jahre lang geliebt hatte, war tot. Manchmal vermißte sie David so sehr, daß es ihr fast den Atem raubte. Abends, wenn sie nicht einschlafen konnte, nahm sie ein Kissen in die Arme und stellte sich sein Gesicht vor, das sie in ihre Träume begleitete.

Es hatte eine Zeit gegeben, da war sie verbittert, weil er nicht vorsichtiger gewesen war und sie mit allem allein gelassen hatte. Die Phase war vorübergegangen, aber manchmal, wenn sie an seinem Grab stand, kamen diese Gefühle wieder hoch. Sie schaute über den Friedhofszaun hinweg zu ihrem Wagen, in dem Jamie immer noch saß und entschlossen in die andere Richtung starrte.

Sie erinnerte sich an den Vormittag, als sie den beiden zum Abschied zugewinkt hatte. Jamie war allein bei seinem Vater gewesen, als der verblutete. Man hatte nie aufklären können, was genau vorgefallen war, und da Jamie seitdem kein Wort mehr gesprochen hatte, gab es lediglich Vermutungen. Allem Anschein nach war David einfach gestolpert. Ein Schuß hatte sich gelöst und ihm ein Loch in die Brust gerissen. Als Jamie zu ihr nach Hause gebracht wurde, sah er aus, als hätte er im Blut seines Vaters gebadet. Der Anblick hatte ihr fast das Herz zerrissen. Ihr achtjähriger Sohn von Kopf bis Fuß voller Blut – dieses Bild ließ sie noch immer nachts vor Entsetzen aus dem Schlaf fahren.

Sie wischte sich die brennenden Augen und schaute seufzend empor. Die Wolkendecke war aufgerissen und gab ein kleines Stück blauen Himmels frei. Die Berghänge waren mit dichtem Nadelwald bedeckt, ein dunkelgrüner Teppich, aus dem im Sommer einzelne Weiden hellgrün hervorleuchteten. Jetzt wirkte der Wald düster, das Land weit und leer. So leer wie die kahlen Gletscher oberhalb der Baumgrenze in den Bergen. Sie wollte David hinter sich lassen, und sie wußte, es wäre besser für sie, aber mit Jamie an der Seite konnte ihr das nicht gelingen. In Gedanken versunken machte sich Susan auf den Weg zurück zum Auto. Vielleicht könnten sie an einem anderen Ort einen neuen Anfang machen, dachte sie wieder einmal, vielleicht in Vancouver oder an der Ostküste.

Als sie sich umdrehte und zu ihrem Ford zurückging, kam ein Wagen aus dem Ort auf sie zu. Hinter dem Steuer erkannte sie Coop. Er hielt am Straßenrand an und ließ den Motor laufen. Sie fand es immer wieder unpassend, daß die kanadische Polizei Pferd und Reiter als Emblem auf ihren Fahrzeugen hatte. Der große Geländewagen mit seinen leuchtend gelben, roten und blauen Streifen an den Seiten erinnerte an alles mögliche, nur nicht an ein Pferd. Coop hatte sein Fenster heruntergekurbelt.

»Fahrt ihr heute nach Prince George?« Er schaute zu Jamie in den Wagen und hob eine Hand zum Gruß, doch der Junge reagierte nicht.

Susan runzelte die Stirn. Sie mißbilligte, daß Jamie einfach alles ignorierte, wovon er nichts wissen wollte, aber darin bestand ja schließlich sein Problem.

»Mach dir nichts draus«, sagte sie. »Du weißt ja, was mit ihm los ist.«

Coop lächelte. »Er wird sich schon berappeln. Hör zu, ich würde euch beide heute abend gern ins Valley Hotel zum

Essen einladen. Was hältst du davon? Ich wette, Jamie würde das auch gefallen.«

Das bezweifelte Susan. Nicht zum erstenmal fiel ihr auf, daß Coop einfach nicht zur Kenntnis nahm, wie Jamie ihn behandelte. Manchmal verhielt sich der Junge regelrecht feindselig, aber das schien Coop nicht im geringsten zu stören. Andere hätten längst aufgegeben, dachte sie. Sie versuchte sich zu erinnern, wann ihre Beziehung zu Coop angefangen hatte, sich zu verändern, seit wann er mehr war als ein Freund ihres verstorbenen Mannes, der sich um sie und ihren Sohn kümmerte. Sie konnte es an nichts Bestimmtem festmachen und wußte noch nicht einmal genau, was für eine Art Beziehung sie eigentlich hatten. In letzter Zeit hatte sie immer häufiger das Gefühl, zwischen ihnen habe sich etwas entwickelt, ein stilles Einverständnis, ohne daß sie sich dessen unmittelbar bewußt gewesen wäre. Sie fragte sich, ob so etwas überhaupt möglich war, ob sie es doch mitbekommen hatte und nur nicht den Mut oder die Energie aufbrachte, es sich selbst einzugestehen. Für den Augenblick schob sie diese Gedanken beiseite. Sie schlug Coops Einladung aus und erklärte, sie sei zu müde, was in gewisser Weise stimmte.

»Okay«, sagte er leichthin. »Vielleicht können wir ein andermal zu zweit essen gehen, vielleicht am Samstag? Ein bißchen Abwechslung würde dir guttun.«

»Ich weiß nicht, Coop ...« Sie wußte selbst nicht, warum sie sich so ablehnend verhielt, hatte einfach das Gefühl, daß sie den Überblick verloren hatte und Zeit zum Nachdenken brauchte.

»Komm schon. Samstag um acht, einverstanden?«

Sie gab nach. Vielleicht hatte er recht. Vielleicht würde ihr Abwechslung wirklich guttun, und ihr fiel auch kein Grund ein, warum sie seine Einladung ausschlagen sollte. In der ersten schweren Zeit war er ihr eine so große Hilfe gewesen, und sie wollte ihn nicht verletzen. Also lächelte sie und sagte, acht Uhr gehe in Ordnung.

»Okay, also bis dann.« Er winkte Jamie zum Abschied zu und riet ihr, vorsichtig zu fahren. »Es wird glatt«, meinte er.

»Ich passe auf, danke.« Sie schaute ihm noch eine Weile nach, dann stieg sie in ihren Wagen. Jamie saß immer noch mit hochgezogenen Schultern da und schaute mißmutig aus dem Fenster. »Das war nicht nett von dir«, sagte sie, aber er tat so, als hätte er sie nicht gehört.

Daniel Carey war der Kinderpsychologe, an den Jamie von Doktor Peterson aus Little River überwiesen worden war. Der Unfall lag anderthalb Jahre zurück, und seit einem Jahr war Jamie bei Dr. Carey in Therapie. An dem Morgen, an dem Susan David das letzte Mal lebend sah, hatte Jamie ihr zum Abschied zugerufen, sie würden einen Hirsch mitbringen. Das war auch das letztemal, daß sie Jamies Stimme gehört hatte. Manchmal hatte sie Alpträume, in denen er wieder mit ihr sprach. Im Traum sah sie, wie seine Lippen sich bewegten, aber sie konnte nicht verstehen, was er sagte. Dann wachte sie schweißgebadet auf und versuchte verzweifelt, sich daran zu erinnern, wie seine Stimme geklungen hatte, und mit jedem Mal schien es ihr, als würde die Erinnerung blasser.

Es sei der Schock, hatte man ihr anfangs erklärt, es werde vorübergehen, und sie hatte sich bemüht, das zu glauben.

In den ersten Wochen war auch sie am Boden zerstört gewesen, wie betäubt vor Schmerz über den Verlust und von Beruhigungsmitteln benebelt, aber als sie und Jamie sich eines Morgens wie zwei hirnlose Wesen am Frühstückstisch gegenübergesessen hatten, war sie aufgesprungen, nach oben gelaufen und hatte den Rest der Tabletten die Toilette runtergespült. Danach hatte sie ihre eigenen Gefühle verdrängt. Sie werde später noch genug Zeit zum Trauern haben, hatte sie sich gesagt und sich seitdem vor allem um Jamie gekümmert.

Allmählich war Jamie aus seiner Erstarrung erwacht, Stück für Stück, und sie war darauf bedacht gewesen, ihn nicht zu drängen. Sie hatte es ihm überlassen, wann er wieder zur Schule gehen wollte, und eines Tages hatte er, ohne viel Aufhebens zu machen, einfach seine Schulbücher mit an den Frühstückstisch gebracht. Er hatte sie nicht angesehen und sein Frühstück gegessen, als wäre nichts geschehen. Sie hatte versucht, die Tränen in ihren Augen vor ihm zu verbergen, als sie ihn zum Schulbus brachte. Seitdem schien er sich von Tag zu Tag ein wenig mehr zu öffnen. Er hatte wieder angefangen zu lächeln, und das Leben normalisierte sich – außer daß Jamie immer noch nicht sprach. Es gab auch noch andere Dinge; er traf sich nicht mit seinen Schulkameraden, ignorierte die Fotos von David, die Susan im Haus aufgehängt hatte, und tat so, als hätte sein Vater nie existiert.

Deswegen hatte sie sich einverstanden erklärt, ihn in therapeutische Behandlung zu geben. Doch mittlerweile fragte sie sich, ob die Therapie überhaupt etwas brachte.

Dan Carey saß auf der Kante seines Schreibtischs und überflog Jamies Akte.

»Wie geht es ihm denn?« fragte er.

»Wie immer. Er sitzt da draußen und starrt ins Leere, als gäbe es die Welt um ihn herum überhaupt nicht. Er macht mir wirklich Sorgen«, fügte sie hinzu.

Jamies Verhalten während der Fahrt zu Careys Praxis hatte dem vertrauten Muster entsprochen. Susan hatte förmlich gespürt, wie er sich innerlich zurückzog; es war, als errichtete er einen Schutzwall um sich. Er spielte mit dem Radio herum, wechselte ohne erkennbaren Grund immer wieder den Sender und trat dabei die ganze Zeit rhythmisch mit den Fersen gegen den Sitz. Dann wurden seine Bewegungen wie bei einer abgelaufenen Spieluhr mit einem Mal immer langsamer, und er saß nur noch reglos da. Sie beobachtete ihn aus den Augenwinkeln und sah, wie seine gerunzelte Stirn sich glättete, als fiele er in eine Art Trance, und dann starrte er nur noch vor sich hin. Anfangs hatte dieses Verhalten sie in Panik versetzt, aber Dr. Carey hatte sie beruhigt und erklärt, das sei einfach Jamies Art, mit den Therapiesitzungen fertig zu werden, das gehe vorüber. Aber es war nicht vorübergegangen. Jedesmal, wenn sie ihn herbrachte, war es dasselbe.

Sie wußte, was sie erwartete, wenn sie wieder nach Hause kamen. Meistens war er böse auf sie, und manchmal ließ er seiner Wut freien Lauf, indem er irgend etwas zertrümmerte. Letztes Mal war es eine florentinische Vase gewesen, von der er wußte, daß Susan an ihr hing, ein anderes Mal hatte er sie mit heißem Kaffee übergossen.

»Er will nicht hierherkommen, und er gibt mir die Schuld«, sagte sie zu Carey.

»Und wie kommen Sie damit zurecht?«

Sie lächelte schwach. Was glaubte er denn wohl? Es verletzte sie, und sie war sich nicht sicher, ob sie das Richtige für Jamie tat, indem sie ihn zu der Therapie zwang. Manchmal machte seine Wut ihr sogar ein bißchen angst.

»Nicht daß ich mich vor ihm fürchte«, erklärte sie. »Es ist einfach die ganze Situation. Ich habe Angst, er könnte irgendwann anfangen, mich zu hassen.«

Carey nickte verständnisvoll. »Aber es hält nie länger als ein paar Tage an, nicht wahr?«

»Bis zum nächsten Mal.«

»Und Sie möchten wissen, was ich Ihnen rate?« Er legte die Akte weg und setzte sich neben sie. »Sie wissen, warum er das tut, nicht wahr?«

»Weil er nicht hierherkommen will«, sagte sie.

»Ja, aber das ist nur die eine Seite«, erklärte Carey. »In Wirklichkeit sträubt er sich dagegen, mit dem konfrontiert zu werden, was geschehen ist. Aus demselben Grund weigert er sich zu sprechen. Ich vermute, daß Jamie den Tag des Unfalls völlig aus seinem Bewußtsein ausgeblendet hat. Er versucht so zu tun, als wäre das alles nie geschehen.«

Sie hörte das nicht zum ersten Mal, und es kam ihr durchaus plausibel vor, aber das schützte sie nicht vor ihren Gefühlen. Was sie am meisten verletzte, war, daß Jamie so tat, als hätte er nie einen Vater gehabt.

»Es ist, als hätte David nie existiert«, sagte sie.

»Das werden wir erst wissen, wenn er wieder zu sprechen beginnt«, sagte Carey. »Vielleicht kann er das traumatische Erlebnis nur auf diese Weise ausblenden. Vielleicht ist er wütend auf seinen Vater.«

»Wütend? Warum?«

»Weil sein Vater ihn verlassen hat, vielleicht hat es mit einem Aspekt des Unfalls zu tun, über den wir nichts wissen. Wie verhält er sich gegenüber anderen Menschen?«

»Meistens ziemlich normal. Wenn er überhaupt mal mit anderen zusammen ist.«

Carey dachte einen Augenblick nach. »Was ist mit Ihren Freunden? Gibt es jemanden, der Sie zu Hause besucht?«

Sie begriff, worauf er hinauswollte, und dachte an Coop. »Ein Mann, der mit David befreundet war. Er leitet die Polizeistation in Little River Bend. Seit einiger Zeit kommt er hin und wieder zu Besuch. Jamie paßt das nicht. Er ignoriert ihn so gut er kann.«

»Was glauben Sie, wie Jamie diesen Mann einschätzt?«

»Ich weiß nicht. Er ist einfach ein Freund.«

»Aber Jamies Verhalten ihm gegenüber hat sich verändert, seit sein Vater tot ist, stimmt's?«

»Irgendwie schon«, sagte Susan. Sie versuchte sich zu erinnern, wann es angefangen hatte. Es war nicht sofort gewesen, vielleicht einen Monat nach dem Unfall, als Coop begonnen hatte, unangemeldet bei ihnen aufzutauchen, um nach ihnen zu sehen. Manchmal war er zum Abendessen geblieben.

»Wahrscheinlich fürchtet Jamie, dieser Mann könnte den Platz seines Vaters einnehmen. Es ist ein Konflikt, mit dem er nicht umgehen kann, also tut er sein Bestes, um ihn zu vergraulen.«

»Aber so ist es nicht«, erwiderte Susan hastig.

»Vielleicht sieht Jamie das anders. Wir reden ja davon, wie er diesen Coop wahrnimmt.«

Es entstand eine kleine Pause, dann stand Carey auf und

ging hinter seinen Schreibtisch. »Sehen Sie, so wie ich die Sache beurteile, haben Sie im Moment zwei Möglichkeiten«, sagte er. »Jamie hat, seit Sie ihn zu mir bringen, keine äußerlich erkennbaren Fortschritte gemacht, richtig?«

»In gewisser Weise ist es sogar schlimmer geworden, zum Beispiel, wenn er so ist wie jetzt.« Sie sah ihn vor sich, wie er mit leerem Blick im Wartezimmer saß. Einmal hatte sie einen Alptraum gehabt, in dem er für immer so geblieben war, gefangen in seiner eigenen Welt.

»Deshalb möchte ich Ihnen einen Vorschlag machen«, sagte Carey. »Natürlich könnten Sie Jamie weiterhin zu mir bringen und hoffen, daß er eines Tages Vertrauen zu mir faßt. Aber ich plädiere sehr dafür, die Therapie eine Zeitlang auszusetzen, um den Druck von ihm zu nehmen.«

»Und was glauben Sie, was dann passiert?« fragte Susan.

»Möglicherweise gar nichts. Aber dasselbe könnte ich auch für den anderen Fall sagen. Ehrlich gesagt, glaube ich, eine Pause könnte im Augenblick nicht schaden. Jamie hat einen starken Willen, und er ist ein intelligenter Junge. Wenn er bei mir ist, starrt er immer nur an die Wand. Er weiß, was gespielt wird, und er hat einfach beschlossen, nicht mitzuspielen. Das kann noch eine Ewigkeit so weitergehen.«

Das war das letzte, was Susan hören wollte. Ihre größte Angst war, daß Jamie nie wieder sprechen, daß er sich immer mehr aus der Wirklichkeit zurückziehen würde.

Carey erriet ihre Gedanken. »Ich glaube nicht, daß es dazu kommen wird. Ich glaube, er wird eine Möglichkeit finden, das Problem auf seine Art zu lösen. Nehmen Sie ihn mit nach Hause und sagen Sie ihm, daß er nicht mehr herzukommen braucht, und dann warten wir ab, was passiert. Versuchen Sie, so normal wie möglich mit ihm umzugehen, gestehen Sie ihm keine Sonderregeln zu. Sie lassen ihn immer noch keinen Unterricht in Zeichensprache nehmen?«

Sie schüttelte den Kopf. Irgendwann hatte sie es in Erwägung gezogen, aber Dr. Carey hatte ihr abgeraten. Das würde es ihm zu leicht machen, hatte er gesagt, und sie hatte ihm zugestimmt.

»Gut«, sagte Carey. »Geben wir ihm drei Monate, und rufen Sie mich an, wenn Sie Rat brauchen. Und noch etwas. Lassen Sie sich von ihm nicht an der Freundschaft mit einem Mann hindern. Das wird ihm auf lange Sicht nicht helfen.«

Susan war zuerst überrascht, lächelte dann aber. Sie reichte ihm die Hand und ließ sich zur Tür begleiten. Jamie saß im Wartezimmer auf einem Stuhl und starrte ins Leere. Er zuckte mit keiner Wimper, als Carey sich vor ihn hinhockte, um sich zu verabschieden.

Susan sah Verblüffung in Jamies Augen aufflackern, als sie sich zu ihm hinunterbeugte und sagte: »Doktor Carey meint, du brauchst nicht mehr herzukommen.«

Zögernd nahm er ihre ausgestreckte Hand, und dabei beobachtete er sie genau, als fürchtete er, es könnte ein Trick sein.

»Komm, wir fahren nach Hause«, sagte sie.

4. Kapitel

Als Michael sein Spiegelbild in einer Glasscheibe des Ausstellungsraums erblickte, mußte er zweimal hinsehen, um sich zu erkennen; das letztemal hatte er vor sieben Jahren einen Anzug getragen. Er hatte damals in der Innenstadt von Toronto im fünfzehnten Stock eines Hochhauses in einer Werbeagentur gearbeitet. Da er einer der erfolgreichsten Mitarbeiter war, hatte die Firma ihm einen BMW zur Verfügung gestellt und ein fürstliches Gehalt gezahlt. Er war ein in jeder Hinsicht blauäugiger Bursche gewesen. Er sah gut aus, war groß und schlank, trug Tausend-Dollar-Anzüge und glaubte, es würde immer so weitergehen. Heute sah er nicht wesentlich anders aus, trotz der Jahre, die vergangen waren, und trotz allem, was seitdem geschehen war. Ein bißchen älter vielleicht, vor allem um die Augen, wo sich kleine Fältchen eingegraben hatten, das Haar ein wenig dunkler und länger. Aber als er sein Spiegelbild sah, kam es ihm vor, als begegnete er einem Geist.

Er trug einen alten Anzug, doch in einem Ort wie Little River fiel er sogar damit auf. Wenn die Leute hier überhaupt Anzüge trugen, dann solche, die sie im Schlußverkauf in irgendeinem Kaufhaus von Williams Lake erstanden. Ein

Mann in einem Sportjackett und einer an den Knien ausgebeulten Hose trat lächelnd auf ihn zu.

»Morgen«, rief er gut gelaunt. »Kann ich etwas für Sie tun?«

»Ich suche George Wilson«, sagte Michael und fügte hinzu: »Ich komme wegen des Jobs.«

Der Mann lächelte ihn neugierig an und wies auf eine Tür. »Wenden Sie sich an die junge Dame hinter dem Tresen, sie wird Ihnen weiterhelfen. Er muß hier irgendwo sein.« Unauffällig taxierte er Michael von Kopf bis Fuß, den teuren Anzug, die seidene Krawatte, die italienischen Schuhe.

»Danke«, sagte Michael.

»Keine Ursache.«

Das Stellenangebot für einen Werbeleiter hatte direkt neben der ganzseitigen Anzeige gestanden, die das Autohaus Wilson vierzehntägig drucken ließ. Michael hatte die beiden Zeitungsanzeigen mit den Augen eines Mannes gelesen, der über langjährige Erfahrung in der Werbebranche verfügte, und war zu dem Schluß gekommen, daß er der Firma einiges zu bieten hatte. Er hatte angerufen und einen Termin für ein Vorstellungsgespräch vereinbart. Die junge Frau schaute auf, als er an den Tresen trat.

»Guten Tag. Kann ich Ihnen helfen?«

»Mein Name ist Somers. Ich habe einen Termin mit Mr. Wilson.«

Sie schaute in ihrem Terminkalender nach, in dem noch drei oder vier weitere Namen standen. »Ich sage ihm, daß Sie da sind.«

Er nahm Platz und wartete, während sie telefonierte. »Er wird in ein paar Minuten hier sein«, teilte sie ihm mit und widmete sich wieder ihrer Arbeit.

Nach einer Weile öffnete sich eine Tür, und ein großer, würdevoll wirkender älterer Herr mit dichtem, schlohweißem Haar trat zuerst an den Tresen und kam dann mit ausgestreckter Hand auf Michael zu. Er lächelte und sagte, sein Name sei George Wilson. Mit hellwachen, intelligenten

Augen sah er Michael einen kurzen Moment durchdringend an.

»Kommen Sie«, sagte er und ging voraus.

Eine Treppe führte in den ersten Stock hinauf, wo ein halbes Dutzend Frauen und ein Mann in winzigen Büros an ihren Schreibtischen saßen. Einige warfen ihnen neugierige Blicke zu. In Wilsons Büro, dessen Fensterfront auf das Verkaufsgelände hinausging, standen ein riesiger Schreibtisch, einige Besuchersessel und ein Barschrank. Wilson schloß die Tür.

»Sie sind nicht aus dieser Gegend?«

»Nein«, sagte Michael. Dies war nicht der richtige Zeitpunkt, um auf das Thema einzugehen. »Ich komme aus Toronto.«

»Ich habe mir schon gedacht, daß Sie Ihren Anzug nicht hier gekauft haben.«

Michael sagte nichts. Wilson musterte ihn von Kopf bis Fuß und bedeutete ihm, ans Fenster zu treten. Gemeinsam schauten sie zu den Autos hinunter, die aufgereiht auf dem weitläufigen Gelände standen. In diesem Augenblick trat der Verkäufer, der Michael zu Anfang begrüßt hatte, aus dem Gebäude und ging zu einem jungen Mann hinüber, der von der Straße auf das Gelände geschlendert war. Michael sah, wie er kurz zum Bürofenster aufschaute, und für einen Moment begegneten sich ihre Blicke.

Wilson deutete mit dem Kinn nach draußen. »Dieser Mann arbeitet seit fünf Jahren für mich. Ein guter Mitarbeiter. Er hätte gern den Job gehabt, auf den Sie sich bewerben, aber ich habe ihm gesagt, daß er dafür nicht der Richtige ist. Ich suche jemanden mit neuen Ideen, und damit sind die meisten Leute von hier aus dem Rennen.« Der Alte schaute ihn an. »In geschäftlichen Dingen, und übrigens auch bei Menschen, verlasse ich mich ganz auf meinen Instinkt. Sie stammen also aus Toronto?«

»Jedenfalls habe ich dort den größten Teil meines erwachsenen Lebens verbracht.«

»Und in welcher Branche haben Sie dort gearbeitet?«

»In der Werbung.« Er hielt ihm seine Bewerbungsunterlagen hin. »Steht alles hier drin.«

Michael hatte seinen Lebenslauf auf dem Computer in der Bücherei von St. Helen getippt. Nach gründlicher Überlegung hatte er beschlossen, seine berufliche Laufbahn an einem Punkt enden zu lassen, der sechs Jahre zurücklag, ohne weitere Erklärung, was er seitdem getan hatte. Er hielt es für besser, sich den Rest für ein persönliches Gespräch aufzuheben, das ihm Gelegenheit geben würde, die Umstände näher zu erläutern.

Wilson winkte ab. »Um den Papierkram können wir uns später kümmern. Ich höre mir lieber erst an, was ein Mann über sich selbst zu sagen hat. Die Art, wie jemand sich ausdrückt, sagt mir wesentlich mehr über ihn, als jeder noch so ausgefeilte Lebenslauf. Erzählen Sie mir, was Sie an einen Ort wie Little River verschlagen hat.«

Mit dieser Frage hatte Michael gerechnet, zog es jedoch vor, sie zunächst ausweichend zu beantworten. Er wollte Gelegenheit haben zu erklären, was er der Firma zu bieten hatte, bevor er darauf einging. »Ach, ich würde sagen, Verschiedenes. In erster Linie brauchte ich wohl einen Tapetenwechsel.«

»Und was bringt Sie dazu, sich auf die Stelle zu bewerben, die ich zu besetzen habe? Ich meine, verstehen Sie mich nicht falsch, für uns ist das ein wichtiger Posten. Wir hatten bisher noch nie einen Werbeleiter, und ich habe den Eindruck, daß dies nicht die Art Job ist, die Sie gewöhnt sind.«

»Werbung ist mein Spezialgebiet, Mr. Wilson, und alles, was im weitesten Sinne dazu gehört. Little River bietet sicherlich ein anderes Umfeld als das, in dem ich bisher tätig war, aber das wußte ich, bevor ich zu Ihnen gekommen bin.«

Wilson nickte. »Ich kann gut verstehen, wenn jemand zu dem Schluß kommt, daß die Großstadt nicht das Nonplusultra ist.« Er schaute hinaus auf die Berge. »Ich lebe hier seit meiner Geburt, und ich bin jetzt vierundsiebzig Jahre alt.

Ich bin in meinem Leben viel gereist, aber nie in eine Gegend gekommen, die mir das hätte bieten können, was ich hier habe. Natürlich befinde ich mich in einer glücklichen Situation. Mein Vater hat diese Firma aufgebaut, und ich hatte immer ein Ziel, etwas, von dem ich wußte, daß es eines Tages mir gehören würde, wenn er sich zur Ruhe setzt. Mir geht es hier gut, und dafür bin ich dankbar.« Er machte eine kleine Pause, dann fragte er: »Sind Sie verheiratet, Mike? Darf ich Sie Mike nennen?«

»Natürlich. Ich war verheiratet. Jetzt bin ich geschieden.«

Wilson runzelte die Stirn. »Das ist schade. Ich bin seit vierzig Jahren verheiratet. Und zwar immer noch mit derselben Frau«, fügte er hinzu und lachte kurz auf. »Die Ehe ist etwas Wunderbares. Eine Familie zu haben ist wichtig, finden Sie nicht? Sie gibt einem Mann Stabilität, ist etwas, für das zu arbeiten sich lohnt. Ich bedaure nur, daß keiner meiner Söhne die Firma übernehmen wird. Aber sie sind beide erfolgreich. Einer ist Anwalt, der andere Arzt. Ich bin stolz auf sie. Haben Sie auch Kinder, Mike?«

»Nur eins«, erwiderte er. »Eine Tochter.«

Wilson dachte eine Weile darüber nach, und Michael befürchtete schon, die Scheidung könnte gegen ihn sprechen. Doch Wilson schien beschlossen zu haben, diesen Punkt zu übersehen.

»Lassen Sie mich Ihnen etwas über den Job erzählen, Mike«, sagte er.

Sie nahmen Platz, und Michael ließ sich das Arbeitsfeld des neuen Werbeleiters skizzieren. Die Firma war über die Jahre recht erfolgreich gewesen, aber Wilson hatte richtig erkannt, daß die Verhältnisse sich änderten. Die zunehmende Konkurrenz durch Anbieter von außerhalb fing an, sein Geschäft zu beeinträchtigen. Die Leute, vor allem die jüngeren, fielen auf jeden Schnickschnack herein, wie er sich ausdrückte. Der gute Ruf der Firma, auf den er sich immer verlassen hatte, geriet angesichts der marktschreierischen Angebote mancher Autohäuser ganz in Vergessenheit.

»Dieses Autohaus hat eine lange Tradition, Mike. Mein Vater hat die Firma nach dem Krieg gegründet, und die Philosophie, nach der er sie geführt hat, besitzt für uns heute noch Gültigkeit. Auf den Punkt gebracht heißt das: Behandle die Leute anständig, dann werden sie dich ebenfalls anständig behandeln. Sehen Sie, wir bieten einen guten Kundenservice, und deswegen kommen die Leute immer wieder zu uns. Das bedeutet natürlich, daß die Autos, die wir verkaufen, ein paar Dollar mehr kosten, weil wir auf jeden Wagen eine Garantie gewähren. Ich glaube, die Leute kommen aber in erster Linie zu uns, weil sie wissen, daß wir gut sind und sie uns vertrauen können.« Er mußte grinsen. »Das klingt wohl heutzutage etwas altmodisch.«

»Ich glaube nicht, daß die Werte, von denen Sie sprechen, aus der Mode kommen«, sagte Michael. »Nur die Art, wie man sie vermittelt, muß sich ändern.«

Wilson zog eine Braue hoch. »Werte. Tja, ich schätze, das ist es, wovon ich spreche. Dieses Wort hört man heute nicht mehr häufig. Ich würde sagen, Sie haben den Nagel auf den Kopf getroffen, Mike, hier geht es um Werte. Bei uns wird noch gearbeitet wie früher, als es nicht einzig und allein darum ging, möglichst schnell möglichst viel Geld zu verdienen.« Er schüttelte bekümmert den Kopf. »Es scheint mir fast so, als wäre das das einzige, was die jungen Leute heutzutage im Kopf haben.«

»Ja, manchmal könnte man das annehmen«, erwiderte Michael.

»Selbst in einer Stadt wie dieser bleibt das nicht aus.« Wilson machte eine Handbewegung in Richtung Fenster. »Wir haben uns immer um unsere Kunden gekümmert. Wenn Sie ein Problem mit einem Fahrzeug haben, das Sie bei uns gekauft haben, dann helfen wir Ihnen. Nicht wie manche Autohändler heutzutage, die, wenn sie Ihnen erst mal Ihr Geld abgeknöpft haben, am liebsten nie wieder von Ihnen hören würden. Wenn Sie ein Problem mit dem neuen Wagen haben, dann ist das Ihr Problem, Punkt. Das vergessen die Leute, wenn sie einen Kaufvertrag unterschreiben, bei dem sie eine Handvoll Tankgutscheine und einen Kasten Bier als Bonus bekommen. Das wird ihnen nämlich wenig nützen, wenn ein paar Meilen außerhalb der Stadt plötzlich der Zylinderkopf undicht ist.«

Wilson schüttelte wehmütig den Kopf. »Aber alles Jammern wird uns nichts nützen. Wir müssen mit der Zeit gehen und den Leuten deutlich machen, was wir zu bieten haben. Ihnen unsere Werte vermitteln.« Er machte eine Pause. »Was würden Sie tun, Mike, wenn Sie den Job bekämen?«

Michael tat so, als dächte er über die Frage nach, doch in Wirklichkeit hatte er längst erkannt, wo man ansetzen mußte. »Meiner Meinung nach geht es in erster Linie um Ihr Image«, sagte er schließlich. »Ein guter Ruf, ein alteingesessener Name, kann, wie in Ihrem Fall, ein gutes Aushängeschild sein, aber er kann sich auch ins Gegenteil verkehren, wenn er nicht richtig präsentiert wird. Letztlich muß Ihre Werbestrategie auf Ihrem guten Ruf in Sachen faire Preispolitik basieren, was in gewisser Weise dem entspricht, wie Sie derzeit vorgehen.« Er erwähnte die Anzeige, mit der Wilson regelmäßig in der Zeitung warb. Sie zeigte ein Foto des alten Wilson neben dem Firmenlogo, darunter den Slogan: »Uns können Sie vertrauen.«

»Diese Anzeige sagt den Leuten, vor allem den jungen, die rund um die Uhr mit Werbung aus Zeitschriften und Fernsehen, aus dem Radio und von Plakaten bombardiert werden, daß die Firma Wilson altmodisch ist«, erklärte Michael und machte eine Pause, um zu sehen, wie seine Ausführungen ankamen.

»Wie würden Sie also vorgehen?« fragte Wilson nach einer Weile.

»Erstens, benutzen Sie kein Foto von sich selbst. Sie brauchen ein Image, das jung und alt gleichermaßen anspricht. Und das wäre erst der Anfang. Ich würde Ihnen empfehlen, Ihre Werbestrategie von Grund auf umzukrempeln, allerdings ganz allmählich. Keine drastischen Veränderungen über Nacht. Damit würden Sie nur Gefahr laufen, Ihre Stammkunden zu vergraulen.«

Wilson erhob sich und trat ans Fenster, wo er eine Zeitlang mit dem Rücken zu Michael stehenblieb. Als er sich umdrehte, war sein Gesichtsausdruck ernst.

»Sie würden mich also aus unserer Werbung herausnehmen, wie?«

»Das wäre meine Empfehlung.«

»Und das wäre erst der Anfang?« Wilson schaute erneut aus dem Fenster, sprach aber weiter. »Ich schätze, ich müßte die Zügel ein wenig aus der Hand geben, nicht wahr?«

»Ich glaube, es würde darum gehen, jeden Schritt gemeinsam zu beraten«, sagte Michael. »Und wie ich schon sagte, es sollte nicht zuviel auf einmal verändert werden.«

Wilson nickte bedächtig. »Ihre Ideen gefallen mir, Mike«, sagte er. »Noch bin ich nicht zu alt und zu störrisch, um zu merken, daß ich nicht mehr alles allein regeln kann. Ich glaube, wir könnten jemanden wie Sie gut gebrauchen.«

»Ideen sind nichts wert, wenn es niemanden gibt, der sie sich anhört«, erwiderte Michael. »Ich bewundere Ihre Bereitschaft, die Notwendigkeit von Veränderungen zu akzeptieren. Das kann nicht jeder.«

»Tja, ich nehme an, nichts bleibt, wie es ist«, räumte Wilson ein. »Selbst in einem Unternehmen wie dem unseren. Wir sind ein netter Haufen, Mike, jedenfalls bilde ich mir das ein. Wir kommen alle gut miteinander aus, und wir halten uns nicht mit Förmlichkeiten auf. Sie könnten es sich sogar leisten, sich etwas legerer zu kleiden, wenn Sie das wünschten«, fügte er scherzhaft hinzu. »Ich glaube, es würde Ihnen bei uns gefallen. Allerdings muß ich Ihnen gestehen, daß das Budget, das wir Ihnen zur Verfügung stellen könnten, wahrscheinlich nicht dem entspricht, was Ihnen ein Großstadtunternehmen bieten kann.«

Michael erhob sich. »Darüber bin ich mir im klaren. Es gibt jedoch noch etwas, das Sie wissen sollten.« Er reichte

Wilson seine Unterlagen, und während der alte Herr darin blätterte, sagte er ihm, daß er im Gefängnis gewesen war.

Wilson hielt inne und sah ihn entgeistert an. »Im Gefängnis?«

»Drei Jahre. Anschließend war ich in einer psychiatrischen Klinik«, sagte Michael. »Ich wurde vor einigen Wochen entlassen. Darum bin ich nach Little River gekommen. Ich bin hier geboren.«

Wilson schaute mit gerunzelter Stirn auf den Lebenslauf und sagte nachdenklich: »Somers? Michael Somers?« Der Name kam ihm bekannt vor, doch es dauerte noch einen Augenblick, bis er ihn einordnen konnte. »Ihr Vater war John Somers, der den Eisenwarenladen hatte?«

»Richtig«, sagte Michael. »Wahrscheinlich haben Sie gehört, was geschehen ist. Ich hatte eine Art Nervenzusammenbruch, aber ich habe während meiner Haft eine Therapie gemacht, und jetzt bin ich wieder auf dem Damm.«

Wilson schüttelte den Kopf, er hörte kaum noch zu. »Das ändert natürlich alles.« Er reichte Michael die Bewerbungsunterlagen. »Das hätten Sie mir gleich sagen müssen.«

Michael sah die Veränderung in Wilsons Gesicht, den harten Zug um die Lippen, den unerbittlichen Ausdruck in seinen Augen. Eine Welle der Enttäuschung durchflutete ihn, und er fragte sich, wie er je zu hoffen gewagt hatte, daß es anders kommen würde, daß die Menschen seine Vergangenheit akzeptierten. Gegen besseres Wissen versuchte er, sich zu verteidigen.

»Und wenn ich es Ihnen gesagt hätte, hätten Sie mir dann zugehört? Hätten Sie mich überhaupt empfangen?«

»Ich glaube, Sie sollten besser gehen«, sagte Wilson.

Michael stieß ein kurzes, höhnisches Lachen aus. »Haben Sie nicht vor wenigen Minuten behauptet, meine Ideen würden Ihnen gefallen? Was ist mit den Werten, von denen Sie eben noch gesprochen haben?«

Wilson schüttelte den Kopf. »Es tut mir leid, es hat einfach keinen Zweck.« Er ging auf die Tür zu.

»Moment noch«, sagte Michael. »Soll das heißen, Sie können mich nicht einstellen, weil ich im Gefängnis war? Ist es das? Ich meine, ich möchte es nur genau wissen, damit ich Bescheid weiß. Ich habe meine Strafe abgesessen, ich habe meine Schuldigkeit der Gesellschaft gegenüber getan.«

»Es geht nicht darum, wo Sie gewesen sind«, sagte Wilson. »Es geht um das, was Sie getan haben. Die Leute hier kennen Sie, sie lesen schließlich Zeitung. Ich kann es mir nicht leisten, jemanden wie Sie für mich arbeiten zu lassen. Selbst wenn ich glaubte, es würde dem Geschäft nicht schaden, wäre es dennoch unmöglich. Ich könnte es einfach nicht ertragen.«

»Haben Sie nicht eben noch gesagt, daß man die Menschen gut behandeln muß? Hat einer wie ich dann keine zweite Chance verdient?«

»Sie sollten jetzt gehen«, sagte Wilson. »Ich möchte nicht die Polizei rufen müssen.«

Michael fühlte sich plötzlich wie benommen, sein Schädel dröhnte. Er hätte es besser wissen müssen. Wilson hielt ihm wortlos die Tür auf, und in seinem Blick lag kalte Feindseligkeit.

»Lassen Sie sich einen Rat geben«, sagte er, als Michael das Büro verließ. »Gehen Sie fort. Gehen Sie irgendwohin, wo Sie niemand kennt.«

Am Nachmittag verließ Michael das Haus und ging zum Fluß hinunter. Er wollte nachdenken und versuchen, wieder einen klaren Kopf zu bekommen. Die alte Holzbrücke, die über den Fluß führte, quietschte und schwankte unter seinen Schritten. Ein Stück flußabwärts verengte sich das Flußbett zwischen zwei schwarzen Felsen, die in der fahlen Sonne schimmerten. Die Luft war erfüllt vom Rauschen des Wassers, das sich weißschäumend zwischen den Felsen hindurchzwängte, bis der Fluß wieder breiter wurde. Am anderen Ufer stapfte Michael quer durch den Wald, der hier hauptsächlich aus Hemlocktannen und vereinzelt wachsenden Espen und Pappeln bestand. Am Waldrand, in der Stille der schneebedeckten Landschaft, fand er ein Plätzchen, wo er eine Weile sitzen und in Ruhe nachdenken konnte.

Als Holly geboren wurde, hatte Michael geglaubt, eine vielversprechende Zukunft vor sich zu haben, und er war ganz erfüllt gewesen von den Bildern des glücklichen Familienlebens, die er sich ausmalte. Vor allem sollte seine Tochter glücklich sein und ohne die Konflikte und Spannungen aufwachsen, mit denen er groß geworden war. Er stellte sich ein Leben voller Harmonie vor, das durch nichts erschüttert werden konnte.

Mit sechsundzwanzig hatte er die drei Jahre jüngere Louise geheiratet. Damals verdiente er bereits gut, und sie hatten eine Wohnung gekauft, in die sie eine Woche nach der Rückkehr von ihrer Hochzeitsreise eingezogen waren. Einen Monat später schrieb er seinem Vater einen Brief, um ihm die Neuigkeiten mitzuteilen. Heute dachte er manchmal daran, wie sehr es ihn geschmerzt haben mußte, einfach vor vollendete Tatsachen gestellt zu werden. Louise stammte aus einer glücklichen Familie, und ihre Eltern und ihre beiden Brüder hatten ihn wie einen der ihren aufgenommen. Über seine eigene Familie sprach Michael nie, alles, was er erzählte, war, daß er keine Geschwister hatte, daß seine Mutter gestorben war, als er achtzehn war, und daß er sich mit seinem Vater nicht verstand. Er versuchte nie zu erklären, warum er mit seinem Vater nichts zu tun haben wollte, und ebensowenig erwähnte er, daß seine Mutter Selbstmord begangen hatte. Louise hatte versucht, ihn dazu zu überreden, seinen Vater zur Hochzeit einzuladen, aber das Gespräch war schließlich in einen ernsten Streit ausgeartet.

»Du verstehst das eben nicht. Vergiß es einfach«, fuhr er sie an, unfähig, seinen Ärger zu zügeln.

Einige Wochen, nachdem er seinem Vater geschrieben hatte, kam ein Hochzeitsgeschenk von ihm, begleitet von einer Glückwunschkarte. Michael packte das Geschenk ungeöffnet in die Abstellkammer, aber dann fand Louise es, und als er nach Hause kam, stand eine mundgeblasene Blumenvase auf dem Tisch.

»Ruf ihn an. Ruf ihn wenigstens an, bitte«, sagte Louise. »Das kann doch nicht so schwer sein.«

Als er sich weigerte, gab sie nach, um es nicht wieder zum Streit kommen zu lassen.

Die ersten Jahre ihrer Ehe waren glückliche Jahre gewesen. Louise hatte honigblondes Haar und ernste graue Augen, die sanft wurden, wenn sie lächelte. Damals liebte er sie so, wie ein Mann eine Frau nur lieben kann. Ihr Körper war schlank und fest, und sie wußte sich zu kleiden, so daß die Männer ihr auf der Straße nachschauten. Er war stolz auf sie. Er hielt sich für einen Glückspilz, weil sie ihn genommen hatte, und im Rückblick sah er darin das erste Anzeichen dafür, daß etwas nicht gestimmt hatte. Als hätte er damals schon gespürt, daß es vermessen war zu glauben, es könnte immer so bleiben. Es konnte nicht von Dauer sein. Er hatte eine schöne Frau und einen gutbezahlten Job, doch in seinem Hinterkopf lauerte bereits eine düstere Ahnung.

Ein paar Mal rief ihn sein Vater aus Little River an, aber die Gespräche waren jedesmal ziemlich verkrampft. Später kamen statt der Anrufe Briefe. Nach der Lektüre dieser Briefe verspürte er jedesmal das Bedürfnis, eine Zeitlang allein zu sein, und manchmal las er sie immer und immer wieder. Vielleicht suchte er zwischen den Zeilen nach einer Botschaft, die sie nicht enthielten. Sein Vater schrieb über die Stadt und über kleine, nichtige Ereignisse. Niemals erwähnte er Michaels Mutter in seinen Briefen, niemals bat er ihn um einen Besuch. Hin und wieder drängte Louise ihn, sich mit dem auseinanderzusetzen, was zu der Entfremdung zwischen ihm und seinem Vater geführt hatte, oder zumindest darüber zu reden, aber er konnte sich nie dazu überwinden. Wenn es zwischen ihnen zum Streit kam, dann ging es jedesmal um diese eine Sache, um diesen Teil seines Lebens, den er ihr vorenthielt.

Als Holly geboren wurde, gab Louise ihren Job auf. Etwa zur gleichen Zeit wechselte Michael zu einer anderen Werbeagentur, wo er mehr verdiente. Alles hätte perfekt sein können, aber die dunkle Ahnung in seinem Kopf war stärker geworden und verdüsterte seine Gedanken. Aus dem vagen Gefühl heraus, daß er ein so gutes Leben nicht verdiente, gelangte er allmählich zu der Überzeugung, das Unheil warte schon auf ihn, sein ganzes Glück sei nichts als ein übler Trick, um ihn in Sicherheit zu wiegen, und er fing an, nach Warnsignalen Ausschau zu halten.

Nach der Geburt seiner Tochter konnte er nicht fassen, wie man soviel Liebe für einen Menschen empfinden konnte. Die Gefühle, die ihn beim Anblick dieses hilflosen, verletzlichen Wesens überkamen, schnürten ihm die Kehle zu. Er sagte sich immer wieder, daß er für sie verantwortlich war, daß alles, was sie in ihrer Kindheit erlebte, ihre Persönlichkeit formen und sie bis ans Ende ihrer Tage begleiten würde, und er schwor sich, ihr Leben so perfekt zu gestalten, wie sein eigenes nie gewesen war. Nachts lag er häufig wach, und wenn Louise wissen wollte, was mit ihm los war, erklärte er, er habe Angst um Holly, Angst, es werde alles ein böses Ende nehmen. Sie versuchte, ihn zu beruhigen, aber an ihrem Blick sah er, daß sie sich Sorgen machte.

»Warum sollte denn etwas Schlimmes passieren?« fragte sie. »Es geht uns doch gut.«

»Ich habe einfach so ein Gefühl.«

Er begann, zu allen möglichen Zeiten zu Hause anzurufen, um sich zu erkundigen, ob alles in Ordnung war, und kam manchmal unerwartet nach Hause. Anfangs war Louise gerührt von seiner Fürsorglichkeit, aber irgendwann begann sie zu ahnen, was der wahre Grund für sein Verhalten war. Als er eines Tages wieder einmal am frühen Nachmittag unerwartet nach Hause kam, hatte sie einen heftigen Wutausbruch.

»Was machst du hier, Michael? Warum tust du das? Du

führst dich auf, als würdest du erwarten, irgend etwas Kompromittierendes vorzufinden!«

»Ich will mich nur vergewissern, daß alles in Ordnung ist.«

»Es geht uns gut, Michael. Es ist alles in Ordnung.« Sie sprach langsam, bemüht, die Fassung zu wahren. »Du mußt damit aufhören. Ich kann es kaum noch ertragen«, fügte sie sanfter hinzu.

Er hörte damit auf, jedenfalls für ein paar Tage, aber dann fing es wieder an, bis sie ihn schließlich davon überzeugte, daß seine Unsicherheit etwas mit seiner Kindheit zu tun haben mußte. Sie schlug ihm vor, einen Therapeuten aufzusuchen oder sich mit seinem Vater auseinanderzusetzen.

»Vielleicht könnte ich dich verstehen, wenn du mir etwas über deine Eltern erzählen würdest. Was ist es, was dich so umtreibt?«

Aber da war es schon zu spät gewesen. Wenn das Thema erwähnt wurde, war ihm jedesmal, als risse eine alte Wunde auf, und nun stritten sie sich erst recht. Damals war er über ihren Scharfblick verblüfft, doch später wurde ihm klar, wie offensichtlich die Zusammenhänge gewesen sein mußten. Sie drängte ihn immer wieder, eine Therapie zu machen – auch weil seine Stimmungen schon auf sie abfärbten. Es gab Tage, an denen sie kaum ein Wort miteinander wechselten, und er begann, sie zu verdächtigen, eine Affäre zu haben.

Als Holly ein Jahr alt war, erhielt er einen Anruf von der Polizei in Little River. Sein Vater war mit seinem Wagen in einer Kurve auf die Gegenfahrbahn geraten und frontal mit einem Holztransporter zusammengestoßen. Er war auf der Stelle tot gewesen. Der Polizist, der ihn anrief, sagte, es sei so schnell gegangen, daß sein Vater nichts gespürt haben konnte. Ein Augenblick der Unachtsamkeit – und dann die Ewigkeit. Michael war wie betäubt von der Nachricht. Dann, allmählich, war ihm bewußt geworden, daß er jetzt keine Möglichkeit mehr hatte, sich mit seinem Vater auszusöhnen, daß er das, was er mit sich herumtrug, nie mehr loswerden konnte.

Louise flehte ihn regelrecht an, zur Beerdigung zu fahren. Sie schlug vor, sie und Holly könnten mitkommen, dann hätte er Gelegenheit, ihnen zu zeigen, wo er aufgewachsen war. Die Abwechslung würde ihnen allen guttun. Er lehnte den Vorschlag ab und weigerte sich, überhaupt darüber zu diskutieren. Er erzählte ihr nicht, wie er aus Trauer um seinen Vater, der ihm zeitlebens fremd geblieben war, still geweint hatte und wie sehr es ihn bedrückte, daß er bei der Beerdigung seiner Mutter keine Träne vergossen hatte. Das alles behielt er für sich, und ohne daß es ihm damals bewußt war, begann er langsam, den Verstand zu verlieren.

Von dem Zeitpunkt an wurde alles rapide schlimmer. Er vernachlässigte seine Arbeit, und bei der Agentur begannen die Kollegen, Fragen zu stellen. Er belauschte Louise beim Telefonieren, versuchte zu verstehen, was sie sagte, und wenn er wissen wollte, mit wem sie gesprochen hatte, wich sie ihm aus. Er verbrachte Stunden in Hollys Zimmer, saß einfach still im Dunkeln und sah ihr beim Schlafen zu. Er erinnerte sich, das Gefühl gehabt zu haben, daß ihm alles entglitt, daß er Holly gegenüber versagte, daß er nicht in der Lage war, sie glücklich zu machen. Eines Abends kam Louise ins Zimmer, als er die weinende Holly gerade anflehte, ihn nicht zu hassen, wenn sie größer sei.

Monatelang war es so weitergegangen. Schließlich war er überzeugt, daß Louise vorhatte, ihn zu verlassen, und daß sie einen anderen hatte. Er kaufte eine Pistole, ohne genau zu wissen wozu, und bewahrte sie wochenlang in seinem Schreibtisch am Arbeitsplatz auf. Als er Louise eines Tages wieder einmal folgte, traf sie sich mit einem Mann in einem Café, und er beobachtete, wie die beiden die Köpfe zusammensteckten und sich über den Tisch hinweg ernst unterhielten. Bevor sie das Café verließen, nahm der Mann ihre Hand, und sie tauschten einen Blick, der ihm wohlvertraut war. So hatte Louise auch ihn einst angeschaut. Zum Abschied küßten sie sich. Michael folgte dem Mann und fand seinen Namen und seine Adresse heraus.

Eine Woche später erklärte Louise ihm, sie wolle sich scheiden lassen. Dann erzählte sie ihm lang und breit, wie unglücklich sie während des vergangenen Jahres gewesen war. Erneut flehte sie ihn an, einen Therapeuten aufzusuchen, und wenn er sich darauf eingelassen hätte, vielleicht hätten sie noch eine Chance gehabt. Statt dessen stand er vom Tisch auf und verließ wortlos die Wohnung. Er fuhr in sein Büro, nahm die Pistole aus dem Schreibtisch, fuhr zu dem Mann, mit dem Louise sich getroffen hatte, und schoß zweimal auf ihn.

Bis heute konnte er sich nicht erinnern, was er an jenem Tag gefühlt hatte. Alles, was sich von dem Augenblick an, als er vom Tisch aufgestanden war, ereignet hatte, war in sein Gedächtnis eingebrannt, nicht eine einzige Sekunde fehlte ihm. Es war wie ein Film, in dem er die Hauptrolle spielte. Doch die Figur, die er dort agieren sah, schien nichts mit ihm zu tun zu haben.

Er fuhr nach Hause und erzählte Louise, was er getan hatte. Woran er sich am deutlichsten erinnerte, war der angsterfüllte Blick in ihren Augen und wie sie auf ihn eingeredet hatte, während sie Holly an sich drückte. Holly begriff nicht, was geschah und weinte. Später war ihm klargeworden, daß Louise fürchtete, er werde erst sie beide und dann sich selbst erschießen. Er hatte oft darüber nachgedacht, konnte sich jedoch nicht entsinnen, was damals in ihm vorgegangen war. Die Polizei war gekommen, und er hatte sie mit der Pistole in Schach gehalten, während er überlegte, was er tun sollte. In diesem Augenblick war ihm die Ungeheuerlichkeit seiner Tat bewußt geworden. Wie ein Schlag hatte ihn die Erkenntnis getroffen, und er hatte das Gefühl, er werde sich nie wieder davon erholen.

Er hatte seine Frau und seine Tochter zum letztenmal gesehen, als sie zu einem Polizeiwagen geleitet wurden, während man ihm Handschellen anlegte. Louise hatte sich kurz zu ihm umgedreht, und er hatte im selben Moment erkannt, daß er sie nie wiedersehen würde.

Michael riß sich aus seinen Gedanken und stand mühsam auf. Vom langen Sitzen war er ganz steif geworden, und die Kälte war ihm in die Glieder gekrochen. Er streckte sich und dachte an die Leute in Little River. Vielleicht hatten sie recht, wenn sie jemandem Mißtrauen entgegenbrachten, der getan hatte, was er getan hatte. Heller hatte ihn kurz vor seiner Entlassung gefragt, ob er sich als geheilt betrachte.

»Ich dachte, Sie wären der Arzt«, hatte Michael erwidert.

»Sie machen keinen psychotischen Eindruck. Aber das tun Sie schon lange nicht mehr. Ich möchte wissen, was Sie meinen.«

Die Wahrheit war, er wußte es nicht. Er dachte an den Hund, der ihm vor einigen Tagen zugelaufen war und seine Schnauze zur Küchentür hereingesteckt hatte, und an den Gesichtsausdruck der Frau, als er den Hund zurückbrachte. Sie hatte sich vor ihm gefürchtet, was ihn zugleich wütend und traurig gemacht hatte. Vielleicht hatte sie recht. Wer konnte schon sagen, ob das, was einmal geschehen war, nicht ein zweites Mal passierte?

Er schaute zum Himmel. Es war spät am Nachmittag, und die Dämmerung setzte ein. Michael kam sich vor, als wäre er der einzige Mensch auf der Welt. Um ihn herum war alles leer und still. Genau wie in seinem Innern. Wie um ihn eines Besseren zu belehren, erregte eine Bewegung in einiger Entfernung seine Aufmerksamkeit.

Ein Mann mit einem Gewehr über der Schulter stapfte durch den Schnee, ohne ihn zu sehen. Michael beobachtete ihn und fragte sich, was er wohl jagen mochte.

5. Kapitel

Ellis glaubte eigentlich nicht an solche Dinge, aber er hätte beinahe schwören können, daß der Falke wußte, was er plante, und ihn zum Narren hielt. Es war nicht mehr nur das Geld, das ihn jeden Tag hier heraus trieb, obwohl die Aussicht natürlich verlockend war. Ellis hatte mittlerweile das Gefühl, er müsse sich und einigen anderen etwas beweisen.

Manchmal wünschte er, er hätte seine Klappe gehalten. Seit dem Abend in Clancys Kneipe grinsten die Leute, wenn sie ihn kommen sahen. Am Abend zuvor hatten Ted Hanson und Red Parker gerade Billard gespielt, als er hereingekommen war und sich ein Bier bestellt hatte.

Red hatte sich aufgerichtet und gerufen: »He, Ellis, du hast dir ja immer noch keinen neuen Laster gekauft von dem vielen Geld, das du angeblich erwartest!«

Hanson hatte sich den Bierschaum vom Mund gewischt und verächtlich geschnaubt. »Was ist los, Ellis«, hatte er amüsiert gefragt, »hast du den Lotterieschein mit der Gewinnzahl verloren?«

Verdammt, ihm war nichts anderes übriggeblieben als zu grinsen und mit ihnen zu lachen, als machte es ihm nichts aus, das Opfer ihrer blöden Witze zu sein. Er hatte keine Ahnung, wie Hanson auf die Idee mit dem Lotto kam, jedenfalls konnte er sich nicht erinnern, etwas in der Richtung angedeutet zu haben. Wenn er sich recht erinnerte, hatte er lediglich erwähnt, er rechne mit einer größeren Summe. Das war allerdings alles gewesen, da war er sich sicher. Er hatte noch nicht einmal erzählt, um wieviel Geld es ging. Vielleicht hatte er aber durchblicken lassen, daß es sich um mehr handelte, als diese Idioten jemals auf einem Haufen zu sehen bekommen würden, und er hatte sich wohl auch dazu verleiten lassen, die Sache zu übertreiben, möglicherweise sogar ihre Phantasie noch angestachelt, indem er so geheimnisvoll getan hatte. Er hatte aber niemals behauptet, in einer Lotterie gewonnen zu haben.

Das Dumme war nur, daß inzwischen eine Woche vergangen war, und er immer noch genausoweit war wie am Anfang. Jedesmal, wenn er Clancys Kneipe betrat, würde er dieselben alten Witze zu hören bekommen, so lange, bis er ihnen entweder bewies, daß er doch recht gehabt hatte, oder bis sie die ganze Sache einfach vergaßen. Die Geschichte war außer Kontrolle geraten – wie ein Schneeball, der sich beim Rollen über einen Abhang in eine Lawine verwandelt. Klar, er hatte nicht widerstehen können, ihnen zu erzählen, was er mit dem Geld zu tun gedachte, wenn er es erst einmal in Händen hielt. Aber er hatte sich nichts dabei gedacht. In den vergangenen Jahren hatte er es weiß Gott schwer gehabt, und es hatte ihm gutgetan, zur Abwechslung einmal auf der Seite der Gewinner zu stehen. Das Problem war nur, daß er ihnen allzusehr von seinem Glück vorgeschwärmt hatte, und nun zahlten sie es ihm heim. Sie glaubten ihm kein Wort mehr.

Mittlerweile hatte Ellis ein paar andere Händler angerufen und herausgefunden, daß er mit seinem Gefühl richtig lag, Tusker wollte ihn übers Ohr hauen. Also rief er Tusker an und erklärte ihm, der Preis für den Gerfalken sei gestiegen, er wolle jetzt zweitausend dafür haben. Tusker tat zunächst so, als wäre ihm der Preis zu hoch und bot fünfzehnhundert. Er führte sich auf, als versuchte Ellis, ihm das Fell über die Ohren zu ziehen. Schließlich lenkte er jedoch ein und ließ sich auf die zweitausend ein, was Ellis mit großer Genugtuung erfüllte, denn das höchste Angebot, das ihm von anderer Seite gemacht worden war, betrug achtzehnhundert.

»Wann kriege ich den Vogel?« hatte Tusker ungeduldig gefragt.

»Bald«, erwiderte Ellis: »In ein paar Tagen.«

»Ich habe bereits mit einem Kunden Kontakt aufgenommen, und der wartet schon«, drängte Tusker.

Was bildete der sich eigentlich ein? Daß der Falke auf einen Pfiff hin angeflogen kam, um sich abknallen zu lassen?

»Ich weiß nicht, wie lange ich dir diesen Preis garantieren kann«, fügte Tusker hinzu. »Und sieh zu, daß der Vogel in einem guten Zustand ist. Mit einem zerfetzten Kadaver kann ich nichts anfangen.«

Als Ellis aufgelegt hatte, war seine gute Laune zum Teufel gewesen. Nicht zum Aushalten, wie einem von allen Seiten zugesetzt wurde.

Während der vergangenen Tage hatte Ellis den Falken mehrmals gesehen, was ein gutes Zeichen war, denn es bedeutete, daß sich der Vogel noch in der Gegend aufhielt, aber er war nie auf Schußweite herangekommen. Er blieb einen Augenblick stehen, nahm eine Zigarette aus der Schachtel in seiner Brusttasche und zündete sie an. Als er den Rauch inhalierte, mußte er husten, doch das nahm er kaum wahr.

Ein paar Krähen flatterten laut krächzend über den Wipfeln der Bäume. Ellis hob sein Fernglas, um nachzusehen, was den Aufruhr verursachte. Und da erspähte er den Falken, der seelenruhig inmitten der Krähen flog und ihre halbherzigen Scheinangriffe lässig ignorierte. Das war etwas, was ihn an Krähen immer wieder erstaunte. Sie waren wie Straßenkinder, den Kopf voller Blödsinn und die größten

Maulhelden, wenn ein starker Typ vorüberschlenderte. Zusammen waren sie alles, allein nichts. Er hatte gesehen wie sie das gleiche mit Bussarden und sogar mit Adlern trieben. Der Falke hätte jederzeit eine von ihnen schlagen können. Er war größer und schneller, aber er strafte sie nur mit Verachtung. Ellis mußte sich zähneknirschend eingestehen, daß er eine gewisse Bewunderung für ihn empfand.

Er sah, wie der Falke höher stieg, und nahm an, daß er zuvor irgendwo jenseits der Bäume gewesen war. Wie immer flog er weg, zu weit weg, als daß er einen Schuß riskieren konnte. Ellis hatte das Gefühl, der Falke wußte, daß er da war. Er schaute dem Vogel nach, wie er auf einen Felshang zuflog und sich schließlich auf einem Vorsprung niederließ. Er merkte sich die Stelle und ließ das Fernglas sinken.

Der Wald reichte bis an die Felswand, und Ellis dachte, wenn er sich im Schutz der Bäume näherte, könnte es ihm vielleicht gelingen, nahe genug an den Falken heranzukommen. Möglicherweise würde er aber, wenn er es bis dort geschafft hatte, lediglich feststellen, daß das verdammte Vieh wieder weggeflogen war. Andererseits war es seine letzte Chance an diesem Tag, dessen war er sich sicher. Es begann bereits, dunkel zu werden. Er warf seine Zigarette in den Schnee und stapfte auf den Wald zu.

Michael beobachtete Ellis von weitem und schaute nach oben, um herauszufinden, was er mit dem Fernglas verfolgte. Er sah einen Schwarm aufgeregt flatternder Krähen und einen anderen Vogel, der sich aus ihrer Mitte löste und unbeeindruckt davonflog. Er wußte nicht, um was für ein Tier es sich handelte; ohne Fernglas konnte er nur erkennen, daß es groß war und ein auffallend helles Gefieder hatte.

Plötzlich sah er Ellis zwischen den Bäumen verschwinden. Der Falke war auf die Felshänge jenseits des Waldes zugeflogen und mit bloßem Auge nicht mehr auszumachen, die Krähen hatten sich wieder in den Bäumen niedergelassen, und die Landschaft lag still und verlassen da. Michael fror und sagte sich, er sollte sich lieber auf den Heimweg machen, bevor es dunkel wurde. Aber irgend etwas veranlaßte ihn dazu, in die Richtung zu gehen, in die der Falke geflogen war.

Der Falke saß auf einem kleinen Vorsprung hoch oben in der Felswand. Es war eine windgeschützte Stelle, an der er sich schon mehrmals nachts aufgehalten hatte. Er war nicht mehr hungrig, denn er hatte am Vormittag ein Eichhörnchen geschlagen, und er hatte sich von den Strapazen des Sturms erholt, der ihn nach Süden getragen hatte. Auf seinen Streifzügen durch die Gegend hatte er Wanderfalken gesehen und Bussarde, die hoch hoben ihre Kreise drehten, aber keine Falken seiner eigenen Gattung. Sein Instinkt begann, ihn wieder nach Norden zu locken, wie ein Flüstern im Wind. Er schaute zu den Berggipfeln hinüber, die sich blaugrau am Horizont erhoben, so weit das Auge reichte. Er war im letzten Sommer flügge geworden. In wenigen Monaten würde er mit dem Nestbau anfangen, einen Partner finden müssen. Auch das zog ihn zurück in den Norden.

Er schaute auf die schneebedeckte Landschaft nieder, und ihm fiel auf, daß die Gestalt, die er vom Waldrand aus gesehen hatte, verschwunden war. Ihre Spuren, die in den Wald hineinführten, waren allerdings noch deutlich sichtbar. Er wußte, daß es derselbe Mann gewesen war, der ihm nun schon seit Tagen immer wieder auffiel. Ein vertrautes Unbehagen stieg in ihm auf. Er entdeckte die Gestalt immer zuerst, und manchmal merkte sie gar nicht, daß er sie von ferne betrachtete. Diesmal war die Situation anders. Ein zweiter Mann kam durch den Schnee näher und machte keinen Versuch, unbemerkt zu bleiben. Das Unbehagen des Falken wuchs, obwohl er nicht genau wußte, warum. Es mußte etwas mit dem Mann zu tun haben, der zwischen den Bäumen verschwunden war. Den anderen behielt er im Auge, und er würde nicht zulassen, daß er ihm zu nahe kam, obwohl von ihm anscheinend keine Gefahr ausging. Allmählich wurde es dunkel, und er würde seinen Platz nicht ohne guten Grund verlassen.

Er öffnete die Schwingen und spürte, wie der Wind ihm in das Gefieder fuhr, doch er blieb an seinem Platz und beobachtete unruhig das Geschehen.

Ellis war versucht, an den Waldrand zu gehen, damit er mit dem Fernglas prüfen konnte, ob der Falke noch da war, oder ob er nur seine Zeit vergeudete. Das schwache Tageslicht drang nun kaum noch durch die Bäume, und er bereute beinahe seine Entscheidung, heute noch einen Schuß zu versuchen. Bis er sich wieder auf den Rückweg zu seinem alten Laster machte, wäre es vollkommen dunkel, und er war schon jetzt erschöpft und durchgefroren. Er widerstand der Versuchung, nach dem Falken Ausschau zu halten, denn er fürchtete, der Vogel könne ihn sehen und wieder verschwinden. Mühsam stapfte er durch den Schnee. Noch zwanzig Minuten, dann hatte er es geschafft.

Manchmal fand er es ganz schön seltsam, wie das Leben so spielte. Er erinnerte sich, wie Rachel als Schülerin gewesen war, ein hübsches Ding, das kaum ein Wort mit ihm gewechselt hatte. Lange Zeit war sie eine Nummer zu groß für ihn gewesen. Sie war nicht nur hübsch, sondern auch intelligent. Nicht daß er auf den Kopf gefallen war, aber bei ihm zu Hause hatte niemand besonderen Wert auf Schulbildung und dergleichen gelegt. Sein Vater hatte seinen drei Kindern von Anfang an das Gefühl gegeben, sie seien Versager. Dafür hatte er weiß Gott gesorgt. Ellis erinnerte sich auch, wie sein Vater seine Mutter immer wieder im Suff verprügelt hatte. Das zumindest hatte Ellis noch nie getan.

Bei der Army hatten sie ihm den Kopf zurechtgerückt. Außer der Tatsache, daß er Rachel geheiratet hatte – ein Glück, das er zum Teil heute noch nicht fassen konnte –, war sein Entschluß, sich zum Militärdienst zu melden, wahrscheinlich das Beste, was er je in seinem Leben getan hatte. Die Army hatte ihm die Augen geöffnet, hatte ihm gezeigt, daß er genau wie sein Vater werden würde, wenn er nicht bald zur Besinnung kam. Die Army hatte ihm Selbstachtung gegeben. Und zwar genug, um Rachel zu fragen, ob sie mit ihm ausgehen wolle, als er wieder nach Hause kam. Gott, er erinnerte sich noch gut, wie es ihn umgehauen hatte, als sie annahm. Später erzählte sie ihm, ihr sei anfangs gar nicht klar gewesen, daß er derselbe Pete Ellis war, den sie aus der Schule kannte. Etwas Besseres als sie hätte ihm wirklich nicht passieren können. Er fragte sich, warum es irgendwann angefangen hatte, mit ihnen beiden schiefzugehen. Eigentlich kannte er die Antwort. Es ging immer darum, daß nie genug Geld da war, und wer schuld daran hatte. Sein Geschäft war in den letzten Jahren immer mehr den Bach hinuntergegangen, und nun hatte er allmählich das Gefühl, genauso ein gottverdammter Verlierer zu sein wie sein Alter.

Ellis blieb stehen und spähte zwischen den Bäumen hindurch. Er mußte jetzt nah genug sein, doch er würde ziemliches Glück brauchen, denn das Licht reichte kaum für einen gezielten Schuß aus. Er nahm das Gewehr von der Schulter und schlich am Waldrand von Baum zu Baum, bis er einen guten Blick auf die Felswand in etwa zweihundert Metern Entfernung hatte. Mit dem Fernglas suchte er das Grau ab, bis er den Vorsprung entdeckte, auf dem der Falke sich niedergelassen hatte. Zuerst war nichts zu sehen, doch dann bemerkte er, wie sich etwas bewegte. Da war er, ganz deutlich zu erkennen. Die Sonne ging schon unter, aber es blieben ihm noch ein paar Minuten. Er legte das Gewehr an und suchte den Falken durch das Zielfernrohr. Ganz so schlau ist der Vogel doch nicht, dachte er. Einen Augenblick lang tat er ihm beinahe leid, doch er schob den Gedanken beiseite, zu verlockend schien ihm alles, was er mit dem Geld anfangen könnte. Er lehnte sich gegen einen Baumstamm, um sicher zielen zu können.

Wenn Ellis sich nicht völlig auf den Falken konzentriert hätte, hätte er Michael am Fuß der Felswand bemerkt. Er war stehengeblieben und schaute an dem Steilhang hinauf, wo er den Falken vermutete. Er wußte immer noch nicht, was er als nächstes tun würde. Hoch oben nahm er eine Bewegung wahr und sah etwas Helles aufleuchten. Als er zum Waldrand hinüberschaute, erblickte er Ellis auf den Knien im Schnee mit angelegtem Gewehr.

Es blieb keine Zeit zum Nachdenken, er wußte nur, daß er etwas tun mußte. Er hob die Arme und schrie, und fast im selben Augenblick zerriß ein Schuß die Stille.

Der Falke beobachtete die Gestalt unter ihm. Sie war stehengeblieben. Sein Unbehagen wuchs, und er war verwirrt. Unruhig suchte er mit den Augen das Gelände ab. Er witterte Gefahr, wußte jedoch nicht, aus welcher Richtung sie drohte. Hin- und hergerissen zwischen dem instinktiven Bedürfnis, in seinem Versteck zu bleiben, und dem Impuls, sich in die Luft zu erheben, öffnete und schloß er seine Schwingen. Die Gestalt am Fuß des Felsens machte eine plötzliche Bewegung, dann ertönte ein Schrei, und im selben Augenblick erhob sich der Falke in den grauen Himmel, stieg lautlos in die Abendluft auf.

»Scheiße«, fluchte Ellis. Er legte erneut an, doch zu spät, der Falke war bereits außer Sichtweite.

Er ließ das Gewehr sinken und blickte sich um. Da war jemand, am Fuß des Felshangs. Wer immer es war, er schaute direkt in seine Richtung, dann drehte er sich um und ging fort. Er hätte den anderen abknallen können wie ein Karnickel, schoß es Ellis durch den Kopf. Doch dann atmete er tief durch und stand auf.

Ungläubig schüttelte er den Kopf. Es war wie verhext.

6. Kapitel

Von ihrem Schlafzimmerfenster aus sah Susan zwischen den Bäumen die Scheinwerfer eines Wagens aufleuchten, und kurz darauf bog Coop in ihre Auffahrt ein. Sie hörte die Reifen auf dem Schnee knirschen, als er vor dem Haus hielt. Während sie den zweiten Ohrring anlegte, trat sie vor den Spiegel. Sie trug Jeans und einen weiten, langen Pullover, ihr kupferfarbenes Haar fiel ihr bis auf die Schultern.

In letzter Zeit kleidete sie sich sehr zurückhaltend, und nun zögerte sie einen Augenblick und überlegte, ob sie sich ausnahmsweise etwas schicker anziehen sollte. Aber es war ja nur Coop, mit dem sie ausging.

Sie schaltete das Licht aus, ging nach unten und öffnete die Tür, bevor er klopfte. Als er im schwachen Schein der Außenlampe vor ihr stand, schien er den ganzen Türrahmen auszufüllen. Er war groß und kräftig, hatte kurz geschnittenes Haar und eine wettergegerbte Haut.

»Was hast du denn da?« fragte sie und deutete auf ein Paket, das er in der Hand hielt.

»Das ist für Jamie. Eine Angel, nichts Besonderes. Ich hatte den Eindruck, seine taugt nicht mehr viel.«

»Ach, Coop, das war doch nicht nötig.« Sie trat zur Seite, um ihn einzulassen.

»Es ist wirklich nichts Besonderes«, wiederholte er.

»Gib mir deine Jacke. Du kannst Jamie die Angel schon mal geben, und ich hole dir eben ein Bier. Er sitzt mit Wendy vor dem Fernseher.«

Sie ging in die Küche und öffnete eine Bierflasche. Einen Moment sah sie sich nachdenklich um. Die Küche war ihr Lieblingsraum, das Herz des Hauses. Auf der einen Seite stand ein riesiger Holztisch, an dem sie und Jamie ihre Mahlzeiten einnahmen und an dem sie manchmal abends noch saß, um zu arbeiten oder zu lesen. Der Raum hatte große Fenster, von denen man einen guten Ausblick auf die Berge hatte, und tagsüber, wenn die Sonne schien, glänzten der Kühlschrank aus Edelstahl und die blankgescheuerten Kupferpfannen über dem Herd im hellen Licht.

Durch die Glastür, die ins Wohnzimmer führte, beobachtete sie, wie Coop Jamie die Angel überreichte. Jamie schaute Coop teilnahmslos an. Die beiden standen sich seltsam verlegen gegenüber. Jamie hätte auf Coop zuspringen, eifrig nach der Angel greifen und an der Kurbel drehen müssen, wie andere Jungen es getan hätten. Statt dessen nahm er das Geschenk widerwillig entgegen, setzte sich wieder vor den Fernseher und legte die Angel auf den Boden. Coop ließ sich nichts anmerken.

Mit der Bierflasche in der einen und ihrem Weinglas in der anderen Hand trat Susan ins Wohnzimmer. »Hey, das ist ja ein tolles Ding«, sagte sie, um Jamies Mangel an Interesse durch ihre eigene Begeisterung wettzumachen. »Ich wette, du kannst es kaum erwarten, sie auszuprobieren, Jamie.«

Sie wußte, daß ihre Begeisterung gezwungen klang. Coop nahm sein Bier entgegen.

Jamie schaute von Susan zu Coop und antwortete mit einer Art Nicken, einer Geste, die alles und nichts bedeuten konnte. Susan ärgerte sich über ihn und empfand Mitleid für Coop, der sich bemühte, nicht zu zeigen, daß er verletzt war. Jamie schaute sich mit gespieltem Interesse einen Werbespot an.

Wendy, die älteste Tochter von Hank und Sarah Douglas, saß mit hochgezogenen Beinen in einem Sessel. »Wo geht ihr beide denn heute abend hin?« fragte sie.

Dankbar, aus der peinlichen Situation erlöst zu werden, sagte Susan: »Wir gehen essen, nicht wahr, Coop?«

Er nickte. »Wie geht's deinem Vater, Wendy?«

»Ganz gut.«

»Und wie läuft's in der Schule? Alles klar?«

Wendy verzog das Gesicht. »Geht so.«

Susan wollte weg. »Komm, Coop, wir trinken in der Küche aus und lassen die beiden in Ruhe fernsehen.«

Mit Coop und Jamie in einem Raum gelang es ihr nie, sich zu entspannen. Als sie sich zu Jamie hinunterbeugte, um ihm zum Abschied einen Kuß zu geben, nahm er kaum von ihr Notiz, schaute nur unglücklich vor sich hin.

In der Küche entschuldigte sie sich bei Coop, obwohl ihr klar war, daß er wußte, warum sich Jamie so verhielt. »Er meint es nicht so.«

»Mach dir keine Gedanken darüber.«

»Ich glaube manchmal, ich bin zu nachsichtig mit ihm.«

»Er vermißt einfach seinen Vater«, erwiderte Coop.

Sie schaute betrübt durch die Tür zu ihrem Sohn hinüber. »Ja, ich weiß, er kann nichts dafür.«

Einen Moment lang herrschte Schweigen. Dann trafen sich ihre Blicke.

»Du siehst umwerfend aus, Susan«, sagte Coop.

Lächelnd legte sie eine Hand auf seinen Arm. »Nett, daß du das sagst«, erwiderte sie, dann wandte sie sich schnell ab und stellte ihr Glas ins Spülbecken. In der Fensterscheibe sah sie, wie Coop die Stirn runzelte.

Im Valley Hotel herrschte selbst für einen Samstagabend reges Treiben. Mit zusammengezogenen Brauen überflog George Jones die Reservierungsliste für das Restaurant.

»Sieht so aus, als müßten Sie noch ein Weilchen warten«, sagte er bedauernd.

»Das macht nichts«, erwiderte Coop.

»Eine Viertelstunde vielleicht?«

»Kein Problem.«

Sie gingen an die Bar, und Coop bestellte etwas zu trinken. Dann schaute er sich um und nickte einigen Leuten freundlich zu. Jeder hier kannte Coop. Seit er das College absolviert hatte, war er Polizist am Ort, und als sein Vorgesetzter in Rente ging, war er zum örtlichen Polizeichef befördert worden. Höher konnte er auf der Karriereleiter nicht mehr steigen, es sei denn, er entschloß sich, aus Little River fortzugehen, aber Susan konnte sich nicht vorstellen, daß er das jemals tun würde. Manchmal beneidete sie ihn um die Sicherheit, mit der er sich bewegte. Sie hatte sich den Kopf darüber zerbrochen, worauf seine Ausstrahlung beruhte.

Es war nicht unbedingt Selbstzufriedenheit, hatte aber etwas damit zu tun, daß er sich an seinem Platz in der Welt wohl fühlte und den Respekt, den die Leute ihm zollten, für angemessen hielt. Manchmal ärgerte es sie auch, daß er so in sich ruhte, während sie nicht wußte, was sie wollte.

»Du weißt, daß er uns einen Tisch geben wird, den jemand anders bestellt hat«, sagte sie, als ihre Getränke kamen. Coop schaute sie an, als wüßte er nicht, wovon sie sprach. »Komm schon. Du weißt doch, daß George unseretwegen irgendwelche anderen Leute warten lassen wird.«

Er lächelte. »Er wird das schon regeln, Susan.«

Sie sah ihm an, daß er keinen Gedanken darauf zu verschwenden gedachte. Das war Georges Problem. Es war ja tatsächlich nur eine Kleinigkeit, und sie fragte sich, warum sie überhaupt darüber nachdachte. Coop war eine ehrliche Haut, ohne ein Heiliger zu sein, und wo immer es darauf ankam, lebte er nach dem Buchstaben des Gesetzes. Was machte es schon, wenn er die Regeln ein bißchen großzügig auslegte? Er tat es schließlich nicht für sich selbst, auch wenn er zweifellos davon profitierte. Das Valley Hotel zum Beispiel blieb hin und wieder länger auf, als Georges Lizenz es erlaubte, eine Tatsache, die Coop gern übersah, und rein zufällig brauchte er nie lange auf einen Tisch zu warten, selbst wenn der Laden voll war.

Während sie warteten, gesellten sich Craig Saunders, der eine Texaco-Tankstelle betrieb, und seine Frau Julie zu ihnen. Craig und Coop waren seit ihrer gemeinsamen Schulzeit befreundet, und als Susan mit David nach Little River zog, gehörten die beiden zu den ersten, die sie kennenlernten. Die drei Männer waren hin und wieder gemeinsam zum Angeln gegangen, und dann war Julie mit ihren drei Kindern zu Susan gekommen, um mit ihr den anschließenden Grillabend vorzubereiten. Susan hatte es jedesmal wieder merkwürdig gefunden, daß die beiden Frauen sich um den Haushalt und die Kinder kümmern sollten, während die Männer loszogen und sich amüsierten. Zwischen ihr und David war es eigentlich nie so gewesen, er war nicht der Typ Mann, der von ihr erwartete, daß sie das Heimchen am Herd spielte.

»Wie geht's Jamie?« fragte Julie, als die Männer anfingen, über Eishockey zu diskutieren.

»Ganz gut.«

»Ich hab' euch neulich gesehen, als du ihn vom Bus abgeholt hast.« Sie legte eine Hand auf Susans Arm. »Es muß schwer für dich sein, dich so ganz allein durchzuschlagen.«

»So schlimm ist es nicht. Wir kommen ganz gut zurecht«, erwiderte Susan. Sie konnte es nicht ausstehen, wenn sie bedauert wurde. Am meisten ging ihr der Ton auf die Nerven, in dem manche Leute über Jamie sprachen, die Art, wie sie vor Mitleid trieften.

»Wie kommt er denn in der Schule mit?« fragte Julie.

»Nicht schlecht. Er bringt recht gute Noten nach Hause.«

»Wahrscheinlich machst du dir Sorgen, was passiert, wenn er erst mal auf die Highschool kommt«, sagte Julie, als hätte sie Susans Antwort nicht gehört.

»Sorgen?«

»Na ja, ich kann mir gut vorstellen, wie das für dich ist. Ich mache mir um meine drei weiß Gott schon genug Sorgen, und bei denen ist alles ...« Sie unterbrach sich erschrocken, doch dann lächelte sie und fügte hinzu: »Aber es gibt ja genug Nachhilfelehrer.«

Susan umklammerte ihr Glas, ihr Lächeln gefror. Im stillen zählte sie bis fünf und gebot sich, Ruhe zu bewahren. Was hatte Julie ihr sagen wollen? Daß mit ihren Kindern alles in Ordnung war. Im Gegensatz zu Jamie.

»Jamie weigert sich lediglich zu sprechen, aber sein Verstand funktioniert noch«, sagte sie.

Julie errötete. »O nein! Ich meine, das habe ich nicht gemeint.« Automatisch landete ihre Hand wieder auf Susans Arm. »Hör einfach nicht auf mich. Ich sage immer das Falsche. Ich meinte nur, daß es Jamie vielleicht schwerer fällt mitzuhalten als anderen. Ich meine, wenn er keine Fragen stellen kann und so. Etwas anderes wollte ich gar nicht sagen ...« Sie starrte in ihr Glas. »Ich wollte nichts anderes sagen«, wiederholte sie.

Sie waren beide erleichtert, als Coop und Craig das Thema wechselten. Craig begann, über sein Geschäft zu sprechen, beklagte sich darüber, daß es einem heutzutage beinahe unmöglich gemacht wurde, sich über Wasser zu halten, und wie erfolgreich er sein könnte, wenn man ihm nur eine Chance gäbe. Er war ein ewig unzufriedener Mensch, und einen Moment lang hatte Susan Mitleid mit Julie, die ihrem Mann gelangweilt, aber pflichtbewußt zuhörte. Sie wußte, daß Julie sie nicht hatte verletzen wollen, und sie wünschte, sie hätte nicht so ungehalten reagiert. Coop warf ihr einen amüsierten Blick zu, während Craig sich in Selbstmitleid erging; er wußte genau, was sie dachte. Sie schaute in ihr Glas, bemüht, sich ein Grinsen zu verkneifen.

»Ich habe gehört, dieser Somers ist wieder in sein Elternhaus gezogen«, sagte Craig, nachdem sein Lieblingsthema erschöpfend behandelt war. »Das ist doch das Haus bei dir in der Nähe, Susan«, fügte er hinzu. »Ich könnte mir vorstellen, daß du es nicht besonders angenehm findest, so einen Typen in der Nachbarschaft zu haben.«

»Warum sollte es mich stören?« fragte sie aus reiner Angriffslust.

»Sag bloß, du hast noch nichts über ihn gehört, Susan«, sagte Julie und fügte mit einem vorwurfsvollen Blick auf Coop hinzu: »Du hättest sie zumindest warnen sollen.«

»Ich habe die Leute über ihn reden hören«, sagte Susan, verärgert über die Unterstellung, sie bräuchte Coop als Beschützer. »Aber ich gebe nichts auf diesen Klatsch.«

»Ich war bloß um dein Wohl besorgt«, sagte Julie beleidigt.

Einen Moment lang herrschte peinliches Schweigen. »Tut mir leid«, lenkte Susan ein. »Ich wollte nur sagen, daß es mir widerstrebt, aus dritter Hand Informationen über andere zu bekommen. Du weißt doch, wie die Leute alles übertreiben.«

»Aber an der Geschichte ist überhaupt nichts übertrieben«, sagte Julie, darauf bedacht, sich zu rechtfertigen. »Craig kennt diesen Somers und Coop auch. Sie sind mit ihm zusammen zur Schule gegangen.«

»Stimmt«, bestätigte Craig. »Der Typ ist schon immer ziemlich seltsam gewesen.«

»Er ist durchgedreht«, sagte Julie. »Er hat versucht seine Frau und seine kleine Tochter umzubringen, und er hat einen Mann erschossen, der versucht hat, die beiden zu retten, oder was weiß ich. Ich kann mich noch genau daran erinnern. Es ist irgendwo an der Ostküste passiert, ich glaube in Toronto. Nach dem College ist er von hier weggezogen. Seine Mutter hat sich das Leben genommen, das wird jedenfalls behauptet, aber die war auch schon immer komisch. Wahrscheinlich hat er es von ihr geerbt.«

Susan fand es abstoßend, wie genüßlich Julie ihr das alles erzählte. Sie konnte es nicht ausstehen, wie manche Leute sich am Unglück anderer ergötzten, als fehlte ihnen in ihrem eigenen Leben etwas, und sie müßten sich damit trösten, daß es anderen noch schlechter ging. Sie schaute auf die Uhr und wünschte, Georg würde kommen und verkünden, ein Tisch sei frei geworden.

»Nach dem, was ich gehört habe«, sagte Coop, »ist es anders gewesen. Er hat tatsächlich auf einen Mann geschossen, aber seine Frau und seine Tochter hat er als Geiseln genommen.«

»Und wißt ihr was?« sagte Julie voller Empörung. »Das ist gerade mal sechs Jahre her, und er ist schon wieder auf freiem Fuß. Könnt ihr euch das vorstellen? Und er wohnt hier in Little River. Ich finde, solche Typen müßten lebenslänglich kriegen.«

»Die letzten Jahre hat er in der Psychiatrie verbracht«, stellte Coop richtig. »Wahrscheinlich sind sie dort zu dem Ergebnis gekommen, daß er wieder gesund ist.«

»Komm schon, Coop«, sagte Craig. »Du kennst doch diese Psychofritzen. Die lassen alle Verbrecher wieder laufen, damit sie den nächsten Mord begehen können. Der Typ hat jemanden erschossen, Herrgott noch mal! Woher willst du wissen, ob er es nicht wieder tut?«

Coop zuckte die Achseln. »Er hat seine Strafe abgesessen. Wir können niemanden für etwas einsperren, was er vielleicht tun wird.«

»Das heißt noch lange nicht, daß wir ihn in unserer Nachbarschaft dulden müssen.«

»Hey, mir gefällt das genausowenig wie dir.« Coop hob abwehrend die Hände.

Susan schüttelte den Kopf. »Ich kann es einfach nicht fassen. Natürlich heiße ich nicht gut, was er getan hat, aber wir können ihm doch nicht bis zum Ende seines Lebens vorhalten, daß er einmal durchgedreht ist.« Die anderen schauten sie schweigend an. Sie wußte genau, was sie dachten. Sie glaubten, sie ergriff wegen Jamie für den Mann Partei, weil Jamie in psychotherapeutischer Behandlung gewesen war. Aber das hatte nichts damit zu tun.

»Ich habe ihn kennengelernt«, sagte sie. »Er war neulich bei mir, und er kam mir vollkommen normal vor.« Sie war sich nicht einmal sicher, warum sie das sagte, warum sie die Tatsachen auf diese Weise verdrehte und so tat, als wäre sie ein besserer Mensch als die anderen.

»Das hast du mir gar nicht erzählt«, sagte Coop.

»Es gab nichts zu erzählen. Er ist einfach rübergekommen, um guten Tag zu sagen.« Es ärgerte sie, daß Coop offenbar erwartete, daß sie ihm Bericht erstattete. Er erwiderte nichts und starrte nur über ihren Kopf hinweg.

»Bin gleich wieder da.« Susan stellte ihr Glas ab und ging zur Toilette. Sie wünschte, sie hätte den Mund gehalten. Sie betrachtete sich im Spiegel. Ihre Augen funkelten vor Wut. Sie kramte eine Bürste aus ihrer Handtasche und begann, sich energisch die Haare zu kämmen. Hinter ihr ging die Tür auf, und Linda Kowalski kam herein. Sie grinste, als sie Susan erblickte.

»Na, amüsierst du dich?«

Susan verzog das Gesicht. »Frag mich lieber nicht. Ich hab' dich gar nicht gesehen.«

»Wir wollten schon zu euch rüberkommen, aber in dem Moment haben sich Julie und Craig zu euch gesellt. Ich wollte nicht stören.«

»Vielen Dank«, sagte Susan und ließ die Bürste sinken.

Linda zündete sich eine Zigarette an. »Diese Frau geht mir manchmal reichlich auf die Nerven.«

»Eßt ihr mit ihnen zusammen?«

»Ich hoffe nicht!«

Linda hob die Brauen. »Also nur du und der gute Polizist.«

»Was soll das denn heißen?« fuhr Susan ihre Freundin an.

»Gar nichts. Es ist mir nur aufgefallen.«

Susan schüttelte den Kopf. »Tut mir leid. Ich bin einfach ein bißchen gereizt. Irgendwie scheinen alle Leute anzunehmen, daß Coop und ich mehr als gute Freunde sind.«

Linda schaute sie im Spiegel skeptisch an. »Das ist ja was ganz Neues.«

»Was?«

»Daß ihr nur Freunde seid. Glaubst du, Coop sieht das genauso?«

Susan seufzte. »Ich weiß überhaupt nicht mehr, was ich glauben soll. Ich habe keine Ahnung, wie das passieren konnte, ohne daß ich es gemerkt habe. Es war nie meine Absicht, Coop falsche Hoffnungen zu machen. Meinst du, das habe ich getan?«

»Weil du mit ihm ausgegangen bist? Weil du ihn zum Essen eingeladen hast?« Linda schüttelte lächelnd den Kopf. »Natürlich nicht.«

»Er hat mich hin und wieder eingeladen, mit ihm auszugehen, das ist alles«, sagte Susan. Sie schüttelte den Kopf. »Nein, das stimmt nicht ganz. Das weiß ich selbst. Irgendwie hat diese Geschichte sich in mein Leben geschlichen. Aber ich habe kein Interesse an einer Beziehung zu einem Mann.«

»Es gibt schlimmere.«

»Ja, ich weiß. Ich mag Coop, ich meine, er ist gut zu uns, zu Jamie und mir. Aber ich bin einfach noch nicht soweit.«

»Aber dir ist doch klar, daß ihr beiden in den Augen der Leute so gut wie verheiratet seid?«

»Was?«

»Was hast du denn gedacht?« Linda nahm Susans Hand. »Was glaubst du wohl, warum die Männer dich nicht in Scharen belagern? Bloß wegen Coop.« Sie machte eine Pause, damit Susan das, was sie gerade gesagt hatte, verdauen konnte. »Bist du sicher, daß es das Falsche für dich wäre, Susan? Willst du denn ewig allein bleiben?«

Susan schüttelte den Kopf. »Ich bin nicht allein. Ich habe Jamie. Über das Thema Ehe zerbreche ich mir im Moment nicht den Kopf. Ich habe es nicht eilig, einen Mann zu finden.«

»Ich kann dir nur raten, warte nicht zu lange. Und was ist mit Jamie, da du ihn erwähnst? Ich meine, falls du noch mehr Kinder haben willst, solltest du nicht so lange warten, bis er zu groß ist, um sich für Geschwister zu interessieren.«

Susan drückte die Hand ihrer Freundin. Sie wußte, wie sehr Linda und Paul sich Kinder gewünscht hatten, jedoch vergeblich. Manchmal war das Leben einfach ungerecht, dachte sie.

Sie hatte Coop tatsächlich keine Hoffnungen machen wollen, aber wenn sie ehrlich war, mußte sie zugeben, daß sie damit hätte rechnen müssen, daß es so kam. Vielleicht hatte ihre Zurückhaltung gar nichts mit ihm zu tun, vielleicht lebte sie nur noch zu sehr in der Vergangenheit. Sie vermißte David einfach. Sie dachte sehr viel an ihn, und manchmal konnte sie es immer noch nicht fassen, daß er nicht mehr da war. Immer wieder ertappte sie sich dabei, wie sie darauf wartete, daß er abends nach Hause kam. Und Jamie war natürlich auch noch da. Wie sollte sie an ihre eigene Zukunft denken, solange sie sich so große Sorgen um Jamie machen mußte.

»Darf ich dir einen Rat geben?« fragte Linda. »Coop ist ein anständiger Kerl, und davon gibt es in dieser Stadt nicht allzu viele. Manchmal weiß man die Dinge, die man hat, erst zu schätzen, wenn es zu spät ist. Schreib ihn noch nicht ganz ab.«

»Ich schreibe ihn nicht ab. Ich versprech's dir«, sagte Susan. »Ich muß wieder zurück.«

»Grüß Coop von mir«, sagte Linda.

Nach dem Essen fuhr Coop Susan nach Hause. Sie hatte Wein getrunken und war in gelöster Stimmung. Verträumt lauschte sie der leisen Musik aus dem Autoradio, beobachtete, wie die Bäume am Straßenrand im Licht der Scheinwerfer aufleuchteten, und dachte über das Gespräch mit Linda nach. Vielleicht hatte ihre Freundin recht, und sie mußte wieder nach vorne schauen. Es tat ihr bestimmt nicht gut, sich an die Vergangenheit zu klammern und den Erinnerungen an ihren verstorbenen Ehemann nachzuhängen.

Plötzlich sah sie Coop in einem ganz neuen Licht. Erst als sie vor ihrem Haus hielten, fiel ihr auf, daß er während der Fahrt ungewöhnlich schweigsam gewesen war.

»Wie wär's mit einer Tasse Kaffee?« fragte sie, als er den Motor abstellte.

Normalerweise kam er nicht mehr mit ins Haus, wenn er sie heimbrachte, aber heute war kein normaler Abend. Coop schaute sie anders an als sonst, und während sie im schwachen Schein der Außenlampe sein Gesicht betrachtete, wurde sie sich mit einem Mal der Stille bewußt, die hier draußen herrschte.

»Ich komme noch kurz mit rein«, sagte er.

Drinnen erinnerte sie ihn daran, daß sie leise sein mußten, weil Jamie schon schlief und Wendy über Nacht blieb. Im gleichen Augenblick fragte sie sich, warum sie es für nötig befunden hatte, etwas zu erwähnen, das er unmöglich vergessen konnte.

Sie brühte Kaffee auf, und dann standen sie zusammen in der Küche, nebeneinander an die Bank gelehnt, im schummrigen Licht einer kleinen Lampe. Eigentlich wußte sie nicht viel über Coop. Sie wußte, wo er wohnte, wie alt er war, daß er gern angelte und mit seinem Leben zufrieden war, aber es mußte noch andere Seiten an ihm geben, über die sie noch nie gesprochen hatten. Erst jetzt fiel ihr auf, wieviel sie ihm von sich erzählt hatte, vor allem in der Zeit kurz nach Davids Tod. Coop war immer für sie dagewesen, hatte immer ein offenes Ohr gehabt, wenn ihr nach Reden zumute war, aber sie mußte sich eingestehen, daß sie nie bis zu seinem Inneren vorgedrungen war. Er gehörte nicht zu der Sorte Mann, die viel von sich erzählt.

»Coop?« sagte sie. Er wandte sich ihr zu, sein Gesicht halb im Schatten. »Darf ich dich was fragen? Wieso hast du eigentlich nie geheiratet?«

Er dachte eine Weile über ihre Frage nach, dann zuckte er kaum merklich mit den Schultern. »Wahrscheinlich habe ich die Richtige noch nicht getroffen. Bis jetzt.«

Es war eine Standardantwort, aber die Art, wie er »Bis jetzt« gesagt hatte, ließ sie aufhorchen. Was sollte das heißen? Etwas hing in der Luft, und das Schweigen zog sich in die Länge. Susan klopfte das Herz bis zum Hals. Sie spürte, daß sich etwas zwischen ihnen verändert hatte. Jetzt könnte ich es noch aufhalten, dachte sie.

Er trank seinen Kaffee aus und stellte die Tasse ab. Sie führte ihre Tasse an die Lippen und schaute geradeaus. Keiner von ihnen sagte ein Wort. Wenn ich die Tasse abstelle, dachte sie, wird etwas passieren, es sei denn, ich sage etwas. Panik stieg in ihr auf, doch gleichzeitig spürte sie eine gewisse Erregung. Coop würde sie jeden Moment küssen, aber sie war sich nicht sicher, ob sie das wollte. Ihr Blick fiel auf das Foto von David an der Pinnwand, und sie fragte sich, wie sie es hatte soweit kommen lassen können. Gleichzeitig war ihr klar, daß sie von Anfang an damit hatte rechnen müssen.

Als sie die Tasse abstellte, legte er beinahe schüchtern den Arm um sie und drehte sie zu sich um. Ihr Herz klopfte wie wild, und sie hielt den Atem an. Seine Lippen berührten ihren leicht geöffneten Mund. Sie schloß die Augen, und in der Dunkelheit spürte sie seine Nähe. Seine großen Hände berührten zärtlich, beinahe ehrfürchtig ihre Schultern, während ihre Hände auf seinen Armen lagen. Eine Welle des Wohlbefindens durchflutete ihren Körper.

Sie küßten sich lange und innig. Es fühlte sich ein bißchen unbeholfen und ungewohnt an, aber es war auch schön. Susan erwartete, daß das angenehme Gefühl in Verlangen überging, aber nichts geschah. Sie führte es auf die Situation zurück. Sie waren beide nervös, was ihr für zwei Menschen in ihrem Alter beinahe merkwürdig vorkam. Andererseits war es vielleicht auch ganz normal. Er war Davids Freund gewesen, und er mußte dessen Anwesenheit auf ähnliche Weise spüren, wie sie es manchmal tat. Plötzlich wollte sie nur noch allein sein. Sie brauchte Zeit zum Nachdenken.

Er schien zu spüren, daß sie zögerte, und ließ sie los. Dafür war sie ihm dankbar.

»Ich sollte lieber gehen«, sagte er ruhig.

»Coop ...« fing sie an. »Ich weiß nicht, ob ich schon soweit bin ... Ich meine, ich brauche Zeit.« Sie schüttelte den Kopf, wußte selbst nicht recht, was sie ihm zu sagen versuchte. Sie trat einen Schritt zurück und lächelte ihn unsicher an.

»Ich laufe dir schon nicht weg«, sagte er.

»Coop, ich kann dir nichts versprechen ... Ich meine ...« Ihr versagte die Stimme. Sie kam sich vor wie ein Trottel, wie ein vor Verlegenheit stammelnder Backfisch.

»Ist schon gut«, sagte er und ging auf die Tür zu.

Sie begleitete ihn hinaus. Auf der Veranda küßte er sie so leicht zum Abschied, daß ihre Lippen sich kaum berührten, und sie schaute ihm nach, bis die Scheinwerfer seines Wagens nicht mehr zu sehen waren.

Sie spülte die Tassen und knipste das Licht in der Küche aus. Bevor sie nach oben ging, warf sie noch einen Blick ins Wohnzimmer. Die Angel, die Coop Jamie mitgebracht hatte, lag immer noch auf dem Boden.

Susan ging zu Bett, doch sie fand keinen Schlaf. Immer wieder dachte sie daran, wie Coop sie in den Armen gehalten und geküßt hatte, aber gleichzeitig ging ihr Davids Bild nicht aus dem Kopf, und obwohl sie die Augen fest zusammenpreßte und sich auf die Lippe biß, konnte sie die Tränen nicht zurückhalten.

7. Kapitel

Am Abend saß Michael auf der Veranda vor seinem Haus. In der Dämmerung, kurz bevor es ganz dunkel wurde, war das Licht am schönsten. Morgens stand er immer früh auf und ging spazieren. Dann beobachtete er, wie das Tageslicht hinter dem Gebirge heraufzog, wie die dunklen Berge sich allmählich blau färbten, bis die ersten Sonnenstrahlen den Schnee aufleuchten ließen. Am Ende des Tages tauchte die untergehende Sonne die Lichtung in warmes, rosiges Licht.

Der Wald rings um sein Haus war still, kein Windhauch regte sich. Das Zwitschern der Vögel war verstummt, sie hatten ihre Schlafplätze gefunden, und die nachtaktiven Jäger raschelten noch nicht durchs Unterholz. Der Schnee war nicht mehr strahlend weiß, sondern schimmerte silbrig. Manchmal war um diese Tageszeit alles in rosa und violettes Licht getaucht, so daß einen das unheimliche Gefühl beschleichen konnte, das Ende der Welt stünde bevor.

Michael kam sich vor, als wäre er der einzige Überlebende, dazu verdammt, auf dieser kleinen, geheimnisvollen Lichtung zu hausen. Plötzlich hörte er einen Schrei und versuchte zu ergründen, wo er hergekommen war. Er hatte so nahe geklungen, so unheimlich, daß Michael eine Gänsehaut bekam.

Da war es wieder. Kek kek kek kek, hallte es durch den Wald. Ein Schatten huschte über die Bäume hinweg, dicht gefolgt von einem zweiten. Das flüchtende Tier suchte Schutz in einer Baumkrone, und sein Verfolger drehte so scharf bei, daß Michael einen Moment lang die ausgebreiteten Schwingen sah. Es war nur ein flüchtiger Augenblick, dann kehrte wieder Stille ein. Michael war beinahe so, als hätte er ein Gespenst gesehen. Der Vogel war sehr groß gewesen, mit hellem Gefieder, fast weiß. Seltsam, aus irgendeinem Grund war er davon überzeugt, daß es sich um den Falken handelte, den er vor dem Jäger gewarnt hatte. Er blieb noch eine Weile auf der Veranda sitzen, doch es geschah nichts mehr, und schließlich wurde es finstere Nacht, und er ging hinein.

Manchmal, wenn Michael sich im Haus aufhielt, kamen Erinnerungen hoch, die er lange in seinem Innern vergraben hatte. Nachdem er sich selbst und anderen, die danach fragten – wie Louise –, immer wieder erklärt hatte, er sei aus Little River fortgegangen, weil er den Ort gehaßt habe, hatte er irgendwann angefangen, es selbst zu glauben. Heute wußte er, daß das nicht stimmte. Er wäre auf jeden Fall fortgegangen, dessen war er sich sicher. So wie viele Menschen ihre kleinstädtischen Wurzeln kappen und sich in die weite Welt aufmachen, hätte auch er sich irgendwann von seiner Heimat verabschiedet. Aber er hätte den Ort nicht gehaßt. Vielleicht hätte er ihn in liebevoller Erinnerung behalten, ihn womöglich im Licht seiner Jugenderlebnisse verklärt. Wenn, ja wenn der Ort und seine Kindheit nicht so eng mit diesem Haus verknüpft gewesen wären, das er haßte.

Er saß in einem leeren Zimmer, dort, wo die Familie früher ihre gemeinsamen Mahlzeiten eingenommen hatte. Er erinnerte sich, wie er als Junge den Dodge seines Vater vorfahren hörte, wenn er in der Küche saß und seine Hausaufgaben machte, während seine Mutter das Abendessen zubereitete.

»Geh raus und begrüß deinen Dad, Michael«, sagte seine Mutter dann und wischte sich nervös die Hände ab. Sie zog sich allabendlich um, kurz bevor sein Vater nach Hause kam, legte Make-up auf und richtete ihr Haar. Wenn Michael aufstand, nahm sie ihn jedesmal kurz in die Arme und drückte sein Gesicht an ihren Busen.

»Wir müssen nett zu ihm sein.« Sie ging in die Knie, so daß sie ihm in die Augen sehen konnte. »Du weißt, daß wir nett zu ihm sein müssen, nicht wahr?«

Also ging er hinaus, und sein Vater lächelte ihm müde zu, wenn er ihn kommen sah. Michael war stets bemüht, seiner Mutter zu gehorchen, und so ging er jedesmal hinaus, um seinen Vater zu begrüßen, wenn auch zögernd. Unter vier Augen erzählte seine Mutter ihm immer wieder, sein Vater sei jähzornig und behandele sie oft schlecht.

»Aber ich kann das aushalten, Michael. Deinetwegen ertrage ich es. Deswegen müssen wir immer nett zu ihm sein. Darum ziehe ich mich immer schön an, wenn er nach Hause kommt, auch wenn er es gar nicht bemerkt. Hauptsache, du sagst nichts, was ihn aufregt.«

Das Abendessen wurde schweigend eingenommen. Manchmal erzählte sein Vater dies oder jenes, was er während des Tages im Laden erlebt hatte, aber seine Mutter setzte nur ein künstliches Lächeln auf, beugte sich zu Michael hinüber und strich ihm ab und zu übers Haar. Wenn sie sprach, dann nur durch ihn.

»Frag deinen Vater, ob er noch Bohnen möchte. Sag deinem Vater, wenn das Fleisch zäh ist, liegt das daran, daß es schon um sechs fertig war.« Letzteres sagte sie, wenn sein Vater einmal ein paar Minuten zu spät zum Abendessen gekommen war, in zutiefst vorwurfsvollem Ton.

In dem stillen, leeren Raum versuchte er sich zu erinnern, ob sein Vater je laut geworden war, ob er je im Zorn die Hand erhoben hatte. Aber es gelang ihm nicht. Wenn er an seine Eltern dachte, verband er mit seiner Mutter nur Sanftmut und weich fallende Kleider, während sein Vater eine blasse Figur am Rande war.

Michael hatte immer noch ein Problem – er mußte Arbeit finden. Das Geld, das er geerbt hatte, würde ihn zwar noch eine Zeitlang über Wasser halten, aber irgendwann wäre es aufgebraucht.

Er studierte die Stellenanzeigen der Zeitung und stellte sich noch bei mehreren Arbeitgebern vor, aber es war überall dasselbe. Mittlerweile kannte jeder im Ort seine Geschichte, und niemand war bereit, ihm eine Chance zu geben. Dabei hätte er schon jeden noch so unqualifizierten Job angenommen. Ein- oder zweimal meinte er, so etwas wie Bedauern oder Verlegenheit im Blick seines Gegenübers zu lesen, aber wahrscheinlich bildete er sich das nur ein.

Nach einem dieser entmutigenden Vorstellungsgespräche ging Michael gegen Mittag in den Diner an der Main Street. Die Blicke einiger Gäste folgten ihm, als er in einer Nische am Fenster Platz nahm. Die Kellnerin, die an seinen Tisch kam, lächelte erstaunlicherweise.

»Was darf ich Ihnen bringen?«

»Nur einen Kaffee.«

»Keinen Hunger? Das Essen ist ziemlich gut hier, wenn ich das so sagen darf.«

Er schaute zu ihr auf. Offenbar hatte sie ihn nicht erkannt, und er wartete darauf, daß ihr Verhalten sich änderte. Sie hatte rotes Haar, wahrscheinlich gefärbt, und war Mitte oder Ende Dreißig.

»Was können Sie mir denn empfehlen?« fragte er. Hinter ihr, an der Theke, drehte ein Mann sich zu ihm um, wandte sich wieder ab und sagte etwas zu seinem Kumpel, der daraufhin kurz zu Michael herüberschaute.

»Wie groß ist denn Ihr Hunger? Das gegrillte Schinken-Sandwich mit Tomate ist gut, und dann haben wir noch eine frische Gemüsesuppe mit Vollkornbrötchen als Beilage.« Sie grinste und deutete mit einer Kopfbewegung in Richtung Theke, hinter der ein junger Mann mit einer weißen Schürze über dem Grill schwitzte. »Mein Mann ist ein ziemlicher Feinschmecker. Er backt die Brötchen selbst. Ich glaube, er versucht, seine Gäste zu erziehen, aber unter uns gesagt, ich halte das für reine Zeitverschwendung.«

»Die Suppe klingt gut« sagte Michael. Plötzlich überkam ihn ein Gefühl der Zuneigung für diese Frau. Einfach, weil sie ihn nicht wie einen Aussätzigen behandelte. Er erinnerte sich daran, wie sein Leben einmal gewesen war, wie es sich anfühlte, zur Gesellschaft zu gehören.

Die Kellnerin servierte die Suppe mit mehr Aufmerksamkeit, als man normalerweise als Gast erwarten durfte. Neben den Teller legte sie eine säuberlich gefaltete Serviette.

»Guten Appetit«, sagte sie, und er bedankte sich.

Obwohl er nicht hungrig war, schmeckte ihm das Essen gut. Anschließend trank er in Ruhe seinen Kaffee und dachte darüber nach, ob es tatsächlich so eine gute Idee gewesen war, nach Little River zurückzukehren. Er besaß zwar ein Haus und einen Laden, aber beides mußte gründlich renoviert werden, falls er sich entschied zu bleiben. Außerdem war ihm weder an dem einen noch an dem anderen sonderlich gelegen. Abgesehen davon, daß er sich, falls er blieb, damit abfinden mußte, von den Bewohnern der Stadt geschnitten zu werden, gab es noch das Problem mit dem Geld, jedenfalls solange er keine Aussicht hatte, einen Job zu finden. Vielleicht wäre es besser, nach Vancouver zu gehen, oder, wie Carl Jeffrey vorgeschlagen hatte, in die Vereinigten Staaten. In der Großstadt konnte er wenigstens anonym bleiben. Andererseits war er schon einmal aus dieser Stadt und vor seiner Vergangenheit davongelaufen, oder glaubte es zumindest, und das hatte ihm auch nichts Gutes eingebracht. Vorerst würde er also hierbleiben.

Eine Frau trat aus dem Immobilienbüro auf der gegenüberliegenden Straßenseite. Als sie die Straße überquerte und auf den Diner zukam, sah er, daß es seine Nachbarin war. Sie war etwa Anfang Dreißig, schlank und hatte hohe Wangenknochen, und ihr kastanienfarbenes schulterlanges Haar glänzte im Sonnenlicht. Sie trat ein, setzte sich auf einen Barhocker und sagte lächelnd etwas zu dem Mann hinter der Theke. Vielleicht war es ihr Lächeln, das ihn in diesem Augenblick berührte, weil es ihrem Gesicht etwas Weiches verlieh. An dem Tag, als er ihren Hund zurückgebracht hatte, war eine eisige Kälte von ihr ausgegangen, doch jetzt spürte er, daß sie noch eine andere Seite hatte. Sie fiel auf unter den Frauen im Diner, und sie würde überall in dieser Stadt auffallen, dachte er. Er sah ihre weißen Zähne aufblitzen und mußte unwillkürlich an Louise denken, wie sie anfangs gewesen war. Mit einem Mal hatte er das Gefühl, in einen Abgrund zu starren, und er wurde sich all dessen bewußt, was er verloren hatte. Dann plötzlich, ohne daß er wußte, wie ihm geschah, zerbrach die Kaffeetasse in seiner Hand.

Die Kellnerin kam mit einem Lappen. »Das macht nichts«, sagte sie, als er sich entschuldigte. »Wir haben genug von diesen alten Dingern.« Sie schaute ihn forschend an. »Fehlt Ihnen was?«

»Nein, danke, alles in Ordnung.« Alle starrten ihn schweigend an. Er stand auf, entschuldigte sich noch einmal, legte das Geld auf den Tisch und ging hastig hinaus.

»Und, was hältst du von ihm?« fragte Susan, als Linda die Scherben von Michaels Tasse in den Mülleimer warf. Er überquerte gerade die Straße, und Susan sah ihm nach, bis er aus ihrem Blickfeld verschwand. Die Atmosphäre im Raum war mit einem Mal viel entspannter, und die Leute nahmen ihre Gespräche wieder auf.

»Er wirkt ziemlich bekümmert.«

Susan hob die Brauen. »Würde dir das an seiner Stelle etwa nicht so gehen? Hör dir doch nur an, wie die Leute über ihn reden.«

»Wer kann es ihnen übelnehmen? Sie haben einfach

Angst vor ihm. Es soll schließlich vorkommen, daß so jemand rückfällig wird«, erwiderte Linda.

»Soll das heißen, du bist ihrer Meinung?«

»Das habe ich nicht gesagt. Ich sage nur, du mußt die Leute verstehen.«

»Bloß weil jemand in der Psychiatrie war, heißt das noch lange nicht, daß er ein Psychopath ist.«

Linda schaute sie skeptisch an und legte eine Hand auf ihren Arm. »Du denkst an Jamie, nicht wahr? Das ist doch etwas ganz anderes, Susan.«

Susan schüttelte den Kopf. »Ich weiß nicht. Vielleicht ist es wegen Jamie. Die Leute reden manchmal über ihn, als wäre er verrückt, nur weil er nicht spricht. Ich mache mir Sorgen um ihn. Aber es ist nicht nur das. Es kommt mir einfach unfair vor, wie Michael Somers behandelt wird.« Sie mußte daran denken, wie ablehnend sie selbst ihm bei ihrer ersten Begegnung gegenübergetreten war, und es versetzte ihr einen kleinen Stich. Sie zuckte die Achseln. »Laß uns das Thema wechseln.«

»Okay. Wie geht's dem guten Polizisten?« frage Linda grinsend.

Susan stöhnte. »Bitte. Am besten, ich trinke einfach meinen Kaffee aus und gehe.«

Nach dem Mittagessen ging Susan zurück in ihr Büro und nahm sich die Liste mit Namen von Leuten vor, die ihr gegenüber erwähnt hatten, daß sie ein Haus kaufen oder verkaufen wollten. Es geschah nicht selten, daß Leute, die sie zufällig auf der Straße oder beim Einkaufen traf, sie aushorchten, und sie hatte sich vor langer Zeit angewöhnt, sich die Namen zu notieren und den Andeutungen nachzugehen. Hin und wieder ließ sich jemand nach Monaten oder Jahren der Unentschlossenheit motivieren, sein Haus zum Kauf anzubieten, und Susan machte auf diese Weise ein Geschäft, das andernfalls nie zustande gekommen wäre.

Während sie sich notierte, wen sie im Laufe des Nachmittags anrufen wollte, stieß sie auf den Namen Carol Johnson. Einer spontanen Eingebung folgend, nahm sie sofort den Hörer in die Hand und wählte die Nummer. Carols Mann Jeff hatte vor einigen Monaten seine Arbeit verloren, und erst kürzlich hatte Carol Susan erzählt, daß sie überlegten, nach Kamloops zu ziehen, wo Jeffs Bruder eine Druckerei besaß. Susan fiel ein, daß sie vor einigen Tagen zufällig gehört hatte, wie jemand erzählte, Jeff sei zu seinem Bruder gefahren, um auszuprobieren, wie ihm die Arbeit in dessen Firma gefiel. Carol meldete sich nach dem vierten Klingeln.

»Ich wollte mich mal erkundigen, wie es Jeff in Kamloops ergeht«, sagte Susan.

»Die Arbeit macht ihm Spaß«, sagte Carol, »und er kommt gut mit seinem Bruder aus. Da war er sich vorher nicht so sicher.«

»Heißt das, Sie gehen auch nach Kamloops?«

»Ich weiß es noch nicht. Jeff möchte, daß wir umziehen, aber ich bin mir nicht so sicher. Alle unsere Freunde wohnen hier, und dann ist da auch noch die Familie.«

Susan konnte Carol gut verstehen. Die junge Frau hatte zwei kleine Kinder, und solange sie in Little River wohnte, konnte sie sich auf die Unterstützung ihrer Mutter und ihrer Schwester verlassen. In Kamloops wäre sie auf sich selbst gestellt. Es war eine schwere Entscheidung, aber wahrscheinlich würde am Ende das Geld den Ausschlag geben, und in Kamloops hatte Jeff Arbeit. Falls die Johnsons ihr Haus verkauften, wollte Susan gern den Auftrag übernehmen, denn es war ein schönes, zweistöckiges Haus im Blockhüttenstil, das Jeff größtenteils selbst gebaut hatte, und sie war sicher, daß es sich gut verkaufen ließe.

»Was halten Sie davon, wenn ich mal rüberkomme und den Wert Ihres Hauses schätze«, sagte Susan. »Vielleicht würde Ihnen das die Entscheidung erleichtern.« Carol zögerte erst, aber dann willigte sie doch ein, und kurz darauf machte sich Susan auf den Weg. Sie überlegte noch, ob sie Linda bitten sollte, Jamie vom Bus abzuholen, aber nach einem Blick auf die Uhr sagte sie sich, sie werde rechtzeitig zurück sein.

Die Begutachtung des Hauses dauerte länger, als Susan erwartet hatte, zumal Carol sich die Sache mittlerweile wieder anders überlegt hatte und Susan eine halbe Stunde brauchte, um sie davon zu überzeugen, daß sie keinerlei Verpflichtung einging.

Susan rief Linda an, um ihr zu sagen, daß sie sich verspäten würde. »Kannst du Jamie abholen, falls ich es nicht schaffe?« Linda versprach es, Susan bedankte sich und legte auf.

Als sie um kurz vor halb fünf vor ihrem Büro parkte, kam Linda aus dem Diner gelaufen. Beim Anblick von Lindas Gesicht erstarrte Susan.

»Was ist los? Wo ist Jamie?

»Ihm ist bestimmt nichts passiert«, versuchte Linda sie zu beruhigen, obwohl ihr Blick etwas ganz anderes sagte. »Ich habe sofort Coop angerufen, als Jamie nicht da war, und er ist unterwegs, um ihn zu suchen. Er kann nicht weit sein.«

»Soll das heißen, er war nicht im Bus? O mein Gott, wäre ich doch bloß hiergeblieben. Hast du in der Schule angerufen? Wissen die nicht, wo er ist?«

Linda schüttelte den Kopf und nahm Susans Hände in ihre, um sie zu beruhigen. »Nein, er war im Bus. Der Fahrer sagt, er weiß genau, daß er mitgefahren und hier im Ort ausgestiegen ist. Ich bin ein paar Minuten zu spät an der Haltestelle gewesen, und als ich ankam, war er schon weg.« Sie schüttelte schuldbewußt den Kopf. »Es tut mir so leid, Susan, es ist alles meine Schuld.«

Als Susan merkte, daß ihre Freundin drauf und dran war, in Tränen auszubrechen, faßte sie sich wieder. Jetzt, da sie wußte, daß Jamie im Bus gewesen war, sah alles nur noch halb so schlimm aus. Wenn er in Little River ausgestiegen war, konnte er nicht weit sein. Die Panik, die sie im ersten Augenblick erfaßt hatte, verflog.

»Nein, Linda. Es ist nicht deine Schuld. Ich hätte selbst hier sein müssen. Ihm ist bestimmt nichts passiert, wahrscheinlich läuft er nur irgendwo herum.« Sie hörte ihre eigene Stimme, als käme sie von weit her. Krampfhaft überlegte sie, wo Jamie sein könnte. Vielleicht war er mit einem Freund gegangen, nur daß er eigentlich gar keine Freunde mehr hatte. Oder vielleicht war er in irgendeinem Laden. Sie schaute die Straße hinunter, beinahe in der Erwartung, ihn auf sie zu schlendern zu sehen, als wäre nichts geschehen. Ihre Angst war völlig irrational, sagte sie sich. Was konnte ihm schon passieren? Sie war einfach überängstlich seit dem Unfall. Vor ihrem inneren Auge erschien das alptraumhafte Bild von Jamie, über und über mit Blut beschmiert, und ihr Herz begann erneut zu rasen. In diesem Augenblick bog Coop um die Ecke. Er hielt neben ihr am Straßenrand, und sie schöpfte wieder Hoffnung, bis sie sah, daß er allein war.

Coop schüttelte den Kopf. »Ist er noch nicht aufgetaucht? Ich werde noch mal 'ne Runde durch den Ort drehen, wahrscheinlich hat er nur die Zeit vergessen.«

»Ich komme mit«, sagte Susan.

Die Sprechanlage knisterte, und Coop nahm das Mikrophon und meldete sich. Sie konnte wegen der Funkstörungen nicht verstehen, was gesagt wurde, aber als Coop ihr einen kurzen Blick zuwarf, erschrak sie zu Tode.

»Was ist los?«

»Das war mein Kollege Miller. Ein Lastwagenfahrer hat berichtet, er habe gesehen, wie ein Junge, auf den Jamies Beschreibung paßt, auf der Deep Ridge Road in einen Geländewagen gestiegen ist.«

»Draußen vor dem Ort?« Einen Augenblick lang war Susan wie gelähmt, doch dann schossen ihr tausend Fragen durch den Kopf. »Was für ein Auto? Ist er sicher, daß es Jamie war?« Gegen ihren Willen kamen ihr die Tränen, und sie hielt sich die Hand vor den Mund. Dann begriff sie, was Coop gesagt hatte. »Deep Ridge Road? Das ist doch auf dem Weg nach Hause.«

Sie fuhr voraus, und Coop folgte ihr so dicht, daß sie jedesmal, wenn sie in den Rückspiegel sah, sein Gesicht hinter dem Steuer erkennen konnte. Seine Gegenwart war nicht nur beruhigend. Susan war froh, daß Coop in ihrer Nähe war, doch das Blaulicht auf seinem Streifenwagen verstärkte ihre Angst.

Die Fahrt dauerte nur eine Viertelstunde, doch diesmal erschien es ihr wie eine Ewigkeit. Sie bemühte sich, sich auf die Straße zu konzentrieren, wußte, daß sie zu schnell fuhr. Die Straße war stellenweise vereist, und ihr Wagen geriet hin und wieder leicht ins Rutschen. Es würde Jamie nichts nutzen, wenn sie im Graben landete. Immer wieder fragte sie sich, warum er nicht an der Haltestelle gewartet hatte. Er wußte doch, daß sie ihn immer abholte, und daß Linda kam, wenn sie verhindert war. Nachher, wenn sie ihn gefunden hatten, würde sie ihn fragen, warum er nicht einfach in den Diner oder in ihr Büro gegangen war, als niemand ihn abholte. Wahrscheinlich würde er nur die Achseln zucken, denn er wußte ja nicht, was für einen Schreck er ihr eingejagt hatte. Sie würde ihn an sich drücken und ihm ins Gewissen reden, so etwas nie wieder zu tun. Doch während ihr diese Gedanken durch den Kopf gingen, fürchtete sie gleichzeitig, ihn nie wieder zu sehen. Angestrengt versuchte sie sich einzureden, daß so etwas in Kleinstädten wie Little River nicht vorkam. Sie biß sich auf die Lippe und starrte geradeaus.

Sie war nur noch fünf Minuten von zu Hause entfernt, als ein Bild, das die ganze Zeit in ihrem Hinterkopf geschlummert hatte, Gestalt annahm. Michael Somers. Sofort sagte sie sich, daß sie nicht den geringsten Grund zu der Annahme hatte, er könne irgend etwas damit zu tun haben. Sie schämte sich fast, überhaupt daran gedacht zu haben, und dennoch ging ihr der Name nicht mehr aus dem Kopf. Er fuhr einen Geländewagen, einen Nissan, sie hatte ihn schon mehrmals damit gesehen. Außerdem fuhr er natürlich regelmäßig über die Deep Ridge Road. Was Jamie auf der Straße zu suchen hatte, wollte ihr freilich nicht einleuchten. Sie wohnten zwar nicht allzuweit außerhalb, aber warum hätte er zu Fuß gehen sollen? Je mehr sie darüber nachdachte, um so mehr Sorgen machte sie sich. Es wäre einfach ein zu großer Zufall gewesen, wenn jemand einen anderen Jungen gesehen hätte, auf den Jamies Beschreibung genau paßte. Es konnte nur er gewesen sein. Aber wer hätte ihn mitgenommen, ohne ihr Bescheid zu geben? Ihr Puls raste. Mit beiden Händen umklammerte sie das Lenkrad und trat das Gaspedal durch.

Als sie in den Weg zu ihrem Haus einbog, geriet ihr Wagen im Schneematsch ins Rutschen, doch dann griffen die Räder wieder, und sie fuhr weiter. Vor dem Haus stand der Geländewagen. Sie trat auf die Bremse, sprang aus dem Auto und rannte auf das Haus zu. Zuerst sah sie niemanden, aber dann öffnete Michael Somers die Fahrertür an seinem Nissan und stieg aus. Sie blieb wie angewurzelt stehen, das Herz schlug ihr bis zum Hals. Hinter sich hörte sie Coop langsam den Weg hinauffahren.

Susan schaute sich verzweifelt nach Jamie um, hoffte fast, ihn ebenfalls aus dem Nissan steigen zu sehen. Dann hörte sie Bob bellen, und im nächsten Augenblick kam der Hund um die Hausecke gerannt, gefolgt von Jamie. Als er Susan sah, blieb er stehen.

»Ich habe ihn auf der Straße aufgelesen«, erklärte Michael. »Er war anscheinend auf dem Heimweg, also habe ich ihn mitgenommen. Ich dachte, es wäre besser, wenn ich hier warte, bis jemand kommt.«

Susan war so erleichtert, daß sie weiche Knie bekam, und vor lauter Erregung verlor sie die Beherrschung.

»Sind sie verrückt geworden? Hätten Sie sich nicht denken können, daß ich mir Sorgen um ihn mache? Er ist doch noch ein Kind!« Sie rannte zu Jamie, fiel auf die Knie und nahm ihn in die Arme, während ihr Tränen über die Wangen liefen. »Gott sei Dank«, flüsterte sie.

Michael stand ratlos dabei, bis ihm aufging, was sie befürchtet hatte. Als er sich umdrehte, um in seinen Wagen zu steigen, spürte er Coops Hand auf seinem Arm.

»Moment mal. Was geht hier vor?«

Michael sah ihn an. »Wie ich schon sagte. Ich hab' den Jungen nach Hause gebracht. Er hatte einen weiten Weg vor sich.«

»Wo haben Sie ihn aufgelesen?« fragte Coop.

»Kurz hinterm Ort.«

»Sind Sie nicht auf die Idee gekommen, daß sich jemand Sorgen um den Jungen machen könnte?« Er deutete mit dem Kinn in Susans Richtung. Sie stand gerade auf und wischte sich die Tränen aus dem Gesicht.

»Ich habe ihn nach Hause gebracht«, sagte Michael. »Ich dachte, ich täte ihm einen Gefallen.« Er spürte, wie Coop seinen Griff leicht lockerte, ihn jedoch mit seinen blaßgrauen Augen unverwandt anstarrte. »Wollen Sie mich festnehmen, oder was?«

Coop sagte nichts, doch seine Feindseligkeit war deutlich wahrzunehmen.

»Coop.«

Sie drehten sich beide um, als sie den flehenden Ton in Susans Stimme hörten. Sie stand da und schaute die beiden Männer unsicher an. Coop ließ Michael los.

»Es … es tut mir leid, was ich vorhin gesagt habe«, stotterte Susan. »Ich meine, ich … ich war ganz durcheinander.«

Michael stieg wortlos in seinen Nissan und setzte zurück. Im Rückspiegel sah er, wie Coop und Susan ihm nachschauten. Er preßte die Lippen aufeinander.

8. Kapitel

Der Falke hatte die Nacht hoch oben auf dem Felsvorsprung verbracht, eng an die kahle Wand geschmiegt, die Federn aufgeplustert, um die Wärme zu halten. Mit dem hoch an die Brust gezogenen Bein und den eingezogenen Klauen ähnelte er einem Stofftier, einer dicken, stattlichen Eule.

Als es heller wurde und die ersten bernsteinfarbenen Flecken den dunklen Himmel am Horizont erleuchteten, öffnete er die Augen. Er legte das Gefieder an und ließ aufmerksam seinen Blick über die Landschaft schweifen. Innerhalb von Sekunden hatte er sich gewandelt. Jetzt war er wieder der stolze Raubvogel, eine Gestalt von vollkommener Eleganz mit vor Erwartung gespanntem Körper.

Weit unten hob und senkte sich die Landschaft, die vereisten Hänge schimmerten in den ersten Sonnenstrahlen, glitzernd reflektierte der eisige Schnee das Licht. Der Falke richtete sich auf, schüttelte sich, streckte die Beine und breitete die Schwingen aus, um die kalten Muskeln aufzuwärmen. Dann beugte er sich hinunter, um winzige Beutereste aus seinen glänzenden Klauen zu picken. Er spürte, wie die aufgehende Sonne die Luft langsam erwärmte, und beobachtete, wie die Welt erwachte. Die Sterne wurden blasser, bis ihr Leuchten nur noch ein Glimmen war und auch der Mond sich nur noch als fahle Kugel gegen den winterlichen Himmel abhob. Die Farbe des Himmels ging über in ein strahlendes Blau, nur über den Bergen im Westen zeigte sich ein Häufchen Zirruswolken. Wie aus dem Nichts kam eine Brise auf und fuhr ihm wie ein feiner, feuchter Nebel ins Gefieder. Als höre er den Ruf des Windes, breitete der Falke die Schwingen aus und spreizte die Spitzen wie im Flug. Mit den Klauen am Felsrand festgekrallt, genoß er die Erregung, die ihn stets bei Tagesanbruch packte. Mit schiefgelegtem Kopf und vorgereckter Brust, deren Wölbung die kräftigen Muskeln unter dem Federkleid ahnen ließ, spähte er neugierig gen Himmel und suchte dann die Felsbrüche ab. Seinen scharfen Augen entging nichts. Der graublaue, fein geschwungene, spitze Schnabel glänzte im Morgenlicht. In der Ferne erhob sich ein Punkt in die Lüfte und zog langsam Kreise; ein Adler, auf der Suche nach Nahrung. Mit einem Flügelschlag erhob sich der Falke von seinem Felsvorsprung und gewann mit der aufsteigenden Thermik aus dem Tal schnell an Höhe.

Sein Flug war schnell und kraftvoll und trug ihn weit hinaus. Er fand einen Aufwind, auf dem er mit ausgebreiteten Schwingen mühelos durch die Luft glitt und mit dem Wind immer weiter nach oben stieg, getragen von einer unsichtbaren Kraft. Jetzt war die Sonne vollständig aufgegangen, schnell erwärmte sich die Luft, und unten glitzerten die Gipfel in frischem Weiß. Immer höher schwang sich der Falke empor, drehte den Kopf hin und her und ließ den Blick über das Land in der Tiefe wandern. Er spürte, wie der Aufwind erstarb, und flog in großen Spiralen abwärts auf ein Tal im Südwesten zu, aus dem Fichten und Zedern dunkel aufragten. Die aufsteigende Luft aus dem Tal trug ihn wieder in die Höhe, und das Spiel begann von neuem: Er ließ sich von einem Aufwind erfassen, glitt mühelos dahin, zog enge Kreise, wenn der Wind erstarb, und flog mit hoher Geschwindigkeit wieder talwärts, immer gerade so, wie es das unsichtbare Relief des Windes erlaubte, das ein Abbild der Landschaft unter ihm war. Dabei nahm er alles um sich herum wahr, keine Bewegung der Tiere und Vögel des Waldes entging ihm. Er beobachtete ein Eichhörnchen, das hoch oben auf einem Ast saß und an einer Nuß knabberte, die es zwischen den Pfoten hielt. Sah, wie es plötzlich erstarrte und nervös nach links und rechts äugte, weil es die Gefahr witterte, und dann schnell im belaubten Geäst verschwand. Er registrierte alles, aber er war noch nicht hungrig und auf Jagd eingestellt. Er schwebte einfach mit glänzendem Gefieder dahin und ließ von Zeit zu Zeit seinen keckernden Ruf durch das Tal klingen.

Noch im Dunkeln hatte Ellis seinen Pick-up abseits der Falls Pass Road in einem Waldweg geparkt und sich mit geschultertem Gewehr und einer Thermoskanne voller Kaffee, der mit einem Schuß Whiskey verfeinert war, auf den Weg durch den Wald gemacht. Er hatte vor, sich irgendwo in der Gegend, die er für das Revier des Falken hielt, auf die Lauer zu legen und einfach abzuwarten, bis der Vogel sich zeigte. Der Klügere von ihnen würde diesen Zweikampf für sich entscheiden – nur daß Ellis mehr als den Falken zum Gegner hatte. Die ganze Welt schien sich gegen ihn verschworen zu haben, und so verrückt es auch klingen mochte, es kam ihm vor, als stünde der verdammte Falke für die Art und Weise, in der sein Leben bisher verlaufen war. Jedesmal, wenn er kurz davor war, etwas zu erreichen, ging es ihm durch die Lappen oder wurde ihm vor der Nase weggeschnappt. Gott – falls es ihn geben sollte – hatte wohl keine Zeit für Menschen wie ihn. Er war nur das Spielzeug irgendwelcher kleiner Teufel, die sich über ihn lustig machten.

Ellis war wie besessen von dem Wunsch, einmal im Leben das große Los zu ziehen. Er hatte das Gefühl, daß dies hier eine Prüfung war, die, sollte er sie bestehen, sein Leben schlagartig ändern würde. Inzwischen war er fast zu der

Überzeugung gelangt, der Falke sei kein gewöhnlicher Vogel, sondern ein Wesen mit magischen Kräften. Das alles behielt er natürlich für sich. Wenn ihn irgend jemand so reden hörte, würde man ihn mit Sicherheit in eine Zwangsjacke stecken. Er hatte Rachel nichts von der ganzen Sache erzählt, obwohl sie sich bereits neugierig danach erkundigt hatte, womit er eigentlich seine Zeit verbrachte. Vor ein paar Tagen war sie zum Holzlager gekommen, und er war nicht dagewesen. Am Abend hatten sie sich dann gestritten, und sie hatte ihn angeschrien, wie sie mit dem bißchen, was sie nachmittags als Verkäuferin in der Stadt verdiene, über die Runden kommen sollten, wenn er nicht arbeite. Das hatte ihm den Rest gegeben. Der Gedanke, daß sie ohne Rachels Geld wirklich in der Klemme wären, brachte ihn fast um den Verstand, und das wußte sie. Was erwartete sie von ihm, verdammt noch mal? Es gab für ihn keine Arbeit. Manchmal fürchtete er, sie könnte ihn verlassen. Er sah ihren Augen an, daß sie sich wünschte, noch einmal ganz von vorne zu beginnen, ohne ihn. Er hatte Angst, sie zu verlieren, aber was sollte er tun? Manchmal war er kurz davor, sie zu schlagen. Gott, er hoffte, daß es nie soweit kam, aber manchmal wußte er selber nicht mehr, wie ihm geschah.

Er hatte einen geeigneten Platz gefunden, hockte sich zwischen die Felsen und wartete. Es war verdammt kalt, da nützte auch der Kaffee nicht viel. Er stellte sich vor, er wäre zu Hause im Bett geblieben und Rachel hätte sich an ihn gekuschelt. Sie hätten sich vielleicht auf die schönste Art, die es gab, wieder vertragen, ihre weichen Brüste an seinem Brustkorb, während er auf ihr lag, obwohl es verdammt lange her war, seit sie irgend etwas in der Art getan hatten. Die Vorstellung machte ihn nervös; er mußte sich bewegen und an etwas anderes denken. Wenn alles klappte, würden sie richtig fein ausgehen, einen ganz neuen Anfang machen. Sie würde erkennen, wieviel Mühe er sich gegeben hatte. Nur für sie. Fast jedenfalls. Alles würde besser werden.

Auch Michael war früh aufgestanden, hatte den Fluß überquert und war hoch hinauf auf einen Felsvorsprung geklettert. Er setzte sich und schaute in die Richtung, aus der er gekommen war. Er schwitzte vor Anstrengung, und die kalte Luft schmerzte ihm in den Lungen. Anderthalb Stunden hatte der Aufstieg gedauert, jetzt hatte er Hunger und überlegte, wie lange er wohl für den Rückweg brauchen würde. Zurück ging es schneller, erst den Berg hinunter und dann zum Fluß, der sich weit unten westwärts in Richtung Pazifik schlängelte.

Als es heller wurde, sah er von oben sein Haus und nicht weit davon das seiner Nachbarin, aus dessen Schornstein Rauch aufstieg. Als er klein war, hatte ein altes Ehepaar dort gewohnt, an das er sich dunkel erinnerte. Wahrscheinlich waren sie längst tot. Unterdessen war jemand aus der Tür getreten, ob Mann oder Frau konnte er aus der Ferne nicht erkennen. Wer immer es war, blieb auf der Veranda stehen und schaute in Richtung der Berge. Es konnte nur seine Nachbarin sein, und einen Augenblick lang hatte er das Gefühl, die Frau habe seinen Blick auf die Entfernung gespürt und suche nach ihm. Ihm war, als träfen sich ihre Blicke für einen kurzen Moment, dann drehte sie sich um und ging zurück ins Haus. Natürlich wußte er, daß sie ihn von da unten nicht sehen konnte, es sei denn sie halte ein Fernglas und suchte gezielt nach ihm. Die Vorstellung war wohl eher Wunschdenken.

Am Tag zuvor hatte er angehalten, um den Jungen mitzunehmen, der allein die Straße entlanggegangen war. Es war ihre zweite Begegnung innerhalb einer Stunde gewesen. Vorher hatte er ihn auf dem Weg zum Auto getroffen, das er am Ortsausgang geparkt hatte. Der Junge saß auf der gegenüberliegenden Straßenseite an der Bushaltestelle auf einem Zaun und ließ die Beine baumeln. Zwei ungefähr gleichaltrige Jungen kamen vorbei, der eine auf dem Fahrrad, der andere ließ sich auf Rollschuhen von seinem Freund ziehen. Michael beobachtete, wie sie stehenblieben und den Jungen anstarrten, der so tat, als wären sie gar nicht da.

»He, du Blödmann«, sagte der größere. »Wieso sitzt du hier? Du mußt nach Hause, weißt du das nicht?«

Der andere knuffte seinen Freund in die Rippen und sagte: »Er ist doch stumm, Jerry, reine Zeitverschwendung, mit einem Stummen zu reden.«

Michael hörte sie laut lachen, gemein und spöttisch. Als er sich umdrehte, sah er, daß der Junge nicht reagierte, sondern nur auf seine Füße starrte.

»He, warum sagst du nichts? Komm schon, nur ein einziges Wort. Sag einfach, ich bin ein Trottel«, drängte der größere. »Was ist denn los, hast du keine Zunge?«

Plötzlich machte der kleinere einen Schritt nach vorne und versuchte, dem Jungen die Schultasche aus der Hand zu reißen. »Gib her«, schrie er.

Es gab eine kurze Rauferei, als die beiden gemeinsam versuchten, dem Jungen die Tasche zu entwinden, aber er ließ nicht los. Plötzlich fiel der Junge vom Zaun und landete kopfüber auf dem gefrorenen Boden. Michael schrie erschrocken auf, und eine Frau trat aus dem Haus hinter dem Zaun. Er half dem Jungen auf die Beine, doch ehe er noch etwas tun konnte, war der Junge weggelaufen. Michael schaute ihm nach und ging dann weiter zu seinem Auto. Die Frau hatte ihn die ganze Zeit von der Tür aus beobachtet.

Er wunderte sich, als er den Jungen später am Straßenrand entlanglaufen sah, hielt an und fragte ihn, ob er mitfahren wolle.

»Alles okay, du kannst einsteigen«, sagte er, als der Junge sich nicht rührte. »Es ist ein weiter Weg«, fügte er nach einer Weile hinzu. Er fing an, sich über den Jungen Gedanken zu machen. Stimmte etwas nicht mit ihm? Sein Schweigen wirkte irgendwie seltsam, es war mehr als nur Schüchternheit, wie er zuerst vermutet hatte. Die anderen Kinder hatten ihn Trottel genannt und behauptet, er sei stumm. Michael musterte den Jungen, und der Ausdruck in dessen

Augen erinnerte ihn an sich selbst in dem Alter, wie er allein auf einem Stein saß, die Berge anstarrte und gedankenverloren Kieselsteine den Abhang zum Fluß hinunterwarf.

»Na, komm schon, steig ein«, sagte er wieder, und diesmal trat der Junge näher, stieg zögernd ein und starrte aus dem Fenster. Auf der Fahrt sprach er kein Wort, rutschte nur mit abgewandtem Gesicht ganz nah an die Tür. Als sie ankamen, war der Junge, ohne ihn eines Blickes zu würdigen, hinausgeschlüpft und hinter dem Haus verschwunden. Nach einer Weile ging er ihm nach und sah, wie er mit seinem Hund spielte. Er machte einen Rundgang ums Haus und stellte fest, daß niemand da war, dann setzte er sich in seinen Wagen und wartete. Schließlich begann er sich zu fragen, warum der Junge unbedingt den langen Weg von der Stadt zu Fuß hatte gehen wollen, und ob seine Mutter wohl wußte, wo er war, ein Gedanke, der ihn etwas beunruhigte.

Gerade als er beschlossen hatte, zu seinem Haus hinüberzugehen und jemanden anzurufen, traf die Mutter des Jungen mit einem Polizisten ein. Der Frau stand die Angst im Gesicht geschrieben. Die Angst vor ihm.

Die Erkenntnis hatte ihm eine unruhige Nacht beschert. Jedesmal, wenn ihm die Augen zufielen und er in einen leichten Schlaf sank, tauchten Bilder aus seiner Vergangenheit auf und ließen ihn nicht los. Immer wieder sah er den Tag vor sieben Jahren vor sich, als er zu seiner Wohnung zurückgekehrt war. Ziellos hatte er mit der Waffe herumgefuchtelt und seinem Schmerz und Zorn freien Lauf gelassen. Mit vor Schreck geweiteten Augen hatte Louise ihn angesehen und sich mit der schluchzenden Holly auf dem Arm in einer Ecke des Zimmers auf den Fußboden gekauert. Er hörte ihre Stimme immer noch: »Michael, du machst mir angst. Leg doch die Waffe weg. Bitte, tu uns nichts an, tu Holly nichts an.«

Michael schloß die Augen und verscheuchte die Erinnerung, verdrängte auch die Szene, die sich danach abgespielt hatte. Der Wind fegte um die Felsen, und die Kälte kroch ihm in die Knochen. Er spürte, wie sein Blut zäher floß und sein Verstand langsamer arbeitete, je kälter es wurde. Er mußte seine Finger bewegen, um sie zu fühlen. Das waren die ersten Anzeichen von Unterkühlung. Der Schweiß auf seinem Körper war getrocknet und kalt geworden, und er fing an zu zittern. Wenn er sich nicht bewegte, würden erst seine Sinne abstumpfen, und dann würde ihn eine Art Euphorie erfassen. Er hörte einen hohen, spitzen Schrei, öffnete die Augen und schaute nach oben. Über ihm kreiste der Falke mit ausgebreiteten Schwingen. Die Sonne blendete ihn, so daß er den Vogel kaum erkennen konnte, bis er schützend die Hand über die Augen legte. Er war sicher, daß es derselbe Vogel war, den er schon zweimal gesehen hatte, und als die Sonne seine Sicht nicht mehr behinderte, konnte er die Färbung des Gefieders erkennen. Der Falke schien beinahe weiß zu sein. Das machte ihn stutzig. Er erinnerte sich daran, daß er als Kind hier in den Bergen Wanderfalken gesehen hatte, aber sie waren kleiner als dieser hier gewesen, und ihre Federn blaugrau.

Der Falke kam näher und blieb dann in der Luft stehen, als habe er etwas unter sich erspäht. Michael blickte suchend den Abhang hinunter. Ein brauner Schatten löste sich vom Felsen und flog mit sirrendem Flügelschlag mehrere hundert Meter weit auf die Bäume zu. Im selben Augenblick stieß der Falke hinab. Gleichzeitig hallte ganz in der Nähe und erschreckend laut ein Schuß. Der Falke verlor die Kontrolle und taumelte in der Luft. Mit hilflos flatternden Flügeln fiel er wie ein Stein nach unten und verschwand zwischen den Bäumen, während seine Beute unversehrt davonflog.

Michael machte sich an den Abstieg und erreichte schon bald eine Senke, an deren schneebedecktem Boden Felsbrocken herumlagen. Zuerst konnte er nichts entdecken, dann nahm er aus den Augenwinkeln eine flüchtige Bewegung im Schatten eines der Felsen wahr. Der Falke, gut getarnt im weißen Schnee vor den braunen und grauen Steinen, fixierte ihn mit seinen dunklen, leuchtenden Augen. Behutsam ging Michael auf ihn zu, überrascht, daß er noch lebte. Doch aus der Nähe erkannte er deutlich, daß ein Flügel im Schnee schleifte und rote Flecken auf der weißen Fläche hinterließ. Drei Meter vor ihm ging er in die Knie und überlegte, was er tun sollte.

Der Falke ließ ihn nicht aus den Augen und beobachtete wachsam, aber ohne Furcht, jede seiner Bewegungen. Sein Rücken und die Flügel hatten eine helle Färbung, die Spitzen der Schwungfedern waren schiefergrau. Brust und Schenkel waren braun gesprenkelt, und die Krallen glänzten schwarz wie die Augen. Er war noch größer, als Michael vermutet hatte, vom Kopf bis zum Schwanz ungefähr siebzig Zentimeter.

Ihm war klar, daß der Falke nicht fliegen konnte, trotzdem machte ihn der Gedanke nervös, in die Reichweite der messerscharfen Krallen und des Schnabels zu kommen. Auch der unbeugsame Blick des Falken beunruhigte ihn, doch er konnte ihn unmöglich seinem Schicksal überlassen. Behutsam ließ Michael den Mantel von seinen Schultern gleiten und rutschte auf den Knien näher. Der Falke spürte, was er vorhatte, wich gegen den Felsen zurück und breitete den gesunden Flügel aus. Erschreckt von der Kraft der Bewegung wich Michael zurück, dann aber warf er den Mantel wie ein Netz nach dem Falken aus. Als der schwere Stoff das Gefieder streifte, schnappte der Vogel nach Michaels Hand. Im nächsten Moment war der Falke in dem Mantel gefangen, und Michael konnte ihn hochnehmen wie eine wertvolle und gefährliche Beute. Er wandte sich um und machte sich auf den Weg zurück zum Fluß.

Ellis hörte den Falken, bevor er ihn sah. Sein Blick folgte dem Geräusch der Flügel, er drehte sich um, und da war er, hoch über ihm, mit weit ausgebreiteten Schwingen. Langsam hob Ellis das Gewehr, und legte an, den Finger am Abzug. Diesmal würde es klappen, davon war er überzeugt; er hatte das Tier überlistet. Der Falke bot ein klares Ziel, so klar, daß Ellis fast Mitleid mit ihm bekam, aber die Welt da draußen hatte ihre eigenen Regeln, sie kannte nur Gewinner und Verlierer. Er hätte schon lange aufgeben können, aber er hatte weitergemacht und bewiesen, daß er ein Mann von Entschlossenheit war. Tusker, fang schon mal an, dein Geld zu zählen, dachte er, dann drückte er ab.

Im ersten Moment war er nicht sicher, ob er getroffen hatte. Als er schoß, begann der Falke gerade hinabzutauchen, und Ellis dachte, wieder einmal habe sich die ganze Welt gegen ihn verschworen. Doch als er das Gewehr senkte, sah er, wie der Falke im Wind taumelte. Da grinste er, zündete sich eine Zigarette an und packte in aller Ruhe die Thermoskanne und die Decke ein.

Ellis hatte sich im Geiste das Gebiet markiert, in dem der Falke abgestürzt war, und erreichte es schnell. Das erste, was er sah, als er zu der Senke kam, waren Fußspuren in beide Richtungen. Der Schnee war blutbefleckt und zertrampelt. Es dauerte eine ganze Weile, bis er begriff, was passiert sein mußte.

Er stolperte den Abhang hinunter, und als er unten ankam, war seine Laune auf dem Nullpunkt angelangt. Er fragte sich, ob es Red oder Hudson oder vielleicht beide zusammen gewesen sein konnten. Es war gut möglich, daß sie die ganze Zeit über gewußt hatten, was er vorhatte, und er dachte an den Abend zurück, an dem er sich betrunken hatte und den Mund nicht hatte halten können. Er wußte nicht mehr genau, was er gesagt hatte. Vielleicht war ihm etwas herausgerutscht, und sie verfolgten ihn seitdem und hatten ihn die ganze Zeit nur geblufft, als sie sich im Clancys über ihn lustig machten. Je mehr er darüber nachdachte, desto wütender wurde er. Er hatte den beiden Hurensöhnen sowieso nie getraut. Während er durch den Wald lief, dämmerte ihm allmählich, daß an seiner Theorie etwas nicht stimmen konnte. Vielleicht stammten die Spuren von dem

Typ, den er neulich gesehen hatte, und das war weder Red gewesen noch Hudson, doch dann verlor er die Spuren, wo kein Schnee lag, und er dachte nicht mehr darüber nach. Plötzlich fiel ihm ein, daß diese Schweine ja irgendwo in der Nähe seines Pick-ups geparkt haben mußten, und daß er besser daran tat, sich auf den Weg dorthin zu machen. Er änderte die Richtung und rannte so schnell er konnte, wobei er die ganze Zeit vor sich hinfluchte.

9. Kapitel

Der verletzte Falke war hilflos. Nachdem Tom Waters den gesunden Flügel und beide Beine mit einer elastischen Binde fixiert hatte, hob er mit geübten Händen den verletzten Flügel an und tastete die Knochen ab. Der Falke beobachtete ihn mit wachsamen Augen und versuchte, den Kopf zu drehen und ihn zu beißen.

Tom überraschte fast gar nichts mehr, was mit Tieren zu tun hatte. Er war seit dreißig Jahren Tierarzt in Little River, und es gab so gut wie nichts, was er nicht schon gesehen hatte. In erster Linie behandelte er kleine Haustiere, aber er kümmerte sich auch um Pferde und anderes Großvieh auf den umliegenden Farmen. In einem Ort wie Little River konnte zur Kategorie kleine Haustiere allerdings alles mögliche gehören: gewöhnliche Hamster, Katzen und Hunde, aber auch Biber und Eulen, und manchmal sogar ein verwaistes Bärenjunges.

Tom spürte eine leichte Bewegung in dem Knochen neben der Wunde. »Der Vogel hat Glück gehabt«, murmelte er. »Die Kugel hat den Knochen nur gestreift und ist wieder ausgetreten. Hier an der Elle spüre ich eine Unebenheit. Ich muß ein Röntgenbild machen, aber ich glaube, der Knochen ist nur gebrochen. Haben Sie gesehen, wer auf sie geschossen hat?«

Michael schüttelte den Kopf. »Nicht genau. Haben Sie *sie* gesagt?«

»Der Größe nach zu urteilen ist es ein weibliches Tier. Die Weibchen sind gewöhnlich um ein Drittel größer als die Männchen.«

»Wissen Sie denn, was für ein Vogel es ist?«

Tom zeigte auf einen Bücherschrank in der Ecke. »Eine Falkenart, da bin ich mir sicher, aber die Art kommt hier in der Gegend eigentlich nicht vor. Im Schrank steht ein Band über Greifvögel, da können Sie nachschlagen.«

Michael fand das Buch und blätterte darin, bis er ein Bild von einem Falken fand, der hoch über einer weißen Winterlandschaft auf einem Felsen saß. Er verglich ihn mit dem Vogel auf dem Tisch. Die Färbung stimmte überein, und er begann, den Text vorzulesen.

»Der Gerfalke, auch Schneefalke genannt, ist in arktischen Regionen zu Hause und die größte Falkenart der Erde. Die Schattierungen seines Gefieders reichen von schneeweiß bis fast schwarz. Er jagt Lemminge, Schneehühner, große Seevögel und ähnliche Tiere. Die Weibchen wiegen bis zu eineinhalb Kilo, bei einer Spannweite von mehr als einem Meter.« Er legte das Buch aufgeschlagen auf den Tisch. »Wie kommt ein arktischer Vogel hier in diese Gegend? Was glauben Sie?«

»Vielleicht ist er nach Süden abgetrieben worden. Ein junger Vogel, von Winterstürmen überrascht. Das gibt es manchmal.«

Michael sah zu, wie der Tierarzt den Flügel eingehend betastete. Falls der Falke Schmerzen hatte, zeigte er es nicht. Trotz seiner mißlichen Lage ertrug er die gründliche Untersuchung mit Würde. Die scharfen Augen, der fein geschwungene Kopf und der kraftvolle Schnabel ließen ihn edel, ja beinahe angriffslustig wirken. Michael erinnerte sich daran, wie er den Vogel bei seinem Flug über die Bäume beobachtet hatte, wie der Falke, vollkommen in seinem Element, durch die kalte Bergluft gesegelt war. Schon als Kind hatte Michael Greifvögel bewundert, nicht nur, weil sie Jäger waren, sondern auch ihrer natürlichen Anmut wegen.

»Wer schießt denn auf so einen Vogel?« murmelte er nachdenklich vor sich hin.

Tom sah auf und nahm Michael zum erstenmal richtig wahr. Er kannte ihn nicht, aber seine tiefgründigen blauen Augen beeindruckten ihn. Schon vor langer Zeit war er zu der Überzeugung gelangt, daß Menschen, die Mitleid mit Tieren hatten, sich noch etwas von ihrer reinen Seele bewahrt hatten. Zu vielen Menschen war dieses Gefühl abhanden gekommen. Er streifte seine Handschuhe ab.

»Normalerweise ist Geld der Grund. Geld oder pure Dummheit.«

»Geld?« fragte Michael.

»Sobald etwas selten ist, können Sie sicher sein, daß es irgend jemandem viel Geld wert ist.«

»Auch wenn es tot ist?«

»Manche Menschen mögen eben präparierte Tiere. Ich habe nie den Wunsch verspürt, mir eins von diesen ausgestopften Tieren ins Haus zu stellen. Aber jedem das Seine.« Tom betrachtete kopfschüttelnd den Falken. Warum irgend jemand so einen wunderschönen Vogel lieber ausgestopft hinter Glas als frei am Himmel sehen wollte, überstieg sein Vorstellungsvermögen. Es gab Zeiten, da schämte er sich, zur menschlichen Rasse zu gehören.

»Was geschieht jetzt mit ihm?« fragte Michael.

»Wir werden den Flügel bandagieren, und wenn er geheilt ist, geben wir ihm eine neue Chance.«

Der fatalistische Ton paßte irgendwie nicht zu dem Tierarzt. Ihm stand der Zweifel auf der Stirn geschrieben. »Sie klingen nicht überzeugt«, sagte Michael. »Glauben Sie nicht, daß der Knochen heilen wird?«

»Schwer zu sagen«, gestand Tom. »So ein Vogel kann bei

der Art und Weise, wie er jagt, keinen lädierten Flügel gebrauchen. Haben Sie schon einmal gesehen, wie Falken jagen?« Er demonstrierte es mit der Hand. »Sie legen die Flügel an und stoßen senkrecht nach unten. Ungefähr so. Ein toller Anblick. Irgendwo habe ich gelesen, daß sie mehr als hundert Stundenkilometer schnell sind. Bei einer solchen Geschwindigkeit entsteht ein verdammt hoher Druck auf die Flügel. Es ist wie bei einem Athleten, die falsche Verletzung kann das Ende der Karriere bedeuten, selbst wenn sie verheilt ist.«

Er merkte, daß Michael ihm nicht recht folgen konnte, und zeigte auf den Falken. »Das Problem ist, daß der Flügel in ein paar Wochen wieder wie neu aussehen wird, wir aber nicht wissen, ob er ihn wirklich gebrauchen kann. Ich muß ihn in einem Käfig halten und den Flügel ruhigstellen, damit er das Gelenk nicht bewegen kann. Wenn ich ihn freilasse, wird er aus der Übung sein, muß sich aber seine Nahrung beschaffen. Und das wird ihm möglicherweise nicht gelingen.«

Michael dachte über die Worte des Tierarztes nach. War es nicht ungerecht, daß der Falke, obwohl er die Kugel des Jägers überlebt hatte, am Ende vielleicht einen langsamen Hungertod sterben mußte? Fast wollte es scheinen, als hätte er ihm doch keinen Gefallen getan.

»Machen Sie sich keine Sorgen um ihn«, sagte Tom, als hätte er seine Gedanken gelesen. »Sie haben getan, was Sie für richtig hielten. Wenn Sie nicht gewesen wären, wäre er jetzt tot.«

»Was hätten Sie an meiner Stelle getan?«

Tom dachte einen Augenblick nach, ehe er antwortete. »Ich kümmere mich schon mein Leben lang um Tiere, aber in einem Land wie diesem kann man so eine Arbeit nur tun, wenn man die Gesetze der Natur respektiert. Das fällt uns manchmal schwer, denn wir scheinen nun einmal gern den Schwachen beizustehen. Wenn wir ein hilfloses, verwundetes Tier finden, ist unser Impuls, ihm zu helfen. Dabei überleben aber stets nur die Stärksten und Klügsten einer Spezies. Ihr Falke hat einfach Pech gehabt. Vielleicht hat die Natur entschieden, daß er es nicht schaffen soll.«

»Nur daß es nicht die Natur war, die auf ihn geschossen hat«, sagte Michael. »Wollen Sie damit sagen, daß man ihn einschläfern sollte?«

»Nein, das will ich nicht sagen. Wenn er schon einmal hier ist, können wir ihm auch noch eine Chance geben. Ich kenne da jemanden in der Nähe von Williams Lake, den werde ich anrufen, wenn ich seine Nummer finde. Er war vor ein paar Jahren mit einem kleineren verletzten Falken bei mir, den er abgerichtet hat. Vielleicht kann er uns helfen.«

»Wie denn?«

Tom erklärte Michael, was er sich überlegt hatte. »Am besten wäre es, den Flügel ruhigzustellen, bis er vollständig geheilt ist, und dann mit einem Flugtraining zu beginnen. Auf die Art kommt er wieder zu Kräften, und wir können warten, bis er keine Probleme mehr hat, ehe wir ihn freilassen. Dann braucht er nicht zu verhungern. Vielleicht kann der Mann ihn zu sich nehmen.«

Michael dachte an den Vogel, den er vor einigen Tagen im gespenstischen Zwielicht über der Lichtung vor seinem Haus gesehen hatte. Er war überzeugt, daß es dieser Falke gewesen war. Anscheinend hat das Schicksal uns zusammengeführt, dachte er nur halb im Ernst, doch als er dem Blick des Falken begegnete, dessen leuchtende Augen eine wilde Kraft ausstrahlten, fragte er sich, ob vielleicht doch etwas Wahres daran war. Er konnte es nicht erklären, aber als er ihn hoch oben in den Bergen hatte kreisen sehen, frei und ungebunden, hatte er eine Art Seelenverwandtschaft gespürt.

»Und wenn *ich* ihn abrichte?« sagte er.

Tom sah ihn neugierig an. »Meinen Sie das ernst?«

»Warum nicht? Was müßte ich denn dafür können?«

»Nun, offen gesagt, ich habe keine Ahnung.« Tom hielt

inne. »Sie sollten sich das gut überlegen. Es gibt eine Menge zu bedenken.«

»Zum Beispiel?«

»Zum Beispiel kostet es viel Zeit«, sagte Tom. »Er muß ein paar Tage hierbleiben, bis die Wunde verheilt ist, dann muß der Flügel für einige Wochen ruhiggestellt werden. Sie brauchen einen Stall, wo Sie ihn unterbringen können, und frisches Futter.«

»Zeit habe ich«, sagte Michael. »Den Rest kann ich organisieren.«

»Wenn Sie ihn abrichten wollen, müssen Sie lernen, wie man das macht.«

»Sie haben diesen Mann erwähnt, den Sie anrufen wollten. Vielleicht kann er mir helfen.«

»Wenn ich seine Nummer finde«, sagte Tom. Er trat an seinen Schreibtisch und begann, in den Papieren zu wühlen. Nachdem er drei Schubladen auf dem Schreibtisch ausgekippt und den Inhalt inspiziert hatte, fand er, wonach er suchte. Er reichte Michael ein Stück Papier mit einem Namen und einer Nummer. »Er heißt Frank Dobson. Vielleicht sollten Sie erst mit ihm sprechen und sich die Sache dann noch einmal durch den Kopf gehen lassen. Der Falke kann bei mir bleiben, bis Sie sich entschieden haben.«

»Ich kann Ihnen jetzt schon sagen, daß ich ihn holen werde.« Er war sich absolut sicher. Aus einer vagen Idee war ein fester Entschluß geworden.

Tom nickte. Er merkte, daß Michael es ernst meinte. »Das glaube ich Ihnen. Wohnen Sie weit weg von Little River?«

»Nur ein paar Meilen außerhalb. Ich heiße Michael Somers.«

Tom zeigte keine Reaktion, obgleich er den Namen sehr wohl kannte. Er hatte Michaels Vater gekannt, und er wußte, daß Michael im Gefängnis gewesen war und weswegen, allerdings las er das, was in der Zeitung stand, immer mit einer gewissen Skepsis. Er hatte gehört, daß Michael wieder in der Gegend war und was die Leute sich erzählten. Er merkte, wie Michael ihn beobachtete, ein bißchen unsicher, ein bißchen herausfordernd vielleicht, als erwarte er eine bestimmte Reaktion.

Tom streckte die Hand aus. »Willkommen daheim.«

Michael zögerte, dann ergriff er die Hand. »Danke«, sagte er, und zum erstenmal seit seiner Rückkehr hatte er das Gefühl, womöglich wirklich nach Hause gekommen zu sein.

Von der Straße her war das Geräusch eines langsamer werdenden Autos zu hören, das auf den Weg zur Lichtung einbog, und bald tauchte ein Polizeiwagen zwischen den Bäumen auf, der neben Michaels Nissan hielt. Coop stieg aus, nahm seine Sonnenbrille ab und nickte kaum merklich, als er Michael erblickte.

»Wie geht's?« Er kam näher, setzte einen Fuß auf die unterste Stufe zur Veranda und streckte die Hand aus. »Wir haben uns gestern gar nicht richtig vorgestellt«, sagte er und nannte seinen Namen.

Michael spürte den kräftigen Griff, die Schwielen in den Handflächen, und begegnete dem festen Blick. »Ihr Name kommt mir bekannt vor«, sagte Michael.

Coop nickte. »Wir sind zur selben Schule gegangen. Ich war ein Jahr weiter als Sie, deswegen sind wir uns wahrscheinlich kaum begegnet.«

Jetzt erinnerte sich Michael dunkel an ihn. »Sie schauen nur so vorbei?« fragte er.

Coop ließ sich Zeit mit der Antwort. »Nicht ganz.«

Fast ein wenig amüsiert über die ehrliche Antwort wartete Michael darauf, daß Coop fortfuhr.

»Kaffee?« fragte er schließlich. »Ich wollte mir gerade einen holen.«

Er ging ins Haus, schenkte zwei Tassen Kaffee ein und nahm sie mit nach draußen. »Sie sagten, es gibt einen Grund für Ihr Kommen?«

Coop nickte. »Ich dachte, Sie wollten mir vielleicht von dem Vorfall gestern berichten.«

Obwohl er mit der Frage hätte rechnen müssen, spannten sich Michaels Kiefermuskeln. »Das war kein Vorfall. Ich habe den Jungen nach Hause gebracht, das ist alles.«

»Stimmt, das haben Sie gesagt. Sie haben ihn auf der Landstraße aufgelesen.«

»Genau.«

»Wissen Sie, wie er dahin gekommen ist?«

»Warum fragen Sie ihn nicht selbst?« sagte Michael.

Coop nickte nur. »Seine Mutter war außer sich vor Sorge.«

»Ich habe ihn die Straße entlanglaufen sehen. Das nächstemal fahre ich lieber vorbei. Ich wollte ihm bloß einen Gefallen tun.«

»Nun«, sagte Coop, »es ist ja nichts passiert, aber vielleicht denken Sie mal darüber nach, wie manche Dinge auf andere Leute wirken. Vielleicht sollten Sie lieber auf Ihrer Seite des Zauns bleiben.« Coop warf einen Blick auf Susans Haus.

»Wollen Sie mir damit irgendwas Bestimmtes sagen?«

»Nur ein guter Rat, mehr nicht«, sagte Coop. »Sie können sich keine Mißverständnisse leisten, solange Sie auf Bewährung draußen sind.«

Michael fragte sich, ob das eine Warnung sein sollte. Es klang ganz danach, doch wie um jeden Verdacht auszuräumen, verzog Coop das Gesicht zu einem breiten Grinsen.

»Das Plätzchen hier hat mir schon immer gefallen«, sagte er mit einem Blick auf die Berge.

»Mir auch«, stimmte Michael zu.

Coop betrachtete wieder das Haus und trank ohne Eile seinen Kaffee aus, dann reichte er Michael die leere Tasse. »Ich muß weiter. Danke für den Kaffee.«

»Keine Ursache«, sagte Michael eine Spur ironisch. Er beobachtete, wie Coop zu seinem Wagen zurückging. Die Art, wie er ihn aufgefordert hatte, sich vom Nachbarhaus hinter den Bäumen fernzuhalten, hatte etwas Besitzergreifendes gehabt. Hatte Coop persönliche Gründe, ihn zu warnen? Michael beobachtete, wie Coop seinen Wagen wendete und davonfuhr, und er lauschte, bis das Motorengeräusch sich in der Ferne verlor.

10. Kapitel

Der Falke hockte auf einer Holzstange, die über die ganze Breite des Schuppens ging. Sein gebrochener Flügel war mit einer genau angepaßten Lederschiene fixiert, um ihn daran zu hindern, das Gelenk zu bewegen. Das Röntgenbild hatte einen Bruch der Elle gezeigt, wie Tom Waters vermutet hatte, aber erfreulicherweise war die Speiche intakt, so daß eine Operation nicht erforderlich war. Die Schiene war an den beiden angrenzenden Gelenken fixiert, um die Fraktur zu stabilisieren. Tom hatte geraten, sie etwa zwei Wochen zu belassen, dann wollte er sich den Flügel wieder ansehen.

Im Moment allerdings sah Michael sich einem dringlicheren Problem gegenüber. Seit er den Falken gefunden hatte, waren erst ein paar Tage vergangen, doch sein Zustand hatte sich bereits erheblich verschlechtert. Sogar in dem dämmrigen Licht im Holzschuppen war deutlich zu erkennen, daß er Gewicht verloren hatte. Sein Gefieder wirkte zerzaust, manche Federn waren geknickt oder in dem engen Drahtkäfig in der Tierarztpraxis abgebrochen. Das Stück Rindfleisch, das Michael auf die Stange gelegt hatte, rührte der Falke nicht an. Auch beim Tierarzt hatte er jede Nahrung verweigert, und als Michael ihn abholte, hatte Tom ihn gewarnt, manche Tiere fräßen in Gefangenschaft nicht, ganz gleich, wieviel Mühe man sich gebe. Manchmal könne man den Eindruck gewinnen, die Tiere wollten lieber sterben, als in Unfreiheit zu leben. Der Falke zitterte vor Kälte; er war zu entkräftet, um die Wärme zu halten. Als Michael am Morgen nach ihm gesehen hatte, war ihm aufgefallen, daß die Augen des Vogels ihren Glanz verloren, und nun fürchtete er, sein Schützling werde die nächste Nacht nicht überleben, wenn er nicht fraß.

»Was kann ich nur tun?« fragte er den Tierarzt am Telefon. »Nicht viel, fürchte ich«, sagte Tom voller Bedauern. »Es liegt nicht in unserer Hand.«

Michael konnte sich nicht damit abfinden. Er stand auf dem Treppenabsatz im Haus, schaute nachdenklich aus dem Fenster und ließ den Blick über die Wälder schweifen, während er telefonierte. Eine Elster flatterte zwischen den Zweigen einer Pappel hin und her, ließ sich auf einem schneebedeckten Zweig nieder und stolzierte darauf herum. Am Waldrand knabberten zwei Kaninchen an irgendwelchen Wurzeln; ab und zu blickten sie nervös auf und legten die Ohren an, immer auf der Hut.

»Irgend etwas muß ich doch tun können«, sagte Michael.

Eine Weile blieb die Leitung stumm, während Tom überlegte, was er ihm raten sollte. »Was geben Sie ihm denn?« fragte er schließlich.

»Rohes Rindfleisch.«

»Sie können versuchen, ihm etwas Verlockenderes anzubieten. Vielleicht etwas Frisches, etwas, das er kennt«, schlug Tom vor. »Keine Ahnung, ob es klappt, aber einen Versuch ist es sicher wert.«

Michaels Blick wanderte wieder zu den Kaninchen, die immer noch am Waldrand hockten. »Danke«, sagte er und legte auf.

»Willst du einen Keks?« fragte Susan. Sie hielt Jamie einen Teller mit Gebäck hin, er nahm sich einen Keks, biß die Hälfte ab und sah aus dem Fenster, während er kaute. Susan bediente sich ebenfalls, dann setzte sie sich an den Tisch. Bob lag zu Jamies Füßen auf dem Boden.

»Wir könnten einen Spaziergang mit Bob machen«, schlug Susan vor. Sie brauchte frische Luft. Es war Samstag, und sie war nicht ins Büro gegangen, sondern hatte ein paar Dinge im Haus erledigt. Als sie zum Einkaufen fuhr, erwähnte sie so beiläufig wie möglich, sie müsse auf dem Rückweg noch zu Fran Davies, und fragte Jamie, ob er mitkommen und Frans Sohn Peter besuchen wolle. Er war mitgekommen, aber schon nach zehn Minuten kam Peter in die Küche, wo die beiden Frauen Kaffee tranken, und kündigte an, er wolle mit ein paar Kindern aus der Nachbarschaft Schlittschuh laufen.

»Nimm Jamie mit«, sagte Fran.

»Ich habe ihn schon gefragt, aber er antwortet nicht«, erwiderte Peter mit einem Seitenblick auf Susan.

Jamie war draußen und malte gedankenverloren mit dem Finger Figuren in den Schnee. Fran zuckte hilflos mit den Schultern.

»Ist schon okay«, versicherte Susan. »Viel Spaß«, sagte sie zu Peter. »Vielleicht kommt Jamie das nächstemal mit.«

Fran erzählte Susan von den Kindern, die Jamie an der Bushaltestelle geärgert hatten. »Jenny Harris wollte dazwischengehen, aber ein Mann ist ihr zuvorgekommen. Die Kinder sind weggelaufen, doch sie hat sie noch erkannt. Es waren Craven, die Ratte, und der kleine Jones. Du solltest ihre Eltern anrufen, Susan.«

Susan schüttelte den Kopf. »Ich weiß nicht, ob das so eine gute Idee ist. Es könnte alles nur noch schlimmer machen.«

Jetzt, als Susan verstohlen beobachtete, wie Jamie seinen Keks aß, fragte sie sich, wie lange das wohl schon so ging. In der Schule hatte niemand etwas gesagt, und Jamie schaute einfach weg, wenn sie ihn danach fragte. Fran hatte von Jenny Harris erfahren, wie die anderen Kinder Jamie riefen. Kinder konnten so grausam sein. Die Lehrer sagten zwar alle, Jamie sei intelligent, aber was würde die Gemeinheit der anderen Kinder auf lange Sicht bei ihm anrichten? Wie lange würde es dauern, bis er sich den Trottel und den Blödmann zu Herzen nahm? Susan fühlte sich machtlos, und sie fragte sich verzweifelt, ob es ihr jemals gelingen würde, die Mauer des Schweigens zu durchbrechen, die ihr einziger Sohn um sich errichtet hatte.

Susan vermutete, daß es Michael Somers gewesen war, der Jamie an der Bushaltestelle zu Hilfe gekommen war, und nach einigem Hin und Her hatte Jamie auf dem Rückweg schließlich ihre Vermutung bestätigt. Die Schamröte stieg ihr ins Gesicht, als sie daran dachte, wie sie es neulich ihrem Nachbarn gedankt hatte, daß er Jamie nach Hause gebracht hatte. Wenn es darauf ankam, war sie keinen Deut besser als die anderen im Ort. Sie überlegte, was sie tun konnte, um ihren Fehler wiedergutzumachen, und beschloß, sich zu entschuldigen. Am besten gleich, bevor es dunkel wurde.

Die Stufen der Veranda knarrten, als sie hinaufstieg und klopfte. Die Tür ging quietschend auf, aber niemand war zu sehen. Susan blickte Jamie an, spähte dann in den dämmrigen Flur. Ein leicht modriger Geruch hing in der Luft, wohl weil das Haus so lange leer gestanden hatte.

»Hallo? Ist jemand zu Hause?« Keine Antwort. Sie ging auf der Veranda entlang und schaute durch die Fenster. Sie kam sich vor wie ein Eindringling, war aber auch neugierig. Seit sie hier wohnte, stand das Haus leer, und sie hatte sich nie Gedanken darüber gemacht, aber als sie jetzt die alten Möbel aus schwerem, dunklem Holz betrachtete, versuchte sie sich vorzustellen, wie Michael Somers hier aufgewachsen war und wie seine Eltern gewesen sein mochten. Offenbar war wirklich niemand zu Hause, und sie drehte sich um, um Jamie zu sagen, sie könnten es ja am nächsten Morgen noch einmal versuchen. Doch Jamie war verschwunden. Suchend sah sie sich um. Einen Augenblick lang befürchtete sie, er wäre ins Haus gegangen, und sie müßte nun hinterher. In dem Moment würde bestimmt Michael Somers auftauchen und sie in seinem Haus finden und wie sollte sie ihm das dann erklären? Da fiel ihr Blick auf Fußspuren im Schnee, offensichtlich von einem Erwachsenen, und daneben waren Jamies Abdrücke.

»He, wo bist du?« rief sie und ging den Spuren nach.

Jamie stand an der Tür zu einem Schuppen hinter dem Haus. Sie ging zu ihm, und als sie in den Schuppen spähte, sah sie zuerst Michael, der in einer dunklen Ecke kauerte, und dann die hellen Umrisse eines großen Falken. In diesem Augenblick hörte Michael sie und drehte sich um. Ihre Blicke trafen sich, und Susan sah sein sorgenvolles Gesicht, dann zog sie Jamie schnell ins Freie. Kurz darauf kam Michael heraus und schloß die Tür hinter sich.

»Wir wollten Sie nicht stören«, sagte Susan. »Ich habe an die Haustür geklopft, aber es hat niemand aufgemacht.«

Er nickte kurz. »Schon in Ordnung.« Sein Blick wanderte zu Jamie, dann sah er sie wieder an.

»Ist das ein Falke, den Sie da haben?«

»Es ist ein Gerfalke. Ich habe ihn dort oben gefunden.« Er zeigte auf die Berge. »Er ist verletzt.«

Susan fiel sein sorgenvoller Blick auf. »Wird er durchkommen?«

»Ich weiß es nicht. Er frißt nicht.« Er schwieg einen Augenblick, unschlüssig, ob er weiterreden sollte. »Er braucht frisches Fleisch, ein Kaninchen oder so etwas.«

»Davon gibt es genug im Wald.«

»Ich habe kein Gewehr. Ich darf keine Waffe besitzen.«

Er sah sie an, während er sprach, schaute jedoch gleich wieder weg, so daß sie das Gefühl hatte, er mache sie dafür verantwortlich. Sie wußte nicht, was sie sagen sollte, sein Gesichtsausdruck war hart und abweisend. Unwillkürlich legte sie Jamie eine Hand auf die Schulter, und ihr fiel wieder ein, weshalb sie hier waren. Die Situation war genauso peinlich wie bei ihrer ersten Begegnung.

»Ich bin gekommen, um mich zu entschuldigen«, begann Susan. Als er sie nur wortlos ansah, kam sie ins Stottern. »Wegen neulich, meine ich. Ich habe gehört, was passiert ist. Ich bin Ihnen dankbar für das, was Sie getan haben, aber da war ich außer mir vor Sorge. Ich war völlig durcheinander ...« Ihre Stimme wurde leiser. Am besten hielt sie den Mund, bevor sie sich noch verhaspelte. »Ich wollte mich nur bei Ihnen bedanken.«

Einen Moment lang standen beide wortlos da, dann wandte Susan sich zum Gehen. Er ließ nicht erkennen, ob er ihre Entschuldigung annahm, und sie konnte es ihm nicht verübeln. Irgendwie machte er den Eindruck, als wäre er mit seinen Gedanken ganz woanders und hörte ihr gar nicht zu. »Ich hoffe, Ihr Falke wird wieder gesund«, sagte sie. Sie waren schon an der Hausecke, als er sich räusperte, und sie drehte sich um.

»Danke, daß Sie gekommen sind«, sagte er, dann wandte er sich ab und ging ohne ein weiteres Wort zurück in den Schuppen.

Als sie wieder zu Hause waren, stellte Jamie sich im Wohnzimmer den Fernseher an, während Susan noch eine Weile nachdenklich in der Küche stehenblieb. Schließlich ging sie durch den Flur zur Kellertür. Sie machte das Licht an und stieg vorsichtig die Treppe hinunter, immer eine Hand an der Wand, um nicht zu stolpern. Die nackte Glühbirne warf schwaches, gelbes Licht in den Raum, und in der Ecke, wo der verschlossene Schrank stand, war es düster und kalt. Susan zögerte einen Moment, ihr Herz klopfte, und ihre Kehle war wie zugeschnürt. Sie war seit fast eineinhalb Jahren nicht mehr hier unten gewesen, und als sie in die Spinnweben auf dem Schrank faßte, zitterte ihre Hand. Sie tastete nach dem Schlüssel, dann fühlte sie das kalte Metall. Sie steckte den Schlüssel ins Schloß, holte tief Luft und drehte ihn um. Er bewegte sich leicht, mit einem scharfen

Klicken, und die Tür öffnete sich einen Spaltbreit. Sie zog sie weit auf, damit der schwache Lichtschein in den Schrank fallen konnte.

Im Schrank stand Davids Gewehr, in einem Koffer verstaut, und auf dem Regal lagen zwei Schachteln mit Munition. Voll Trauer hatte sie das Gewehr am Tag seiner Beerdigung in den Schrank gestellt und es seitdem nicht angerührt. Ein- oder zweimal hatte sie daran gedacht, es wegzugeben, aber der Gedanke, in den Keller zu gehen, war unerträglich gewesen, deshalb hatte sie es einfach gelassen, wo es war. Als sie jetzt die schwere Waffe in den Händen hielt, durch die der Mann, den sie geliebt hatte, zu Tode gekommen war, lief ihr unwillkürlich ein Schauer über den Rücken. Am liebsten hätte sie die Tür zugeschlagen und wäre wieder nach oben gerannt. Aber sie widerstand dem Impuls, holte noch einmal tief Luft, nahm das Gewehr unter den Arm, steckte eine Schachtel Munition in die Tasche, ging wieder nach oben und löschte das Licht.

Als sie bei Michaels Haus ankam, stand die Tür immer noch einen Spalt offen, so wie sie sie hinterlassen hatte, also ging sie gleich zum Schuppen. Die Tür war zu. Sie klopfte und wartete. Er schien überrascht, sie zu sehen.

»Für Sie«, sagte sie und streckte ihm das Gewehr entgegen. Er nahm es verblüfft entgegen und hatte den Eindruck, daß es ihr schwerfiel, die Waffe herzugeben. Sie reichte ihm die Munition. »Es war eine Weile weggeschlossen, aber ich glaube, es funktioniert. Vielleicht sollten Sie es erst einmal reinigen.«

Sie wartete seine Antwort nicht ab, sondern drehte sich um und lief so schnell sie konnte nach Hause. Später saß sie, den Kopf voller Erinnerungen, über eine Tasse Kaffee gebeugt am Küchentisch. Sie zuckte zusammen, als in der Ferne ein Schuß fiel.

Michael hatte Susan nachgeschaut, als sie hinter dem Haus verschwand. Sie lief schnell, die Hände tief in den Taschen vergraben, mit hochgezogenen Schultern, und hörte nicht, wie er ihr dankte. Voller Erstaunen sah er auf das Gewehr in seinen Händen, dann wanderte sein Blick zurück zu dem leeren Weg zwischen dem Holzschuppen und dem Haus.

Er ging mit dem Gewehr über die Lichtung in den Wald. Nach einem kurzen Fußmarsch kam er zum Fluß, dessen Ufer von glatten, grauen Felsen gesäumt waren. Er übte, bis er ein Gefühl für die Waffe hatte und aus fünfzig Meter Entfernung ein faustgroßes Ziel traf. Mit dem geladenen Gewehr wanderte er am Ufer entlang bis zu einer Brücke, wo er den graugrünen Fluß überquerte.

Nachdem er zwanzig Minuten am anderen Ufer entlanggelaufen war, entdeckte er ein Kaninchen, das zwischen den Bäumen an einem Grasflecken fraß. Als kleiner Junge hatte er einmal auf ein Eichhörnchen geschossen, das hoch oben in einem Baum auf einem Ast saß. Sorgfältig hatte er auf das kleine Tier gezielt, das an einer Nuß knabberte, dann hatte er geschossen, und es war wie ein Stein heruntergefallen. Einen Augenblick lang war ihm ganz schwindelig gewesen, dann hatte er sich hingehockt und vorsichtig den kleinen, noch warmen Körper mit dem Blutfleck auf der Brust betrachtet. In den Augen lag immer noch ein Leuchten, obwohl sie schon glasig schienen. Da hatte er sich gewünscht, daß er es nicht getötet hätte, denn sein Tod erschien ihm plötzlich vollkommen sinnlos. Von da an hatte er nie mehr auf lebende Ziele geschossen. Den Schuß, den er jetzt abfeuerte, rechtfertigte er damit, daß er das Kaninchen ja nicht für sich selber schoß, sondern für den Falken, der es in der freien Wildbahn vielleicht sowieso geschlagen hätte. Er zielte und schoß, und als das Kaninchen auf der Stelle umfiel, empfand er eine Mischung aus Triumph und Trauer. Als er näher kam, lag das Tier unbeweglich mit offenen Augen da, Blut tropfte aus seinem Nackenfell. Er hob es auf und trug es zurück in den Holzschuppen, wo er es ausnahm und das noch warme Fleisch für den Falken in Stücke schnitt.

Auf dem hintersten Stück der Holzstange hockend, beobachtete der Falke, wie Michael ihm das Fleisch hinhielt und es auf und ab schwenkte, um sicherzugehen, daß er es auch sah. Er zeigte kein Interesse, deshalb legte Michael es einfach vor ihn hin und hockte sich eine Weile neben die verschlossene Tür. Um sich warm zu halten, schlang er beide Arme um den Körper und beobachtete den Falken, versuchte, ihn durch seine Willenskraft dazu zu bringen, das Fleisch nicht länger zu verschmähen.

Nach einer halben Stunde hatte sich der Falke noch immer nicht gerührt. Je mehr sich Michaels Augen an die Dunkelheit gewöhnten, desto deutlicher erkannte er, wie der Vogel zitterte. Plötzlich hörte er sich selbst sprechen. Ruhig und sanft redete er auf den Falken ein, erklärte ihm, daß er fressen mußte, damit der Flügel heilte, und er wieder zu Kräften kam. Michael wußte kaum, was er sagte, aber der sanfte Klang seiner Worte schien eine beruhigende Wirkung auf sie beide zu haben.

»Ich habe dich gerettet«, sagte er. »Du kannst mir vertrauen.«

Obwohl er wußte, daß der Falke ihn nicht verstand, hatte er das Gefühl, der Klang seiner Stimme vermittelte ihm, was er sagen wollte. Michael schloß einen stillen Pakt mit dem Vogel: Wenn er fraß, würde er ihn freilassen, sobald er gesund war. Während Michael sprach, veränderte der Falke seine Position ein wenig, die dunklen Augen schauten Michael jedoch unverwandt an.

Schließlich hörte Michael auf zu reden, und eine Stunde später verließ er den Schuppen. Er beschloß, bevor er schlafen ging, noch einmal nach ihm zu sehen. Wenn er dann immer noch nicht gefressen hatte, würde er ihn mit ins Haus nehmen, wo es warm war, in der Hoffnung, daß er dann wenigstens die Nacht überlebte.

Er machte sich eine Kleinigkeit zu essen, setzte sich an den Kamin und versuchte zu lesen. Seine Gedanken wanderten zu seiner Nachbarin. Sie war ihm ein Rätsel, aber er stellte sich ihre blaugrünen Augen vor und hielt ihr Bild fest, bis es langsam verschwamm und Louises Züge annahm. Sie lächelte, doch dann veränderte sich ihr Gesichtsausdruck, und ihre Augen weiteten sich vor Schreck, und plötzlich sah er sie vor sich, wie sie, Holly an sich gedrückt, in der Ecke auf dem Boden kauerte. Er fragte sich, wie seine Tochter jetzt wohl aussah, wie groß sie war, welche Haarfarbe sie hatte. Ob sie glücklich war? Er hatte immer nur ihr Glück gewollt, aber lernen müssen, daß dies etwas war, das zu geben nicht in seiner Macht stand.

Er rieb sich die Augen. Er hatte leichte Kopfschmerzen und fing an, seine Schläfen zu massieren. Gedankenverloren beobachtete er die Zeiger seiner Uhr. Immer wieder tauchte das grausame Bild vor seinen Augen auf, wie er den Falken tot unter der Holzstange fand, und er hatte das Gefühl, ein Teil von ihm würde verlorengehen, wenn das geschah, auch wenn er nicht wußte, warum er so empfand. Als er den Falken im Zwielicht über der Lichtung zum erstenmal gesehen hatte, war ihm, als spürte er ein Zittern in der Luft, ein Vibrieren, das nur den Bruchteil einer Sekunde dauerte und das sie miteinander verband. Irgendwie hatte er das Gefühl, sie seien füreinander bestimmt.

Um elf Uhr nahm er eine Taschenlampe und ging hinaus zum Schuppen. Es war bitterkalt und stockfinster, und kein Mond erhellte den Weg. Mit Angst im Herzen öffnete er die Tür einen Spalt. Dort stand der Falke mit aufgeplusterten Federn auf der Stange, ein Bein an die Brust gezogen, so daß er noch größer wirkte als sonst. Schläfrig blinzelte er Michael über einem von Kaninchenfleisch ausgestülpten Kropf an, und als Michael mit der Taschenlampe auf die Holzstange leuchtete, sah er, daß nur ein Stückchen Fell übriggeblieben war.

Draußen kam der Mond hinter einer Wolke hervor, und

der Schnee reflektierte das blasse, graue Licht. Michael stand in der Dunkelheit auf der Veranda, hob sein Glas zu einem stummen Toast und trank es in einem Zug aus. Die Lichtung lag einsam und verlassen da. Der frische Schnee, der am Abend gefallen war, hatte sie in eine eigene Welt verwandelt, rein, unverdorben und unberührt.

TEIL 2

11. Kapitel

Zwei Wochen waren vergangen, seit Michael den Falken vom Tierarzt nach Hause geholt hatte. Während dieser Zeit hatte er ihn im Holzschuppen gelassen, wo er sich von seiner Verletzung und dem Schock erholte und langsam Gewicht zulegte. Seit dem Abend, an dem er das Kaninchen geschossen und der Falke zum erstenmal gefressen hatte, war es stetig aufwärts gegangen. Michael war vollauf damit beschäftigt, Kaninchen zu schießen und zu zerlegen, damit der Falke immer frisches Fleisch bekam. Wenn er nicht auf der Jagd die Wälder durchstreifte, saß Michael stundenlang ganz still an der Schuppentür, damit der Vogel sich an seine Gegenwart gewöhnte. Je mehr der Falke ihn akzeptierte, desto mehr wagte es Michael, sich im Schuppen zu bewegen.

Eines Tages wählte er die Nummer, die Tom Waters ihm gegeben hatte. Der Mann hieß Frank Dobson und erklärte, er wolle gerade für zehn Tage verreisen, danach könne Michael jedoch jederzeit vorbeikommen, und er werde versuchen, ihm zu helfen.

»Bis dahin sollten Sie den Falken an einem trockenen, geschützten Ort halten und mit reichlich frischem Fleisch versorgen«, riet er. »Verbringen Sie viel Zeit mit ihm, damit er sich an Sie gewöhnt, aber behandeln Sie ihn nicht wie einen Hund und verwöhnen Sie ihn nicht. Lassen Sie ihm Zeit.«

Er erkundigte sich nach Michaels Adresse, und zwei Tage später kam ein Päckchen mit einem kurzen Brief und zwei Büchern an. Eines war ein zerlesenes Taschenbuch mit dem Titel »Der Hühnerhabicht«, von einem Autor namens T. H. White, das andere ein gebundenes Buch über die Haltung und Aufzucht von Falken. Frank schrieb, den »Hühnerhabicht« werde Michael vielleicht ganz lesen wollen, das andere sei ein praktischer Ratgeber, in dem er vieles nachschlagen könne. Außerdem enthielt das Paket zwei Lederriemen mit mehreren Längsschlitzen, zwei miteinander verbundene und gegeneinander bewegliche Metallringe, die Ähnlichkeit mit einem Karabinerhaken hatten, und eine sechzig Zentimeter lange Schnur mit einem dicken Knoten an einem Ende. In einem Postskriptum am Ende des Briefchens schrieb Frank Dobson, Michael werde den Zweck der Gegenstände verstehen, wenn er die Bücher gelesen habe.

Er befolgte Franks Rat und las zuerst das Taschenbuch. Es stellte sich heraus, daß der Autor in den Jahren vor dem Zweiten Weltkrieg Lehrer in England gewesen war. Er hatte seinen Beruf aufgegeben und sich in ein Häuschen auf dem Land zurückgezogen, um einen Hühnerhabicht abzurichten, der ihm aus Skandinavien geschickt worden war. Das Buch war 1951 erschienen und beschrieb England so, wie es heute mit Sicherheit nicht mehr war, als einen Ort, wo das bäuerliche Leben den Gesetzen der Natur folgte, wo die Felder von Hecken und Wäldern gesäumt waren und der Verkehr auf den kleinen ländlichen Straßen oft genug aus einem gelegentlichen Radfahrer bestand. Die Landwirtschaft war noch nicht hochtechnisiert, es gab keine Chemikalien, mit deren Hilfe man die Felder das ganze Jahr über bepflanzen und auf jede Ernte sofort eine neue Saat folgen lassen konnte. Es wurden keine Hecken herausgerissen, um die Landschaft in fruchtbare Ebenen für die subventionierte Produktion von Getreide zu verwandeln, das nicht benötigt wurde.

Der Autor beschrieb eine Landschaft, in der es noch nicht nötig war, Naturschutzgebiete einzurichten, um die Tierwelt zu erhalten, deren natürlicher Lebensraum zerstört war.

Die Geschichte erzählte von den Schwierigkeiten zwischen dem Mann und dem Vogel, von der Zuneigung, die der Mann für seinen Gefangenen empfand, und vermittelte einiges Hintergrundwissen über die Falknerei. Michael erfuhr, daß die Kunst des Abrichtens von Greifvögeln für die Jagd mehr als dreitausend Jahre alt war. In Ägypten gab es Bilder, auf denen Männer Vögel auf den Fäusten trugen. Die Falknerei hatte sich über die Jahrhunderte in der ganzen Welt ausgebreitet, war jedoch im zwanzigsten Jahrhundert deutlich zurückgegangen. Auf einem Lesezeichen, das Frank vermutlich für ihn zwischen die Seiten gelegt hatte, war ein großes Ausrufezeichen, und als Michael den Abschnitt las, verstand er, warum.

Im Mittelalter hatte die englische Gesellschaft verfügt, daß es vom Rang einer Person abhing, welchen Habicht oder Falken jemand besitzen durfte. Aus einer genauen Liste ging hervor, daß ein Knappe einen Turmfalken halten durfte, während einem kleinen Gutsbesitzer schon ein Hühnerhabicht zustand, und so weiter, bis zum König, dem ein Wanderfalke gebührte. Und nur einem Kaiser war es gestattet, einen Gerfalken zu halten, denn dieser wurde als der größte und schnellste unter den Falken gepriesen. Einem Nebensatz entnahm Michael, daß die jährliche Pacht für die Isle of Man an der Nordküste Englands zwei Gerfalken betrug, die an die englische Krone zu entrichten waren. Die Geschichte entlockte ihm ein spöttisches Lächeln. Er fragte sich, was die Menschen jener Zeit wohl von ihm gehalten hätten. Einem frisch entlassenen Strafgefangenen, der in seinem Holzschuppen mit der Taschenlampe ein Buch las, während nur drei Meter entfernt ein Gerfalke in der Dunkelheit auf der Stange saß und ihn beobachtete.

Die Geschichte des Hühnerhabichts nahm kein gutes Ende. Der Autor, der noch nie zuvor einen Habicht abgerichtet hatte, beherrschte die hohe Kunst der Falknerei nur ungenügend, was schließlich dazu führte, daß der Vogel mit dem Geschüh, das war die korrekte Bezeichnung für die Lederriemen, und der Langfessel genannten Leine am Fuß davonflog. T. W. White sah seinen Habicht nie wieder. Wahrscheinlich hatte die Langfessel sich irgendwann in den Ästen eines Baumes verfangen, und der Habicht war kopfüber hilflos hängengeblieben und jämmerlich verendet. Das schreckliche Schicksal des Vogels erfüllte den Autor mit Schuldgefühlen und Trauer.

Im zweiten Teil des Buches beschrieb T. H. White, wie es ihm gelungen war, einen neuen Habicht abzurichten. Er hatte ihn Cully genannt, und da Michael das Buch gefiel und es ihm einen ersten Einblick in die Falknerei gewährte, beschloß er, seinen Falken nach dem Habicht in dem Buch zu nennen. Genaugenommen hatte er nicht vor, Falkner zu werden, denn er wollte Cully nur abrichten, um ihr am Ende die Freiheit zurückzugeben. Doch damit das gelang, mußte er die Kunst der Falknerei erlernen. Also bekam Cully das Geschüh angelegt, das Frank Michael geschickt hatte. Die ledernen Geschühriemen waren ungefähr zwanzig Zentimeter lang und wurden dem Falken um beide Beine gelegt. Der eine der beiden Riemen wurde am hinteren Ende mit der Drahle, den beweglichen Metallringen, verbunden. Die Langfessel wurde durch den zweiten Ring der Drahle geführt. Der dicke Knoten am Ende der langen Leine sollte verhindern, daß sie wieder herausrutschte.

Die Geschühriemen anzulegen, war ziemlich nervenaufreibend. Vorsichtig näherte Michael sich Cully, jeden Tag ein bißchen mehr, und er verbrachte viel Zeit damit, einfach in ihrer Nähe zu sitzen, während sie ihn argwöhnisch beäugte. Ängstlich flatterte sie ans Ende ihrer Stange, und nur die Schiene in ihrem lahmen Flügel hinderte sie daran, auf den Holzstapel in der hintersten Ecke des Schuppens zu flüchten. Die ganze Zeit sprach er leise mit ihr und achtete darauf, keine plötzlichen Bewegungen zu machen, um sie nicht zu erschrecken, und schließlich duldete sie, daß er über ihre Krallen strich. Es erschien ihm wie ein großer Rückschritt, ihr so mühsam gewonnenes Vertrauen zu mißbrauchen, aber er hatte keine andere Wahl, und nach zwölf Tagen der Gewöhnung wickelte er sachte ein Stück Stoff um sie, das er zuvor zurechtgeschnitten hatte, und fixierte ihren gesunden Flügel und die Beine. Er hatte das Manöver mehrere Male im Haus an einer Vase geübt, und am Ende ging alles recht einfach, obwohl er einmal heftig gebissen wurde, als er nicht auf Cullys mächtigen Schnabel achtete. Schnell zog er die Hand zurück, überrascht über den stechenden Schmerz und das Blut, das dunkel hervorquoll und über sein Handgelenk rann. Danach war er vorsichtiger und befestigte zügig das Geschüh an ihren Fußgelenken, dann befreite er sie wieder von dem Stoff und zog sich in die entfernteste Ecke des Schuppens zurück, um zu beobachten, wie sie reagierte.

Zu seiner Überraschung schien sie ihm die Prozedur nicht übelzunehmen. Eine Stunde überließ er sie sich selbst, damit sie sich erholen konnte, und als er zurückkehrte, war sie nicht argwöhnischer als vorher.

Einige Tage später fuhr Michael an Williams Lake vorbei und, den telefonischen Anweisungen folgend, über eine Landstraße zu Frank Dobson hinaus. Frank wohnte in einem hübschen zweistöckigen Haus, eine halbe Meile abseits der Straße und mehrere Meilen vom nächsten Dorf entfernt. Michael bog in einen Weg ein, der durch ein kleines Tal auf ein paar Bäume zuführte, hinter denen er das Dach von Franks Haus erblickte. Ein Bach, der aus den nahe gelegenen Bergen kam, floß an dem Grundstück vorbei. In der vergangenen Woche hatte es beinahe täglich geschneit, und heftige Stürme aus dem Osten hatten empfindliche Kälte gebracht, obwohl es schon März war. Hier gab es keine Wälder wie in der Umgebung von Little River, sondern die Landschaft war weit, weiß und hügelig und wurde nur gelegentlich von dunklen Gebirgsausläufern oder kleinen Ansammlungen winterlicher Bäume unterbrochen.

Als Michael das Haus erreichte, kam ein Mann heraus und hob grüßend die Hand. Er trug Jeans und Stiefel und ein dickes, kariertes Hemd unter seinem Parka. Sein Händedruck war fest, und Michael spürte die Schwielen an seiner Handfläche.

»Frank Dobson? Ich bin Michael Somers.«

»Nennen Sie mich Frank. Darf ich Mike sagen?«

»Natürlich«, antwortete Michael, und als Frank neugierig zu seinem Auto schaute, fiel ihm auf, daß dies seit langem der erste Mensch war, der nicht auf seinen Namen reagierte.

»Das ist also Ihr Falke?« Frank ging um den Wagen herum und sah durch die Scheibe ins Innere.

»Cully«, sagte Michael. Frank warf ihm einen Blick zu, dann lächelte er und nickte.

»Dann hat Ihnen das Buch wohl gefallen? Als ich mal in England war, habe ich einen Mann kennengelernt, der Falken besaß. Er hat mir das Buch gegeben. Wenn ich mich recht erinnere, hatte er es in der Schule gelesen und wollte seitdem Falkner werden.«

Michael glaubte inzwischen, daß Frank ihm das Buch nicht nur wegen der interessanten Geschichte geliehen hatte. Es sollte ihm zeigen, was für ein Privileg und was für eine Herausforderung es war, einen Gerfalken abzurichten, und wahrscheinlich hoffte Frank, daß Michael die Gefahren nun realistischer einschätzte.

Cully saß auf der Stange, die er hinten im Nissan montiert hatte. Sie war an einer Leine festgebunden, die ihr soviel Freiheit ließ, daß sie auf der Stange hin und her laufen konnte. Während der Fahrt hatte sie ständig versucht, mit dem gesunden Flügel das Gleichgewicht zu halten, und jetzt, da sie angehalten hatten, schien sie sich viel wohler zu fühlen.

»War es schwierig, sie da hineinzubekommen?«, fragte Frank.

»Einfacher, als ich dachte«, erwiderte Michael wahrheitsgemäß. Er hatte gelesen, daß ein Falke sich Flügel schlagend kopfüber von der Faust zu stürzen versuchte, bis er daran gewöhnt war, so getragen zu werden. »Ich habe einfach einen Handschuh angezogen und von hinten gegen ihre Beine gedrückt, dann ist sie gehorsam auf meine Hand geklettert. Es hat ihr nicht besonders gefallen, aber sie ist brav stehengeblieben, während ich sie zum Auto getragen habe.«

»Was haben Sie mit der Fessel gemacht? Haben Sie sie um die Finger gewickelt?«

»Ich hab's genauso gemacht, wie es im Buch steht«, sagte Michael.

Frank nickte zustimmend. »Solange der Flügel bandagiert ist, kann sie sowieso nicht weg, aber wenn die Schiene abgenommen wird, werden Sie feststellen, daß sie nicht mehr so gehorsam ist. Sie müssen darauf achten, die Fessel immer fest im Griff zu haben, sonst haut sie ab, wenn Sie es am wenigsten erwarten, mitsamt Langfessel und Geschühriemen.«

»Wie der Hühnerhabicht«, sagte Michael.

»Genau. Ich bin wohl nicht gerade feinfühlig, wie?«

»Ich verstehe schon. Ich will ja auch keine Fehler machen, denn mir liegt sehr daran, daß sie sicher wieder dorthin zurückkehrt, wo sie hingehört.«

»Es ist ein wunderschönes Tier«, sagte Frank gedankenverloren. »Ich habe noch nie einen wilden Gerfalken gesehen. Ein- oder zweimal habe ich welche bei Falknern erlebt, aber sie waren in Gefangenschaft geboren.«

»Für einen Kaiser gezüchtet?« fragte Michael.

Frank lächelte. »So ungefähr wahrscheinlich.«

Michael hatte das Gefühl, als hätte er gerade den ersten Test mit Bravour bestanden.

Er folgte Frank hinter das Haus. »Lassen Sie Ihren Falken da«, sagte er. »Ich möchte Ihnen Florence vorstellen.«

Michael nahm an, Frank meine seine Frau, doch als sie hinter dem Haus standen, sah er einen hölzernen Anbau, dessen breite Vorderfront offen war, und keinen Menschen weit und breit.

Im Innern des Anbaus verlief ein langer Holzbalken quer

durch den Raum, und darauf saß wachsam eine Art Habicht oder Falke.

»Das ist Florence«, sagte Frank. »Warten Sie einen Moment hier, dann hole ich sie raus.«

Er ging durch eine Tür und kam kurz darauf mit dem Vogel auf der durch einen Lederhandschuh geschützten Faust zurück. Das Tier hatte Ähnlichkeit mit einem Adler, es war nur nicht ganz so groß, vielleicht sechzig Zentimeter lang – ein bißchen kleiner als Cully. Verglichen mit ihrem wirkte sein rostbraunes Gefieder beinahe schäbig, und anstelle von Cullys schwarzen, intelligenten Augen, hatte er orangefarbene Pupillen, die unter ausgeprägten Brauen hervorblickten, was ihm das Aussehen eines schlechtgelaunten Despoten verlieh.

»Florence ist ein Kornweihen-Weibchen, das ist eine Habichtart«, erklärte Frank. »Sie ist ganz anders als Ihr Gerfalke.«

Michael begann, die Merkmale von Habichten aufzuzählen, an die er sich erinnerte: »Sie hat die charakteristischen orangefarbenen Augen der Habichte, die manchmal sogar gelb sein können, breite, runde Schwingen und einen langen Schwanz, der es ihr ermöglicht, sowohl in großen Höhen zu segeln, als auch tief über der Erde zu jagen und zwischen Bäumen herumzufliegen.«

Frank nickte zustimmend. »Falken schlagen ihre Beute hauptsächlich in der Luft, deshalb sind ihre Flügel lang und spitz, und sie haben einen kürzeren Schwanz. Es gibt noch mehr Unterschiede, wie zum Beispiel die Kerbe im Schnabel, aber im wesentlichen sind es die Jagdmethoden und die Art, wie sie daran adaptiert sind, die sie unterscheiden.«

Er begann, die Fessel abzuwickeln, die an Florence' Geschüh und Drahle befestigt war. Das Geschüh war anders als das, was Michael Cully angelegt hatte. Die Riemen hatten an einem Ende einen Knoten, der in einer Messingöse steckte, die wiederum an einem Fußring aus Leder befestigt war. Wenn man die Geschühriemen abnahm, blieb nur der

Fußring zurück, und der war nicht hinderlicher als eine Markierung.

»Diese Art Geschüh benutzt man heute fast nur noch«, erklärte Frank. »Wenn sie beschließt, wegzufliegen, besteht nicht die Gefahr, daß die Fessel hinterherschleift und sie sich in irgendeinem Baum erhängt. Bevor Sie gehen, werden wir das Geschüh, das ich Ihnen geschickt habe, gegen ein solches austauschen. Ich habe es Ihnen nicht gleich geschickt, weil man Werkzeug braucht, um die Messingösen zu befestigen, und das ist zu zweit leichter.«

Er nahm ein kleines Stück rohes Fleisch aus einem Beutel, den er in einer Tasche bei sich trug, und bot es Florence an. Sie schnappte gierig danach und verschlang es, dann hob Frank die Faust, sie breitete die Flügel aus und schwang sich in die Luft. Sie flog fünfzig Meter weit, tief über der Erde, ihre Flügel streiften den Schnee, dann landete sie auf einem Baum. Es war ein beeindruckender, beinahe ehrfurchtgebietender Anblick, sie so aus der Nähe fliegen zu sehen.

»Sie wird da oben warten, bis ich sie rufe«, sagte Frank. »Oder bis es ihr langweilig wird und sie beschließt, sich auf die Jagd nach etwas Eßbarem zu machen.«

Er holte noch ein Stück Fleisch heraus und hob die Faust mit dem Handschuh in die Luft. Als er Florence' Namen rief, schlug sie ein paarmal mit ihren großen Schwingen und kam dann im Gleitflug zurück. Genau im richtigen Augenblick fächerte sie ihren Schwanz auf, legte die Flügel an und landete hörbar auf dem Lederhandschuh. Sie hielt die Flügel noch ausgebreitet, bis sie ihr Gleichgewicht gefunden hatte, dann schnappte sie nach dem Fleisch.

»Das ist die wichtigste Lektion, die man lernen muß, wenn man einen Greifvogel abrichten will, deshalb wollte ich es Ihnen zeigen«, sagte Frank. »Florence und ich sind so etwas wie Partner, müssen Sie wissen. Sie toleriert mich, solange ich sie mit Futter versorge und sie gut behandle. Deshalb bleibt sie. Wenn sie gerade eben keinen Hunger gehabt hätte, hätte ich den ganzen Tag hier stehen und rufen können, sie hätte mich einfach ignoriert. Regel Nummer eins lautet also: Lassen Sie einen Vogel niemals fliegen, wenn er satt ist, es sei denn, Sie wollen ihn verlieren.«

»Eines verstehe ich nicht«, sagte Michael. »Sie könnte doch ihr Futter selber jagen, oder? Warum fliegt sie dann nicht einfach weg?«

»Das könnte sie tun«, stimmte Frank zu. »Es ist nur so, daß diese Vögel eigentlich faul sind. Aber sie sind nicht dumm. Solange sie hierbleibt, braucht sie nicht jeden Tag zu jagen, was einen Habicht viel Kraft kostet. Sie weiß, daß ich sie füttere und daß sie ein warmes Plätzchen hat. Sie geht mit mir auf Kaninchenjagd und läßt zu, daß ich ihr die Kaninchen wegnehme, nachdem sie das Hirn gefressen hat, aber das funktioniert nur, weil sie weiß, das ist der Deal. Es ist ihre Entscheidung. Jedesmal, wenn ich sie fliegen lasse, muß ich damit rechnen, daß sie verschwindet.«

»Wie lange haben Sie sie schon?« fragte Michael.

»Ungefähr vier Jahre. Ich hatte auch schon Falken, aber es ist aufwendiger, sie zu halten.«

»Warum?«

»Weil ihre Art zu jagen ein anderes Training erfordert. Florence kommt einfach auf meine Faust, und wenn wir auf die Jagd gehen, trage ich sie entweder, bis sie etwas entdeckt, oder sie folgt mir von Baum zu Baum, bis ich etwas entdecke. Falken schlagen oft Vögel im Flug, sie fliegen hoch und schnell, und man muß ihnen beibringen, zu einem Köder anstatt auf die Faust zu fliegen.«

Michael hatte über die verschiedenen Methoden gelesen. Es klang schwierig, und er war sich nicht sicher, ob er es schaffen würde.

»Darf ich Sie etwas fragen«, sagte er. »Ich habe so etwas noch nie gemacht. Glauben Sie, daß es mir gelingen kann, einen wilden Gerfalken abzurichten?«

Frank nickte. »Sicher. Wenn man weiß, wie es geht, ist es nicht schwierig. Wie ich schon sagte, es sind intelligente Vögel. Alles, was Sie brauchen, ist Geduld und Respekt gegenüber dem Tier. Ja, man muß sie sogar lieben.«

Einen Moment lang betrachtete er Florence nachdenklich, dann fuhr er fort: »Sie können ihr Ihren Willen nicht aufzwingen. Eher stirbt sie, als daß sie zuläßt, daß man sie schlecht behandelt. Wie geht es dem Flügel?«

»Der Tierarzt, der mir Ihre Nummer gegeben hat, glaubt, die Elle ist gebrochen.«

Frank schüttelt den Kopf. »Das kann unangenehm sein. Manchmal heilt so ein Bruch nicht richtig, und der Knochen entzündet sich. Man kann Antibiotika geben, aber das hilft nicht immer.«

»Und wie merkt man das?« fragte Michael.

»Man kann es sehen, wenn sie auf einen Köder fliegt. Dabei muß der Flügel sehr viel Druck aushalten, das ist normal. Wenn eine Verletzung nicht heilt, zeigt es sich dann. Deswegen ist es immer am besten, einen verletzten Vogel abzurichten, ehe man ihn freiläßt. Nur so kann man sicher sein, daß er überleben wird.«

»Und was passiert, wenn die Verletzung nicht heilt?«

»Schwer zu sagen. Bei einer Entzündung des Knochens kann man nur eines tun – amputieren. Aber wenn Sie mich fragen, tut man dem Vogel damit keinen Gefallen. Dann sollte man lieber gleich das Richtige tun.«

»Sie meinen, ihn einschläfern?«

Frank nickte. »Es ist schwer, aber es ist das Richtige. Das ist jedenfalls meine Meinung.« Er legte Florence das Geschüh wieder an und brachte sie zurück zu ihrer Stange.

»Kommen Sie, wir legen Ihrem Falken das neue Geschüh an.«

Michael verbrachte den ganzen Nachmittag bei Frank, und als er sich auf den Heimweg machte, wußte er sehr viel genauer, worauf er sich eingelassen hatte. Frank beantwortete seine Fragen, gab ihm ein paar Dinge, die er brauchte, um Cully abzurichten, und zeigte ihm, wie man andere notwendige Hilfsmittel selbst herstellen konnte. Er bot an, Michael könne ihn jederzeit anrufen, wenn er Hilfe brauche. Zuletzt wünschte er ihm Glück und erklärte, er sei bereit, den Falken zu übernehmen, falls Michael es sich anders überlege oder etwas schiefgehe.

Michael war sicher, daß er Franks Angebot nicht in Anspruch nehmen müssen würde. Als er die Kornweihe hatte fliegen sehen, hatte er sich vorgestellt, wie er das gleiche mit Cully erlebte, wie sie auf seine Faust kam und später auf einen Köder flog. Eine tiefe Erregung hatte ihn erfaßt, und er spürte, daß er etwas Wertvolles tat, indem er Cully auf die Freiheit vorbereitete.

Auf dem Rückweg hielt er in Williams Lake und kaufte bei einem Trödler eine alte Waage. Zu Hause entfernte er die Waagschale und ersetzte sie durch eine Holzstange. Während der nächsten Tage wog er Cully regelmäßig und notierte jeden Tag ihr Gewicht und was sie gefressen hatte. Und er begann mit dem ersten Teil des Trainings. Er führte genau Buch darüber, wie sie auf das Futter reagierte, und nach ein paar Tagen hatte er herausgefunden, daß sie bei einem Gewicht von etwa dreieinhalb Pfund hungrig und gierig war, hingegen faul und schwerfällig wurde, wenn er ihr zuviel zu fressen gab und ihr Gewicht dieses Maß überschritt.

Sie lernte zu fressen, während sie auf seiner Faust stand. Mit gespreizten Beinen hielt sie das Gleichgewicht und zerrte mit dem Schnabel an einem Kaninchenbein, das fest unter ihren Krallen klemmte. Am Anfang fraß sie nur zögernd, aber ihr Vertrauen zu Michael wuchs mit jedem Tag. Wenn er sie nicht gerade fütterte, trug er sie auf der Faust herum, geschützt mit einem Lederhandschuh, der bis zum Ellbogen reichte. Der Handschuh war aus weichem Hirschleder und am Handgelenk, am Daumenballen und an Zeige- und Mittelfinger doppelt gefüttert.

Michael liebte es, mit Cully spazierenzugehen. Er verbrachte viele Stunden mit ihr in den Wäldern entlang des

Flusses, und seine Gedanken kreisten um nichts anderes, als um das Wunder, das ihm diesen prächtigen Falken beschert hatte. Am Anfang stand Cully in steifer Haltung auf der Faust, rückte so weit wie möglich von ihm ab, trippelte unsicher auf der Stelle und breitete immer wieder den gesunden Flügel aus, um das Gleichgewicht zu halten. Sie ließ ihn nie aus den Augen, doch er achtete darauf, nicht zurückzustarren, denn er hatte gelesen, dies sei bei Tieren ein Angriffssignal. Unablässig redete er mit sanfter Stimme auf sie ein, damit sie sich wohl fühlte, und wenn ihm nichts Sinnvolles mehr einfiel, begann er, Gedichte oder Liederverse, an die er sich erinnerte, aufzusagen. Immer wieder mußte sie sich den Text desselben Country-Songs anhören, während er im Geiste die Melodie hörte. Es war die melancholische Geschichte einer Frau, die darüber nachdenkt, was sie im Leben versäumt hat, ein Thema, das ihm nicht unbekannt war.

Während dieser Zeit studierte Michael jedes Detail an Cullys Körper, die leuchtend gelbe Wachshaut um ihren Schnabel und ihre Nasenlöcher, ihre ebenso gelben Beine und Fänge, den blaugrauen, messerscharfen Schnabel. Der Schnabel war so geformt, daß sie von ihrer Beute Streifen abreißen und deren Knochen zerbrechen konnte. Aus Büchern lernte Michael, daß Gerfalken in der Wildnis mit den Krallen töteten, die sie wie Bajonette benutzten, um ihr Opfer zu durchbohren oder ihm das Genick zu brechen. Cullys Gefieder war auf der Brust braun gesprenkelt, und jetzt bemerkte er, daß die Sprenkel unterhalb der Brust zu breiten Streifen wurden, die sich in die abstehenden Federn an ihren Schenkeln und die Unterseite des Schwanzes fortsetzten. Der Kopf hatte eine hellere, braungraue Färbung, die sich an den Spitzen ihrer Schwungfedern und Deckfedern wiederholte.

Mit der Zeit gewöhnte sie sich an Michael, und ihre Haltung entspannte sich. Sie behielt ihn nicht mehr ständig im Auge und konzentrierte sich mehr und mehr auf ihre Umgebung, während er sie auf der Faust herumtrug. An allem war sie interessiert, nichts entging ihren scharfen Augen. Einen Käfer, der über eine Baumrinde krabbelte, beobachtete sie mit der gleichen Neugier wie ein Eichhörnchen, das hoch oben in den Zweigen der grauen, winterlichen Bäume herumturnte. Im Wald, wo der scharfe Geruch nach Pinienharz in der Luft lag und der Schnee die dichte Nadeldecke in den Senken nur unvollständig bedeckte, beobachtete sie kleine Vögel, die im Zwielicht hin und her flitzten.

Michael vermied es, den Fluß zu überqueren und in die höher gelegenen Gebiete zu wandern, wo er sie gefunden hatte. Immer noch fragte er sich, wer der Jäger war, der sie angeschossen hatte. Auf jeden Fall mußte derjenige entschlossen gewesen sein, sie zu töten, denn er hatte es mehr als einmal versucht. Dem Jäger konnte es nicht entgangen sein, daß jemand den Falken gefunden hatte, und vielleicht wußte er sogar, wer ihm die Beute weggeschnappt hatte.

Manchmal, wenn Cully sich mit den Klauen am Handschuh festkrallte, jeden Muskel anspannte und mit dem gesunden Flügel flatterte, als wollte sie wegfliegen, verlor er jede Illusion über die Bindung, die zwischen ihnen bestand. Sie war einfach kein Haustier. Ohne die Schiene hätte sie längst nicht so ruhig auf seiner Faust gesessen, ohne die Fessel und das hinderliche Geschüh hätte sie ihn längst verlassen. Sie biß in ihre Fesseln und starrte ihn an, als wäre er schuld an ihrer Gefangenschaft, doch ein paar Minuten später beruhigte sie sich wieder, so als wüßte sie um den Pakt, den er mit ihr geschlossen hatte.

Wenn sie völlig entspannt war, nickte sie manchmal mit dem Kopf, eine anmutige Geste, die den geschmeidigen Räuber in einen harmlosen Vogel zu verwandeln schien. Dann plusterte sie sich auf, schüttelte sich einmal kräftig und verharrte in dieser Pose, um sich auszuruhen, aufgeblasen wie ein großer Ball, ein Bein angezogen und die Klaue unter die Brust geklemmt. Dabei sah sie jedesmal durch und durch gutmütig aus, als könnte sie keiner Fliege etwas zuleide tun. Michael fand heraus, daß sie gerne mit Blättern oder kleinen Zweigen spielte, die sich bewegten. Er bastelte eine Stange für sie, die er draußen vor dem Haus auf der Lichtung gleich neben der Veranda aufbaute. Manchmal hüpfte sie zu Boden und tänzelte im Schnee, soweit es die Langfessel erlaubte, dann sprang sie zurück auf die Stange, balancierte vorsichtig mit dem gesunden Flügel, schnappte nach einem Zweig und spielte mit ihm. Er vermutete, daß dahinter mehr steckte als reines Vergnügen; sie übte, und eines Tages würde irgendein Beutetier den Zweig ersetzen.

Der erste Teil des Trainings bestand darin, sie zu ermutigen, zum Fressen von der Stange auf den Handschuh zu treten, was sie nach anfänglichem Zögern bereitwillig tat. Wenn er nicht mit ihr spazierenging, verbrachte Michael die Zeit damit, sie an eine Haube zu gewöhnen, die Frank ihm geschenkt hatte. Er hatte sie nach Michaels erstem Anruf extra für Cully angefertigt. Es war eine Konstruktion aus drei Lederstücken, die so aneinandergenäht waren, daß sie ungefähr Cullys Kopfform bildeten. An den Seiten stand sie leicht ab und bedeckte ihre Augen, damit sie bei einem ungewohnten Anblick nicht erschrak, zum Beispiel wenn Michael sie im Auto mitnahm. Die Haube war nicht nur praktisch, sondern auch hübsch anzusehen: die Seitenteile waren aus rotem Leder, das mittlere Stück war hellbraun und die Lederbänder, mit denen die Haube zugeschnürt wurde, waren schwarz. Obenauf saß zur Zierde ein Federsträußchen.

Eine Woche nach seinem Besuch bei Frank rief Michael Tom Waters an, weil er der Meinung war, die Schiene könne entfernt werden, und der Tierarzt versprach, am nächsten Abend vorbeizukommen.

»Der Flügel wird am Anfang steif sein«, warnte Tom, nachdem er Cully untersucht hatte. »Wir nehmen die Schiene jetzt ab, aber lassen Sie ihr eine Weile Zeit, sich an den neuen Zustand zu gewöhnen. Ich komme in ein paar Tagen noch mal her und sehe nach ihr. Passen Sie auf, daß sie sich nicht aufregt oder sich übernimmt.«

»Was ist mit dem Bruch?« fragte Michael.

»Ich spüre, daß sich eine Knochennarbe gebildet hat, das ist ein gutes Zeichen. Aber sicher werden wir erst sein, wenn wir sehen, wie sie den Flügel benutzt.«

Es war dunkel im Holzschuppen, und Cully war schläfrig und schien gar nicht zu bemerken, daß ihr Flügel nicht mehr fixiert war. Michael beschloß, sie ein paar Tage im Schuppen zu lassen, damit sie sich an die neue Situation gewöhnte. Als er ihr am nächsten Morgen das Futter brachte, saß sie auf der Stange, bewegte beide Flügel und breitete sie vorsichtig aus, während sie sich mit beiden Klauen an der Stange festhielt. Er blieb an der Tür stehen, erstaunt über die enorme Spannweite, und spürte den Luftzug im Gesicht, der durch die Bewegung ihrer Schwingen entstand. Er fürchtete, das könne sich nachteilig auf den Heilungsprozeß auswirken, aber einen Augenblick später legte sie erschöpft die Flügel wieder an.

Erleichtert atmete Michael auf. Sie war also in der Lage, den Flügel zu gebrauchen. Er fütterte sie und zog sich zurück. Noch ein paar Tage Ruhe, dann konnte er ernsthaft mit dem Training beginnen.

12. Kapitel

Seit drei Wochen hatte Michael Little River gemieden, war sogar bis nach Williams Lake zum Einkaufen gefahren, aber da Cully nun zeitweilig eingesperrt war, hatte er mehr Zeit für sich und begann wieder, darüber nachzudenken, wie er in Zukunft seinen Lebensunterhalt bestreiten sollte. Das Geld auf der Bank würde nicht ewig reichen.

Während er die verschiedenen Möglichkeiten erwog – es waren nicht eben viele –, begann das Telefon zu klingeln und ihm fiel auf, daß es das erstemal war, das ihn jemand in diesem Haus anrief. Er überlegte, wer es sein mochte und hob ab.

»Ich wollte nur mal hören, wie es dir geht.« Carl Jeffreys Stimme klang, als wäre er ein guter Freund.

»Alles bestens«, sagte Michael vorsichtig und fragte sich, was der Rechtsanwalt wohl von ihm wollte.

»Nun, ich habe nachgedacht. Scheint so, als hätten wir uns beide neulich auf dem falschen Fuß erwischt. Warum begraben wir das Kriegsbeil nicht und treffen uns mal?«

Michael zögerte, nicht gerade überzeugt von dem plötzlichen Sinneswandel. »Soll das eine Einladung zum Abendessen bei dir zu Hause sein, Carl?«

»Gute Idee. Weißt du was, ich rede mit meiner Frau, und wir sagen dir Bescheid, wann.« Eine Pause entstand. »Aber wenn du demnächst mal hier im Ort bist, komm doch auf eine Tasse Kaffee vorbei.«

»Du rufst an, um mich zum Kaffee einzuladen?«

»Na ja, warum nicht? Wie ich schon sagte, es ist einfach schlecht gelaufen letztens, und ich wollte mich nur vergewissern, daß es dir gutgeht. Mehr nicht. Es geht dir doch gut, oder?«

»Wie man's nimmt«, sagte Michael und wartete darauf, daß Carl endlich zur Sache kam.

Wieder entstand eine Pause. »Hör mal, das geht mich wahrscheinlich nichts an, aber wie steht es finanziell? Ich meine, kommst du zurecht?«

»Du hast recht«, sagte Michael. »Das geht dich nichts an.«

Carl kicherte, als wäre das ein Witz unter Freunden, dann sagte er in versöhnlichem Ton: »Wahrscheinlich bist du zu Recht sauer auf mich. Ich wollte dir neulich nur einen guten Rat geben. Das verstehst du doch, oder?«

»Kann ich irgend etwas für dich tun, Carl?« fragte Michael. »Wenn nicht, habe ich nämlich Wichtigeres zu tun.«

Abrupt wurde Carls Tonfall geschäftlich. »Gut, wenn du es so willst. Ich muß mit dir über den Laden sprechen.«

Jetzt kommt es, dachte Michael. »Ich höre.«

»Ich möchte das nicht am Telefon besprechen. Ich dachte, du könntest vielleicht in der Kanzlei vorbeikommen, wenn du das nächste Mal hier bist.«

»Ich komme nicht so oft in den Ort. Ich glaube, das ist für alle Beteiligten besser, meinst du nicht auch?« Er hörte förmlich, wie Carl am anderen Ende der Leitung diese Bemerkung verdaute.

»Ich habe gehört, du hattest kein Glück bei der Jobsuche.«

»Scheint so, als wäre ich für keine der freien Stellen hier

in der Gegend geeignet«, sagte Michael und bemühte sich gar nicht erst, seinen Zynismus zu verbergen.

»Ich habe versucht, dich zu warnen.«

»Das hast du«, gab Michael zu. »Also, was willst du wegen des Ladens mit mir besprechen?«

»Ich könnte immer noch einen guten Preis für dich aushandeln. Ich glaube, du solltest deine Lage noch einmal überdenken.«

Michael wollte gerade sagen, er sei nicht interessiert, aber dann fragte er sich, warum er eigentlich so an dem Laden hing. Die Räume standen leer, kosteten ihn Geld in Form von Steuern, und er war seit seiner Rückkehr nicht ein einziges Mal dort gewesen. Carl spürte sein Zögern und seine Stimme wurde plötzlich freundlich, beinahe schmeichlerisch.

»Hör zu, komm doch einfach vorbei, dann reden wir über die Sache. Was kann das schaden?«

Michael dachte an das Geld und erklärte sich widerwillig einverstanden, obwohl ihm nicht wohl dabei war. »Okay, aber nicht in deinem Büro. Wir treffen uns im Laden.«

»Warum dort? In meinem Büro ist es viel gemütlicher.«

»Ich habe einfach Lust, mir noch mal alles anzusehen, bevor ich verkaufe. Reine Nostalgie.« Eine Pause entstand, während der Carl über den Vorschlag nachdachte.

»Um halb drei?« sagte er schließlich.

»Okay, bis dann.«

Michael legte auf und trat auf die Veranda. Es war sicher sinnvoll, den Laden zu verkaufen. Das verschaffte ihm etwas Luft. Und es würde seine Bindung an Little River lockern, was wahrscheinlich zu Carls Plan gehörte.

Er ging zu Cully, die auf ihrer Stange saß, und streckte ihr ein Stück Fleisch entgegen, das er zwischen Daumen und Zeigefinger hielt. Sie wandte sich zu ihm um, und als sie das Fleisch sah, breitete sie die Flügel aus und hüpfte auf den Handschuh. Nachdem sie gefressen hatte, holte er die Haube hervor. Sie drehte den Kopf nach rechts und nach links, um auszuweichen. Manchmal akzeptierte sie die Haube, und manchmal benahm sie sich, als hätte sie sie noch nie gesehen. Schließlich gelang es ihm, sie ihr überzustreifen und hinten zuzubinden. Dann löste er die Fessel und trug Cully ins Auto, wo er sie hinten auf der Stange absetzte. Ihre Bewegungen wurden jetzt von dem merkwürdig hohen, klaren Ton eines Glöckchens begleitet, das an einem ihrer Beine befestigt war. Es war klein, nicht größer als eine Murmel, und mit einer Metallegierung überzogen, die einen Ton produzierte, den Michael vom anderen Ende der Lichtung noch deutlich hören konnte. Frank hatte sie ihm gegeben. Sie diente dazu, einen verlorengegangenen Vogel zu lokalisieren.

Michael fuhr in den Ort und parkte vor dem Laden, den sein Vater fünfundvierzig Jahre lang geführt hatte. Auf der Straße waren nur wenige Menschen unterwegs, und niemand sah, wie er Cully hineintrug. Nur durch die offene Tür fiel Licht herein, drinnen war es kalt und feucht. Er hatte das Gefühl, ein Mausoleum zu betreten. Als er versuchte, das Licht anzuknipsen, fiel ihm ein, daß der Strom abgestellt war. Er setzte Cully auf eine hölzerne Ablage und riß das schwarze Papier von den Fenstern. Tageslicht fiel durch die schmutzigen Scheiben. Er stand inmitten des Staubs, den er aufgewirbelt hatte, und als er sah, wie verwahrlost alles war, überkam ihn ein Gefühl von Trauer.

Früher hatte er nach der Schule hier gearbeitet. Und Samstagnachmittag hatte er den Laden für sich gehabt, denn da war sein Vater immer nach Williams Lake gefahren, um Ware zu holen, obwohl er seine Bestellung genausogut telefonisch hätte aufgeben können. Michael hatte nicht weiter darüber nachgedacht. Es gehörte einfach zu den geheimnisvollen Gewohnheiten im Leben seines Vaters.

Genau wie die Donnerstage, die er regelmäßig im Laden über den Büchern verbrachte und an denen er erst spät abends, nach Alkohol riechend, nach Hause kam, und genau wie die Stunden, die er in seinem Arbeitszimmer zu Hause verbrachte, um, inspiriert von Bildern in ledergebundenen Büchern, komplizierte Modelle von Segelschiffen zu bauen. Stets stand eine Flasche Bourbon neben ihm auf dem Schreibtisch, und nie wurde das Glas leer.

Der Laden war früher mit Holzregalen ausgestattet gewesen, die parallel zur Tür angeordnet waren, und an der hinteren Wand stand immer noch die Ladentheke. Oben an den Wänden hatten sich im Laufe der Jahre feuchte Flecken gebildet, und die Holzdielen waren teilweise verrottet. An einigen Stellen, wo man die festverankerten Regale unachtsam herausgerissen hatte, waren die Dielen gesplittert. Die Einzelteile lagen wahllos herum, wie Puzzleteile, die darauf warteten, wieder zusammengefügt zu werden. Anscheinend hatte man das alles vor langer Zeit rücksichtslos auseinandergenommen, vermutlich als die Händler ihre Ware zum Einkaufspreis zurückgeholt hatten.

Ein Klopfen am Fenster schreckte ihn aus seinen Gedanken auf, und er ging zur Tür, um Carl Jeffrey hereinzulassen. Carls Mantel war bis oben zugeknöpft, und er klopfte sich mit den Armen warm.

»Mein Gott, es ist eiskalt hier. Geht der?« Er zeigte auf einen alten Ofen.

»Kein Strom«, sagte Michael.

»Wir hätten das genausogut in meinem Büro besprechen können«, brummte Carl und sah sich um.

Michael fand, wenn er schon verkaufte, sollte er die Verhandlungen auch vor Ort führen, im Laden, wo der Geist seines Vaters gegenwärtig war. Das Haus verband er mehr mit seiner Mutter, aber das Geschäft hatte ganz seinem Vater gehört.

»Komisches Gefühl, hier drin zu sein«, sagte Carl. »Dein alter Herr hat eine Menge Zeit hier verbracht. Ich weiß noch genau, wie ich als Kind immer hergekommen bin, aber irgendwas fehlt. Da war immer so ein scharfer Geruch.«

»Leinöl«, sagte Michael und erinnerte sich plötzlich lebhaft daran. »Er hat es immer in Fässern gekauft und selber abgefüllt. Sie standen zwar draußen, aber der Geruch steckte überall.«

Eine Weile hingen sie beide ihren Erinnerungen nach.

»Du hast auch viel Zeit hier verbracht, oder?« fragte Carl schließlich. »Hast du nicht nach der Schule im Laden gearbeitet?«

»Ja, das stimmt«, erwiderte Michael.

»Hast du dich eigentlich mit ihm verstanden? Mit deinem Vater, meine ich?«

In Carls Tonfall lag echte Neugier. Wahrscheinlich fragten sich die Leute in Little River, warum er nicht zur Beerdigung seines Vaters gekommen war, und warum er das Haus und den Laden nicht verkauft hatte und nach dem Tod seiner Mutter kein einziges Mal an den Ort seiner Kindheit zurückgekehrt war. Und wahrscheinlich konnten sich die Leute erst recht keinen Reim darauf machen, warum er ausgerechnet jetzt zurückgekommen war.

»Eigentlich nicht«, gab Michael zu, ohne recht zu wissen, warum er Carl das erzählte. »Ich wollte nie hier arbeiten. Ich habe jede Minute in diesem Laden gehaßt.«

»Wirklich? Komisch, ich hab' meinem Dad auch immer nach der Schule in der Kanzlei geholfen. Er wollte, daß ich Anwalt werde, so wie er, und hat mir Bücher gegeben. Über Jura.«

Carl klang irgendwie resigniert, und ein Anflug von Bitterkeit lag in seiner Stimme. Plötzlich fragte sich Michael, was für heimliche Hoffnungen und Ambitionen unter der Oberfläche in ihm schlummerten. Es überraschte ihn, daß Carl einmal etwas anderes vorgehabt haben könnte, als in die Fußstapfen seines Vaters als einziger Anwalt in der Stadt zu treten.

»Dein Vater wollte bestimmt auch, daß du den Laden übernimmst«, sagte Carl.

»Nein, das hat er nie gesagt.« Michael erinnerte sich nur daran, wie sein Vater ihn immer zum Lernen angehalten hatte. Er glaubte nicht, daß sein Vater je gewünscht hatte, er werde in seine Fußstapfen treten.

Carl hatte den Mantel eng um sich geschlungen und die Hände tief in die Taschen gesteckt. »Ich wollte auf die Kunstakademie gehen«, sagte er und lachte verächtlich. »Wahrscheinlich würde ich jetzt Etiketten für Fertiggerichte entwerfen oder so was in der Art. So wie es ist, ist es sicher am besten.«

Michael war überrascht. Anscheinend steckte mehr in Carl, als er angenommen hatte. »Warst du gut?« fragte er.

Carl sah ihn forschend an, nicht sicher, ob Michael sich über ihn lustig machte, und zuckte mit den Schultern. »Früher schon, glaube ich. Wer weiß? Auf dem College wären bestimmt jede Menge Leute besser gewesen als ich.«

»Vielleicht auch nicht.« Was mochte Carls Vater dazu gesagt haben, daß sein Sohn so wenig Selbstvertrauen besaß? »Es ist nie zu spät«, sagte er, obwohl er wußte, daß das für die meisten Menschen nicht zutraf, wenn sie erst einmal einen bestimmten Punkt überschritten hatten.

»Stimmt«, sagte Carl. »Weißt du, als wir Kinder waren, dachte ich immer, wir hätten einiges gemeinsam.«

»Was denn zum Beispiel?« fragte Michael. Er konnte seine Überraschung nicht verbergen.

»Das klingt wohl komisch, wie?« sagte Carl wieder mit einem Anflug von Bitterkeit. »Du hast dich nicht viel mit anderen Jungen abgegeben.«

Jetzt merkte er, worauf Carl hinauswollte. Carl war immer ein Außenseiter gewesen, wie es dicke Kinder oft sind, besonders so geschniegelte dicke Kinder, deren Väter meinen, sie wären was besonderes. Fälschlicherweise nahm Carl an, sie seien sich in diesem Punkt ähnlich gewesen, aber Michael wußte, daß es anders war. Er hatte sich aus freien Stücken abgesondert.

Carl schaute zum Fenster, als draußen ein alter Mann vorbeiging, der neugierig durch die große Scheibe spähte. Die Vertrautheit, oder was immer es gewesen war, verflog, und Carl erinnerte sich plötzlich an den Grund ihres Treffens. »Reden wir übers Geschäft.«

»Ich will erst mal sehen, wie es oben aussieht«, sagte Michael. Plötzlich wollte er den entscheidenden Augenblick hinausschieben.

Cully bewegte sich, und das Glöckchen klingelte hell. Carl sah sie im Dunkeln sitzen und trat einen Schritt zurück.

»Was zum Teufel ist das denn?«

Michael unterdrückte ein Lächeln. Im ersten Moment konnte man wirklich erschrecken, wenn man die helle Gestalt sah, besonders mit der seltsamen Haube auf dem Kopf. »Das ist ein Falke.«

Carl beäugte den Vogel vorsichtig, blieb aber in gebührender Entfernung stehen. »Was machst du mit ihm?«

»Ich mache gar nichts mit ihr«, erwiderte Michael gereizt, ohne recht zu wissen, warum. »Es ist ein Weibchen«, fügte er erklärend hinzu. Carl war nervös, ein weicher Typ mit Brille und einem schlecht sitzenden Anzug, der Michael eigentlich gar nicht gefiel. Egal, wieviel Verständnis er für die Kränkungen hatte, die Carl mit sich herumschleppte, der Mann hatte seinen Weg selbst gewählt. Er wandte sich ab und öffnete die Tür, die zur Hintertreppe führte. Carl folgte ihm, und gemeinsam inspizierten sie die Räume im Obergeschoß. In einigen standen leere Kisten, und ein paar vergilbte Zeitungen lagen herum, aber das war auch schon alles. Früher hatten die Räume als Lager gedient, doch jetzt sah man ihnen an, wieviel Zeit seither vergangen war; die Türen schlossen nicht richtig und hingen schief in den Angeln, die verblichenen Tapeten lösten sich von den Wänden, und die Fußböden verrotteten.

Carl lief hinter Michael her und sagte nicht viel, und als sie wieder unten waren, mußte er sich die Nase putzen, weil er so viel Staub eingeatmet hatte.

»Der Laden fällt auseinander«, stellte er überflüssigerweise fest.

So schlimm ist es gar nicht, dachte Michael, sagte jedoch nichts. Man brauchte nur ein bißchen Geld und Zeit. Die Mauern des Gebäudes waren solide, ebenso das Dach. Er wartete darauf, daß Carl weitersprach, ohne ihn jedoch zu ermutigen.

»Planst du immer noch, in Little River zu bleiben?« fragte Carl, nachdem er sich ausgiebig geschneuzt hatte.

»Ich habe dir schon mal gesagt, daß ich sonst nirgends hingehen kann.«

»Aber wenn du Geld hättest …«

Michael ließ seinen Blick durch den Raum schweifen. »Wer will den Laden denn kaufen?«

»Ein Mann namens Ron Taylor. Derselbe, der dir das erste Angebot gemacht hat.«

Carl schlug einen Ordner auf, den er die ganze Zeit mit sich herumgeschleppt hatte, und blätterte ein wenig darin.

»Er bietet dir achtundsiebzigtausend«, sagte er schließlich.

»Für den Laden?«

»Genau.«

Das entsprach ungefähr dem vorigen Angebot. Doch zu irgendeinem Zeitpunkt, seit er den Laden vorhin betreten hatte, hatte Michael beschlossen, nicht zu verkaufen. Und während er dastand, tauchte plötzlich der Geist seines Vaters vor ihm auf, direkt hinter Carl, hinter der Ladentheke. Er sah genauso aus, wie Michael ihn in Erinnerung hatte, Mitte Fünfzig, grauhaarig und dünn, und packte in aller Ruhe eine Lieferung Werkzeug aus, wobei er jedes einzelne Teil mit einem Bleistift, den er zwischendurch immer wieder hinter sein Ohr steckte, auf einer Liste abhakte.

Obwohl Michael und sein Vater jeden Tag eine Stunde hier im Laden zusammengearbeitet hatten, hatten sie kaum je ein Wort miteinander gewechselt. Der Atem seines Vaters roch immer leicht säuerlich nach dem Bier, das er regelmäßig zum Mittagessen trank. Seine Nase und seine Wangen waren von kleinen roten Äderchen durchzogen, und seine Augen hatten einen seltsamen Schimmer. Michael mußte nie wirklich schwer arbeiten, und wenn er keine Lust hatte, brauchte er gar nichts zu tun. Sein Vater trug ihm dies oder jenes auf und dankte ihm, wenn er seine Aufgaben gut erledigte, aber wenn das nicht der Fall war, schimpfte er auch nicht. Einmal hatte Michael versucht, ihm zu sagen, er wolle nach der Schule nicht mehr herkommen. Ursprünglich war es sowieso eine Idee seiner Mutter gewesen, einer ihrer üblichen Versuche, den Frieden zu wahren, wie sie sagte, aber schon damals hatte er begriffen, daß sie immer solche Vorschläge machte, um mit ihren eigenen Enttäuschungen fertig zu werden. Nie konnte er vergessen, wie sie mit blutüberströmten Handgelenken in die Stadt zum Arzt gefahren war. Sie war völlig verwirrt und außer sich gewesen und ihr Make-up vom Weinen verschmiert. Er war damals noch klein, vielleicht acht, und hatte neben ihr auf dem Beifahrersitz gesessen. Seine Mutter erzählte dem Arzt, sie habe sich versehentlich geschnitten, es sei ein Unfall gewesen, aber Michael wußte, daß das nicht der Wahrheit entsprach. Vor Wut, weil sein Vater angerufen hatte, um zu sagen, er komme später, hatte sie versucht, sich die Pulsadern aufzuschneiden. Es stellte sich heraus, daß die Schnitte nur oberflächlich waren, aber sie mußten in der Praxis warten, bis sein Vater kam und sie abholte. Ungefähr zu der Zeit mußte es auch gewesen sein, daß seine Mutter angefangen hatte, dauernd im Nachthemd herumzulaufen und nicht vor Mittag aufzustehen. Immer hatte sie Kopfschmerzen, und sie begann, Pillen gegen alle möglichen eingebildeten Krankheiten zu schlucken.

Sein Vater war enttäuscht gewesen, als er ihm sagte, er wolle nicht mehr im Laden arbeiten. »Es wäre wirklich schade«, hatte er leise gesagt, aber das war alles. Kein Druck, kein Beharren, kein Schreien. Er hatte nie geschrien. Und aus irgendeinem Grund hatte Michael nachgegeben.

»Also, was hältst du davon?« Carls Frage holte ihn in die Gegenwart zurück.

Michael schüttelte den Kopf. »Ich glaube nicht.«

Carl trommelte mit den Fingern auf die alte Ladentheke. Er sah weg, schob die Brille auf der Nase zurecht und spitzte die Lippen.

»Ich habe noch ein Angebot«, sagte er.

»Wieviel?«

»Zweihundertfünfundsiebzigtausend. Mit dem Haus«, fügte er hinzu.

Das letzte Angebot hatte auf zweihundertachtundzwanzig gelautet. Er hatte es an dem Tag erhalten, an dem er nach Little River zurückgekehrt war, und es war angemessen gewesen. »Wie kommt es plötzlich zu dem großen Sprung?«

»Ein besseres Angebot wirst du nicht kriegen.« Carl ignorierte seine Frage. »Das ist mehr, als der Laden und das Haus wert sind. Du mußt uns nicht glauben. Überprüf es, wenn du willst.«

Michael runzelte die Stirn. »Uns?«

»Was?«

»Du hast ›uns‹ gesagt. ›Du mußt uns nicht glauben.‹« Es verwirrte ihn, und Carl sah verlegen aus. »Wer ist überhaupt dieser Ron Taylor?«

»Ein Bauunternehmer. Hör mal, wichtig ist doch ... das Geld ist ... es ist ein gutes Angebot, Michael. Das würde ich nicht sagen, wenn ich es nicht wüßte.«

»Und dieser Taylor will den Laden haben?«

»Ja, er will ihn sanieren.«

»Und das Haus will er auch?«

»Eigentlich nicht, aber er ist bereit, es zu nehmen, um den Laden zu kriegen. Denk darüber nach. Mit dem Geld kannst du überall hingehen. Wohin du willst. Vielleicht nach Europa.«

»Europa?«

»Ich meine nur, dann hast du die freie Wahl. Du bist noch jung, Mike. Woanders findest du jederzeit wieder einen Job in der Werbung.«

Irgend etwas stimmte hier nicht. Michael hatte das Gefühl, daß Carl ihm etwas verheimlichte, aber er hatte keine Ahnung, was das sein konnte. Uns. Warum hatte er ›uns‹ gesagt? War er der Partner von diesem Taylor? Eigentlich war es auch egal. Er schüttelte den Kopf. »Ich will nicht verkaufen.« Er sah sich wieder in dem leeren Laden um und hatte plötzlich eine Idee. Vielleicht hatte sie auch schon seit einer Weile in seinem Kopf Gestalt angenommen.

»Ich könnte das Geschäft wieder eröffnen«, sagte er.

Verblüfft blinzelte Carl ihn an. »Wieder eröffnen? Es gibt bereits einen Eisenwarenladen im Ort.«

»Ich muß ja keine Eisenwaren verkaufen.«

Carl biß sich auf die Lippe und blätterte erneut in seinen Papieren. Dann räusperte er sich. »Ich, äh, ich bin bevollmächtigt, ich meine, wir könnten auf zweihundertachtzig erhöhen. Zweihundertneunzig.«

Michael sagte: »Du hast schon wieder ›wir‹ gesagt. Wer ist ›wir‹, Carl? Du und Ron Taylor?«

»Nicht direkt.«

Die Art, wie Carl seinem Blick auswich, sagte alles. Und doch dauerte es noch einen Moment, bis Michael begriff.

»Dieses Angebot hat gar nichts mit Taylor zu tun, stimmt's?«

Carl zögerte, dann schüttelte er den Kopf. »Nein, er hat sein erstes Angebot nicht verändert. Er glaubt, daß es fair war.«

»Das war es auch«, sagte Michael.

»Du solltest dir die Sache sehr gut überlegen«, sagte Carl. Er richtete sich auf und sprach leise und eindringlich. »Zweihundertneunzig ist eine Menge mehr, als du je anders kriegen wirst. Du wärest ein Narr, wenn du das Geld nicht nähmest.«

Michael nickte bedächtig. »Nur zu meiner Information, wer ist es denn, der mir so ein großzügiges Angebot macht, Carl? Ich finde, ich sollte wissen, wer so scharf darauf ist, daß ich den Ort verlasse. Du natürlich, das ist mir klar. Wer noch?«

»Du hast keinen Grund, es so aufzufassen«, sagte Carl. »Betrachte es von unserer Seite. Wir haben Kinder. Dies ist eine anständige Stadt. Diese Art Schwierigkeiten kennen wir hier nicht.«

Michael wiederholte seine Worte. »Diese Art Schwierigkeiten. Du meinst, Leute wie mich? Killer? Verrückte?« Er schüttelte den Kopf, viel zu verblüfft, um wütend zu werden. »Du weißt, was passiert ist, Carl. Ich habe niemanden umgebracht.«

»Du hast auf einen Mann geschossen. Die Polizei dachte, du würdest deine eigene Tochter und deine Frau abknallen.«

Michael schüttelte wieder den Kopf. »Ich habe sie nicht einmal bedroht, verdammt noch mal.« Er verstand nicht, warum er überhaupt antwortete. Mit Leuten wie Carl Jeffrey verschwendete er nur seine Zeit. »Wer gehört noch dazu?«

»Ein paar Leute, die ich kenne. Geschäftsleute.«

»Leute wie George Wilson, ja? Anständige Bürger? Er wollte mir einen Job geben, hat er dir das erzählt? Ich sollte sein Werbeleiter werden. Er war ganz begeistert von meinen Ideen, bis er rausgefunden hat, wer ich bin.« Wut stieg in ihm auf wie giftige Galle, doch dann verschwand sein Zorn so plötzlich wie er gekommen war. »Ach, scher dich zum Teufel«, sagte er müde.

»Hör zu.« Carl machte einen Schritt auf ihn zu.

»Das hier ist mein Haus«, sagte Michael mit einem warnenden Unterton. »Verschwinde.«

Die Worte klangen hart und endgültig. Carl sammelte seine Papiere ein und machte beim Hinausgehen einen großen Bogen um Cully. An der Tür drehte er sich noch einmal um, als wollte er noch einen Versuch machen, aber als er den Ausdruck in Michaels Gesicht sah, überlegte er es sich anders.

»Das eine will ich dir noch sagen. Du bist verrückt, wenn du den Laden wieder aufmachst.« Er ging hinaus und schlug die Tür hinter sich zu.

Rachel Ellis tat so, als schliefe sie, während sie darauf wartete, daß die regelmäßigen Atemzüge ihres Mannes in Schnarchen übergingen. Es war dunkel im Schlafzimmer, aber ihre Seite des Bettes befand sich näher am Fenster, und durch einen Spalt im Vorhang konnte sie die Sterne sehen. Pete bewegte sich, murmelte etwas Unverständliches, und seine schwere Hand rutschte von ihrem Bauch. Die Bartstoppeln an seinem Kinn kratzten sie im Nacken.

Als er eingeschlafen war, stand sie auf und zog ihren Morgenmantel an. Auch die Kinder schliefen, und im Haus war alles ruhig. Sie hatte sich angewöhnt, im Dunkeln in der Küche zu sitzen, wenn sie nicht schlafen konnte. Sie goß sich ein Glas Milch ein und versuchte, nicht an den Stapel Rechnungen zu denken, der auf der Kommode lag und darauf wartete, bezahlt zu werden.

Am Abend hatten sie und Pete gestritten, was in letzter Zeit nicht selten vorkam. Es ging immer um dieselben Sachen, sie hatten kein Geld, außer dem, was sie nach Hause brachte, er trank zuviel, und das Geschäft ging den Bach hinunter. Die Sorgen raubten ihr den Schlaf. Natürlich war sie wieder mal diejenige gewesen, die die Bank besänftigen mußte. Richard Walls hatte sie am Nachmittag über den Schreibtisch hinweg mitleidig angelächelt, als sie ihm aufgedonnert und in einem viel zu kurzen Rock gegenübersaß. Einen Augenblick lang hatte sie vor Wut die Hände zusammengeballt und die Fingernägel in ihre Handflächen gepreßt. Sie fühlte sich durch seine gönnerhafte Art gedemütigt. Und sie war wütend auf sich selbst, weil sie geglaubt hatte, mit ein bißchen Make-up und Augenklimpern irgend etwas ändern zu können, aber vor allem war sie wütend auf Pete, weil er sie durch sein Verhalten dazu zwang, sich wie eine billige Nutte aufzuführen, oder zumindest, sich so zu fühlen.

»Petes Geschäfte laufen in letzter Zeit nicht so gut«, sagte sie, und Schamröte stieg ihr ins Gesicht.

Richard ging ihre Bilanzen durch, dann lächelte er Rachel an und sagte: »Ich weiß, wie es einem manchmal ergehen kann, und es geht ja hier nicht um große Summen.«

Da wußte sie, daß es noch mal gutgegangen war, und als er sie zur Tür begleitete, erkundigte er sich nach den Kindern und trug ihr die besten Wünsche für ihren Vater auf. Das traurige Lächeln, mit dem er sie verabschiedete, versetzte ihr einen Stich. Er war nicht gönnerhaft, sie tat ihm nur leid, weil sie mit Pete verheiratet war, weil sie sich hübsch machen mußte, um bei der Bank um ein paar lausige Dollar zu betteln. Und währenddessen betrank Pete sich jede Nacht und ließ anschreiben, wo er nur konnte, oder klaute ihr das Geld aus dem Portemonnaie. Die Leute erzählten ihr, wenn sie ihn bei Clancys oder in anderen Kneipen außerhalb der Stadt gesehen hatten.

Sie zündete sich eine Zigarette an. Orangefarben flammte das Streichholz in der Dunkelheit auf und warf einen Schatten auf ihr Gesicht im Spiegel. Sie war dreiunddreißig Jahre alt. Ihre Kinder waren beide schon Teenager und wurden immer selbständiger. Viel schneller, als sie selbst in dem Alter. Sie lebte in einem Haus, das innen und außen dringend einen Anstrich nötig hatte, und fuhr ein Auto, das regelmäßig stehenblieb. Vielleicht war es an der Zeit, Bilanz zu ziehen und sich einzugestehen, daß sie eine verlorene Schlacht kämpfte. Wenn sie Pete verließ, würde sie die Kinder mitnehmen. Bis sie einen anständigen Job fand, konnten sie bei ihren Eltern wohnen, drüben in Williams Lake, wohin die beiden vor einigen Jahren gezogen waren. Sie könnte noch einmal von vorne anfangen.

Ihre Eltern würden sich freuen, das wußte sie. Natürlich müßte sie sich anhören, sie hätten ja schon immer gesagt, daß es ein Fehler war, Pete zu heiraten, aber das war sie gewohnt, und es wäre ja nicht für lange. Anscheinend hatten sie recht gehabt, doch das gestand sie sich erst seit kurzem ein.

»Er kommt aus einem schlechten Stall«, hatte ihr Vater sie gewarnt. »Ich weiß, wie das klingt, aber es stimmt, Rachel. Sieh dir den Vater des Jungen an.«

Nun, niemand hatte das je geleugnet, am wenigstens Pete. Sein Vater war ein Säufer und ein Taugenichts, der seine Frau und seine Kinder mißhandelte.

»Pete ist nicht wie er«, hatte Rachel immer behauptet und es auch geglaubt. »Er weiß, wie sein Vater ist, und er will niemals so werden wie er.«

Ihr Vater hatte nur mit gequältem Gesichtsausdruck den Kopf geschüttelt. »Es fällt mir nicht leicht, dir das zu sagen, aber Pete ist genau wie sein Vater, auch wenn er mit aller Kraft versucht, dagegen anzukämpfen.«

Sie fand das unfair, schrie ihren Vater an und fragte ihn wütend, wie denn jemand etwas aus sich machen solle, wenn man ihm nicht einmal eine Chance gab. Damit hatte sie natürlich recht, und ihr Vater war zweifellos im Unrecht, und dennoch hatte er die Situation offenbar richtig eingeschätzt, wie sie jetzt zugeben mußte.

Aus der Highschool wußte sie nicht mehr viel über Pete, weil er vier Jahre älter war als sie, aber in einem kleinen Ort wie Little River weiß man über jeden irgend etwas. Bei Pete war es vor allem der Ruf, der ihm vorauseilte. Er war ein Großmaul und streitsüchtig und mischte bei jeder Prügelei mit. Hätte irgend jemand ihr, als sie sechzehn war, gesagt, daß sie ihn eines Tages heiraten würde, hätte sie denjenigen ausgelacht. Doch damals war Pete schon aus der Schule raus und längst in die Army eingetreten. Sie begegnete ihm erst wieder, als er zurückkam, und da erkannte sie ihn kaum.

Was sie am meisten beeindruckte, waren seine guten Manieren. Das klang zwar irgendwie altmodisch, aber so war es. Als sie ihn zuvor das letztemal gesehen hatte, war er ein schmuddeliger, unangenehmer Typ gewesen, und sie hätte die Straßenseite gewechselt, um ihm aus dem Weg zu gehen. Dann war er plötzlich wieder da und hatte sich vollkommen gewandelt. Als er sie bat, mit ihm auszugehen, fand sie ihn so höflich und zuvorkommend, daß sie seine Einladung aus reiner Neugier annahm. Sie wollte wissen, ob ein Mensch sich so ändern konnte, oder ob alles nur gespielt war. Doch das war es nicht. Er hatte ihr die Türen aufgehalten und sogar den Stuhl für sie zurechtgerückt, als er sie zum Essen ausführte. Und er hatte kein einziges Mal versucht, sie anzufassen.

Da wurde mehr als Neugier aus ihrem Interesse. Er war ihr gegenüber ein bißchen schüchtern und gab zu, daß er selten mit Mädchen ausging, die so waren wie sie. Sie hatte nicht groß gefragt, mit was für Mädchen er sonst ausging. Sie glaubte, die Antwort zu kennen. Er sprach viel über seine Zukunftspläne. Er wollte etwas aus sich machen. Als sie ihn näher kennenlernte, wurde ihr klar, daß dieser Wunsch hauptsächlich vom Haß auf seinen Vater genährt wurde, und Pete entschlossen war zu beweisen, daß er niemals so werden würde. Dafür würde er sich allerdings ganz schön ins Zeug legen müssen, denn die meisten Leute hatten ihr Urteil über ihn bereits gefällt.

Sie heirateten aus dem ältesten und dümmsten Grund der Welt; sie wurde schwanger. Aber wenn sie ehrlich war, hätten sie sich sowieso irgendwann dazu entschlossen. Wenn danach nur alles gutgegangen wäre, wenn Pete der Welt nur bewiesen hätte, daß er ein eigenständiger Mensch war und nicht das Abbild seiner Eltern, es hätte ihr nicht einmal viel ausgemacht, wenn das Geld immer knapp gewesen wäre. Aber das Leben war nicht so einfach, wie man manchmal glaubte.

Schon früh fand sie heraus, daß zwischen Petes Ambitionen und dem, was er leisten konnte, eine Riesenlücke klaffte. Er war schlecht in der Schule gewesen, weil er nicht lernte und niemand es von ihm erwartete, und als er mit dem Holzhandel anfing, rächte sich das. Er konnte nicht rechnen, und im Lesen und Schreiben war er auch nicht besonders gut. Ein Vertrag war für ihn ein Buch mit sieben

Siegeln, und jede Art von komplizierter Paragraphenreiterei, wie er es nannte, ging weit über seinen Verstand. Das hätte alles nichts gemacht, weil er diese Schwierigkeiten hätte überwinden können, wenn er bereit gewesen wäre, daran zu arbeiten, und außerdem hätte sie die Buchführung übernehmen können, aber Petes wahre Schwäche war sein übersteigertes Selbstbewußtsein. Er wollte nicht noch mal die Schulbank drücken, hatte keine Lust, sich etwas zu erarbeiten. Er verließ sich lieber auf seine große Klappe. Stolz erzählte er immer wieder, er könne vierundzwanzig Stunden am Tag arbeiten, wenn es sein müsse. Das Dumme war allerdings, daß nicht nur harte, körperliche Arbeit gefordert war, sondern auch Köpfchen. Pete suchte immer den Weg des geringsten Widerstands, und der führte selten zum Ziel.

Der Teufelskreis aus schlechter Erziehung, mangelnder Bildung und einem schwachen Vater hatte Versagen und Bitterkeit zur Folge. Pete hatte geglaubt, er könne das alles mit purer Willenskraft überwinden, aber er hatte sich getäuscht. Er hatte geglaubt, er könne ein Geschäft leiten, ohne viel von Verträgen, Angeboten, Planung und Krediten zu verstehen, doch auch da hatte er sich geirrt. Vielleicht hatte er schon früh gespürt, daß die Heirat mit einer Frau wie ihr wettmachen konnte, was ihm fehlte, und in gewisser Weise hatte das auch zugetroffen. Jahrelang war sie das Fundament gewesen, auf das ihre Familie gebaut war, das hatten sie beide stets unausgesprochen akzeptiert. Am Anfang war das Geschäft mit dem Holz gut gelaufen, und das war eigentlich ihr Verdienst gewesen. Doch als die Kinder größer wurden, mußte sie ihnen mehr Zeit widmen, und Pete hatte mehr und mehr die Buchhaltung übernommen. Die Geschäfte gingen schlechter, aber Peter meinte, es sei nur vorübergehend. Er behauptete, er brauche ihre Hilfe nicht mehr, doch sie hatte trotzdem weitergearbeitet, hatte sich einen Job gesucht, weil er einfach nicht genug verdiente.

Natürlich war ihr nicht entgangen, was passierte, aber sie hatte sich zurückgehalten und ihn versuchen lassen, damit klarzukommen. Und jetzt befanden sie sich in einer ausweglosen Situation. Sie waren so gut wie pleite, besaßen keinerlei Ersparnisse, die meisten Kunden hatten das Vertrauen verloren und blieben weg, weil Pete, um Kosten zu sparen, immer wieder minderwertiges Material unter die Ware schmuggelte. Erst vor ein paar Tagen hatte sie entdeckt, daß das Auftragsbuch leer war. Ihre einzige Chance bestand darin, daß sie das Geschäft wieder übernahm, so wie früher, nur müßte sie sich diesmal der Aufgabe ganz widmen.

Wollte sie das wirklich? Wollte sie die Last auf sich nehmen und die nächsten zehn Jahre damit zubringen, die Familie zusammenzuhalten? Wie auch immer, so wie es aussah, verloren sie das Haus auf jeden Fall. Pete müßte lernen zu akzeptieren, daß sie alle Entscheidungen traf und mit den Kunden verhandelte, um das Geschäft wieder anzukurbeln. Er wäre nur noch für die körperliche Arbeit zuständig, fast wie ein einfacher Lohnarbeiter. Das würde ihn hart treffen und ihn in seinem Gefühl, ein Versager zu sein, nur noch bestärken. Es wäre ihre Aufgabe, ihn aufzurichten, manchmal ihm gegenüber hart zu sein und ihn immer wieder daran zu erinnern, wie sein Vater geworden war, als er sich aufgegeben hatte. Wollte sie das? Wollte sie für ihren Mann verantwortlich sein? Sie wußte es nicht. Deshalb saß sie nachts am Küchentisch, trank Milch und rauchte und dachte darüber nach, wie es nur weitergehen sollte.

Am nächsten Morgen fühlte sie sich erschöpft. Sie war erst um drei Uhr früh wieder ins Bett gegangen und konnte dann immer noch nicht einschlafen. Ihr Nachmittagsjob im Supermarkt hatte sich zu einem Ganztagsjob entwickelt, worüber sie wegen des Geldes froh war, aber es deprimierte sie, den Tag damit zu verbringen, Regale einzuräumen oder an der Kasse zu sitzen, und sie hatte das Gefühl, ihr Leben zu vergeuden. Sie hatte die Highschool mit guten Noten abgeschlossen und hätte aufs College gehen können, wenn sie nicht geheiratet hätte. Sie machte sich nicht vor, ein Genie zu sein, aber sie wußte, daß sie mehr konnte, als Wechselgeld zählen und Ware auffüllen.

Um die Mittagszeit machte sie eine Pause und ging an die frische Luft, um einen klaren Kopf zu bekommen und besser nachdenken zu können. Ziellos lief sie den Bürgersteig entlang und wälzte in Gedanken ihre Probleme. Sie bemerkte die Menschen kaum, die ihr begegneten. Plötzlich spürte sie jemanden direkt vor sich, und als sie aufblickte, stieß sie auch schon mit Michael Somers zusammen, der mit einem Stapel zersplitterter Holzbretter aus einer Tür kam. Er stolperte, und im nächsten Augenblick lagen die Bretter auf dem Gehweg verstreut.

»Entschuldigung«, sagte sie und bückte sich, um ihm beim Aufsammeln zu helfen. »Ich habe nicht aufgepaßt.«

»Macht nichts.« Er warf ihr einen flüchtigen Blick zu.

Sie half ihm, die Bretter in seinen Wagen zu tragen. Als sie fertig waren und er sich umdrehte, schien er überrascht, daß sie noch da war. Er war ein paar Jahre älter als sie, ungefähr so alt wie Pete. Aber das war auch schon alles, was die beiden Männer gemeinsam hatten, dachte Rachel. Er war nicht dicker geworden, so wie Pete, und obwohl ihr sein Blick irgendwie kühl vorkam, wirkte er längst nicht so verzweifelt und böse wie Pete in letzter Zeit. Sie merkte, daß er keine Ahnung hatte, wer sie war, aber das war eigentlich kein Wunder. Als er sie das letztemal gesehen hatte, war sie noch ein Kind gewesen. Jetzt hatte sie die Haare aus Bequemlichkeit zusammengebunden, trug eine alte Levis, die an manchen Stellen fast durchgescheuert war, und eine dicke Jacke, die Pete gehörte. Sie strich sich eine lose Strähne aus der Stirn.

»Danke für die Hilfe«, sagte er, dann ging er zu seinem Nissan und holte eine Thermosflasche aus dem Wagen.

»Bist du immer so gesprächig?« fragte sie, als er zurückkam. »Du erinnerst dich nicht an mich, oder?«

Er sah sie verständnislos an.

»Ich bin Rachel Laine.« Sie zuckte die Achseln. »Jetzt heiße ich allerdings Ellis, wie mein Mann.«

Er schüttelte den Kopf, dann fiel der Groschen, und er lächelte. »Rachel? Klar erinnere ich mich an dich.« Er sah sie von oben bis unten an, was sie verunsicherte. »Ich werde allmählich kauzig. Ich bin es nicht gewohnt, daß die Leute hier mitten am Tag stehenbleiben, um mit mir zu plaudern.«

Sie hatte natürlich gehört, daß er wieder in der Gegend war, und erst heute morgen hatte irgend jemand etwas über den alten Laden seines Vaters gesagt, aber sie war so sehr mit ihren eigenen Problemen beschäftigt, daß sie nicht zugehört hatte. »Das wird sich geben«, sagte sie. »Morgen ist was anderes interessant, und dann ist deine Geschichte Schnee von gestern.«

»Vielleicht hast du recht.«

Beide schwiegen verlegen, und Rachel wollte sich schon mit einem Lächeln verabschieden, doch dann überlegte sie es sich anders. Sie zeigte auf den Laden. »Es sieht so aus, als hättest du da drin eine Menge zu tun. Was machst du denn gerade?«

»Ich räume auf. Vielleicht eröffne ich den Laden wieder.«

»Keine schlechte Idee.«

Überrascht sah er sie an, dann hielt er die Thermosflasche hoch. »Willst du mal reinschauen? Ich könnte dir einen Kaffee anbieten.«

»Gern«, sagte Rachel. »Warum nicht?«

Drinnen sah es aus wie auf einer Baustelle. Die Ladentheke war zu Kleinholz zerlegt, und im Fußboden klafften Löcher. Michael goß Kaffee in einen Pappbecher.

»Tut mir leid, aber ich habe weder Zucker noch Milch.«

»Macht nichts.« Sie nippte an dem heißen Kaffee. »Ich weiß noch, wie dein Vater den Laden hatte«, sagte sie. »Ich erinnere mich auch noch, daß du hier gearbeitet hast.« Er sah sie erstaunt an. »Mein Vater war Handwerker, und ich habe oft Sachen abgeholt, die er bei deinem Vater bestellt hatte.«

»Ich glaube, ich erinnere mich tatsächlich an dich«, sagte Michael.

»Das kann ich mir kaum vorstellen. Ich war damals noch ein Kind.«

»Nein, wirklich«, versicherte er ihr. »Ich gebe ja zu, daß ich dich nicht sofort erkannt habe, aber jetzt weiß ich es wieder. Du siehst noch genauso aus wie früher.«

Sie lachte. »Entweder willst du mir schmeicheln, oder du lügst, aber trotzdem danke.« Sie schüttelte den Kopf, als sie an die Schulzeit zurückdachte. »Das ist schon ganz schön lange her, nicht wahr? Manchmal kann ich kaum glauben, daß ich noch dieselbe Person bin. Es läuft nicht immer alles so, wie man es sich vorgestellt hat.«

»Das stimmt«, sagte er leise.

Sie hatte eigentlich von sich gesprochen und ärgerte sich nun, daß sie den Mund nicht hatte halten können. Das war bestimmt das letzte, worüber er im Moment nachdenken wollte. Sie wechselte das Thema und erwähnte den Namen eines Mädchens, an das er sich, wie sie meinte, vielleicht erinnere.

»Sie ist jetzt Model und arbeitet in New York, ob du es glaubst oder nicht. Ihre Familie wohnt allerdings immer noch in demselben alten Haus hier, und ihr Bruder lebt in Bakerstown.« Sie plapperte weiter, hielt sich an unverfängliche Erinnerungen über gemeinsame Bekannte und erzählte ihm den neuesten Klatsch. Sie trank ihren Kaffee aus und blieb noch eine Weile sitzen, bis es an der Zeit war, zur Arbeit zurückzukehren.

»Ich muß los«, sagte sie und schaute auf die Uhr. »Hat mich gefreut, dich wiederzusehen.« Sie meinte es ernst. Sie konnte sich nicht daran erinnern, wann sie das letztemal gelacht hatte. Vielleicht hatte es ihm auch gutgetan. Er wirkte nicht mehr ganz so distanziert wie noch vor einer halben

Stunde, als sie auf der Straße mit ihm zusammengestoßen war, und seine Augen wirkten nicht mehr ganz so traurig.

»Viel Glück«, wünschte sie ihm an der Tür. »Laß dich von den Leuten hier nicht unterkriegen.«

»Danke. Ich werd' mir deinen Rat zu Herzen nehmen.«

Sie lächelten einander an, dann machte sie sich auf den Rückweg.

13. Kapitel

Michael schloß die Schuppentür hinter sich und nahm den Handschuh vom Nagel an der Wand. Es war noch früh, obwohl es schon vor einer Stunde angefangen hatte, hell zu werden. Über Nacht waren die Temperaturen gefallen, und der Wind hatte aufgefrischt. Michael hatte wach im Bett gelegen und auf die knarrenden Geräusche des Hauses gelauscht. Irgendwie empfand er sie als tröstlich. Es gefiel ihm, das Haus für sich allein zu haben. Nach St. Helen war es ein Luxus, nicht mehr das Stöhnen der Männer zu hören, die im Schlaf verworrenes Zeug vor sich hin murmelten. Manchmal stand er nachts auf und wanderte herum, nur um das Gefühl des Alleinseins und der Weite zu genießen. Der einzige Raum, den er mied, war das Zimmer seiner Mutter, denn er wollte, daß die Erinnerungen allmählich kamen, wollte sich nicht von ihnen überrollen lassen. Wenn er jetzt in ihr Zimmer ging, würde die Erinnerung an die Zeit ihres Todes viel zu massiv auf ihn einstürzen.

In der Nacht hatte es geschneit, und der Wind hatte den Schnee gegen die Hauswand und auf die Veranda geweht. Jungfräulich lag die Lichtung vor ihm, mit einer zwanzig Zentimeter hohen Neuschneedecke, die seine Spuren der letzten Tage verwischte und jede Unebenheit sanft überdeckte. Auf den kahlen Zweigen der Bäume türmte sich der Schnee, und die immergrünen Pflanzen und das Unterholz waren von einer Eisschicht bedeckt.

Hoch oben über dem Fluß und den Bäumen erhoben sich bedrohlich die Berge vor dem verhangenen, düsteren Morgenhimmel. Ein paar Krähen krächzten im Wald, aber ihre Schreie klangen gedämpft und wurden von der Winterlandschaft verschluckt.

Cully saß mit aufgeplusterten Federn, ein Bein angezogen, wie immer, wenn sie sich ausruhte, auf ihrer Stange und beobachtete ihn. Sie schien keine große Lust zu haben, ihr gemütliches Plätzchen zu verlassen.

In ungefähr fünf Metern Entfernung streckte er ihr die Faust entgegen. Auf dem Handschuh lag ein Stück rohes Fleisch mit grauem Fellrest. »Komm, Cully«, sagte er leise.

Beim Klang seiner Stimme legte sie wie ein Kind den Kopf schief. Offensichtlich überlegte sie noch, ob sie das Spiel mitspielen wollte. Doch der Hunger war stärker, und sie stellte den Fuß auf, legte die Federn an und schüttelte sich wie ein nasser Hund. Dann spannte sie die Muskeln und beugte sich vor.

»Komm her, Cully«, lockte er.

Sie breitete die Schwingen aus, und in Sekundenschnelle war sie da, fixierte ihn, den Handschuh, das Fleisch und beugte sich hinunter, um zu fressen.

»Guten Morgen«, sagte er leise, und während sie fraß, legte er ihr das Geschüh, die Drahle und die Langfessel an. Dann ging er mit ihr hinaus in die Morgenluft.

Neugierig wackelte sie mit dem Kopf und registrierte die Veränderung in der Landschaft. Ihre Stange auf der Lichtung war halb vom Schnee begraben, deshalb setzte er sie auf dem Verandageländer ab und band die Fessel fest. Er fütterte sie vier- bis fünfmal am Tag und brachte sie dazu, zum Fressen auf seine Faust zu kommen, wobei er den Abstand zwischen ihnen allmählich vergrößerte. Inzwischen kam sie, ohne zu zögern, aus dreißig Metern Entfernung zu ihm.

Er holte die Waage aus dem Haus und stellte fest, daß sie genau dreieinhalb Pfund wog. Sie beobachtete ihn genau und wartete gierig auf ihr Futter. Er sah auf die Uhr und begann, eine fünfzig Meter lange Leine an der Drahle festzubinden. Am anderen Ende war ein schwerer Holzgriff befestigt, der Cully daran hinderte wegzufliegen. Michael schaute wieder auf die Uhr, dann befestigte er ein Stück Fleisch an einem Köder, den er aus einem schweren Lederpolster und einem Paar Entenflügeln gebastelt hatte. Der Köder war mit einer drei Meter langen Schnur verbunden, an der ebenfalls ein schwerer Holzgriff hing.

Das Geräusch eines Autos, das von der Straße abbog, kam langsam näher. Tom Waters' Cherokee tauchte auf der Lichtung auf. Er stellte den Motor ab und hob beim Aussteigen zum Gruß die Hand.

»Tut mir leid, daß ich so spät komme, aber die Straßenverhältnisse sind katastrophal.«

»Kein Problem«, sagte Michael.

Tom blieb vor der Veranda stehen und betrachtete Cully, die seinen Blick erwiderte. Nachdenklich sah er sie an.

»Ich gebe mich geschlagen«, sagte er. »Was ist los mit ihr? Ich meine, sie sieht großartig aus, schöner als je zuvor, aber woran liegt das?«

Zufrieden, weil Tom es bemerkt hatte, deutete Michael auf die Federn. Während Cully im Käfig gefangen war, hatte der Maschendraht die Hälfte ihrer Schwanzfedern verbogen und die Schwungfedern ihres gesunden Flügels zerfetzt. Als er sie näher untersucht hatte, war ihm aufgefallen, daß einige Federn am Schaft durchgebrochen waren. Später im Jahr würde sie die Federn abwerfen und das beschädigte Gefieder ersetzen, aber bis dahin hätte sie nicht gleichmäßig fliegen können, wenn er nichts unternommen hätte.

Michael zeigte Tom, wie man gebrochene Schafte reparierte: Sie wurden abgeschnitten und mit Hilfe von Klebstoff und kleinen Holzspänen, die man mit einem Messer in die richtige Form brachte, wieder angeklebt. »Man nennt das Schiften«, erklärte er. Die verbogenen und ausgefransten Federn wurden geglättet, indem man sie in heißes Wasser tauchte. Dazu hatte er Cully wieder mit einem Tuch umwickeln müssen, aber sie hatte es mit Würde ertragen.

Tom beäugte ihn abschätzend. »Sie hängen sich da ganz schön rein, was?«

Michael zuckte die Achseln. »Es macht mir Spaß.«

»Nun, dann werde ich jetzt meinen Teil beitragen«, sagte Tom. »Schauen wir uns den Flügel mal an.«

Am Tag zuvor hatte Michael am Telefon erklärt, der Flügel erscheine ihm zwar weniger steif, er habe jedoch den Eindruck, die Verletzung bereite Cully noch Probleme.

»Ich kann nichts fühlen«, sagte Tom.

»Schauen Sie mal.« Michael ging auf die Lichtung und wickelte die Fessel ab, die an der Drahle an Cullys Fuß befestigt war. Bei jedem Schritt versank er bis zum Schienbein im Schnee. Er lief, soweit es die Fessel erlaubte, etwa zwanzig Meter weiter, als Cully bisher geflogen war, damit Tom ausreichend Gelegenheit hatte, ihr Flugverhalten zu beobachten.

Als er weit genug entfernt war, wandte er sich ab, damit sie nicht zu früh angeflogen kam, und holte den Köder aus einer Tasche, die er am Gürtel trug. Er wußte, daß sie ihn beobachtete und darauf wartete, daß er sie rief. Die Luft war kalt, der Wind hatte sich gelegt, und wenn Michael sich bewegte, brach die gefrorene Schneedecke mit einem knisternden Geräusch unter seinen Füßen. Sein Atem bildete kleine, eisige Wolken, die Finger der ungeschützten Hand waren taub vor Kälte. Wie immer erfaßte ihn eine leichte Erregung. Immer hing die bange Frage in der Luft, ob sie kommen würde, wenn er sie rief, und jedesmal, wenn sie es tat, war er ein wenig überrascht. Er fühlte sich privilegiert. Heute kam noch etwas hinzu, heute hatte er einen Zuschauer. Er fühlte sich wie ein Kind, das einen wertvollen Schatz hütete und damit angab, aber er wollte dieses Erlebnis, das ihn jedesmal wieder so tief bewegte, auch mit jemandem teilen.

Mit dem Köder in der Hand drehte er sich um. Cully saß in fünfzig Metern Entfernung auf dem Verandageländer, so wie er sie zurückgelassen hatte, die Beine weit gespreizt und leicht vorgebeugt. Ihre schwarzen Augen fixierten unbeirrt seine Faust. Tom stand auf der Veranda, in seinen dicken Mantel gehüllt, die Hände tief in den Taschen vergraben und beobachtete das Schauspiel. Michael hob den Arm und rief Cullys Namen. Sofort breitete sie die Flügel aus, glitt vom Geländer und flog mit kräftigen Schlägen über den Schnee auf ihn zu. Er liebte diesen Moment, die paar Sekunden, in denen er ihren Flug bewundern konnte. Er liebte das Gefühl, das in ihm aufstieg, wenn sie auf seinen Ruf reagierte, und obwohl er wußte, daß sie nur wegen des Futters kam und ihn ohne diesen Ansporn wahrscheinlich ignoriert hätte, hatte er das Gefühl, als arbeiteten sie aus freien Stücken miteinander auf ein gemeinsames Ziel hin. In der Luft wirkte sie viel größer als am Boden, und von seinem Blickwinkel aus erschien ihr Gefieder dunkler, weil die grauen Spitzen der Schwungfedern und des Schwanzes einen scharfen Kontrast zu dem kalten Weiß des Schnees bildeten. Sie war schnell und ihr Flügelschlag kräftig, Beine und Fänge hatte sie unter den Körper gezogen, und ihr Blick blieb unbeirrbar auf ihr Ziel gerichtet. Als sie sich vom Geländer erhob, erklang das helle, klare Läuten des Glöckchens, dann hörte man nur noch das leise Rauschen der Federn in der Luft. Es verschlug ihm den Atem, so hypnotisiert war er von ihrem Anblick.

Doch etwas an ihrem Flug schien nicht perfekt, und deswegen hatte er Tom Waters herbestellt. Der verletzte Flügel zitterte am Anfang und Ende jedes Schlages, was deutlich zu sehen war, obwohl sie die Entfernung zu seiner Faust in wenigen Sekunden zurücklegte. Dadurch wirkte der Flug ein wenig unkoordiniert oder wackelig. Drei Meter von Michael entfernt legte Cully die Flügel an und stieg höher, dann fächerte sie ihren Schwanz auf, um zu bremsen, streckte die Beine aus und landete auf Michaels Faust. Sie wankte ein wenig, flatterte und scharrte unbeholfen, ehe sie Halt fand. Bei der Landung spürte Michael einen kräftigen Schlag. Cully fixierte ihn, dann sah sie sich instinktiv um, legte schützend die Flügel wie einen Mantel über ihre Beute und vergewisserte sich, daß keine Gefahr drohte, bevor sie sich hinunterbeugte und das Fleisch verschlang.

Anschließend trug Michael sie auf der Faust zum Haus zurück.

»Sie ist wirklich beeindruckend«, sagte Tom anerkennend.

»Ja, nicht wahr?« stimmte Michael nicht ohne Stolz zu. Er strich ihr mit dem Finger über die Brust. »Haben Sie gesehen, was ich meine?«

»Es sah nicht so schlimm aus, es könnte sich immer noch um einen Rest Steifheit von der Verletzung handeln. Vergessen Sie nicht, daß sie ihre alte Kondition noch nicht wieder hat.«

Cully putzte ihren Schnabel, indem sie ihn an Michaels Handschuh rieb, dann pickte sie geschickt ein paar Reste zwischen ihren Zehen heraus. »Sie glauben also nicht, daß es etwas Ernstes ist?«

»Ich glaube einfach, wir sollten uns darüber jetzt noch keine Sorgen machen«, meinte Tom. »Warten Sie ein paar Tage, dann schauen wir erneut, wie es ihr geht. Solche Übungen sind gut für sie, so kommt sie wieder zu Kräften. Wie oft am Tag lassen Sie sie fliegen?«

»Fünf- oder sechsmal, immer eine kurze Strecke.«

»Sie scheint schnell begriffen zu haben, worum es geht.«

»Sie ist schlau«, sagte Michael.

»Wie sieht der nächste Schritt aus?«

Michael hielt den Köder hoch. »Sie muß lernen, dies hier zu jagen, wenn sie Futter will. Das wird ihr ein bißchen schwerer fallen, als einfach auf die Faust zu fliegen. Sie wird richtig hart arbeiten müssen für ihre Belohnung. Man simuliert so das Jagdverhalten in der freien Natur.«

»Dann muß die Fessel ab, nicht wahr?«

Michael nickte. In dem Buch, das Frank ihm geliehen hatte, stand, daß ein Falke nach zehn Tagen frei auf die Faust fliegen sollte und nach ein paar weiteren Tagen zum Köder. Danach war es nur eine Frage der Übung, bis ein Vogel soweit war, daß er jagen konnte. Natürlich kam es auf die Geschicklichkeit des Falkners und die Lernfähigkeit des Falkens an, so daß Voraussagen schwierig waren, aber innerhalb von drei bis sechs Wochen war ein Vogel in der Regel soweit. Frank hatte ihm geraten, lieber einen längeren Zeitraum anzusetzen und nichts zu überstürzen.

Schnell tastete Tom den verletzten Knochen an Cullys Flügel ab. »Er fühlt sich nach wie vor gut an. Trainieren Sie sie weiter, aber überfordern Sie sie nicht. Ich schaue sie mir in einer Woche noch einmal an.« Irgend etwas im Wald erregte seine Aufmerksamkeit, und er sah über Michaels Schulter zum Rand der Lichtung. »Sie haben Publikum«, sagte er.

Verblüfft folgte Michael seinem Blick, und da, halb verborgen zwischen den Bäumen, aber nicht versteckt, entdeckte er Jamie Baker. Stumm linste das blasse Kind unter der Kapuze seines Anoraks hervor und beobachtete das Geschehen.

»Das ist der Nachbarjunge«, sagte Michael.

Tom hob die Hand. »Hallo, Jamie«, sagte er. Er bekam keine Antwort. »Kommt er oft hierher?«

»Soweit ich weiß, ist es das erstemal.«

Michael rief Jamie zu, er könne ruhig nähertreten. »Er ist ein seltsamer Junge«, sagte er, als Jamie sich nicht rührte. »Er sagt nie ein Wort.«

Tom hob eine Augenbraue. »Sie haben ihn also schon kennengelernt. Seine Mutter auch?«

»Flüchtig«, sagte Michael.

»Jamie spricht nicht, weil er nicht kann. Oder vielleicht

nicht will. Sein Vater, Susans Mann, ist vor eineinhalb Jahren bei einem Jagdunfall ums Leben gekommen. Er hieß Dave Baker und muß ungefähr in Ihrem Alter gewesen sein. Erinnern Sie sich an ihn?«

Michael erinnerte sich nicht.

»Jamie hat kein Wort mehr gesprochen, seitdem das passiert ist. Vermutlich eine Schockreaktion. Außerdem ist er ein ziemlicher Einzelgänger.«

Dann sahen sie, wie Jamie sich umdrehte und zwischen den Bäumen verschwand, als hätte er gemerkt, daß sie über ihn redeten, obwohl er zu weit weg war, um sie zu hören. Tom warf einen Blick auf die Uhr. »Er muß bestimmt zur Schule. Und ich muß auch gehen. Wie gesagt: Machen Sie weiter mit dem Training, aber nehmen Sie sie nicht zu hart ran.«

Michael begleitete ihn zu seinem Wagen. Beim Einsteigen drehte sich Tom noch einmal um. »Ich habe ganz vergessen zu fragen, wie es so läuft«, sagte er. »Schon wieder eingelebt?«

»So gut es die Umstände zulassen!«

Tom nickte. »Scheren Sie uns nicht alle über einen Kamm.«

Michael sah ihm nach, als er wegfuhr, und hob eine Hand, dann legte sich wieder Stille über die Lichtung. Nur Cullys Glöckchen klingelte hin und wieder leise.

Auf der anderen Seite des Flusses, hoch oben in den Bergen, stand Ellis und beobachtete die Gestalten dort unten durch sein Fernglas. Wie kleine Puppen bewegten sie sich im Schnee zwischen winzigen Modellbäumen, die die Lichtung säumten, und aus dem Schornstein des Hauses quoll wie gemalt der Rauch. Leider war es keine Kulisse. Alles war echt. Der dunkelgrüne Jeep wendete, verschwand zwischen den Bäumen, tauchte oben auf dem Weg wieder auf und bog in Richtung Ort ab. Er hatte Tom Waters erkannt. Jetzt beobachtete er, wie dieser Somers zurück auf die Lichtung ging und der Falke ein zweites Mal vom Verandageländer aus zu ihm flog. Ellis war weit weg, aber er konnte erkennen, wie die Leine, die am Bein des Falken befestigt war, auf der Schneedecke eine Spur hinterließ.

»Scheiße«, fluchte er leise und setzte das Fernglas ab. Mit bloßen Augen konnte er Somers nur als schwarzen Fleck erkennen und den Falken überhaupt nicht, aber er hatte sowieso genug gesehen. Er zündete sich eine Zigarette an und hustete, dann drehte er sich um und spuckte in den Schnee. Sein Pick-up stand ein paar Meilen entfernt am Anfang der Falls Pass Road. Um dorthin zu kommen, mußte er an dem Weg vorbei, der zu Somers' Haus führte, und er war versucht, einfach hinzugehen, um zu sehen, was Somers zu sagen hatte. Andererseits kursierten eine Menge Gerüchte über Somers. Die Leute behaupteten, er habe einen Kerl erschossen, weil der es mit Somers' Frau trieb, und dann habe er auch noch versucht, auf seine Frau und sein Kind zu schießen. Die Polizei habe ihn jedoch davon abgehalten. Ellis hielt die Geschichte für reichlich übertrieben. Schließlich war Somers gerade aus dem Gefängnis entlassen worden, und das Geschehen lag erst sechs Jahre zurück. Wenn das alles stimmte, hätte er dann nicht viel länger sitzen müssen?

Wie auch immer, Ellis hatte beschlossen, zuerst herauszufinden, ob es stimmte, was er über den Falken gehört hatte. Es hatte keinen Sinn, da unten aufzukreuzen und einen Streit vom Zaun zu brechen, der möglicherweise außer Kontrolle geriet. Also war er ein paar Meilen weitergefahren, hatte den Wagen stehengelassen und war durch den Wald hierher auf den Berg gestiegen. Es war ein steiler Aufstieg, und er keuchte immer noch vor Anstrengung, aber wenigstens wußte er jetzt, daß Somers wirklich einen Falken abrichtete. Und Ellis wußte, daß es nicht irgendein Falke war. Die Frage war nur, was sollte er jetzt tun?

Er grübelte immer noch darüber nach, als er auf seinen Holzhof an der Creek Road zurückkam. Er fuhr durch das Tor und erblickte Rachels klapprigen Honda, der vor dem alten Eisenbahnwaggon stand, den er als Büro benutzte. Das war eine Überraschung, denn sie tauchte schon seit langem nicht mehr hier auf. Es hatte einmal eine Zeit gegeben, als die Kinder klein waren, da kam sie beinahe jeden Tag und brachte ihm sein Mittagessen. Die Kinder spielten draußen zwischen den Holzstapeln Fangen, während Rachel sich drinnen um die Buchführung kümmerte, und sie gemeinsam ihre strahlende Zukunft planten.

Sie saß im Mantel an seinem alten Schreibtisch, als er hereinkam, und sah die Rechnungen durch, die er diesen Monat geschrieben hatte. Ellis blieb stehen. Sie blickte auf und schaute ihn mit ihren dunklen Augen betrübt an.

»Hallo«, sagte er. Er ging zu dem Holzofen in der Ecke, legte ein Scheit nach und schürte die Glut, um das Feuer wieder in Gang zu bringen.

»Wo warst du?«

»Ich hatte einen Termin bei jemandem, der vielleicht Holz bestellen will«, log er.

Er wußte, daß sie etwas anderes meinte, und er hatte keine Ahnung, warum er das sagte. Vielleicht hoffte er, es könnte sie ablenken.

»Ich habe gestern abend gemeint. Du bist nicht nach Hause gekommen«, fügte sie überflüssigerweise hinzu, als wollte sie sichergehen, daß er ihr nicht wieder auswich.

»Ich war hier«, sagte er und setzte sich schwerfällig hin. Er sah an ihrem Blick, daß sie ihm nicht glaubte, und hob die Hände. »Wo zum Teufel soll ich schon gewesen sein?«

»Sag du es mir.«

Während sie schweigend auf eine Erklärung wartete, zog er seine Stiefel aus und massierte sich die Zehen. Er vermied es, sie anzusehen. Manchmal wünschte er, sie wäre wie andere Frauen und finge einfach an zu schreien und Dinge nach ihm zu werfen. Statt dessen gab sie ihm immer das Gefühl, er habe sich schuldig gemacht, und das war viel schlimmer.

»Hör zu, ich habe mich betrunken, wenn du es genau

wissen willst«, fuhr er sie an, nur damit sie endlich etwas sagte. Er streckte den Fuß vor und stieß den Abfalleimer um. Eine leere Whiskeyflasche rollte über den Boden.

Bevor er am vergangenen Abend das Haus verlassen hatte, hatten sie sich gestritten, und er war mittendrin rausgegangen und hatte die Tür hinter sich zugeknallt. Am Nachmittag war ein Brief von der Bank gekommen, in dem ihnen mitgeteilt wurde, die Rate für das Haus sei überfällig, und sie seien zudem zweihundert Dollar über dem Limit. Er wußte, daß Rachel erst vor ein paar Tagen dort gewesen war, um die Wogen zu glätten, und jetzt das. Sie wartete, bis die Kinder aus dem Haus waren, dann zeigte sie ihm wortlos, aber mit grimmigem Gesicht, den Brief.

»Verdammte Scheiße«, hatte er geschrien und wutentbrannt den Tisch umgestoßen. Zu Tode erschrocken war sie vor ihm in Deckung gegangen.

Der ängstliche Ausdruck in ihrem Gesicht hatte ihn nur noch wütender gemacht. So hatte auch seine Mutter immer geguckt, wenn sein Vater betrunken war oder schlechte Laune hatte, was meistens der Fall gewesen war. Ellis hatte angefangen, mit Sachen um sich zu werfen und sie anzuschreien, sie solle aufhören, ständig an ihm rumzunörgeln, und Rachel hatte sich in eine Ecke geflüchtet. Das war neu. Sie war die stärkste Frau, die er kannte, und sie so klein zu sehen, verwirrte ihn. Irgendwie war es ein gutes Gefühl, es erregte ihn, aber gleichzeitig wußte er, daß es eigentlich nicht gut war. Vielleicht war er deswegen nicht nach Hause gekommen.

Die Flasche rollte gegen das Tischbein und stieß mit einem dumpfen Scheppern gegen das Holz.

Wieder dieses Schweigen, das sich in die Länge zog. Rachel sagte kein Wort, sie sah ihn nur an. Er stand auf, um noch ein Stück Holz nachzulegen. Das Feuer brannte jetzt gut und verbreitete eine angenehme Wärme.

»Bist du schon lange hier?« fragte er.

Sie schüttelte den Kopf und strich sich die Haare aus der

Stirn. Wie sooft, wenn er sie anschaute, spürte er auch jetzt dieses leise Gefühl der Überraschung, daß sie seine Frau war. Sie war dreiunddreißig, hatte zwei große Kinder und sah immer noch toll aus; wenn sie sich zurechtmachte, ging sie locker für Ende Zwanzig durch. Er versuchte, sich zu erinnern, wann er sie das letztemal in einem Kleid gesehen hatte, wann sie das letztemal miteinander ausgegangen waren, nur sie beide. Er wußte es nicht mehr, es war sehr lange her.

»Was ist mit der Bestellung?«

Er sah sie verständnislos an. »Welche Bestellung?«

»Du hast gesagt, du hattest einen Termin.«

»Ach ja, er hat gesagt, vielleicht nächsten Monat.«

Ellis wartete darauf, daß sie fragte, wer es war, dann mußte er wieder lügen, und er versuchte, sich einen Namen einfallen zu lassen. Aus irgendeinem Grund dachte er an Michael Somers. Wäre es nicht lustig, wenn er sagte, er hätte sich mit ihm getroffen? Das hatte doch was. Nur wegen Somers mußte er dieses beschissene Gespräch führen. Er wußte, daß es Somers gewesen war, der ihn neulich im Wald davon abgehalten hatte, den Falken zu schießen, indem er ihn von diesem verdammten Felsen aufschreckte. Dabei saß der Vogel so schön da; ein Schuß und er hätte ihn gehabt. Ellis verstand nicht, wieso Somers ein paar Tage später wieder in den Bergen war, als er den Falken endlich erwischt hatte, aber er war es gewesen. Jetzt hatte Somers seinen Falken. Es war wie Diebstahl, als hätte er ihm die zwei Riesen direkt aus der Hand geklaut.

Rachel fragte nicht, wen er getroffen hatte. Das überraschte ihn, bis ihm aufging, daß sie wußte, es war eine Lüge.

Es gab gar keine Bestellung.

Sie blätterte in den Papieren auf dem Schreibtisch. »Das Geschäft geht ziemlich schleppend«, sagte sie.

Er spürte, wie es in ihm brodelte. Er wußte nicht warum. Sie meckerte nicht an ihm herum, wie andere Frauen es getan hätten, sie stellte nur eine Tatsache fest, gab ihm die Möglichkeit, sich zu äußern. Ein Teil von ihm wußte das, aber dennoch war es unerträglich.

»Das wird schon wieder«, erklärte er ihr. »Kleine Flaute, aber bald kommen jede Menge Aufträge. Ich habe mit allen möglichen Leuten gesprochen.«

Er hörte sich selber reden, wie einen Fremden. Und sie wußten beide, es war ein Haufen Mist, den er da erzählte.

»O Gott, Pete«, sagte Rachel.

Ihre Stimme klang so verdrossen, so betrübt, daß er verstummte. Den Ton kannte er nicht an ihr. Sie schaute ihn nur mit ihren großen, grauen Augen an. Sie war nicht einmal wütend. Nur traurig. Sie war so verdammt schön, daß er daran denken mußte, wie es früher gewesen war, aber das war alles so lange her.

14. Kapitel

Eine Woche war vergangen, seit Tom Waters da gewesen war, um Cullys Flügel zu untersuchen. Es war Mitte März, und der Winter dauerte unverändert an. Fast jeden Tag schneite es, und nachts sanken die Temperaturen auf eisige zehn Grad unter Null. Cully flog viermal am Tag auf die Faust. Ohne zu zögern, legte sie fünfzig Meter Entfernung zurück, aber immer noch nicht ohne Langfessel. Eines Abends rief Michael Frank Dobson an, um ihn um Rat zu bitten.

»Ich habe das Gefühl, daß sie soweit ist, ohne Fessel zu fliegen«, erklärte er.

»Nach dem, was Sie mir erzählt haben, hört sich das ganz so an«, stimmte Frank zu. »Ich würde sogar sagen, sie ist schon seit einer Woche soweit. Wo liegt das Problem?«

Das Problem war, daß Michael Angst hatte, den Schritt zu tun. Immer wieder hatte er die entsprechende Passage in dem Buch gelesen, das Frank ihm geliehen hatte. Es war nur ein Absatz: »Wenn das Training so weit fortgeschritten ist, wie beschrieben, ist Ihr Falke bereit, frei zu fliegen. Weichen Sie an diesem Tag nicht vom gewohnten Ablauf ab und achten Sie darauf, daß Ihr Falke hungrig ist. Dann nehmen Sie die Fessel ab.« Das war's. Mehr nicht. Es mußte lange her sein, daß der Autor des Buches einen eigenen Falken das erstemal hatte frei fliegen lassen, denn er erwähnte mit keinem Wort die Beklommenheit, die Michael jedesmal überkam, wenn er daran dachte.

»Selbst mir geht es manchmal noch so«, gab Frank zu, als Michael ihm das Problem erklärte. »Wenn man an einem Punkt angelangt ist, hat man bereits viel Zeit in den Falken investiert, man hat dafür gesorgt, daß er das richtige Futter bekommt, nicht zu viel und nicht zu wenig, und daß er einen trockenen und warmen Schlafplatz hat. Man beobachtet ihn unablässig, und wenn er nur einmal niest, fürchtet man gleich, er hat sich irgendeine Vogelgrippe gefangen. Man flickt seine Federn, wenn sie verbogen oder abgeknickt sind, alles dreht sich nur um den Falken, und eines Tages muß man ihn von der Fessel lassen, und man weiß, wenn er will, fliegt er einfach davon und kommt nie wieder. Man kann nichts dagegen tun, und alles war umsonst.«

»Genauso ist es«, sagte Michael.

»Wieviel wiegt sie?« fragte Frank.

»Genau dreieinhalb Pfund. Ein paar Gramm mehr und sie ist nur halb so hungrig und läßt sich leicht ablenken. Noch ein paar Gramm mehr und sie ist kaum noch an mir interessiert. Ich glaube, selbst wenn ich den ganzen Tag wartete, sie würde einfach auf dem Verandageländer sitzen bleiben, sich putzen und zusehen, wie die Wolken vorbeiziehen.«

Frank kicherte. »Das Gefühl kenne ich. Wiegen Sie sie jeden Tag um dieselbe Zeit?«

»Als allererstes. Ich notiere das Gewicht in einem Heft, dann wiege ich ihr Futter für den Tag aus und notiere auch das. Alles wird schriftlich festgehalten.«

»Klingt, als wüßten Sie, daß sie soweit ist, Sie müssen den Sprung nur wagen.«

»Ich weiß. Aber ich habe Angst, daß sie einfach davonfliegt. Nicht nur, weil ich sie nicht verlieren will, obwohl das natürlich auch eine große Rolle spielt, aber ich bezweifle, daß sie überleben würde. Mit dem Flügel käme sie jetzt da draußen noch nicht zurecht.«

Es dauerte einen Moment, bis Frank antwortete. »Sie dürfen nicht vergessen, daß das Verhältnis zwischen einem Menschen und einem Vogel ein bißchen einseitig ist. Ich verstehe Ihre Gefühle, so sind wir nun einmal. Wir gehen eine emotionale Bindung ein, aber ein Falke ist nicht wie ein Hund. Sie erwidern unsere Liebe nicht. Vielleicht lieben wir sie deshalb so sehr. Sie respektieren uns, wenn wir sie respektieren, und sie bleiben bei uns, weil es einfacher ist, als selber auf die Jagd zu gehen, aber manchmal läßt man sie fliegen, und sie beschließen, nicht zurückzukommen, und das war's. Man kann nichts dagegen tun. Ich glaube, Cully wird nicht wegfliegen. Sie weiß, daß sie verletzt ist, und sie weiß, daß es einfacher ist, das Futter von Ihnen zu bekommen, als selbst zu jagen. Diese Vögel sind nicht dumm, das können Sie mir glauben. Ich denke, Sie müssen einfach darauf vertrauen.«

»Ich weiß, daß Sie recht haben«, sagte Michael. »Es geht nur ums Futter. Für Cully jedenfalls.«

»Sie möchten gerne, daß es mehr ist, und vielleicht ist es das ja auch. Mir geht es mit meinen Vögeln genauso. Bis einer mal wieder beschließt, den ganzen Tag auf einem Baum sitzen zu bleiben und alles, was ich ihm anbiete, zu ignorieren. Sie sind einfach etwas Besonderes. Es sind Greifvögel, und sie kommen nur aus freien Stücken zurück. Es stimmt schon, wenn sie nicht hungrig sind, werden sie abgelenkt, und man kann sie auf diese Weise verlieren, aber das ist nicht der wahre Grund. Das Fressen spielt eine große Rolle, doch letztlich ist es ihre freie Entscheidung, ob sie bleiben oder wegfliegen. Früher oder später müssen Sie loslassen, und jedesmal, wenn Sie ihn frei fliegen lassen, trifft der Vogel die Entscheidung neu. So ist es nun mal.«

Mehr gab es dazu nicht zu sagen. Michael wußte, daß Frank recht hatte; er mußte den Schritt wagen. Er dankte ihm und legte auf. Am nächsten Morgen hatte er eine Lösung gefunden. Er wog Cully wie immer. Sie hatte das optimale Fluggewicht. Dann nahm er sie hoch und legte ihr die Langfessel an. Während sie sich aufplusterte und zwischen den Klauen am Geländer pickte, maß er die Hälfte ihrer normalen Portion aus. Er hatte beschlossen, sie heute zum letztenmal an der Langfessel fliegen zu lassen, und er wollte, daß sie am nächsten Tag besonders hungrig war. Das würde ihr allerdings bestimmt nicht gefallen.

»Tut mir leid, Cully«, murmelte er, »nur eine kleine Rückversicherung.«

Während er nach seinem Handschuh griff, schaute er zum Waldrand hinüber, dann warf er einen Blick auf die Uhr. Er war ein bißchen früher dran als sonst, was erklärte, warum Jamie noch nicht da war. Seitdem er das erstemal da drüben gestanden hatte, war er jeden Tag wiedergekommen; morgens und nachmittags hatte er aus sicherer Entfernung beobachtet, wie Michael Cully abrichtete. Am Anfang wußte Michael nicht so recht, ob ihm das gefiel, er hegte die Befürchtung, der Junge könnte irgend etwas tun, was Cully erschreckte, oder ihm auf die Nerven gehen, aber nichts dergleichen war geschehen. Nie kam Jamie unter den Bäumen hervor, er bewegte sich nicht und machte keinerlei Geräusche. Das hatte Michael neugierig gemacht. Ein- oder zweimal hatte er ihn sogar angesprochen, aber der Junge hatte nicht reagiert und stand nach wie vor jeden Tag still und stumm am selben Fleck. In gewisser Weise mußte Michael zugeben, daß es ihm gefiel, jemanden dort zu wissen, der Cully beim Fliegen bewunderte, selbst wenn es nur ein zehnjähriger Junge war, der kein Wort sprach.

Er nahm seinen Kaffee mit ins Haus, und während er ihn austrank, fiel sein Blick auf das Buch »Der Hühnerhabicht«, das Frank ihm geliehen hatte. Einem spontanen Impuls folgend, nahm er es mit nach draußen und klemmte es in eine Astgabel des Baumes, unter dem Jamie immer stand. Er hatte keine Ahnung, ob der Junge gerne las, und wahrscheinlich war das Buch ein bißchen zu altertümlich für ihn, aber er mußte es ja nicht mitnehmen, wenn er nicht wollte. Zurück auf der Veranda, fütterte Michael Cully mit einem winzigen Stückchen Fleisch, nur um ihre Aufmerksamkeit zu erregen. Bereitwillig schnappte sie danach, glättete ihr Gefieder, und sofort änderte sich ihr Verhalten. Jetzt tat sie ganz geschäftig, heftete ihren Blick auf ihn, krallte sich mit den Klauen am Geländer fest und beugte sich vor. Als er sich umdrehte, um wieder auf die Lichtung zu gehen, stand Jamie da.

»Ich habe dir da etwas hingelegt, das du dir vielleicht mal ansehen magst«, sagte er beiläufig. »Neben dir, auf dem Baum da.«

Er beobachtete Jamie aus den Augenwinkeln, während er den Köder aus der Tasche holte und die Fessel abwickelte. Jamie warf einen Blick auf das Buch, machte jedoch keinerlei Anstalten, es zu nehmen. »Das hat mir jemand geliehen«, sagte Michael. »Es handelt von einem Mann in England, der einen Habicht abrichtet. Wenn du willst, kannst du es lesen.« Er beendete die Vorbereitungen und fügte hinzu: »Ich werde Cully erst morgen früh wieder fliegen lassen, falls du vorhattest, heute nach der Schule wiederzukommen. Okay?« Er bekam keine Antwort und zuckte kaum merklich mit den Achseln.

Es war noch früh am Morgen, und der Himmel war wolkenlos und winterlich blaßblau. Cully hockte unruhig auf dem Geländer und wartete. Sie fächerte ihre Flügel halb auf, um sich von der Sonne den Rücken wärmen zu lassen. Als er die Faust hob, breitete sie die Flügel ganz aus, und in Sekundenschnelle war sie unterwegs. Die Fessel schleifte über dem gefrorenen Schnee hinter ihr her. Sie schwenkte nach oben, landete mit einer leichten Unsicherheit auf dem Handschuh und begann zu fressen. Michael wandte sich um, doch Jamie war verschwunden, und das Buch mit ihm.

Michael verbrachte die Tage damit, im Laden zu arbeiten. Er hatte eine Liste des Materials aufgestellt, das er brauchte, um alles in Ordnung zu bringen, und ausgerechnet, wieviel er ausgeben konnte. Der Strom war wieder angestellt, und die Fenster waren mit Zeitungen verklebt, damit er arbeiten konnte, ohne daß die Leute ihn von der Straße aus anstarrten. Cully saß auf einer Stange, die er in einem der Hinterzimmer befestigt hatte, wo sie nicht den Staub einatmen mußte, den er während der Arbeit vorne aufwirbelte.

In der ersten Woche zerschlug er mit einem Vorschlaghammer die alten Regale und stapelte die Einzelteile auf dem kleinen Hof, der zum Haus gehörte. Dann machte er sich an die alte Ladentheke. Zuerst riß er die Verkleidung ab. Dahinter kamen verstaubte Sperrholzfächer zum Vorschein, in denen früher die Kisten mit Schrauben und Muttern, Messingringen und allem möglichen Kleinkram aufbewahrt wurden, die in der Auslage keinen Platz hatten. Von zu Hause hatte er einen alten Ofen mitgebracht, der zwar nur unzureichend heizte, aber nach einer Stunde körperlicher Arbeit schwitzte er sowieso. Es tat gut, eine Beschäftigung zu haben. Bei all der Arbeit im Laden und mit Cully blieb ihm nur wenig Zeit, seinen Erinnerungen nachzuhängen, die unter der Oberfläche schlummerten, oder sich großartig Gedanken über die Zukunft zu machen, obwohl er sich manchmal fragte, was er eigentlich in dem Laden verkaufen sollte, wenn er einmal fertig war. Michael arbeitete schwer, und wenn er abends nach Hause kam, kochte er sich eine einfache Mahlzeit, las noch eine Weile und ging dann früh ins Bett. Einmal wachte er mitten in der Nacht auf, ein Bild von Holly und Louise vor Augen. Im gelben Schimmer der Nachttischlampe holte er das einzige Foto von seiner Tochter aus der Brieftasche, das er besaß, ein Babyfoto, und betrachtete es. Er versuchte, sich vorzustellen, wie sie jetzt wohl aussehen mochte. Er erinnerte sich daran, wie ihre Hand die seine umklammert hatte, wie winzig sie gewesen war. In den Monaten, bevor alles so schrecklich schiefgelaufen war, hatte sie angefangen zu krabbeln und sich an den Möbeln hochzuziehen. Wenn er abends nach Hause kam, strahlte sie ihn an und versuchte, Daddy zu sagen. Bis dahin hatte er das Lächeln eines Kindes nie richtig wahrgenommen, die Art, wie es von innen heraus strahlte, ein Ausdruck reiner Freude, unbefleckt von einem Tag harter Arbeit im Büro oder schlechten Nachrichten im Fernsehen. Einfach ein Lächeln. Er wollte die Erinnerungen wegschieben, doch sie lauerten wie dunkle, kummervolle Gespenster in seinem Hinterkopf. Er hatte in den letzten Jahren gelernt, nicht das Unmögliche zu wünschen, sonst wäre er mit Sicherheit wieder in den Abgrund gefallen, der schon einmal so quälend gelockt hatte. Er fragte sich, ob seine Tochter sich an ihn erinnerte, ob Louise ihr von ihm erzählt hatte, als sie alt genug war, es zu verstehen. Als Louise ihn nach der Gerichtsverhandlung angerufen hatte, um ihm zu sagen, daß sie weggehen würde, hatte er zugestimmt. Es schien ihm das Beste für Holly zu sein, wenn sie ihn eine Weile nicht sah oder von ihm hörte, und später hatte er ihr geschrieben, er sehe keinen Sinn darin, etwas daran zu ändern. Louise hatte nicht geantwortet, und er wußte nicht, wie er das interpretieren sollte. In dem einzigen Brief, den er danach noch erhielt, teilte sie ihm mit, sie werde wieder heiraten.

In der Dunkelheit tastete er sich nach unten zum Telefon und rief die internationale Auskunft an.

»Boston«, sagte er auf die Frage nach der gewünschten Stadt. »Peterson, Doktor, Alan. Die Adresse weiß ich nicht.«

Er wartete mit klopfendem Herzen, während die Frau am anderen Ende der Leitung seine Anfrage eingab.

»Die Nummer wird angesagt.«

Er schrieb sie auf, und dachte, wenn er jetzt anrief, klingelte irgendwo in einem Haus in Boston das Telefon, und vielleicht hob seine Tochter ab. Er hatte keine Ahnung, was er sagen würde. Nach einer Weile faltete er das Stück Papier zusammen, auf dem er die Nummer notiert hatte, und ging nach oben.

Vor der Tür zum Zimmer seiner Mutter blieb er stehen. Dann öffnete er sie und trat ein. Er atmete tief aus, als hätte er die Luft angehalten, und Erinnerungen stiegen in ihm auf.

Wie alt mochte er gewesen sein, als er zum erstenmal Zeuge einer Auseinandersetzung zwischen seinen Eltern wurde? Vielleicht sieben? Er erinnerte sich deutlich daran, wie er einmal mitten in der Nacht aufgewacht war, weil er Durst hatte. Als er im Schlafanzug nach unten ging, sah er, daß im Flur zur Küche Licht brannte, und die Tür zum Wohnzimmer angelehnt war. Er blieb stehen und lauschte dem wütenden Schlagabtausch da drinnen.

Er hörte seine Mutter sagen: »Er ist ein Kind, und wir sind für ihn verantwortlich; wir müssen das tun, was für Michael das richtige ist.«

Sie schnitt beim Sprechen die letzten Silben ab wie verblühte Blumen, aber darunter lag ein Zittern der Verzweiflung. Seinen Namen zu hören, erschreckte ihn am meisten.

»Wer sagt, daß es das richtige ist? Das möchte ich gerne wissen.« Die tiefe Stimme seines Vaters, nicht laut, eher erschöpft. Und seine Worte klangen am Ende verwaschen, wie Buchstaben auf Löschpapier, ein Zeichen, daß er getrunken hatte.

»Ich verstehe nicht, wie du auch nur daran denken kannst.« Wieder die Stimme seiner Mutter, schrill, mit einem hysterischen Unterton. »Er ist dein Sohn.«

So wie sie das sagte, klang es wichtig, und das verstand er nicht, es sei denn, sein Vater plante etwas, das ihn betraf. So hörte es sich an.

»Glaubst du, das hier tut ihm gut?«

»Du willst, daß er ohne Vater aufwächst?«

»Habe ich das gesagt?«

»Und was wird aus mir? Wie soll ich zurechtkommen? Du weißt, wie schwach ich bin. Hast du je daran gedacht, oder denkst du nur an dich?«

Es war ein seltsamer Streit. Wie Dolche wurden die Fragen hin und her geschleudert, doch nie gab es eine Antwort. Er verstand, daß es um ihn ging, und seine Mutter versuchte anscheinend, ihn zu schützen.

»Das führt zu nichts«, sagte sein Vater ungeduldig. Schritte näherten sich der Tür.

Michael flitzte in die Küche und wartete, bis alles ruhig war. Dann schlich er leise in sein Zimmer zurück. Als er an der Wohnzimmertür vorbeikam, hörte er seine Mutter weinen, und unter der verschlossenen Tür zum Arbeitszimmer seines Vaters schimmerte Licht. Völlig verwirrt und verunsichert ging er wieder ins Bett.

Einige Zeit später, er wußte nicht, ob es Tage oder Wochen waren, hatte ihm seine Mutter in einem verschwörerischen Flüsterton, als handele es sich um ein Geheimnis, erzählt, daß sie seinen Vater davon abgehalten hatte, die Familie zu verlassen. Er mußte ihr schwören, nicht darüber zu sprechen.

»Er will uns nicht mehr«, hatte sie gesagt.

Obwohl er gewußt hatte, daß seine Eltern nicht besonders gut miteinander auskamen, traf es ihn wie ein Schlag, daß sein Vater sie verlassen wollte. Er erinnerte sich daran, es wie einen Schock empfunden zu haben, und seitdem hatten ihn Zweifel gequält. Seine Mutter entwickelte sich zu einer eifrigen Gärtnerin und goß täglich, was sie gesät hatte. Sie beschwerte sich darüber, daß sein Vater trank und daß er sie beide nicht richtig liebte, und vor allem ließ sie Michael nie vergessen, daß sie seinen Vater davon abgehalten hatte, sie zu verlassen.

»Wir müssen nett zu ihm sein, sonst verläßt er uns«, sagte sie immer wieder. »Besonders du, Michael. Du mußt nett zu ihm sein, sonst geht er für immer weg.«

Es entwickelte sich zu einer Art Verschwörung zwischen ihm und seiner Mutter. Sie hielten zusammen, vereint gegen seinen Vater, und um ihr zu gefallen, tat er, worum sie ihn bat. Als ihm allmählich klar wurde, daß sie krank sein mußte, waren die Gefühle, die er seinen Eltern entgegenbrachte, ein Wirrwarr von Widersprüchen. Manche Dinge, dachte er nun, wird man nicht so leicht wieder los.

Die Erinnerungen geisterten durch seine Gedanken und wurden langsam schwächer, bis er nur noch die Stille im Raum spürte. Michael zog die Tür zu und ging zurück ins Bett.

Als er am Morgen Cully herausbrachte, wartete Jamie bereits unter den Bäumen. Michael wog sie und trug genau dreieinhalb Pfund ein. Als er ihr ein winziges Stückchen Fleisch anbot, stürzte sie sich mit solcher Gier darauf, daß sie die Flügel ausbreiten mußte, um das Gleichgewicht zu halten. Er nahm sie auf die Faust und ging mit ihr auf den Wald zu. Als er näher kam, wich Jamie einen Schritt zurück, und Michael blieb stehen.

»Alles in Ordnung.« Er streichelte Cullys Brust, woraufhin sie unwillig den Hals verdrehte. Jamie beobachtete ihn wachsam. »Sie mag nicht, wenn ich sie streichle«, erklärte Michael. »Sie ärgert sich, weil sie Hunger hat und will, daß ich mich beeile.«

Ihm kam der Gedanke, es könnte das letztemal sein, daß sie so auf seiner Faust stand. In ein paar Minuten könnte sie sich in die Lüfte erhoben haben und davonfliegen, während er hilflos zusah. Er wußte, sie war noch nicht kräftig genug, um selbst zu jagen, und der Gedanke, sie könnte verhungern, anstatt hierzubleiben, machte ihm Angst. Doch er rief sich ins Gedächtnis, was Frank gesagt hatte: Es war Cullys Entscheidung; bis jetzt war sie sozusagen seine Gefangene gewesen. Er konnte nicht mehr zurück. Er holte tief Luft und atmete langsam aus, um sein heftig schlagendes Herz zu beruhigen.

An Jamie gewandt sagte er: »Ich werde sie heute ohne Fessel fliegen lassen. Verhalte dich ganz ruhig, damit sie nicht erschrickt. Bleib einfach da stehen.«

Jamies Gesicht drückte Verständnis und Zustimmung aus, als wüßte er um das Risiko. Michael fragte sich, wie weit er schon in dem Buch gekommen war. Michael ging zum Haus zurück, wo er Cully die Fessel und die Drahle und schließlich das Geschüh abnahm. Sie beäugte ihre Beine und Klauen und biß versuchsweise in die Lederriemen, die an den Fußgelenken blieben, während er ihr die Faust entgegenstreckte. Sie stand dem Haus zugewandt, drehte sich um und plusterte sich auf. Ihre glänzenden schwarzen Augen fixierten ihn, dann betrachtete sie wieder neugierig ihre Beine, als verstünde sie, daß sie jetzt frei war. Das Glöckchen schickte seinen Ton über die Lichtung, leise, aber glasklar hallte er durch die kalte Winterluft. Michael wußte, wenn sie jetzt über die Bäume davonflog, würde er die nächsten Tage damit verbringen, die Berge nach ihr abzusuchen, immer auf diesen Ton lauschend, in der Hoffnung, sie lebend zu finden und zurücklocken zu können.

Mit wild klopfendem Herzen und zugeschnürter Kehle begann er, sich langsam zu entfernen. Der Schnee knirschte unter seinen Schuhen. Laut hörte er sich atmen, und kleine Wolken stiegen vor ihm auf. Mit hochgezogenen Schultern und gespanntem Gesicht sah Jamie vom Waldrand aus zu. Kurz begegnete Michael seinem Blick und versuchte, ermutigend zu lächeln, doch er bezweifelte, daß Jamie es auf die Entfernung erkennen konnte. Jamie schaute zu Cully hinüber, als das Glöckchen wieder klingelte. Einen Moment fürchtete Michael, sie hätte das Geländer verlassen, aber das hätte er bestimmt in Jamies Gesicht lesen können. In diesem Augenblick war er dankbar über die Anwesenheit des Jungen. Er wollte sich nicht umdrehen, bevor er fertig war, damit der Falke nicht zu früh angeflogen kam. Er tastete nach dem Köder, den er vor seinem Körper vor ihr verbarg.

Nach fünfzig Metern drehte er sich um und hob die Faust mit dem Köder.

»Cully«, rief er. Seine Stimme klang seltsam heiser, so trocken war seine Kehle, und er rief noch einmal.

Normalerweise hätte sie das Geländer in dem Moment

verlassen, als er die Faust hob, aber sie zögerte. Sie spürte, daß etwas anders war, witterte die Spannung. Sie schaute zum Himmel, wo eine Krähe, die wie eine schwarze Puppe linkisch über den Bäumen flatterte, sie mit ihrem Ruf zu verspotten schien. Sie spürte den Impuls, einfach aufzusteigen, und schien plötzlich zu wissen, daß sie es ungehindert tun konnte, dann breitete sie die Schwingen aus, und mit einer schnellen Bewegung war sie in der Luft.

In diesem Bruchteil einer Sekunde, den es dauerte, bis sie auf seinen Ruf reagierte, erkannte Michael, daß es ihn tiefer treffen würde, als er sich eingestanden hatte, wenn sie ihn jetzt verließ. Er fühlte sich mit ihr auf eine Art verbunden, die er nicht durchschaute, er wußte nur, daß mehr dahinter steckte, als nach außen sichtbar war. Ein Teil von ihm spürte wie sie die Sehnsucht nach der Weite des Himmels, die unerklärliche Anziehungskraft der Berge auf der anderen Seite des Flusses, die endlosen Flächen, wo der Schnee unberührt von menschlichen Spuren lag. So hielt er den Atem an und versuchte, sie mit seiner schieren Willenskraft zu locken. Sie stieg vom Geländer auf, ihr Blick war auf seine Faust gerichtet, als sie sich abstieß und über den Boden glitt, und dann wußte er, daß sie ihre Entscheidung getroffen hatte.

15. Kapitel

Das Immobiliengeschäft lief schlecht, aber der Frühling stand vor der Tür, und Susan bereitete sich auf lebhaftere Zeiten vor. Sie arbeitete an ihrer Werbeanzeige für eine Immobilienzeitschrift, die monatlich erschien und das Gebiet um Williams Lake abdeckte, zu dem auch Little River Bend gehörte. Susan gab immer eine ganzseitige Anzeige auf, obwohl es ein auf Hochglanz poliertes, farbiges Magazin war und die Anzeige ungefähr so viel einbrachte, wie sie kostete, aber sie hatte andere Gründe, Präsenz zu zeigen. Der hohe Einsatz hielt die Konkurrenz davon ab, in ihrem Ort eine Filiale zu eröffnen. Sie wußte, daß einige Firmen ihre Aktivitäten über die Jahre genau beobachteten und wahrscheinlich zu der Überzeugung gekommen waren, es gebe hier nicht genug Aufträge für zwei Maklerbüros, aber wenn sie mit ihren Werbeaktionen nachlässig wurde, und die Konkurrenz irgendwo eine Lücke witterte, würde sich das mit Sicherheit ändern.

Als sie und David nach Little River zogen, war das Immobilienbüro ihr Rettungsanker gewesen. Sie war überzeugt, daß sie den Absprung aus dem geschäftigen Leben in der Großstadt sonst nicht geschafft hätte. Seit Davids Tod war es das Büro, das sie ablenkte und daran hinderte, verrückt zu werden.

Sie scannte das letzte Bild ein, dann tippte sie den Begleittext. Sie benutzte ein Computerprogramm, mit dem sie die Seite komplett vorbereiten konnte, mit Fotos und Beschreibung der Häuser sowie ihrem Firmenlogo, dann schickte sie die Datei elektronisch über ein Modem an den Herausgeber der Zeitschrift, der das Ganze nur noch für den Druck aufbereiten mußte. Sie liebte es, am Computer herumzuspielen und verschiedene Versionen für ihre Anzeigen auszuprobieren, ohne irgend jemandem stundenlang erklären zu müssen, was sie wollte. Zufrieden betrachtete sie das Resultat ihrer Mühen.

Nachdem sie die Datei abgeschickt hatte, blickte sie auf die Uhr und sah, daß sie für heute Schluß machen mußte. Sie erreichte gerade in dem Moment die Haltestelle, als der Bus vorfuhr. Kurz darauf stieg Jamie aus und sah sich suchend nach ihr um. Sie winkte ihm durch das geöffnete Fenster zu und beobachtete, wie er auf sie zukam. In den letzten Tagen hatte er sich irgendwie verändert. Es war nichts Dramatisches, vielleicht etwas Beschwingtes in seinem Gang, ein neuer Glanz in seinen Augen. Sie nahm an, daß es mit Michael Somers' Falken zu tun hatte. Sie wußte, daß Jamie zu ihm hinüberging, auch wenn sie keine Ahnung hatte, was er dort eigentlich genau tat.

»Hallo«, sagte sie, als er einstieg und seine Tasche auf den Boden warf. »Hattest du einen guten Tag?« Er zuckte die Achseln und lächelte. »Wie wäre es mit Hot dogs zum Abendessen?« Sie wußte, diesen Vorschlag lehnte er nie ab, und vielleicht würde sie es ihm heute gleichtun. Zum Teufel mit der Diät.

Als sie zu Hause ankamen, stieg Jamie aus und rannte hinein. Ein paar Minuten später hörte sie ihn die Treppe wieder herunterrennen. An der Tür fing sie ihn ab.

»Hey, immer langsam.« Sie faßte ihn an der Schulter. »Hör mal, du bist da drüben doch nicht im Weg, oder?« Er schüttelte den Kopf. »Bestimmt nicht? Was geht da überhaupt vor?«

Jamie sah ungeduldig von ihr zur Tür, und sie wußte, daß er los wollte. Sie könnte sich einfach dumm stellen und ihn so lange mit Fragen aufhalten, bis er so frustriert war, daß er sich vielleicht vergaß. Wahrscheinlich wäre es reine Zeitverschwendung, er durchschaute sie sowieso. »Okay, okay«, sagte sie und ließ ihn gehen. Bob kam aus der Küche und wedelte erwartungsvoll mit dem Schwanz, als er die Haustür hörte.

»Kannst du Bob nicht mitnehmen?« rief sie ihm nach, doch er schüttelte den Kopf. »Aber dann gehst du später noch mit ihm raus, ja?« Sie hielt Bob am Halsband fest, als Jamie durch den Wald davonrannte, und sie sah ihm noch nach, als er schon längst verschwunden war. Wieder fragte sie sich, was da drüben so interessant sein mochte.

Sie schloß die Tür und ging nach oben, um sich umzuziehen. Aus ihrem Schlafzimmerfenster konnte sie das Dach des Nachbarhauses jenseits der Bäume sehen. Der Gedanke an Jamie ließ sie nicht los. Sie war eigentlich sicher, daß sie sich keine Sorgen zu machen brauchte, aber dennoch. Vielleicht sollte sie einfach hinübergehen, um sich zu vergewissern, daß Michael nichts dagegen hatte, wenn Jamie kam. Sie zögerte. Auf keinen Fall wollte sie den Eindruck erwecken, daß sie ihm nachspionierte. Was konnte es andererseits schon schaden? Alle Eltern würden sich Gedanken machen. Warum fühlte sie sich dann unsicher?

Sie ging in Jamies Zimmer und begann, seine Kleider aufzusammeln, die er achtlos auf dem Boden verteilt hatte. Unter einem T-Shirt auf dem Bett lag ein Buch mit einem Habicht auf dem Umschlag. Sie hob es auf und blätterte darin. Sie konnte sich denken, wo es herkam, und während sie die eine oder andere Seite überflog, war sie überrascht, daß Jamie so etwas las. Der Stil war zurückhaltend, wirkte ein wenig altmodisch und manieriert. Nicht gerade das, womit ein

Zehnjähriger normalerweise seine Zeit verbrachte. Dann fand sie einen Malblock und ein paar Bleistiftzeichnungen, die offensichtlich einen Falken im Flug darstellen sollten. Beeindruckt blätterte Susan die Seiten durch. Sie faßte einen Entschluß und ging hinunter, um sich Stiefel und Mantel anzuziehen.

Vorsichtig schlich sie durch den Wald. Der Schnee dämpfte das Geräusch ihrer Schritte. Sie erspähte Jamie aus fünfzig Metern Entfernung. Er stand mit dem Rücken zu ihr zwischen den Bäumen. Sie ging so lautlos wie möglich hinter ihm vorbei und fand eine Stelle neben zwei Pappeln am Ende der Lichtung, von wo aus sie beobachten konnte, was vor sich ging, ohne selbst gesehen zu werden.

Michael stand auf der Veranda, er trug Jeans und eine dunkle Winterjacke. Dann trat er einen Schritt zur Seite, und sie sah, wie der Falke kurz mit den Flügeln flatterte, als er von einer altmodischen Waage auf Michaels Faust stieg. Einen Moment lang blieb Michael mit dem Falken vor der offenen Haustür stehen und streichelte dessen Brust. Dann warf er einen Blick über die Lichtung und hob grüßend die Hand. Susan preßte sich an den Stamm der einen Pappel, aus Angst, gesehen zu werden, und malte sich aus, wie er es interpretieren würde, wenn er entdeckte, daß sie im Wald herumschlich und ihn ausspionierte. Sie glaubte zu erkennen, wie Jamie den Gruß registrierte, ja beinahe mit einem angedeuteten Winken erwiderte, aber sie konnte sich auch getäuscht haben. Die Szene, die sie vor sich sah, hatte etwas seltsam Berührendes, und das hatte mit Jamies Distanz zu tun. Obwohl er ganz offensichtlich fasziniert war, trat er keinen Schritt näher. Michael ging seiner Routine nach, bezog Jamie durch seinen Gruß mit ein, akzeptierte aber dessen Zurückhaltung. Über dem Ganzen lag eine ehrfürchtige Ruhe, und das Geschehen wurde beinahe ausschließlich von einem natürlichen Rhythmus bestimmt, der von dem wunderschönen, hellen Falken ausging.

Michael senkte die Faust, und mit einem erneuten Flattern seiner Flügel stieg der Falke auf das Verandageländer. Ohne das Tier kam Michael jetzt durch den Schnee auf sie zu, doch seine Aufmerksamkeit war ganz auf die Tasche an seinem Gürtel gerichtet, aus der er etwas hervorholte. Als er auf einer Höhe mit Jamie war, blieb er stehen und sagte etwas zu ihm, doch sie konnte nicht verstehen, was es war. Dann ging er weiter, seine Schritte knirschten im Schnee, und eisige Atemwölkchen stiegen vor seinem Gesicht auf. Auf dem Geländer wartete der Falke und beobachtete ihn aufmerksam.

Susan zitterte, als ein Windhauch ihren Nacken streifte. Bleiern hing der Himmel über ihr, die Berggipfel lagen in den Wolken. Am anderen Ende der Lichtung stand das alte Haus, Schnee lag auf dem Dach, die Verandastufen bogen sich ein bißchen durch, und es wirkte nicht länger verlassen, nur noch ein wenig verloren. Jetzt blieb Michael stehen. Er war nah genug, daß sie seine Züge deutlich erkennen konnte. Wenn er direkt zu ihr herschaute, könnte er sie sehen, aber sie brachte es nicht fertig, sich zu verstecken. Sie wollte genau beobachten, was geschah; nicht nur der Anblick dieses Mannes, der einen wilden Falken abrichtete, beeindruckte sie. Was sie faszinierte an diesem ruhigen, bedächtigen Ritual, war das Verhältnis zwischen dem Vogel, dem Mann und dem Jungen. Sie spürte das Besondere daran, konnte es aber nicht in Worte fassen. Michael schien ein anderer Mensch zu sein, als sie ihn jetzt anschaute. Sein Gesicht war glatt und ohne Falten, sein Blick offen, und selbst aus der Entfernung konnte sie sehen, daß auch Jamie irgendwie verändert wirkte.

Die beiden waren völlig versunken. Nichts anderes existierte für sie. Das war es.

Michael hob den Arm und rief den Namen Cully. Der Falke verließ das Geländer und flog dicht über dem Boden, seine Flügelspitzen berührten fast die Schneedecke. Beinahe geräuschlos glitt er dahin, und er war schnell. Dann, als er nur noch wenige Meter von Michael entfernt war, stieg er in die Luft, fächerte die Schwanzfedern auf und streckte die Fänge nach dem Handschuh aus.

Susan schüttelte langsam den Kopf. Dann zog sie sich mit einem leisen Lächeln durch die Bäume zurück und ging wieder nach Hause.

Linda Kowalski klemmte eine Bestellung über den Grill, damit ihr Mann sie nicht übersah. »Der Typ hat es eilig, Paul«, sagte sie.

Paul blickte auf, dann legte er eine Frikadelle auf den Grill. Noch herrschte wenig Betrieb, aber in einer Viertelstunde, wenn das Mittagsgeschäft losging, würde es voll werden. Linda schenkte zwei Tassen Kaffee ein und zündete sich eine Zigarette an, während sie sich setzte.

»Solange es noch ruhig ist, kann ich eine Pause machen«, sagte sie zu Susan. »Du und Coop, ihr habt doch nicht vergessen, daß ihr heute abend bei uns eingeladen seid?«

Susan schien mit ihren Gedanken ganz woanders zu sein, doch dann schüttelte sie lächelnd den Kopf. »Punkt acht werden wir da sein. Soll ich irgendwas mitbringen?«

»Alles unter Kontrolle. Vielleicht eine Flasche Wein.«

»Kein Problem«, sagte Susan.

Sie hätte auch in ihrem Büro Kaffee trinken können, aber sie genoß es, zwischendurch, wenn nichts los war, mit Linda zu plaudern und von ihrem Hocker am Tresen aus ihr Büro im Auge zu behalten. Das war einer der großen Vorteile, die das Leben in der Kleinstadt mit sich brachte. Manchmal versuchte sie, sich vorzustellen, wie es wäre, wieder in Vancouver zu sein: den ganzen Tag im Kostüm herumzulaufen, endlos Überstunden zu machen, vielleicht skrupellos zu handeln, weil der Job es erforderte. Es war Davids Idee gewesen, aus der Stadt wegzuziehen, und er hatte einen Wochenendausflug mit ihr hierher unternommen, um sie zu überzeugen. Sie sah ihn vor sich, sein gespanntes Lächeln, als er sie fragte, wie es ihr gefiel. Sie hatte zugeben müssen, daß es ein hübsches Fleckchen Erde war.

»Okay«, hatte sie gesagt. »Aber unter einer Bedingung. Sechs Monate Probezeit, und wenn es nicht funktioniert, verschwinden wir wieder von hier. Und ich werde mich selbständig machen. Abgemacht?«

»Abgemacht«, hatte er gesagt und Jamie, der auf dem Rücksitz saß, zugezwinkert.

Das war vor fünf Jahren gewesen. Da war sie achtundzwanzig und Jamie fast fünf. David hatte ihr im Frühling seinen Heimatort gezeigt, als nur noch auf den Berggipfeln Schnee lag, und die Wiesenblumen am Fluß leuchtend rot und gelb blühten. Sie hatte sich davor gefürchtet, wieder in einer Kleinstadt zu leben. Little River erinnerte sie an den Ort, in dem sie aufgewachsen war. Ihr ganzes Leben lang hatte sie davon geträumt, zu reisen, in exotischen Ländern zu leben, Karriere zu machen. Auf keinen Fall wollte sie so werden, wie ihre Mutter, die nach der Hochzeit aufgehört hatte zu arbeiten. Susans Vater hatte sich in der Firma, bei der er angestellt war, abgerackert wie ein Sklave, nur um dann mit Mitte Fünfzig entlassen zu werden. Danach hatten ihre Eltern irgendwie die Orientierung verloren; ihr Leben hatte keine Richtung mehr, und keiner von beiden hatte auch nur den leisesten Schimmer, was man dagegen tun konnte.

Susan war eine Zeitlang umhergereist, hauptsächlich in Europa, und mit knapp Zwanzig war sie zurückgekommen und hatte in Vancouver bei einer Immobilienagentur eine Ausbildung angefangen. Sie wollte ihren Abschluß machen, um das Reisen dann wieder aufzunehmen. Aber manchmal mußte man seine Pläne ändern, und das tat sie, als sie David kennenlernte. Er setzte ihr so lange zu, bis sie schließlich nachgab. Mit zweiundzwanzig zu heiraten, hatte nie zu ihren Plänen gehört, und daß sie ein Jahr später ein Kind haben würde, wäre für sie undenkbar gewesen. Dennoch passierte genau das. Die Schwangerschaft war ein Unfall, aber eine Abtreibung zog sie nie in Erwägung, und als Jamie auf die Welt kam, waren sie plötzlich eine Familie. Das gefiel ihr, aber es verwirrte sie auch.

Bei dem Versuch, Job und Familie unter einen Hut zu bringen, wurde ihr Leben immer hektischer. Manchmal beneidete sie die Mütter, die zu Hause blieben und Zeit für ihre Kinder hatten. Wenn sie Jamie in die Tagesstätte brachte, hatte sie Schuldgefühle, und während der Arbeit sehnte sie sich nach ihm. Dann fragte sie sich oft, wie es wäre, im Sommer auf einer Parkbank zu sitzen und Jamie beim Spielen zuzusehen. David sagte, sie kämen auch ohne ihren Verdienst zurecht, aber es ging ihr nicht ums Geld.

Als sie spürte, daß David in dem Architekturbüro, in dem er arbeitete, nicht glücklich war, wartete sie mit einer Mischung aus Furcht und Erleichterung auf das, was kommen würde. Es gab Zeiten, da war sie versucht, seinen Wünschen nachzugeben, ihm die Entscheidung einfach zu überlassen. Er hatte sich in der Stadt nie wohl gefühlt, hatte versucht, sich anzupassen, obwohl seine innere Uhr immer noch anders ging: Sie richtete sich nach dem Himmel und den Bäumen und dem Wechsel der Jahreszeiten und nicht nach dem morgendlichen Rauschen des Verkehrs und nach Besprechungen, die bis spät in den Abend hinein dauerten und bei denen ambitionierte Mitarbeiter um Anerkennung wetteiferten.

Susan fragte sich immer wieder, ob sie wirklich glücklich war. Unterschwellig hatten stets Zweifel an ihr genagt. Sie meinte, sie verpasse vielleicht etwas, und warf David vor, er stelle ihr ganzes Leben auf den Kopf. Sie habe nie heiraten wollen, erklärte sie ihm, und er hätte sie einfach in Ruhe lassen sollen. Aber wenn sie merkte, daß er sie beim Wort nahm, meldete sich ihr schlechtes Gewissen.

Er machte zahllose Andeutungen, bevor er ihr schließlich sagte, er wolle aus der Stadt wegziehen. Sie reagierte zurückhaltend, zeigte sich aber nicht überrascht, und als er sie mit nach Little River nahm, war sie erst einmal deprimiert über die Geschichten aus seiner Kindheit dort, denn sie erinnerten sie daran, wie sie selbst aufgewachsen war. Aber sie behielt ihre Gefühle für sich und ließ sich schließlich überzeugen, als er ihr ausmalte, wie Jamie am Fluß hinter dem Haus, das sie in der Nähe von Little River gefunden hatten, spielen könnte.

»Du mußt doch auch gute Erinnerungen an deine Kindheit auf dem Land haben«, sagte er. Das konnte sie nicht leugnen. Sie dachte daran, wie sie mit ihren Freundinnen in den Bergen umhergestreift war, und mußte zugeben, daß Videotheken und Einkaufszentren ein schlechter Ersatz dafür waren.

David schwärmte ihr von dem Architekturbüro vor, das er aufbauen wollte. Und wenn sie sich als Maklerin selbständig mache, könne sie sich die Arbeit so einteilen, daß ihr noch genug Zeit für Jamie bleibe. Und natürlich würden sie regelmäßig Ausflüge in die Großstadt unternehmen. Hatte sie das nicht schon immer gewollt, fragte sie sich. Waren ihre Zweifel nicht nur vorgeschoben?

Also waren sie umgezogen, und zu Susans Überraschung hatte es funktioniert. David war viel glücklicher, und er tat alles, damit auch sie glücklich war. Er wußte genau, an den Defiziten des Landlebens konnte er nichts ändern, also sorgte er dafür, daß sie sich geliebt fühlte. Er brachte ihr Blumen mit, sie machten lange Spaziergänge, er hielt ihre Hand und sagte ihr immer wieder, wie schön sie sei. Es klappte, denn obwohl sie merkte, was gespielt wurde, wußte sie doch, daß er es ernst meinte. Gemeinsam lachten sie darüber, und er hörte nicht auf, all diese Dinge zu tun. Dreieinhalb Jahre später war David tot, und nun, weitere eineinhalb Jahre nach seinem Tod, war sie immer noch hier.

Ihre Ehe war nicht die reinste Idylle gewesen, aber Susan hatte David geliebt. Wie sehr, war ihr erst klargeworden, als sie Coops Gesicht sah, an dem Tag, als er aus dem Auto stieg und ihr nicht in die Augen schaute. Sie hatte sofort gewußt, was er ihr sagen würde. Doch manchmal schien das schon sehr lange zurückzuliegen.

»Und wie geht es deinem Nachbarn?«

Lindas Frage holte sie in die Gegenwart zurück. Sie blickte von ihrem Kaffee auf, in dem sie die ganze Zeit gerührt hatte. Sie folgte Lindas Blick, und durch die Scheibe sah sie den Laden mit den zugeklebten Fenstern. Vor der Tür stand Michael Somers' Nissan.

»Alle fragen sich, was er da drinnen wohl macht«, sagte Linda.

»Kennst du ihn von früher?« fragte Susan.

Linda schüttelte den Kopf. »Eigentlich nicht. Ich erinnere mich an ihn, aber das ist nicht dasselbe, oder? Ich glaube, er war ziemlich zurückhaltend. An seine Eltern erinnere ich mich besser, besonders an seinen Vater, weil er bis zu seinem Tod vor zehn oder zwölf Jahren den Laden geführt hat. Er war ein netter Typ. Aber seine Mutter war ein bißchen seltsam.«

»Wieso?«

»Sie ist nicht oft in die Stadt gekommen. Sie war immer krank oder so.«

Nachdem Susan vor ein paar Tagen Jamie nachgegangen war, hatte sie beschlossen, selbst herauszufinden, was es mit Michael Somers auf sich hatte. Sie mußte bis nach Prince George in die Bibliothek fahren, wo sie sich auf einem Mikrofilm die Zeitungen aus Toronto von vor sieben Jahren anschaute. Und jetzt kannte sie die Fakten. Was die Leute hier über ihn erzählten, konnte man bestenfalls schlecht informiert und im übelsten Fall bösartig nennen. Er hatte allerdings tatsächlich auf jemanden geschossen und ihn offensichtlich umbringen wollen. Sein Verteidiger hatte auf zeitweilige Unzurechnungsfähigkeit plädiert, was die Geschworenen jedoch zurückgewiesen hatten.

»Jamie geht immer zu ihm rüber und schaut zu, wie er den Falken abrichtet«, sagte Susan. »Jeden Morgen und sobald er aus der Schule kommt.«

»Wirklich?«

Susan sah wieder über die Straße und schürzte gedankenverloren die Lippen. »Glaubst du, ich muß mir deswegen Gedanken machen?«

Linda schaute sie nachdenklich an. »Was glaubst du denn?«

»Ich sehe Jamies Gesicht, wenn er zurückkommt. Wie aufgeregt er ist.« Sie hielt inne. »Nein, ich glaube nicht, daß ich mir Sorgen machen muß.«

»Was denkt Coop denn darüber?«

»Coop?«

»Er weiß es doch, oder?«

Er wußte es nicht. Erstaunt stellte sie fest, daß Linda automatisch annahm, sie hätte sich ihm anvertraut und ihn um Rat gebeten, und sie fragte sich, warum sie es nicht getan hatte. Er war ein Freund, und er war Polizist. Gab es jemanden, der geeigneter gewesen wäre als er?

Sie spürte Lindas Blick. »Ich muß gehen«, sagte sie, trank den Kaffee aus und rutschte vom Hocker. »Bis heute abend.«

Linda beobachtete sie nachdenklich, als sie das Lokal verließ.

Auf der anderen Straßenseite, vor ihrem Büro, zögerte Susan, dann machte sie kehrt und ging auf den alten Laden zu. Die Fenster waren verhängt, aber im Innern hörte sie Hämmern. Sie klopfte, als es für einen Moment ruhig war, und einen Augenblick später öffnete Michael die Tür und blinzelte gegen die Sonne. Der Boden hinter ihm war mit Holztrümmern übersät, und Staubkörnchen tanzten im Licht, das durch die Tür hereinfiel. Fragend sah er sie an.

»Hallo, ich kam gerade vorbei und dachte, ich schaue mal rein.« Es klang irgendwie lahm, aber etwas Besseres fiel ihr nicht ein. »Darf ich denn reinkommen?«

Er trat beiseite und ließ sie hinein. »Es ist nicht gerade gemütlich hier«, sagte er entschuldigend.

Verlegen sahen sie einander an. Es gab keinen Platz, wo man sich hätte setzen können.

»Wie geht's?« fragte sie.

Michael fuhr sich mit der Hand durchs Haar. Er sieht müde aus, dachte sie, und musterte sein Gesicht, während er sich umsah. Die Trümmer um ihn herum schienen ihn ein bißchen zu verwirren, und kleine Fältchen bildeten sich in seinen Augenwinkeln.

»Ganz gut. Ich fürchte, ich kann Ihnen nichts anbieten.« Er deutete auf das Chaos. »Ich bin sozusagen noch nicht auf Besucher eingerichtet.«

»Das macht doch nichts. Eigentlich wollte ich mich bei Ihnen bedanken. Ich weiß, daß Jamie in letzter Zeit immer bei Ihnen ist.«

»Bedanken?«

»Dafür, daß Sie ihn nicht wegschicken. Er ist doch hoffentlich nicht im Weg?«

Michael schüttelte den Kopf. »Er sieht mir nur zu, wie ich Cully abrichte.« Er zögerte, dann fügte er vorsichtig hinzu: »Er steht einfach zwischen den Bäumen.«

Sie glaubte, Unsicherheit zu spüren, als fragte er sich, warum Jamie das tat. »Er tut sich schwer mit Menschen«, sagte sie schnell.

Michael nickte kurz. »Jedenfalls macht er keine Umstände. Ehrlich gesagt, freut es mich, wenn er da ist.«

Susan spürte, daß er noch etwas sagen wollte. »Wirklich?«

»Es gefällt ihm, Cully zuzusehen. Genau wie mir.« Er zuckte die Achseln. »Irgend etwas in seinem Gesichtsausdruck gibt mir das Gefühl, daß er dasselbe empfindet wie ich.«

Seine Stimme wurde leiser, und plötzlich hatte sie deutlich vor Augen, wie sein Leben aussah. Tagsüber arbeitete er hier im Laden, sprach mit keiner Menschenseele, und abends saß er allein zu Hause. Warum war er in diesen Ort zurückgekommen, in dem er unerwünscht war? Was für ein Mensch war er wirklich?

»Wann ist die große Eröffnung?« fragte sie und wurde sich plötzlich bewußt, daß er sie beobachtete.

»Ich bin mir nicht sicher, ob es eine große Eröffnung wird. Vielleicht in ein paar Wochen.«

»Was werden Sie verkaufen?«

»Das weiß ich noch nicht.«

Merkwürdig, dachte sie. Da machte er sich all die Arbeit, ohne ein Ziel vor Augen zu haben. Sie wußte nicht, was sie antworten sollte. Am liebsten hätte sie ihn gefragt, ob er sich darüber im klaren war, wie schwer es für ihn sein würde, in Little River ein Geschäft zu führen, aber das konnte sie ihn unmöglich fragen. Schließlich kannte sie ihn kaum. Abgesehen davon würde es sich so anhören, als glaubte sie, er hätte sich die Sache nicht überlegt. Als ihr einfach nichts einfiel, was sie hätte erwidern können, sah sie umständlich auf die Uhr.

»Ich muß los«, sagte sie, und er hielt ihr die Tür auf.

Sie verabschiedeten sich, und als sie zu ihrem Büro zurückging, setzte das Hämmern wieder ein.

16. Kapitel

Coop kam an diesem Abend gegen halb sieben von der Arbeit nach Hause und ging als erstes unter die Dusche. Anschließend zog er sich saubere Jeans und ein frischgebügeltes Hemd an, kämmte sich die Haare, nahm ein Bier aus dem Kühlschrank und setzte sich an den Küchentisch, um seine Stiefel zu polieren. Er zündete sich eine Zigarette an und schaltete das Radio ein. Während er seine Stiefel bearbeitete, wippte er mit den Füßen im Rhythmus der Countrysongs, die aus dem Radio dudelten, und sang mit, wenn er den Text kannte.

Coop konnte von sich behaupten, daß er noch nie in seinem Leben einen anderen Mann beneidet hatte. Mit einer Ausnahme. Anfangs, als er es merkte, hatte es ihn zutiefst verwirrt, doch dann hatte er es hingenommen und damit gerechnet, das Gefühl werde früher oder später verschwinden. Aber das tat es nicht, und wenn er darüber nachdachte, bedrückte es ihn, daß er Seiten an sich entdeckt hatte, die ihm vorher nicht bewußt gewesen waren.

Coop trank einen Schluck von seinem Bier. Dave Baker hatte immer Architekt werden wollen, und er hatte sein Ziel erreicht. Dave war erfolgreich, und Coop hatte nie etwas anderes erwartet, genau wie bei Ron Taylor, der einen ausgeprägten Geschäftssinn besaß und nun ein großes Bauunternehmen führte, oder bei Carl Jeffrey, der in die Fußstapfen seines Vaters getreten und Anwalt geworden war. Es hatte Coop nie gestört, daß sein Leben keine Erfolgsstory war. Er hatte Polizist werden wollen, und er war einer geworden, und zwar ein guter.

Coop mochte seinen Job. Er wurde respektiert, und er hielt sich für einen gerechten Gesetzeshüter, die Bezahlung war gut, und er liebte die Freiheit, die er ohne die in der Großstadt üblichen hierarchischen Strukturen genoß, und die Verbrechensrate in und um Little River war niedrig. Noch nie hatte er von der Waffe Gebrauch machen müssen, und das würde wohl auch in Zukunft nicht nötig sein. Wenn sie ihn sahen, überlegten die meisten Leute es sich zweimal, ehe sie handgreiflich wurden, und wer ihn kannte, wußte, daß er zuschlagen konnte, wenn es darauf ankam. Das geschah jedoch nur selten. Er mußte höchstens hin und wieder eingreifen, wenn jemand in Clancys Kneipe eine Schlägerei anzettelte. Dann knöpfte er sich die Übeltäter vor und sperrte sie über Nacht in eine Zelle, wo sie ihren Rausch ausschlafen konnten.

Als Dave nach Little River zurückkehrte und Susan mitbrachte, hatte es Coop umgehauen. Selbst heute konnte er nicht sagen, was ihn an ihr so faszinierte, ihn einfach nicht mehr losließ, aber zum erstenmal in seinem Leben hatte er einen anderen beneidet. Sie besaß das gewisse Etwas, hatte ruhige, intelligente Augen, die aufblitzten, wenn sie lachte, dichtes, kräftiges Haar, das zu berühren ihn ständig verlangte, einen schlanken, festen Körper, von dem er nachts träumte.

Im Sommer luden sie ihn hin und wieder zum Grillen ein. Dann beobachtete er Susan in ihren leichten Sommerkleidern, die ihren Körper durchscheinen ließen. Er stellte sich Susan und Dave zusammen im Bett vor, malte sich aus, wie es sich anfühlte, ihre Brüste an seiner Brust zu spüren, in ihren warmen Körper einzudringen. Und gleichzeitig wußte er, daß es nie soweit kommen würde. Sie lächelte ihn an, ohne zu sehen, was seine Augen ihr sagten. Dave versetzte ihr liebevoll einen Klaps auf den Po, wenn er sich unbeobachtet glaubte, und Susan grinste ihn verschwörerisch an. Und jedesmal hatte Coop das Gefühl, als würde ihm das Bier im Mund schal.

Er empfand keinen Groll gegenüber Dave, aber er fing an, die beiden immer seltener zu besuchen. Und dann kam der Tag, an dem Susan ihn mit vor Angst zitternder Stimme anrief, und er einen Suchtrupp zusammenstellte. In diesem Augenblick hoffte er, daß David tot war, auch wenn er sich das lange nicht eingestand. Als sie ihn neben dem blutüberströmten Jamie fanden, war sein erster Gedanke, daß niemand einen so großen Blutverlust überleben konnte, und gleich darauf empfand er eine Art grimmige Genugtuung. Später, nachdem er die Nachricht überbracht hatte, hielt er die schluchzende Susan in den Armen und konnte an nichts anderes denken, als daran, wie weich und warm sie sich anfühlte. Mit den Fingerspitzen berührte er die Haut in ihrem Nacken so sanft, daß sie es nicht wahrnahm. Er spürte ihren Schenkel an seinem.

An jenem Abend hatte er sich betrunken wie noch nie in seinem Leben. Die Leute schrieben es dem Kummer über den Tod seines besten Freundes zu. Er bemühte sich, nicht mehr daran zu denken, was der wirkliche Grund gewesen war, aber es holte ihn immer wieder ein.

Seine Gedanken wanderten zu Michael Somers. Sie waren zur selben Schule gegangen, aber das war auch alles, was sie verband. Coop hatte in der Baseballmannschaft gespielt, wie alle seine Freunde, einschließlich Dave Baker. Somers war ein Jahr jünger als er und hatte sich nie besonders für Sport interessiert. Soweit Coop sich erinnerte, hatte er sich meistens abgesondert. Alle fanden ihn damals ziemlich seltsam, aber wahrscheinlich war er einfach nur ein Einzelgänger gewesen. Für seltsam hielten ihn die Leute wegen seiner

Mutter, die tatsächlich nicht alle Tassen im Schrank hatte. Es war kein Geheimnis, daß sie kaum je aus dem Haus ging, den ganzen Tag im Nachthemd herumlief und alle möglichen Medikamente gegen eingebildete Krankheiten schluckte. Sogar Ralph Webber, der damals ihr Hausarzt war, saß manchmal kopfschüttelnd in Clancys Kneipe und stöhnte, diese Frau raube ihm den letzten Nerv. Kein Wunder, daß Somers' Vater Trost in der Flasche gesucht hatte. Im Grunde genommen waren sie eine vollkommen verkorkste Familie.

Deswegen zerrissen sich alle das Maul, seit Somers zurückgekehrt war. Es hieß, seine Mutter sei verrückt gewesen und habe sich am Ende umgebracht. Manche dachten jedoch auch laut über den seltsamen Zufall nach, daß John Somers an einem Mittwochabend, ganz gegen seine Gewohnheit, später nach Hause gekommen war. Seine Mutter war geistesgestört gewesen, und sein Vater hatte sie angeblich so gut wie ermordet: Mit so einer Vorgeschichte hatte Somers natürlich schlechte Karten. Manche Leute hatten Coop sogar schon gefragt, ob er nicht dafür sorgen könne, daß Somers Little River verließ. Als wäre das hier der Wilde Westen, dachte Coop kopfschüttelnd. Dann trank er sein Bier in einem Zug aus.

Als er mit seinen Stiefeln fertig war, fuhr er zu Susan. Sie stand in Jeans und T-Shirt auf der Veranda, das Haar zu einem Pferdeschwanz zusammengebunden. Hinter ihr, in der Tür, stand Wendy Douglas, und als er vor dem Haus hielt, brachen sie ihr Gespräch ab und sahen ihn irgendwie komisch an.

»Was gibt's?« fragte er beim Aussteigen.

Susan schüttelte den Kopf. »Nichts. Wir sind auf der Suche nach Jamie.«

Irgend etwas lag in ihrer Stimme, das er nicht einordnen konnte. Es war schon dunkel, und er wunderte sich, daß Jamie um diese Zeit noch draußen war. »Ihr wißt nicht, wo er ist?«

»Er kann nicht weit weg sein.«

Coop hatte das Gefühl, etwas stimmte nicht. Susan und Wendy tauschten einen kurzen Blick. »Ich gehe ihn suchen.« Er zögerte, wußte nicht, in welche Richtung er sich wenden sollte. Dann holte er eine Taschenlampe aus seinem Wagen.

»Vielleicht ist er dorthin gegangen«, sagte Susan und deutete auf den Wald.

»Zu Somers?«

»Er geht jeden Tag dorthin«, sagte Susan. Es sollte beiläufig klingen, doch es gelang ihr nicht.

Coop kam das alles allmählich komisch vor. »Und was macht er da?«

»Er geht nach der Schule zu Michael und schaut ihm zu, wie er seinen Falken abrichtet. Er war schon nach Hause gekommen, aber dann ist er noch mal weggegangen.«

Jetzt war Coop restlos irritiert. Es lag etwas in der Luft, das er sich nicht erklären konnte. Michaels Falke. Sie sprach seinen Namen aus, als wären sie Freunde, und davon wußte er bisher überhaupt nichts. Und daß Jamie offenbar täglich zu ihm rüberging, haute ihn fast um. Er nickte nur und fragte sich, was es sonst noch alles gab, wovon er nichts wußte.

»Ich werde ihn schon finden«, sagte er und machte sich auf den Weg. Susan schaute ihm wortlos nach und biß sich auf die Lippe.

Coop war davon überzeugt, daß manche Menschen ein Gespür für Gefahr besaßen, eine spezielle Antenne, mit der sie registrierten, wenn etwas drohte, den Status quo zu verändern. So ging es ihm jetzt, er spürte, daß irgend etwas das Gleichgewicht durcheinandergebracht hatte.

Coop wußte nicht, ob er das mit Susan von dem Tag an, als Dave begraben worden war, geplant hatte, oder ob es einfach geschehen war. Letzteres wäre ihm lieber gewesen, doch sein Gewissen sagte ihm etwas anderes. Es war ganz allmählich passiert. Zunächst hatte er sich darum gekümmert, daß es Susan und Jamie an nichts fehlte, hatte ihnen geholfen, wo er konnte. Dann war er hin und wieder zum

Abendessen geblieben. Wenn Jamie im Bett lag, hatten sie lange Gespräche geführt, wobei Susan die meiste Zeit geredet und er zugehört hatte. Sie sprach viel von Dave, und er nahm an, sie vertraute ihm, weil er Daves Freund gewesen war. Manchmal hatte er sich sogar gefragt, ob sie womöglich das Gefühl hatte, durch ihn mit Dave zu reden.

Sie vermißte David, und wegen der schrecklichen Auswirkungen, die sein Unfall auf Jamie hatte, fühlte sie sich noch einsamer und noch mehr verunsichert, als es sonst vielleicht der Fall gewesen wäre. Sie vertraute Coop an, daß sie sich früher manchmal gefragt hatte, ob es richtig gewesen war, Dave zu heiraten. Darüber wunderte er sich. Es haftete ein Makel an ihrer Beziehung, von dem Coop nichts geahnt hatte. Natürlich hatten sie sich gestritten, wie jedes Ehepaar, aber ihre Zweifel hatten tiefer gelegen, wenn das auch alles lange her war.

Manchmal war er drauf und dran gewesen, ihr seine Gefühle zu offenbaren, ihr zu sagen, daß er sie liebte. Er hatte gespürt, daß sie jemanden brauchte, und wenn er den Schritt gewagt hätte, vielleicht hätte sie so reagiert, wie er es sich wünschte. Aber wenn sie sich so früh auf eine Beziehung mit ihm eingelassen hätte, wäre es eine aus der Not geborene Entscheidung gewesen, zum Scheitern verurteilt.

Also hatte er sich zurückgehalten und ihr als Freund zur Seite gestanden. Auch mit Jamie hatte er sich alle Mühe gegeben, doch bisher ohne jeden Erfolg. Mit der Zeit hatte Susan allmählich wieder zu sich selbst gefunden, und er war überzeugt, daß ihr klar war, was er für sie empfand. Hoffentlich wußte sie zu schätzen, daß er sie nie bedrängte, daß er nie versuchte, sie zu einer Entscheidung zu zwingen. Er konnte verstehen, daß sie verwirrt war. Das lag wohl zum Teil an Jamie. Sein Schweigen erinnerte sie ständig an David, und lange Zeit hatte Coop gehofft, wenn Jamie ihn endlich akzeptierte, würde auch Susan sich ihm öffnen.

Eine Menge Dinge gingen ihm durch den Kopf, während er durch den Wald zu Somers hinüberging.

Michael saß in einer dicken Jacke, ein Glas Whiskey in der Hand, auf der Veranda und schaute in den Nachthimmel.

Manchmal wirkte die Lichtung im Mond klein, beinahe gespenstisch, wenn er dort draußen in der eisigen Kälte saß. Der Schnee schimmerte silbrig grau, die Bäume warfen lange Schatten. Es war, als existierte dieses Fleckchen Erde irgendwie außerhalb der Zeit. Michael hatte das Gefühl, von Geistern umgeben zu sein, den Geistern der Tiere und Bäume. Vielleicht war er in solchen Momenten im Einklang mit den archaischen Kräften, die ringsum wirkten. Er hatte einmal von einer Theorie gehört, die besagte, daß Gott und die Natur ein und dasselbe waren. Die Vorstellung hatte ihm gefallen. Durch Cully fühlte er sich mit der Natur verbunden.

Von der Veranda aus wirkte der Himmel gewölbt, wie eine riesige dunkle Hülle, die die Erde umgab. Michael sah eine Sternschnuppe aufleuchten, einen Brocken aus Eis und Gestein, und fragte sich, woher er gekommen sein mochte, bevor er in der Atmosphäre verglühte. Wie lange war er wohl durch das All gerast?

Eine Eule schoß geräuschlos über die Lichtung hinweg, auf der Jagd nach einem Beutetier. Michael wußte, daß Eulen keinen schützenden Fettfilm auf den Federn besaßen, was ihnen einen lautlosen Flug ermöglichte. Ein starker Regen würde ihr Gefieder allerdings so durchnässen, daß sie nicht mehr fliegen konnten. Alles hatte seinen Preis. Michael nahm noch einen Schluck von seinem Whiskey. Er mußte daran denken, wie Susan Baker in seinen Laden gekommen war. Nachdenklich runzelte er die Stirn, während er sich ihr Gesicht vorstellte, ihre meergrünen Augen.

Neben der Veranda tauchte plötzlich eine Gestalt aus der Dunkelheit auf. Er erschrak so sehr, daß er beinahe sein Glas fallen ließ. Ein bleiches Gesicht erschien vor ihm, und er dachte schon, er sei betrunken oder sehe den Geist eines Jungen, vielleicht seinen eigenen. Es war Jamie. Michaels Herz klopfte wie wild.

»Wo kommst du denn her?« Er fragte sich, wie Jamie es geschafft hatte, sich so dicht heranzuschleichen, ohne daß er ihn gehört hatte.

Jamie legte etwas auf die Veranda. Es war das Buch, das Michael in den Baum geklemmt hatte.

»Hast du es gelesen?«

Er erwartete keine Antwort, doch Jamie nickte, und im nächsten Augenblick wurde Michael bewußt, daß der Junge noch nie so nah an seinem Haus gewesen war.

»Hat es dir gefallen?«

Wieder nickte Jamie. Dann spähte er in die dunklen Ecken der Veranda.

»Suchst du Cully? Sie ist im Schuppen, sie schläft um diese Zeit. Sie bleibt nie so lange auf.« Er grinste, und zugleich hatte er den Eindruck, als husche der Hauch eines Lächelns über Jamies Gesicht.

Plötzlich knackte es im Unterholz, und sie hörten, wie jemand auf das Haus zukam. Michael sagte sich, es müsse Jamies Mutter sein, die nach ihrem Sohn suchte. Dann hörte er jemanden rufen. Es war Coop. Im nächsten Augenblick stand er auch schon auf der Lichtung.

»Jamie? Deine Mutter macht sich Sorgen um dich, Junge.« Coop sah Michael an. »Es ist schon spät. Er müßte längst zu Hause sein.«

Sieht so aus, als wäre Coop regelmäßig da drüben zu Gast, dachte Michael. Vielleicht hatten er und Susan ein Verhältnis. In Coops Ton hatte etwas Vorwurfsvolles gelegen. Michael deutete auf das Buch und hob es auf. »Er hat mir nur ein Buch zurückgebracht, das ich ihm geliehen hatte.«

Ein Schweigen entstand, das sich minutenlang hinzuziehen schien. Coop hatte Jamie eine Hand auf die Schulter gelegt, aber so wie die beiden da nebeneinander standen, schienen Welten zwischen ihnen zu liegen. Jamie starrte auf den Boden.

»Wir müssen gehen«, sagte Coop.

Bevor Jamie sich umdrehte, warf er noch einen kurzen Blick in Richtung Veranda.

»Du kannst morgen früh wiederkommen«, sagte Michael.

Coop schaute Michael einen Moment lang an, dann wandte er sich wortlos zum Gehen.

»Du hast Glück«, sagte Susan. »Ein Mann, der kochen kann, ist selten genug zu finden, aber so ein guter Koch wie deiner ist etwas ganz Besonderes! Du solltest gut auf ihn aufpassen, Linda, sonst schnappt ihn dir irgendwann eine andere weg.«

»Das sag ich ihr auch immer«, pflichtete Paul ihr bei.

»Das könnte dir so passen.« Linda stand auf und begann, die Teller vom Tisch einzusammeln. Sie beugte sich zu ihrem Mann hinunter und gab ihm einen Kuß. »Na ja, eigentlich bist du gar nicht so schlecht.«

Er legte einen Arm um ihre Taille, zog sie an sich und drückte ihr grinsend einen Kuß auf die Lippen. »Du auch nicht.«

Susan sah ihnen lächelnd zu. Die beiden waren seit siebzehn Jahren verheiratet, und seit vielen Jahren arbeiteten sie auch zusammen. So wie sie miteinander umgingen, so wie ihre Leben miteinander verwoben waren, war es schwer, sich den einen ohne den anderen vorzustellen. Immer noch warfen sie einander über die Theke hinweg kurze Blicke zu, grinsten gemeinsam über einen Scherz, tauschten flüchtige Berührungen aus, eine Hand, die den Arm oder die Taille des anderen streifte, eine kurze, beinahe unbewußte Umarmung. Es waren eher vertraute Gesten als innige Küsse, obwohl Susan überzeugt war, daß Leidenschaft in ihrer Beziehung nicht fehlte. Sie beneidete sie um ihre Vertrautheit. Ob sie und David auch so wären, wenn er noch lebte? Vielleicht nicht auf die gleiche Art. Jamie hatte einen Großteil ihrer Aufmerksamkeit für sich beansprucht, und wahrscheinlich hätten sie ein zweites Kind gewollt. Linda und Paul hatten nur einander; wenn sie Kinder bekommen hätten, wäre vielleicht alles anders. Es kam immer darauf an, aus welcher Perspektive man es betrachtete. Sie wußte, wie sehr die beiden es bedauerten, kinderlos zu sein, aber vielleicht war ihnen gar nicht bewußt, daß das, was sie verband, etwas ganz Besonderes war, und womöglich wären sie nicht bereit gewesen, etwas davon aufzugeben, wenn man sie vor die Wahl gestellt hätte.

»Ich helfe dir«, sagte Susan und nahm Coops Teller. Er lächelte ihr zu, und im Vorbeigehen tätschelte sie ihm die Schulter. Als er freudig überrascht zu ihr aufschaute, erwiderte sie sein Lächeln.

Während sie die Teller in die Spülmaschine räumte und Linda den Nachtisch anrichtete, malte Susan sich ein Leben mit Ehemann und Kindern aus, lautes Geschrei und Gelächter am Abendbrottisch und stille Abende vor dem Fernseher, wenn die Kinder im Bett waren. Die Bilder, die ihr durch den Kopf gingen, standen in krassem Gegensatz zu ihrer Realität. Wenn sie und Jamie abends gemeinsam aßen, war ihre Stimme die einzige, die zu hören war, und jedesmal, wenn sie ihren Sohn anschaute, hatte sie einen Kloß im Hals.

»Na, träumst du mit offenen Augen?«

Susan fuhr aus ihren Gedanken auf. »Das hat meine Mutter auch immer gesagt.«

»Alle Mütter sagen das.« Linda nahm zwei frische Gläser aus dem Schrank und füllte sie mit Weißwein. »Wie läuft's denn so?« fragte sie mit einem verschmitzten Lächeln.

Susan, die ahnte, worauf ihre Freundin hinauswollte, nippte an ihrem Wein und seufzte. »Ach, ich weiß nicht. Coop ist ein netter Kerl, und ich bin ihm für alles dankbar, was er für Jamie und mich getan hat. Aber ich weiß einfach nicht, ob ich je mehr für ihn empfinden kann.« Sie beobachtete ihn durch die Glastür, während sie das sagte. Er saß zurückgelehnt da, die langen Beine unter dem Tisch ausgestreckt, und unterhielt sich entspannt mit Paul. Coop hatte kein Wort darüber verloren, was bei Michael geschehen war, aber an der Art, wie er Jamie nachschaute, als der ins Haus ging, hatte sie gesehen, daß er verletzt war. Es hatte ihr einen Stich versetzt. Sie schüttelte den Kopf. Manchmal war alles so verwirrend.

»Ich hab' dir noch nie davon erzählt«, sagte Linda. »Ich bin früher mal mit Coop gegangen. Damals dachte ich, wir würden eines Tages heiraten.« Sie lachte über Susans schockiertes Gesicht. »Ach, das ist schon sehr lange her. Da kannte ich Paul noch gar nicht. Eigentlich waren wir fast noch Kinder.«

»Du bist mal mit Coop gegangen?« Susan konnte es nicht fassen.

»Wie ich schon sagte, das ist sehr lange her.« Sie senkte den Blick und drehte ihr Glas zwischen den Fingern. »Weißt du, als Paul und ich versucht haben, ein Kind zu bekommen und nichts passierte, hab' ich mich manchmal gefragt, wie es gewesen wäre, wenn ich Coop geheiratet hätte. Schau mich nicht so entgeistert an. Ich würde Paul niemals gegen einen anderen eintauschen, aber damals sind mir die verrücktesten Dinge durch den Kopf gegangen. Es hätte sowieso nichts geändert, denn am Ende stellte sich heraus, daß es an mir lag. Ich sage nur, daß ich darüber nachgedacht habe. Ich glaube, Coop wäre ein guter Ehemann gewesen. Na ja, ich weiß, er ist ein bißchen still, und er ist zufrieden mit dem, was er hier im Ort hat, aber er hat ein gutes Herz, Susan.«

Susan nickte langsam. »Das weiß ich«, sagte sie.

Es war schon spät, als sie gingen, nach eins, und es war eiskalt draußen. Susan machte es sich auf dem Beifahrersitz bequem und lehnte den Kopf gegen die Kopfstütze. Im Radio lief Country-Musik, und sie summte leise die Melodie mit.

»Ich dachte, du könntest dieses Gedudel nicht leiden«, sagte Coop.

»Heute abend mache ich eine Ausnahme.« Sie lächelte

ihn an. Der Wein, der Brandy und der Kaffee machten sich bemerkbar. Soviel hatte sie schon seit langem nicht mehr getrunken, und sie war ziemlich aufgekratzt.

»Es war ein netter Abend«, sagte sie. »Gutes Essen, gute Freunde. Das hat mir gutgetan.«

»Ja, mir auch.«

Sein Gesichtsausdruck war ernst, er konzentrierte sich auf die Straße. Er hatte nicht soviel getrunken wie sie, aber sie fragte sich, ob er immer noch gekränkt war. Sie legte eine Hand auf seinen Arm.

»Mach dir keine Gedanken wegen Jamie«, sagte sie. »Das geht nicht gegen dich. Er interessiert sich einfach für den Falken von Michael.«

Coops Kiefermuskeln spannten sich kaum merklich an. »Ja, ich weiß.«

Er klang nicht überzeugt. Vielleicht sollte sie die Sache lieber auf sich beruhen lassen. Das Summen der Reifen auf der Straße lullte sie ein, und die warme Luft im Wagen ließ sie gähnen.

»Ist es dir recht, daß Jamie dauernd zu ihm rübergeht?« fragte Coop nach einer Weile.

Seine Frage riß sie aus ihrer Schläfrigkeit. »Wie meinst du das?«

»Somers hat versucht, jemanden umzubringen, das weißt du genau. Der Typ, auf den er geschossen hat, hatte verdammt Glück, daß er überlebt hat. Und seine Frau und sein Kind hat er auch mit der Waffe bedroht.«

»Deswegen hat er aber nie vor Gericht gestanden«, sagte Susan. »Der Staatsanwalt hat ihm geglaubt, daß er die beiden nie wirklich bedroht hat. Und der Richter hat ihm als Teil der Strafe eine Therapie verordnet. Offenbar war es eine Art Nervenzusammenbruch.«

»Aber die Geschworenen waren der Meinung, er wußte, was er tat.« Coop schaute sie an. »Woher weißt du das alles überhaupt?«

»Ich bin in die Bibliothek gegangen. Ich meine, jetzt wo

Jamie so oft zu ihm rübergeht, wollte ich genau wissen, was passiert ist und mich nicht auf das verlassen, was die Leute erzählen.«

Coop zog die Brauen zusammen, sagte jedoch nichts.

Schweigend fuhren sie weiter, bis sie vor Susans Haus ankamen. Susan wünschte, sie hätte das Thema nicht wieder angeschnitten. Einen Augenblick lang saßen sie verlegen nebeneinander, dann legte sie einen Arm um seine Schulter und drückte ihm einen Kuß auf die Wange. Als sie sich wieder von ihm lösen wollte, hielt er ihren Arm fest, und sie schauten einander in die Augen. Sie sträubte sich nicht, als er sie an sich zog, und dann küßte er sie und legte die Arme um sie.

Zuerst empfand sie überhaupt nichts, spürte nur seine Lippen auf ihrem Mund, dann begann es in ihrem Bauch zu kribbeln, ein Gefühl, das sie noch ein wenig auskosten wollte. Coops männlicher Geruch stieg ihr in den Kopf und löste ein kleines Feuerwerk chemischer Reaktionen in ihrem Gehirn aus. Sie spürte die Kraft seiner Arme, seinen festen, muskulösen Körper. Als ihre Hand unbeabsichtigt seine Hose streifte, fühlte sie seine Erektion.

Sie öffnete die Augen und löste sich abrupt aus seiner Umarmung.

»Coop ... Es ist schon spät. Ich glaube, es ist besser, wenn ich jetzt reingehe.«

Er schaute sie mit einer Mischung aus Verwirrung, Verletztheit und Zorn an, versuchte aber nicht, sie aufzuhalten. Sie kam sich vor wie ein Idiot, schlimmer noch, sie hatte das Gefühl, ihn animiert zu haben. Sie stammelte ein paar entschuldigende Worte, wünschte ihm eine gute Nacht und stieg aus.

Drinnen lehnte sie sich gegen die Tür und wartete, bis Coops Wagen nicht mehr zu hören war und Stille einkehrte. Sie schloß die Augen und atmete tief durch. Dann ging sie in die Küche und goß sich ein Glas Wasser ein. In ihrem Kopf drehte sich alles.

Bevor sie ihr Schlafzimmer betrat, schaute sie noch nach Jamie. Er lag auf dem Bauch, die Arme ausgestreckt, das Gesicht ihr zugewandt. Sie deckte ihn zu, gab ihm einen Kuß und beobachtete ihn eine Weile. Er schlief mit offenem Mund, seine langen Wimpern berührten seine Wangen. Der Zeichenblock lag auf der Truhe neben dem Bett, und als sie ihn ins Licht hielt, das vom Flur hereinfiel, und die Seiten umblätterte, sah sie, daß er noch mehr Bilder von dem Falken gezeichnet hatte. Es gab welche von Cully, wie sie auf dem Verandageländer saß, und andere, auf denen sie auf eine Gestalt zuflog, wahrscheinlich Michael. Susan legte den Zeichenblock weg und betrachtete wieder ihren schlafenden Sohn. Äußerlich wirkte er gelöst, sorglos. Sie erinnerte sich, wie sein Lachen geklungen hatte, als er noch ein Baby war, wie er gekichert hatte, wenn sie ihn kitzelte, wie er zum erstenmal ihren Namen ausgesprochen hatte. Das alles schien so weit zurückzuliegen. Sie hatte einen Kloß im Hals, und ihre Augen begannen zu brennen. Schnell verließ sie das Zimmer und schloß die Tür hinter sich.

Sie legte sich ins Bett und löschte das Licht, aber sie fand keinen Schlaf. Sie befand sich in einem schläfrigen, halb entrückten Zustand, eingehüllt in Wärme und Dunkelheit. Der Kopf schwirrte ihr noch vom Alkohol. Sie mußte daran denken, wie Coops Körper sich angefühlt hatte, als sie sich küßten. Es tat ihr leid, was geschehen war, und nun stellte sie sich vor, sie wäre nicht ausgestiegen. Sie malte sich aus, wie sie sich in der Dunkelheit an ihn schmiegte, wie seine Hände ihren Rücken streichelten. Sie fuhr mit den Händen unter ihr T-Shirt, legte sie auf ihre Brüste, preßte die Schenkel zusammen. Die Erregung kam unerwartet. Mit einer Hand begann sie, ihren Bauch zu liebkosen, ließ sie tiefer gleiten.

Während sie sich mit geschlossenen Augen streichelte, tauchten verschwommene Bilder vor ihr auf, verschwanden wieder und setzten sich neu zusammen. Sie sah Coop, wie er auf der Heimfahrt neben ihr gesessen hatte, gedankenvoll, sein Gesicht im Schatten, erinnerte sich daran, wie er sie geküßt hatte. Dann löste sich das Bild wieder auf, und Erinnerungen an Liebesnächte mit David traten an seine Stelle. Tränen liefen ihr über die Wangen, fielen auf das Kopfkissen.

Sie verscheuchte Davids Bild aus ihren Gedanken und stellte sich vor, von einem Unbekannten geliebt zu werden. Sie konnte sein Gesicht nicht sehen, wollte es nicht sehen, aber während sie sich mit den Händen liebkoste, meinte sie, seinen Körper an ihrem zu spüren, und gab sich ihrer Lust hin.

Nachher wurde ihr Atem allmählich ruhiger, die Bilder lösten sich auf, und als sie schließlich einschlief, träumte sie von Dingen, an die sie sich später nicht erinnern würde. Nur ein vages Gefühl von Unzufriedenheit blieb davon zurück. Sie rollte sich zusammen und umschlang ihre Knie mit den Armen.

17. Kapitel

Michael stand vorm Morgengrauen auf und holte Cully aus dem Schuppen. Als die Sonne aufging, war sie bereits gewogen und saß, mit ihrer Haube versehen, auf der Stange im Nissan, während Michael sein Frühstück beendete. Seit Tagen flog sie jeden Morgen und jeden Nachmittag frei über die Lichtung auf seine Faust, ohne ein einziges Mal zu zögern oder den Versuch zu machen, über die Bäume hinweg davonzufliegen. Dennoch hatte Michael jedesmal einen Kloß im Hals, wenn er sie rief. Jetzt war es an der Zeit, einen Schritt weiter zu gehen, und dazu mußte er mit ihr in die Berge hinauf.

Er fuhr auf die Straße, die in die Stadt führte, bog aber gleich wieder ab und lenkte seinen Wagen über den kleinen Weg zu Susans Haus. Als er auf die Veranda trat, um zu klopfen, hörte er drinnen einen Hund bellen, und kurz darauf wurde die Tür geöffnet. Susan blinzelte ihn aus verschlafenen Augen an, während sie sich das Haar aus dem Gesicht strich. Als sie Michael erkannte, zog sie ihren Morgenmantel enger um sich.

»Tut mir leid. Ich wollte Sie nicht wecken.«

»Macht nichts. Wie spät ist es?«

»Es ist noch ziemlich früh.« Hinter ihr sah er Jamie gestiefelt und gespornt im Flur stehen. Wahrscheinlich hatte er sich gerade auf den Weg zu der Stelle am Rand der Lichtung machen wollen, von der aus er jeden Morgen bei Cullys Training zusah.

»Ich fahre mit Cully in die Berge«, sagte Michael. »Ich dachte, Jamie hat vielleicht Lust mitzufahren, wenn Sie nichts dagegen haben.«

Sie schaute zu seinem Wagen hinüber und sah Cully hinter der Scheibe auf ihrer Stange sitzen. »Ich weiß nicht«, sagte sie, mittlerweile etwas wacher. Sie drehte sich um, in der Erwartung, daß Jamie bereits verschwunden war, aber er stand noch im Flur. »Ich meine, meinetwegen kann er gern mitfahren. Schließlich ist Samstag, und er hat keine Schule, aber Jamie ist ein bißchen scheu im Umgang mit Menschen.« Sie kniete sich neben ihn. »Möchtest du mit Mr. Somers in die Berge fahren?«

»Michael.«

Sie warf einen Blick über ihre Schulter. »Michael.«

Zu ihrer Überraschung nickte Jamie nach kurzem Zögern. Dann ging er an ihr vorbei nach draußen und kletterte in den Wagen.

»Wir werden schon miteinander klarkommen. In ein paar Stunden bringe ich ihn wieder zurück.«

Susan war immer noch zu verblüfft, um mehr als ein Nicken zustande zu bringen. »Okay. Vielen Dank.«

Sie winkte zum Abschied und schaute ihnen noch einen Augenblick lang nach. Dann ging sie ins Haus. Trotz allem machte sie sich Sorgen.

Die Straße durch den Wald in Richtung Falls Pass war vereist, und Michael mußte sich beim Fahren sehr konzentrieren. Hin und wieder kamen sie durch enge Täler, wo die Bäume zu beiden Seiten hoch aufragten und düstere Schluchten bildeten, in die die Sonne im Winter niemals vordrang.

Jamie rückte auf dem Beifahrersitz dicht an die Tür, als wollte er soviel Abstand wie möglich zwischen sich und Michael bringen. Die meiste Zeit über ließ er Cully im hinteren Teil des Wagens nicht aus den Augen. Michael irritierte sein Schweigen, und er suchte verzweifelt nach einem Gesprächsthema. Er erkundigte sich nach diesem und jenem aus Jamies Schule, aber es war schwer, dauernd Fragen stellen zu müssen, die nur ein Nicken oder ein Kopfschütteln als Antwort erforderten. Außerdem spürte er Jamies Widerwillen, und nach einer Weile gab er auf.

Er erinnerte sich an eine Autofahrt mit seinem Vater, als er etwa in Jamies Alter gewesen war. Sie waren unterwegs nach Williams Lake, um Waren für den Laden abzuholen, und die Fahrt war ungefähr genauso verlaufen wie die mit Jamie jetzt, in fast vollkommenem Schweigen. Dieser Eindruck war ihm sehr deutlich im Gedächtnis haftengeblieben. Er sah seinen Vater noch vor sich, in seiner rotkarierten Jacke und mit einer Kappe auf dem Kopf, auf der vorne der Name einer Werkzeugmarke stand. Schon damals war sein Haar grau, fast silberweiß, und sein Kinn schien in lauter Hautfalten zu verschwinden. Jedesmal, wenn er an seinen Vater dachte, hatte er dasselbe Bild vor Augen, als wäre er immer schon alt gewesen.

Als Michael geboren wurde, waren seine Eltern beide bereits über vierzig. Sie hatten mit Mitte Dreißig geheiratet, aber es dauerte lange, bis das erste Kind kam, und Michaels Geburt war so schwer, daß seine Mutter keine weiteren Kinder mehr bekommen konnte. Soweit er wußte, war es das, was sie aus der Bahn geworfen hatte.

An dem Tag, an dem er mit seinem Vater nach Williams Lake fuhr, machten sie auf dem Rückweg einen Umweg zu einem kleinen See, der im Winter immer zugefroren war. Sein Vater machte den Vorschlag, und er mußte es von vornherein geplant haben, denn er hatte Michaels Schlittschuhe mitgenommen. Es waren viele Leute auf dem Eis, Kinder in seinem Alter, ganze Familien. Michaels Vater konnte wegen eines Hüftleidens nicht Schlittschuh laufen, sah ihm aber vom Ufer aus zu und ermunterte ihn mit Zurufen, wenn er in seine Nähe kam. Als Michael endlich genug hatte, war es schon fast dunkel, und es waren nur noch wenige Schlittschuhläufer auf dem Eis. Sein Vater stand immer noch an derselben Stelle und sah ihm geduldig zu.

Ganz verschwitzt von der Anstrengung stieg Michael ins Auto, doch sein Vater war völlig durchgefroren. Es hatte Michael Spaß gemacht, auf dem Eis herumzutollen, aber er hatte es absichtlich in die Länge gezogen. Er erinnerte sich, wie er es seinem Vater gegönnt hatte, so zu frieren, es war dieser Zorn, den er nicht einzuordnen wußte. Er war einfach da, eine Mischung aus verworrenen Gefühlen. Den ganzen Heimweg über schwieg er, und allmählich gab sein Vater es resigniert und enttäuscht auf, ihn zum Reden zu bringen.

Als sie zu Hause ankamen, war es dunkel. Seine Mutter hatte die Scheinwerfer des Wagens gesehen und öffnete ihnen mit sorgenvoller Miene die Tür. Ihre Stimme klang verändert, irgendwie zittrig und zu laut.

»Wo seid ihr gewesen?« fragte sie, fiel auf die Knie und drückte ihn an sich. Er erinnerte sich an den scharfen Geruch des Mittels, mit dem sie sich die Brust eingerieben hatte, an ihr Haar in seinem Gesicht.

»Wir waren Schlittschuh laufen«, erwiderte er und wand sich aus ihrer Umarmung.

Ihre Augen blitzten zornig auf, als sie seinen Vater ansah. »Warum hast du mir nichts davon gesagt? Ich wußte überhaupt nicht, wo ihr wart, ich war ganz allein. Was wäre gewesen, wenn ich einen Anfall gehabt hätte und gestürzt wäre?« Dann war sie aufgestanden und hatte wie ein Hund geschnüffelt. »Du hast mal wieder getrunken!« Michael wußte, daß das nicht stimmte, sein Vater hatte den ganzen Tag keinen Alkohol angerührt, doch er sagte nichts.

Es war eine der wenigen Gelegenheiten, die Michael in Erinnerung hatte, bei denen er und sein Vater etwas gemeinsam unternommen hatten. Heute wußte er, daß er seinem Vater nicht selten die kalte Schulter gezeigt hatte, wenn dieser versuchte, ihn zum Ballspielen vor dem Haus oder zum Angeln am Fluß zu animieren. Bei dem Gedanken schüttelte er den Kopf. Seine Mutter hatte es geschickt fertiggebracht, ihn gegen seinen Vater aufzuhetzen. Ihre Reaktion auf den Abstecher zum Schlittschuhlaufen war von Angst bestimmt gewesen, das sah er nun ganz deutlich; sie hatte gefürchtet, all ihre Mühen könnten umsonst gewesen sein. Wahrscheinlich hatte sein Vater es danach einfach aufgegeben.

Weit oberhalb des Tals und jenseits der Baumgrenze erklommen sie eine letzte Anhöhe. Ein Stück weiter vorn führte die Falls Pass Road steil abwärts, um sich dann wieder zum nächsten Paß hochzuschlängeln. An der Stelle, wo sie sich befanden, durchschnitt die Straße ein weites Schneefeld, das sanft bis zu einer Felswand anstieg, die etwa eine Meile entfernt war. Dahinter erhoben sich die Berge mit ihren zahllosen weißen und blauen Gipfeln. Michael hielt am Straßenrand.

»Wir sind da.«

Die Stelle war ihm eingefallen, als Frank ihm erklärt hatte, er brauche eine weite, offene Landschaft ohne Bäume, um Cully auf einen Köder fliegen zu lassen. Hier waren sie von unberührtem Neuschnee umgeben, vor sich die Felsen und im Norden die Berge, über denen sich der klare Winterhimmel wölbte.

Michael holte Cully aus dem Wagen, und sie überquerten einen mit Geröll übersäten Streifen neben der Straße. Die Schneedecke dahinter war gefroren und das Gehen nicht allzu beschwerlich. Vor ihnen warfen die Eisflächen in den Felshängen glitzernd das Sonnenlicht zurück, andere Stellen, die im Schatten lagen, wirkten wie riesige schwarze Löcher.

Die eisige Luft schnitt ihnen in die Wangen, und jeder

Atemzug schmerzte in den Lungen wie Nadelstiche. Bei jedem Schritt brach die Schneedecke wie berstendes Glas. Nachdem sie eine halbe Meile gegangen waren, blieben sie stehen, und Michael nahm Cully die Haube ab. Sie stand aufrecht auf seiner Faust, die Brust vorgereckt, schaute in alle Richtungen und nahm den ungewohnten Anblick mit funkelnden Augen auf. Dann öffnete sie kurz ihre Schwingen und testete die leichte Brise. Die klare Höhenluft und die blanken Felsen, das ungetrübte Sonnenlicht und die Nähe des Himmels weckten ihre Instinkte.

In seiner freien Hand trug Michael einen angespitzten Holzklotz, den er nun in den Schnee rammte. Er hatte vorgehabt, Cully darauf hocken zu lassen, während er den Köder vorbereitete, doch nun hatte er eine bessere Idee. Er setzte Cully auf dem Holzklotz ab, dann zog er seinen Handschuh aus und hielt ihn Jamie hin.

»Hast du Lust, mir zu helfen?« fragte er. »Jemand muß Cully auf der Faust halten.«

Jamies Augen weiteten sich, und er trat furchtsam einen Schritt zurück.

»Jetzt schaust du ihr schon so lange zu«, sagte Michael, »möchtest du sie nicht ein bißchen besser kennenlernen?« Er glaubte, es würde Jamie Spaß machen, etwas mehr beteiligt zu werden, aber er hoffte auch, ihn auf diese Weise ein wenig aus der Reserve locken zu können. Es war nicht gut für einen Jungen, sich so zu verschließen.

Er ging vor Jamie in die Hocke. »Komm nur, sie wird dir nichts tun«, sagte er. »Sieh mal, sie ist noch nicht mal ängstlich. Sie kennt dich.«

Eine Weile schauten sie sich an, dann nickte Jamie zögernd und streckte seine Hand aus. Nervös sah er zu Cully hinüber. Michael half ihm, den Handschuh anzuziehen, dann führte er seine Faust hinter den Block. »Du brauchst nur von hinten ihre Beine zu berühren, dann steigt sie rückwärts auf deine Faust. Okay? Halte deinen Arm ganz ruhig, und dann schlingst du die Fessel mit dem Geschüh um die

Finger. So.« Er führte Jamies Hand, während er ihm alles erklärte. »Und jetzt steh auf.«

Als sie nebeneinander standen, änderte sich Jamies Gesichtsausdruck allmählich. Seine Ängstlichkeit war verflogen, denn er vertraute nun darauf, daß Cully ihn nicht plötzlich angreifen würde. Michael lächelte, als er die Augen des Jungen leuchten sah. »Sie muß sich nur noch ein bißchen an dich gewöhnen, das ist alles.« Cully trat von einem Fuß auf den anderen, beäugte zuerst den Handschuh und dann Jamie, knabberte an ihrem Geschüh. Sie plusterte ihr Gefieder auf, schüttelte die Schwanzfedern und machte es sich schließlich auf Jamies Faust bequem. Dann richtete sie ihre Aufmerksamkeit wieder auf die Landschaft. »Siehst du, sie fühlt sich wohl.«

Nach ein paar Minuten zeigte Michael Jamie, wie er Cullys Brustfedern streicheln konnte. Zögernd probierte Jamie es, zog jedoch seine Hand schnell zurück, als Cully sich vorbeugte, um seine Finger zu beobachten. Michael hatte in einem seiner Bücher gelesen, daß man, wenn ein Falke nach einem Finger schnappte, am besten einfach stillhielt, bis er wieder losließ. Er hatte schon mehrmals ihren Schnabel zu spüren bekommen, wenn sie nicht gestreichelt werden wollte, und er sagte sich, es sei vielleicht besser, die Dinge langsam anzugehen.

»Okay, jetzt lassen wir sie fliegen«, verkündete er. »Du bleibst einfach so stehen, ja? Dann kann Cully auf deiner Faust bleiben, bis ich weit genug weggegangen bin und sie rufe. Glaubst du, du schaffst das?« Jamie schaute ihm in die Augen, und nach einem kurzen Moment nickte er kaum merklich. »Okay. Du machst das prima.«

Michael befreite Cully von der Fessel und dem Geschüh. »Bleib ganz ruhig stehen.« Er wußte, daß es schon bald anstrengend für Jamie werden würde, Cully zu halten, und entfernte sich mit schnellen Schritten, während er den Köder aus seiner Tasche zog. Cullys Glöckchen bimmelte leise; sie wurde unruhig. In der klaren Luft wurde der helle Ton weit hinausgetragen, wahrscheinlich würde Michael ihn auch noch hören, wenn sie zu den Felsen flog, die eine halbe Meile entfernt aufragten.

Als nächstes sollte Cully darauf abgerichtet werden, einen Köder im freien Flug zu jagen, anstatt ihn sich von Michaels Faust zu holen. Er hatte in Franks Buch gelesen, wie er vorgehen mußte, und Frank hatte es ihm noch einmal am Telefon erklärt. Vor dem Haus hatte er geübt, den Köder wie ein Lasso zu schwingen. Dabei hatte er sich vorgestellt, wie Cully hoch über seinem Kopf kreiste und dann auf seinen Ruf hin zu ihm kam. Er mußte den Köder so vor seinem Körper schwingen, daß Cully ihn fast erreichte, und ihn im letzten Augenblick wegziehen, damit sie weiterflog und es noch einmal versuchte.

»Etwa ein Dutzend Mal kann man einen Falken so anlocken, bis er ermüdet, dann läßt man ihn den Köder fangen«, hatte Frank erklärt und ihm versichert, daß Cully auf diese Weise schnell an Kondition gewinnen würde.

Michael war so nervös wie beim erstenmal, als er sie hatte frei fliegen lassen. Er war im Begriff, etwas für Cully völlig Unerwartetes zu tun, und sie mußte verstehen, was von ihr verlangt wurde. Es schien Michael eine komplizierte Aufgabe zu sein, doch er hatte sich vorbereitet.

Nach fünfzig Metern holte er tief Luft, drehte sich um und rief sie. Sofort breitete sie die Schwingen aus. Jamie zog den Kopf ein, als ihre Federn sein Gesicht streiften, und sein Arm gab nach, als Cully abhob. Als sie drei Viertel des Wegs hinter sich hatte, legte Michael, Franks Anweisungen gemäß, den Köder auf den Boden. Einen Augenblick lang schien sie zu schwanken, und Michael geriet beinahe in Panik bei der Vorstellung, sie könnte sich in die Lüfte erheben und davonfliegen, während er sie vergebens rief. Aber ihre Augen waren zehnmal besser als die eines Menschen, und sie hatte nur den Köder beobachtet. Als sie näher kam, legte sie die Schwingen an und landete auf dem Schnee, als hätte sie nie etwas anderes getan. Schützend breitete sie die Flügel über ihrer Beute aus, und nach einem prüfenden Blick in alle Richtungen machte sie sich über das Fleisch her.

Beglückt über den Erfolg, ging Michael zu Jamie hinüber. »Wir lassen ihr ein bißchen Zeit, dann machen wir es noch einmal. Okay?« Jamie verstand nicht, was die Veränderung in Cullys Training zu bedeuten hatte, und schaute ihn verblüfft an. »Du wirst gleich sehen, wie es weitergeht«, sagte Michael. Er war schrecklich aufgeregt und brachte es nicht fertig, Jamie zu erklären, was er als nächstes vorhatte, vor lauter Angst, es könnte am Ende schiefgehen. Aber wenn alles klappte, würden sie Cully richtig fliegen sehen.

Als er Cully zum zweitenmal von Jamies Faust zu sich rief, legte er den Köder wie zuvor auf den Boden, aber diesmal sollte er ihn wieder wegziehen, bevor sie ihn erreichte. Frank hatte gesagt, das würde sie verwirren, sie würde weiterfliegen und hoch aufsteigen, und dann sollte er sie rufen und den Köder schwingen.

»Geraten Sie bloß nicht in Panik«, hatte Frank gesagt. »Sie wird zurückkommen und versuchen, den Köder zu erwischen.«

Dann sollte er den Köder auf den Boden werfen und Cully überlassen. Das war die Theorie.

Sie kam genauso schnell wie zuvor, setzte von Jamies Faust zum Gleitflug an und flog dann etwa einen halben Meter über dem Boden. Im allerletzten Augenblick zog Michael den Köder weg, doch als er an der Schnur riß, wußte er, daß er zu lange gewartet hatte. Cully hatte bereits zur Landung angesetzt, die Füße nach vorne ausgestreckt, die Schwanzfedern zum Bremsen gespreizt, und zu Michaels Erstaunen flog sie nicht weiter, sondern landete im Schnee und wirkte verblüfft und gereizt, als er ihr den Köder beinahe aus den Fängen riß. Der Köder lag etwa drei Meter von ihr entfernt, und bevor Michael reagieren konnte, lief sie darauf zu. Sie hatte einen seltsam watschelnden Gang, die Flügel angelegt, halb hüpfend, halb gehend. Einen Augenblick lang wußte Michael nicht, was er tun sollte, dann riß er den

Köder wieder weg. Verwirrt blieb sie stehen, dann lief sie erneut darauf zu. Michael war enttäuscht. Das waren nicht die Flugkünste, die er erwartet hatte.

Als er schließlich zuließ, daß sie den Köder erwischte, schien sie zufrieden zu sein. Jamie beobachtete das alles mit einem Ausdruck der Verwunderung, als fragte er sich, ob man wirklich auf diese Weise einen Falken abrichtete. Bis jetzt war alles gutgegangen, und Cully hatte sich stets als eleganter Greifvogel zeigen können. Nun hatte Michael das Gefühl, sie zu einer Witzfigur zu machen, indem er sie nötigte, wie eine flugunfähige Wachtel im Schnee herumzuhüpfen.

Er wartete, bis sie zu Ende gefressen hatte, dann zog er sich den Ärmel seiner Jacke über die Hand und trug sie zu Jamie zurück, um einen erneuten Versuch zu starten. Vielleicht wäre es besser, es für heute gut sein zu lassen, doch es widerstrebte ihm, so ein enttäuschendes Ergebnis hinzunehmen. Er war entschlossen, seinen Fehler wieder wettzumachen. Er setzte Cully auf Jamies Faust, und nachdem er sich vergewissert hatte, daß sie immer noch hungrig war, entfernte er sich und rief sie.

Diesmal machte er es richtig und riß den Köder fort, als sie noch weit genug entfernt war. Sie flog weiter und stieg steil in die Luft. Michael war von ihrem Anblick überwältigt. Plötzlich war er sich sicher, daß sie nicht auf seinen Ruf reagieren würde, daß sie einfach weiterfliegen und immer kleiner werden würde, bis sie nur noch ein kleiner schwarzer Punkt am blauen Himmel war. Bei der Vorstellung, sie nie wiederzusehen, drehte sich ihm der Magen um.

Ihre Flügel schlugen schnell und gleichmäßig, und ihr helles Gefieder leuchtete in der Sonne auf. Michael schaute zu Jamie hinüber, der ihn erwartungsvoll beobachtete. Plötzlich kam er zu sich und fand seine Stimme wieder.

»Cully!«

Sein Ruf hallte über das Schneefeld, wurde von den Felshängen zurückgeworfen, aber Cully stieg immer höher. Er rief noch einmal und begann, den Köder zu schwingen. Er fürchtete, daß sie schon zu weit fort war, um ihn zu hören, und verfluchte sich innerlich, weil er zu lange gewartet hatte. Sie war über den Kamm hinausgeflogen, hoch über das Tal, das dahinter und außerhalb seiner Sichtweite lag. Ein letztes Mal rief er sie, rief so laut er konnte. Und endlich kehrte sie zurück.

Mit wild klopfendem Herzen rief er immer wieder ihren Namen, während sie auf ihn zuflog. Er war davon überzeugt, daß sie wieder umkehren, es sich im letzten Augenblick anders überlegen würde, aber sie kam unbeirrt näher. Er warf den Köder in den Schnee, und Cully legte die Flügel an und stürzte sich darauf. Schützend ummantelte sie ihre Beute mit den Schwingen und schaute sich um, ehe sie zu fressen begann.

Michael beschloß, das Training für den Tag zu beenden.

Auf dem ganzen Heimweg saß Jamie mit leuchtenden Augen da und konnte seinen Blick nicht von Cully wenden. Michaels Begeisterung war leicht gedämpft. Als Cully schließlich kehrtgemacht hatte, war sie ganz kurz ins Schwanken geraten, als hätte ein heftiger Windstoß sie erfaßt. Dann, als sie auf ihn zuflog, hatte er bemerkt, daß ihr Flügelschlag etwas unregelmäßig war, als versuche sie, ihre verletzte Schwinge zu schonen.

Im Rückspiegel sah Michael, daß Cully jetzt, da sie auf ihrer Stange saß, Schwierigkeiten hatte, den verletzten Flügel anzulegen und ihn immer wieder fallen ließ. Auf seiner Stirn bildeten sich tiefe Sorgenfalten.

Tom Waters war gerade dabei, ein paar Anweisungen für seine erkrankte Assistentin zu notieren. Als die Tür zum Behandlungszimmer geöffnet wurde, blickte er entnervt auf.

»Komme ich zu einem ungünstigen Zeitpunkt?« fragte Michael.

»Im Moment ist jeder Zeitpunkt ungünstig«, erwiderte Tom. »Man stellt eine Hilfskraft ein, damit sie sich um Termine kümmert und das Telefon bedient, und dann entpuppt sie sich als Organisationswunder. Sie kramt alles um und erfindet Ordnungssysteme, die nur sie allein durchschaut, und ehe man sich's versieht, hat sie die ganze Praxis im Griff. Hören Sie auf meinen Rat und hüten Sie sich vor solchen Frauen. Sie werden noch eines Tages die Welt regieren.«

»Ich werde mir Ihren Rat zu Herzen nehmen.«

»Mit anderen Worten, meine Assistentin liegt mit einer Erkältung im Bett«, sagte Tom. »Und ich habe soeben festgestellt, daß ich ohne sie nicht mehr zurechtkomme. Jetzt kann ich sie niemals feuern, egal, was sie sich zuschulden kommen läßt.«

»Wahrscheinlich kämen Sie gar nicht auf die Idee, sie zu feuern«, sagte Michael.

Tom grinste. »Sie haben recht. Rose ist die beste Sprechstundenhilfe, die ich mir vorstellen kann. Wahrscheinlich habe ich sie deswegen vor zehn Jahren geheiratet. Also, was kann ich für Sie tun?«

»Es geht um Cullys Flügel«, sagte Michael. Er hatte ihr die Haube angelegt und sie auf seiner Faust mitgebracht. Ihr Glöckchen bimmelte, als sie sich bewegte.

Tom schaute Michael über seine Lesebrille hinweg an. »Hat sie immer noch Probleme damit?«

»Ich habe sie gestern fliegen sehen«, sagte Michael und erklärte Tom, was er beobachtet hatte.

»Okay, schauen wir sie uns mal an.« Tom tastete die Bruchstelle sorgfältig ab. »Kein Anzeichen für eine Stufenbildung«, sagte er. »Der Knochen ist gut verheilt.« Er untersuchte die Flügelspitze und schüttelte den Kopf. »Kein Anzeichen für eine Entzündung.« Er ließ den Flügel los und beobachtete, wie Cully ihn wieder anlegte. Diesen Vorgang wiederholte er mehrmals.

»Was versuchen Sie festzustellen?«

»Ich möchte sehen, ob sie Schmerzen hat. Läßt sie den Flügel ab und zu hängen, wenn sie sich ausruht?«

»Das hat sie nach ihrem letzten Flug gemacht«, sagte Michael. »Warum?«

»Es könnte bedeuten, daß etwas nicht in Ordnung ist. Aber im Moment scheint sie sich wohl zu fühlen. Wie lange haben Sie sie fliegen lassen?«

»Nur ein paar Minuten.« Michael erzählte Tom, was sich abgespielt hatte.

»Okay, bisher kann ich noch nicht viel sagen. Ich muß ein paar Röntgenaufnahmen machen«, sagte Tom.

Er nahm Cully auf die Faust und verschwand mit ihr im Röntgenraum. Als er nach einer Viertelstunde zurückkehrte, hängte er die Aufnahmen vor einen Lichtkasten, um sie zu begutachten. An der Stelle, wo der Bruch verheilt war, entdeckte er einen kleinen dunklen Fleck und runzelte die Stirn.

»Sieht aus wie ein kleiner Infektionsherd«, erklärte er und zeigte mit dem Finger auf die Stelle.

»Was bedeutet das?«

»Möglicherweise nichts Besonderes. Wir werden ihr ein Antibiotikum geben. Gönnen Sie ihr ein paar Tage Ruhe, und beobachten Sie sie. Was Sie gesehen haben, kann auch ein Rest Steifheit sein, aber man kann nie vorsichtig genug sein. Wenn Sie wieder mit dem Training anfangen, gehen Sie behutsam vor, und falls Sie den Eindruck haben, daß sie Schmerzen hat, bringen Sie sie wieder her.«

Michael streichelte Cullys Brust, um sie zu beruhigen, und redete leise auf sie ein. Sie wirkte nervös und angespannt nach der Röntgenuntersuchung. Durch die Berührung mit dem Handschuh und den vertrauten Klang von Michaels Stimme begann sie sich nach einer Weile zu entspannen.

Michael meinte, einen besorgten Unterton in Toms Stimme wahrgenommen zu haben. »Falls sie Schmerzen hat und ich sie wieder herbringe, werden Sie sie operieren?«

Tom nahm seine Brille ab und massierte sich die Nasenwurzel. »Ich sage das ungern, aber wenn das Antibiotikum nicht wirkt, fürchte ich, können wir nicht mehr viel tun. Es gibt keine Operation, die ihr dann noch helfen würde.«

Michael dachte über Toms Worte nach. »Wollen Sie damit sagen, daß Sie sie dann möglicherweise einschläfern müssen?«

Tom schaute ihn mitfühlend an. »Ich könnte den Flügel amputieren, aber ich glaube kaum, daß das in Ihrem Sinne wäre.« Er schüttelte den Kopf. »Tut mir leid, aber ich bin der Auffassung, daß so ein Vogel nicht geboren wird, um sein Leben als Krüppel in einem Käfig zu verbringen. Es ist etwas anderes, als wenn Sie oder ich einen Arm oder ein Bein verlieren würden. Das Fliegen ist ihr Leben. Dazu hat die Natur sie bestimmt. Ich wünschte, ich könnte Ihnen etwas anderes sagen.«

Michael nickte, während er über Toms Worte nachdachte. Alles in ihm sträubte sich gegen die Vorstellung, daß es zum Schlimmsten kommen könnte. Er nahm das Antibiotikum entgegen und verabschiedete sich. Während der Heimfahrt sagte er sich immer wieder, Cully werde es schaffen, schließlich sei sie eine Kämpfernatur. Er konnte sich nicht vorstellen, daß sie so ein erbärmliches Ende finden und an einer tödlichen Injektion sterben würde.

Zu Hause angekommen, brachte er Cully in den Schuppen und fütterte sie. Dann wartete er auf Jamie, um ihm zu sagen, daß das Training für ein paar Tage unterbrochen werden mußte.

18. Kapitel

Auf der Straße, die von Little River in die Cariboo Mountains führte, gelangte man nach etwa vierzig Minuten in ein Tal. Vor zwanzig Jahren hatte ein Mann aus Victoria dort ein Stück Land an einem See gekauft und ein Blockhaus darauf gebaut, wohin er gelegentlich zum Angeln fuhr. Der Mann war mittlerweile gestorben, und sein Bruder versuchte nun, das Land zu verkaufen, indem er es in kleinere Grundstücke aufteilte. Hin und wieder schickte ein Anwalt, den er mit dem Verkauf beauftragt hatte, einen Interessenten.

Susan hielt am Rand der Falls Pass Road, am Fuß einer Hügelkuppe. Sie war mit ihrem Kunden, der aus Seattle in den Vereinigten Staaten stammte, seit einer Viertelstunde bergauf durch dichten Wald gefahren, wo man nicht viel von der Landschaft sah. Jedesmal, wenn sie einen potentiellen Käufer hierher brachte, hielt sie an dieser Stelle, um ihm einen ersten Blick ins Tal zu gönnen.

Der Mann blickte sich verwirrt um. »Warum halten Sie an? Sind wir schon da?«

»Nein, noch nicht ganz. Aber ich wollte Ihnen die Aussicht nicht vorenthalten, die man von hier aus hat.«

Als sie den kleinen Hügel erklommen hatten, lag vor ihnen das langgezogene Tal. Die Hänge waren größtenteils mit Wald bedeckt, aber zu beiden Seiten des kleinen Flusses, der durch das Tal floß, erstreckten sich Wiesen und Felder. Zu dieser Jahreszeit war der Boden mit Schnee bedeckt, doch Susan beschrieb ihrem Begleiter, welchen Anblick die Landschaft im Frühjahr bot, wenn der Schnee schmolz und die Farben wiederkehrten. Dann blühte das Wollgras auf den saftig grünen Wiesen, das orangefarbene Habichtkraut, die leuchtend gelbe Goldrute und das blaue Sperrkraut, und in dem stillen See spiegelte sich der blaue Himmel.

»Wahnsinn«, sagte der Amerikaner, nachdem er eine Zeitlang den Blick ausgekostet hatte. »Das ist wirklich überwältigend.«

Susan deutete auf das östliche Seeufer, das kaum bewaldet war. »Dort können Sie ein oder zwei Blockhäuser sehen, die schon fertig sind. Die Leute, denen sie gehören, kommen zwei-, dreimal im Jahr hierher. Sollen wir hinfahren?«

Sie gingen zurück zu Susans Wagen, fuhren ins Tal hinunter und parkten in der Nähe des Sees. Die meisten Leute, die Susan hierher führte, waren von der Einsamkeit und Stille beeindruckt. Viele kamen aus Vancouver, aber auch aus San Diego hatte sich jemand an einem Grundstück interessiert gezeigt. Alle waren Großstädter, und alle waren wohlhabend genug, um sich ein Feriendomizil in den Bergen leisten zu können. Sie sehnten sich nach unberührter Natur und frischer Luft, doch die meisten waren nicht bereit, auf den Luxus zu verzichten, den ihnen die großen Hotels boten; neun von zehn Interessenten, denen Susan die Grundstücke zeigte, kamen nicht wieder.

Susan brachte den Mann aus Seattle zurück zu dem Parkplatz, wo er sein Auto stehengelassen hatte, denn er wollte weiter nach Williams Lake. Er ließ sich einen Prospekt mit Fotos und Preisen geben, erklärte, er werde sich die Sache überlegen und sich so bald wie möglich mit dem Anwalt in Victoria in Verbindung setzen, falls er sich zum Kauf entscheide. Als er davonfuhr, schloß Susan mit sich selbst eine Wette ab, daß sie nie wieder von ihm hören würde.

Sie warf einen Blick auf die Uhr. Es war Zeit zurückzukehren. Jamie würde gleich aus der Schule kommen, und obwohl Linda versprochen hatte, ihn abzuholen, wollte sie lieber rechtzeitig an der Bushaltestelle sein. Unterwegs sah sie einen Wagen am Straßenrand, den sie für Michael Somers' Nissan hielt, und einem spontanen Impuls folgend, fuhr sie rechts ran und stieg aus.

Vor ihr lag ein weites, schneebedecktes Feld, das sanft anstieg, und in einiger Entfernung ragten dunkle Felswände in den Himmel. Michael kam mit dem Falken auf der Faust auf sie zu, und Susan hob grüßend die Hand. Als er sie erkannte, winkte er ihr zu. Sie wartete, bis er die Straße erreichte.

»Ich habe den Wagen gesehen«, erklärte sie. »Ich dachte mir, daß es Ihrer ist.«

»Leider haben Sie nicht gesehen, wie Cully geflogen ist«, sagte Michael.

Wirklich ein schönes Tier, dachte Susan. Der Falke beobachtete sie mit intelligenten Augen, und sie konnte gut verstehen, warum Jamie von ihm so fasziniert war. Michael streichelte zärtlich Cullys Brustfedern, dann machte er sich an den Lederriemen an ihren Füßen zu schaffen. Sein Blick war klar, und ein kaum wahrnehmbares Lächeln umspielte seine Mundwinkel. Susan konnte sich nicht vorstellen, daß dieser Mann jemals irgend jemandem etwas zuleide getan hatte. Er mußte damals krank gewesen sein, anders ließ es sich nicht erklären.

»Kommen Sie gut voran mit ihr?« fragte sie.

»Sie lernt ganz gut«, antwortete er.

»Was passiert, wenn Sie mit ihr fertig sind?«

»Dann lasse ich sie frei.«

Er wandte sich ab und schaute zu den Bergen hinüber, die sich in der Ferne weiß gegen den Himmel abzeichneten. Vielleicht stellte er sich gerade vor, wie Cully über die Gipfel davonflog, und plötzlich nahm Susan einen sehnsüchtigen Unterton in seiner Stimme wahr.

»Heute habe ich sie zum erstenmal fliegen lassen, seit ich am Wochenende mit Jamie hier war. Anweisung des Tierarztes«, sagte er stirnrunzelnd. »Sie hatte Probleme mit ihrem Flügel.«

»Aber jetzt ist wieder alles in Ordnung?«

»Ich hoffe es.«

»Tom Waters ist ein guter Tierarzt«, versicherte sie ihm. Er schaute sie an, und die Falten auf seiner Stirn glätteten sich ein wenig. »Hören Sie, ich glaube, ich bin Ihnen etwas schuldig. Sie sind immer so gut zu Jamie. Ich würde Sie gern einmal zum Abendessen einladen.«

»Das ist wirklich nicht nötig.«

»Ich weiß«, sagte Susan. »Aber es würde mir Freude bereiten. Wie wär's mit morgen abend?« Sie spürte, daß er zögerte. »Ich bin keine schlechte Köchin.«

»Okay. Vielen Dank.«

Sie lächelte. »Wunderbar. Sagen wir, so gegen sieben?« Sie schaute auf die Uhr. »Ich bin spät dran. Wir sehen uns dann morgen abend.«

»Okay.«

Er hob eine Hand zum Gruß, als sie davonfuhr.

Als sie in der Stadt ankam, war der Schulbus schon weg, also ging sie in den Diner, um Jamie abzuholen.

»Wie war's?« fragte Linda, als Susan hereinkam.

Susan zeigte mit dem Daumen nach unten. »Bis ich diese Grundstücke verkauft habe, bin ich hundert Jahre alt.« Sie schaute sich nach Jamie um.

»Er ist bei Coop«, sagte Linda. »Er war heute morgen hier und als ich ihm sagte, du müßtest am Nachmittag mit einem Kunden raus, meinte er, dann könnte er Jamie ja abholen.« Als sie Susans Gesichtsausdruck sah, fügte sie hinzu: »Das ist doch in Ordnung, oder?«

»Natürlich«, erwiderte Susan. »Es macht mich nur jedesmal nervös, wenn die beiden zusammen sind, das ist alles.«

»Sie werden sich schon vertragen. Mach dir nicht so viele Sorgen um Jamie.«

Susan verzog das Gesicht. »Es geht eigentlich weniger um Jamie. Hör zu, ich will mich lieber beeilen, um das Schlimmste zu verhindern. Bis später.«

Als Susan die Polizeistation betrat, merkte sie Jamie sofort an, daß er erleichtert war. Er stand auf und begann, seine Sachen einzusammeln. Coops Lächeln wirkte gequält.

»Hallo, ihr beiden«, sagte Susan. »Vielen Dank, Coop, das war sehr nett von dir.«

»Ich dachte, es würde ihm vielleicht mehr Spaß machen, hier zu warten, als im Diner«, sagte Coop.

Er kam hinter seinem Schreibtisch hervor, der übersät war mit Dingen, die eigentlich das Interesse jedes Jungen hätten wecken müssen: ein paar Polizeiberichte, die von Williams Lake herübergefaxt worden waren, mehrere Steckbriefe, Handschellen und ein Gummiknüppel. Aber Jamie schien nichts davon angerührt zu haben.

»Wie ist das Geschäft gelaufen?« fragte Coop.

»Überhaupt nicht«, sagte Susan. Sie erzählte ihm von dem Mann aus Seattle. Dann sagte sie, ohne nachzudenken, zu Jamie: »Ich habe Michael mit Cully getroffen. Er sagt, du kannst morgen nach der Schule zu ihm rübergehen.«

Jamies Augen leuchteten auf, und im selben Augenblick sah Susan, wie Coops Gesicht sich anspannte. Seine Augen konnten nicht verbergen, daß er verletzt war. Sie verfluchte ihre Gedankenlosigkeit. An der Tür sagte sie Jamie, er solle schon vorausgehen und am Auto auf sie warten.

»Wie hat er sich denn benommen?« fragte sie, obwohl sie sich gut vorstellen konnte, daß Jamie teilnahmslos dagesessen hatte, während Coop krampfhaft versuchte, ihn aus der Reserve zu locken.

»Normal.«

Susan empfand Mitleid mit ihm. Alle seine geduldigen

Bemühungen liefen ins Leere. »Ich weiß, wie du dich fühlst«, sagte sie und berührte seinen Arm. »Er meint es nicht persönlich.«

»Kein Problem.« Es entstand eine Pause, dann sagte er unvermittelt: »Vielleicht sollten wir mal zusammen angeln gehen!«

»Angeln?«

»Ja. Ich kenne jemanden, der eine Hütte an einem See in der Gegend von Quesnel hat. Ich glaube, ich könnte sie mal für ein Wochenende bekommen. Es ist bestimmt etwas anderes, wenn Jamie und ich was alleine unternehmen. Was hältst du davon?«

Sie versuchte, sich die beiden zusammen in einer Hütte und beim Angeln vorzustellen, doch es gelang ihr nicht. David war ab und zu übers Wochenende mit Jamie zum Angeln gefahren, und Jamie hatte sich jedesmal schon wochenlang vorher darauf gefreut. Coop wartete auf eine Antwort, und sie spürte, daß ihr Zögern ihn enttäuschte. Vielleicht würde es Jamie guttun, sagte sie sich. Vielleicht war es das, was er brauchte. In letzter Zeit war er ja bereits ein wenig aufgetaut.

»Warum eigentlich nicht?« meinte sie, bemüht, sich ihre Zweifel nicht anmerken zu lassen.

»Dann rufe ich meinen Freund mal an«, sagte Coop.

Sie fragte sich, wie sie es Jamie beibringen sollte.

»Ich könnte morgen zu euch kommen und mit ihm darüber sprechen«, schlug Coop vor.

Susan fiel ein, daß sie Michael für den kommenden Abend eingeladen hatte. Wenn sie Coop auch einlud, wäre das eine gute Möglichkeit für die beiden, einander kennenzulernen, dachte sie. Statt dessen sagte sie: »Vielleicht sollte ich lieber vorher mit ihm darüber sprechen.« Dann begann sie, umständlich in ihrer Handtasche nach dem Autoschlüssel zu suchen, um ihr schlechtes Gewissen zu verbergen.

Coop merkte nichts. »Okay«, sagte er.

»Ich muß los«, meinte sie und lief über die Straße, bevor er irgend etwas in ihren Augen entdecken konnte.

Michael saß im Arbeitszimmer, auf demselben Stuhl, auf dem sein Vater immer gesessen hatte, hinter dem alten Schreibtisch, dessen Oberfläche mit haarfeinen Ritzspuren und eingetrockneten Leimresten bedeckt war. Er fuhr mit der flachen Hand über das rauhe Holz. Hier hatte sein Vater abends zahllose Stunden verbracht, Whiskey getrunken und seine Schiffsmodelle gebastelt.

Michael nahm ein Buch aus dem Regal und blätterte darin. Der lederne Einband roch modrig, und die Seiten hatten Stockflecken an den Rändern. Einige der Abbildungen waren jedoch noch so gut erhalten, daß man alle Feinheiten der Takelage erkennen konnte. Bei den abgebildeten Schiffen handelte es sich ausschließlich um Segelschiffe aus dem achtzehnten Jahrhundert, mehrmastige Schoner und Kriegsschiffe, manche elegant und graziös, andere schwer und robust, alle in voller Takelage. Sein Vater hatte nach Plänen, die er selbst anfertigte, maßstabgetreue Modelle gebaut. Der Arbeitsaufwand war ungeheuer groß gewesen, und für jedes Schiff hatte er Hunderte von Stunden gebraucht. Abend für Abend hatte er in diesem Zimmer gesessen, Holzteile mit einem Hobbymesser zurechtgeschnitzt und sie anschließend mit Leim zusammengefügt.

Michael hatte das ganze Haus nach den Modellen abgesucht, aber sie waren nicht mehr da. Er konnte sich nicht vorstellen, wo sie geblieben waren. Als Junge hatte er sich immer darüber gewundert, daß sein Vater die Modelle nie aufstellte und nicht besonders gern über sein Hobby sprach. Er bezog auch keine Fachzeitschriften und besaß kaum Bücher zu dem Thema, nur die wenigen, die im Regal standen.

Es mußte einen Grund dafür geben, und Michael glaubte mittlerweile, ihn zu kennen: Eigentlich hatte sein Vater sich gar nicht für Schiffe interessiert. Er hatte die Modelle gebaut, um sich die Zeit zu vertreiben. Es war ein Hobby, das viel Konzentration erforderte und ihm einen Grund verschaffte, sich stundenlang in seinem Arbeitszimmer aufzuhalten. Alles andere hätte denselben Zweck erfüllen können. Möglicherweise hatte er sich für den Modellbau entschieden, weil er die Bücher über die Schiffe bereits besaß, vielleicht handelte es sich um Erbstücke. Plötzlich wurde Michael bewußt, daß er nie erfahren würde, wie es wirklich gewesen war.

Beim Gedanken an all die einsamen Stunden, die sein Vater in diesem Raum verbracht hatte, überkam Michael eine unsägliche Trauer. Seine Mutter hatte stets behauptet, sein Vater ziehe sich nur in sein Zimmer zurück, um zu trinken, und mit der Zeit hatte Michael ihr geglaubt. Er hielt es nicht länger im Haus aus, und um seine trüben Gedanken abzuschütteln, fuhr er in die Stadt.

Vor Clancys Kneipe zögerte er einen Moment. Er fragte sich, wie er sich unter all den Leuten fühlen würde, die ihm feindlich gesinnt waren. Zum Teufel mit ihnen, dachte er, und ging hinein.

Der Laden war brechend voll, alle Tische waren besetzt. Michael stellte sich ans Ende des Tresens und bestellte ein Bier. Niemand beachtete ihn. Aus der Musikbox dröhnte Country-Musik, und die Leute waren entweder wie Holzfäller oder wie Cowboys gekleidet. Es war laut in der Kneipe, alle waren bereits auf das bevorstehende Wochenende eingestellt und tranken, ohne an den Arbeitstag zu denken, der noch vor ihnen lag.

Während Michael sein Bier leerte, dachte er an seine Begegnung mit Susan am Nachmittag und wie sie ihn zum Essen eingeladen hatte. Er konnte sich nicht erinnern, wann er zuletzt mit einer Frau gemeinsam am Tisch gesessen hatte, und fragte sich, worüber sie reden würden. Sollte er ihr erzählen, wie es im Gefängnis gewesen war? Oder würden sie das heikle Thema umgehen?

»Ist dieser Platz besetzt?«

Er fuhr aus seinen Gedanken auf.

»Brauchst du den Hocker?« Rachel Ellis lächelte ihn an.

»Nein, der ist frei. Tut mir leid, ich war ganz in Gedanken.« Sie lächelte freundlich, doch es lag etwas Trauriges in ihrem Blick. Er fragte, ob er sie auf ein Bier einladen dürfe.

»Eigentlich wollte ich gleich wieder gehen. Ich hab' nur Zigaretten geholt.«

Sie bot ihm eine an, und ohne darüber nachzudenken, erklärte er ihr, er habe das Rauchen im Gefängnis aufgegeben. Sie musterte ihn, verwundert über seine Direktheit, dann zündete sie sich eine Zigarette an.

»Ich glaube, ich trinke noch ein Bier.« Er schaute auf seine leere Flasche und winkte dem Kellner.

»Für mich das gleiche«, sagte sie.

Sie stießen an, und er erkundigte sich höflich nach ihren Kindern und ihrer Arbeit. Als er nach ihrem Mann fragte, wandte sie sich kurz ab und ließ ihren Blick durch die Kneipe schweifen. Dann drehte sie sich wieder zu ihm um.

»Pete kommt manchmal hierher«, erklärte sie.

»Ich glaube, ich kenne ihn aus der Schule. Pete Ellis, nicht wahr? Ein kräftiger Typ?«

Sie nickte leicht, ihr Gesichtsausdruck verriet nichts. »Ja, genau der.«

Michael wunderte sich, daß eine Frau wie Rachel an einen Mann wie Pete Ellis geraten war. Er hatte sich sofort an den Namen erinnert, als sie ihn erwähnte. Er wußte nur noch, daß Ellis in der Schule ein Großmaul gewesen war und sich mit jedem geprügelt hatte. Womöglich hatte er sich ja geändert, dachte Michael, obwohl er seit seinem Gefängnisaufenthalt zu der Überzeugung gelangt war, daß die wenigsten das schafften, es sei denn, sie hatten einen sehr guten Grund. Er beobachtete Rachel, die nervös an ihrer Bierflasche herumspielte. Vielleicht war sie ja Grund genug.

Sie schaute auf. »Darf ich dich was fragen? Warum bist

du hierher zurückgekommen? Ich hoffe, es macht dir nichts aus, daß ich dich darauf anspreche.« Sie schaute ihm in die Augen, als läge ihr viel an seiner Antwort.

»Little River ist ein hübscher Ort. Ruhig. Ich bin hier aufgewachsen.« Er trank einen Schluck. Zum erstenmal seit langem verspürte er das Bedürfnis, eine Zigarette zu rauchen. Vielleicht lag es daran, daß sie rauchte, oder daran, daß er mit einer Bierflasche in der Hand an einem Tresen saß. »Das sind schon drei Gründe.«

Sie lächelte nicht über seinen Scherz. »Du mußt es mir ja nicht sagen.«

»Tut mir leid, ich bin ein bißchen empfindlich. Ich habe einfach kein Benehmen mehr.« Er grinste. »In Wirklichkeit gibt es jede Menge Gründe. Einige sind praktischer Art, schließlich wußte ich nicht, wohin ich sonst hätte gehen sollen, andere haben damit zu tun, daß ich ein paar Dinge regeln muß. Eigentlich kann ich es gar nicht so genau sagen. Aber ich arbeite dran.«

»Ich wollte nicht neugierig sein.«

»Ich weiß.«

»Glaubst du, du wirst hierbleiben? Ich meine, es muß doch schwierig für dich sein. Du könntest doch einfach woanders hingehen.«

Sie sah ihn eindringlich an, dann wurde ihr plötzlich bewußt, was sie tat, und sie mußte über sich selbst lachen. »Du darfst mich nicht so ernst nehmen«, sagte sie.

»Ist schon in Ordnung. Ich habe mich bisher noch nicht entschieden.«

Sie dachte einen Augenblick nach, dann trank sie ihre Flasche aus und stellte sie auf den Tresen. »Manchmal wünschte ich, ich wäre nach der Schule von hier verschwunden. Vielen Dank für das Bier. Ich muß jetzt gehen.«

»War mir ein Vergnügen.«

»Vielleicht treffen wir uns ja mal wieder, dann gebe ich dir einen aus.«

»Würde mich freuen.«

Sie zögerte einen Augenblick, als wollte sie noch etwas sagen. »War nett, mit dir zu reden.«

Er schaute ihr nach. Es war ein merkwürdiges Gespräch gewesen. Irgendwie schienen ihre Fragen mehr mit ihr selbst als mit ihm zu tun zu haben, als wäre sie auf der Suche nach einer Lösung für ihre eigenen Probleme. Er bestellte sich noch ein letztes Bier. Einem spontanen Impuls folgend, fragte er den Kellner, wo er telefonieren könne und wurde in den hinteren Teil der Kneipe verwiesen.

Das Bier in der Hand und die Hosentasche voller Kleingeld, ging er zu dem Münztelefon hinüber, das sich in der Nähe des Billardtisches befand. Während er überlegte, was er tun sollte, sah er den Spielern zu. Schließlich traf er eine Entscheidung. Nachdem er genug Münzen eingeworfen hatte, wählte er Louises Nummer in Boston und lauschte dem Klingelzeichen. Der Hörer wurde abgenommen, und am anderen Ende der Leitung sagte jemand: »Hallo?«

Ellis saß am Tresen, als Rachel hereinkam und zum Zigarettenautomaten ging. Zuerst dachte er, sie sei auf der Suche nach ihm, und fürchtete, sie werde zu ihm kommen und ihn fragen, was zum Teufel er hier zu suchen habe. Wahrscheinlich hatte sie bemerkt, daß er am Morgen heimlich zwanzig Dollar aus ihrem Portemonnaie genommen hatte. Er konnte sich schon lebhaft Hansons und Red Parkers höhnische Kommentare vorstellen. Sie würden ihn als Pantoffelhelden verspotten und sich halb totlachen. Ellis war verdammt erleichtert, als sie wieder ging, ohne daß die anderen ihr Kommen bemerkt hatten, doch er fragte sich, was sie mit diesem Somers zu schaffen hatte.

Bevor Rachel hereingekommen war, hatte er Somers noch nicht einmal bemerkt, dort am Ende des Tresens, wo ihn keiner beachtete.

Ellis schaute zu ihm hinüber und sah, wie er zum Telefon ging.

»Ist das nicht dieser Somers?« fragte Red, der seinem

Blick gefolgt war. »Was zum Teufel hat der Typ hier zu suchen?«

Ellis trank einen Schluck. »Woher soll ich das wissen.«

»Der hat vielleicht Nerven.« Red rülpste leise und stellte sein Glas ab. »Die nächste Runde geht auf dich, Ellis.«

Ellis rechnete damit, daß jemand eine spöttische Bemerkung machte und sich erkundigte, ob er einen Kredit brauche, um für ein paar Bier zu bezahlen, aber niemand sagte etwas. Das dumme Gerede über das viele Geld, mit dem er geprahlt hatte, hatte schließlich angefangen, sie zu langweilen, und darüber war er heilfroh. Er bestellte eine Runde und legte das Geld auf den Tresen. Es blieb ihm nur ein Dollar, aber Hanson war als nächster an der Reihe, er würde also noch mindestens ein Bier bekommen, und außerdem hatte er noch eine halbe Flasche Whiskey in seinem Wagen.

Er trank zuviel, das war ihm klar. Aber er machte auch im Moment einiges durch. Nicht nur, daß er so gut wie keine Arbeit hatte, auch zu Hause ging alles immer mehr den Bach runter. Rachel benahm sich so merkwürdig, lief dauernd stumm herum, als ginge ihr wer weiß was durch den Kopf. Ellis hätte sie gern gefragt, was sie so beschäftigte, aber er war sich nicht sicher, ob sie es ihm sagen würde, und auch nicht, ob er es wirklich wissen wollte. Er zog es vor, die Dinge vorerst auf sich beruhen zu lassen. Das war wahrscheinlich das Beste, er würde ihr ein bißchen Zeit geben, warten, bis sie sich wieder gefangen hatte.

Ellis schaute zum Telefon hinüber und sah, daß Somers noch dort stand. Er war nach wie vor sauer auf ihn, weil er ihm den Gerfalken gestohlen hatte. Die zwei Riesen hätten Ellis fürs erste rausgehauen, und er brauchte das Geld mehr denn je. Irgend etwas mußte er unternehmen, aber sich etwas vorzunehmen und es in die Tat umzusetzen, war noch lange nicht dasselbe. Somers war wie eine wandelnde Mahnung an all den Scheißdreck, mit dem er sich herumschlagen mußte, denn schließlich ging das meiste davon auf dessen Konto. Er fragte sich erneut, was zum Teufel Rachel von ihm gewollt hatte, und dann fiel ihm ein, daß er sie noch nicht einmal danach fragen konnte, denn wenn er das tat, erfuhr sie, daß er ebenfalls in der Kneipe gewesen war, und er hatte nicht vor, in ein Wespennest zu stechen.

»Was guckst du so grimmig?« wollte Red wissen.

»Nur so«, sagte Ellis. »Dieser Somers geht mir auf die Nerven.« Er trank einen Schluck Bier.

»Was geht der dich an?«

Etwas an Reds Frage gefiel ihm nicht. Es hörte sich an, als wüßte er über den Falken Bescheid und versuchte, sich über Ellis lustig zu machen, doch dann schaute Red an ihm vorbei und starrte auf den Hintern einer Frau, die gerade auf dem Weg zum Ausgang war.

»Die würde ich nicht von der Bettkante stoßen«, sagte er und kratzte sich lässig die Eier.

»Vergiß es«, sagte Hanson. »Der Schwanz von ihrem Mann ist größer als eure beiden zusammen.«

Ellis kicherte, froh über den Themenwechsel.

»Was gibt's da zu lachen?« fragte Red. »Meine Frau hat es jedenfalls nicht nötig, sich mit Knastbrüdern in Kneipen rumzutreiben.«

»Was zum Teufel soll das heißen?«

»Sag bloß, du hast sie eben nicht gesehen«, erwiderte Red grinsend. »Du bist doch weiß wie die Wand geworden, als sie mit Somers am Tresen stand.«

»Halt die Klappe«, sagte Ellis.

Red protestierte nicht, schließlich war er seine Bemerkung losgeworden, und Hanson stierte in sein Bier, als gäbe es dort etwas Faszinierendes zu sehen. Ellis trank seine Flasche aus und erinnerte Hanson daran, daß er an der Reihe war, die nächste Runde auszugeben. Dieser verdammte Somers ging ihm immer mehr auf die Nerven.

Es war Louise. Michael erkannte ihre Stimme sofort, und als er sie jetzt hörte, fühlte er sich sechs Jahre zurückversetzt. Damals hatte sie sich in panischer Angst vor ihm mit Holly auf dem Arm in eine Ecke des Zimmers gekauert.

»Mein Gott, Michael, was hast du getan?«

Bis zu diesem Augenblick war ihm alles unwirklich erschienen. Es war das Entsetzen in Louises Augen, das ihn zur Besinnung brachte. Sie war wie erstarrt gewesen. Und Holly hatte geweint und überhaupt nichts verstanden.

In der Diele hatte ein großer Spiegel mit einem verchromten Rahmen gehangen, und in diesem Spiegel sah er das Gesicht mit dem irren Blick, das blutbespritzte Hemd. In der Hand hielt er eine Pistole, mit der er wild herumfuchtelte.

Louise hatte geglaubt, er wollte sie und Holly erschießen, dabei hatte er sie nie direkt bedroht. Er ließ die Polizei nur in dem Glauben, er habe die beiden als Geiseln genommen, weil er Zeit gewinnen wollte, um zu überlegen, ob er sich selbst erschießen sollte. Nur sich selbst.

Ganz genau würde er nie wissen, was ihm damals durch den Kopf gegangen war.

In der Leitung war ein Summen zu hören. Die Verbindung war schlecht.

»Hallo?« sagte Louise noch einmal, schon etwas ungeduldig.

Michael brachte kein Wort heraus. Das Schweigen zog sich in die Länge. Er konnte beinahe hören, wie sie nachdachte, und dann vernahm er ein Klicken. Ein leises Klicken, und die Leitung war tot.

Er brauchte einen Augenblick, um seine Fassung wiederzugewinnen. Dann verließ er die Kneipe und ging zu seinem Wagen. Michael wollte jetzt so schnell wie möglich nach Hause und fuhr los. Im Rückspiegel sah er die Scheinwerfer eines Wagens, der ihm folgte. Anfangs hielt er es für einen Zufall, doch nach einer Weile kam er zu der Überzeugung, daß niemand sich rein zufällig so penetrant an seine Fersen heften würde. Er überlegte, was passieren könnte, wenn jemand versuchte, ihn auf einer unbeleuchteten Straße von der Fahrbahn zu drängen, oder wenn ihn jemand bis nach Hause verfolgte. Die Leute in dieser Gegend hatten alle ein Gewehr im Auto. Kurz bevor er den Ortsausgang von Little River erreichte, hielt er am Straßenrand an.

Er beobachtete die Scheinwerfer des anderen Fahrzeugs im Rückspiegel und hoffte, auf diese Weise werde er seine Verfolger los, doch dann überholte ihn der alte zerbeulte Dodge, blieb mit quietschenden Reifen quer vor ihm stehen und blockierte ihm den Weg.

Als Michael ausstieg, kletterten zwei Männer aus dem Pick-up.

»Kann ich Ihnen irgendwie helfen?« fragte er den Fahrer, während er den anderen, der im Halbschatten auf der Beifahrerseite stand, aus den Augenwinkeln beobachtete.

Ellis lehnte sich gegen die Tür und zündete sich eine Zigarette an. Nachdem Somers gegangen war, hatte er Hanson gesagt, er werde sich jetzt auf den Weg machen, und falls er mitfahren wolle, solle er seinen Arsch in Bewegung setzen. Somers erwähnte er erst, als er die Verfolgung aufnahm. Er hob die Whiskeyflasche auf, die vor ihm auf dem Boden hin und her rollte, und reichte sie Hanson.

»Hast du gesehen, wer da vor uns herfährt?«

Hanson schaute ihn verblüfft an. »Wer denn?«

»Dieser Somers. Der Typ, der seine Frau und sein Kind abgeknallt hat.«

Hanson trank einen Schluck aus der Flasche. »Erzähl keinen Scheiß, Ellis. Er hat nicht seine Frau und sein Kind erschossen, sondern irgendeinen Typen.«

»Der hat die doch bloß nicht um die Ecke gebracht, weil die Bullen ihn rechtzeitig geschnappt haben. Das hab' ich in der Zeitung gelesen.«

»Ich wußte gar nicht, daß du lesen kannst«, erwiderte Hanson.

»Sehr witzig.« Ellis nahm Hanson die Flasche aus der

Hand. »Wir werden uns ein bißchen mit ihm amüsieren. Wir machen dem Typen ein für allemal klar, daß wir solche wie ihn hier nicht brauchen können. Was hältst du davon?«

Hanson zuckte zusammen, doch dann grinste er und griff erneut nach der Flasche.

Im Grunde genommen hatte Ellis gar nicht so genau gewußt, was er eigentlich tun wollte, und er war immer noch dabei, sich darüber den Kopf zu zerbrechen, als Somers plötzlich anhielt.

Jetzt zeigte er mit ausgestrecktem Zeigefinger auf seinen Widersacher und sah ihn mit zusammengekniffenen Augen an. »Ich erinnere mich an dich, Somers.« Er nickte zufrieden, so als wäre ihm das gerade erst eingefallen. »Deinem Alten gehörte der Eisenwarenladen. Da hast du früher immer gejobbt.«

»Ich erinnere mich auch an dich«, sagte Michael. Plötzlich wußte er, wer dieser Mann war. Ellis hatte sich seit der Schulzeit anscheinend nicht sehr verändert. Er mußte daran denken, daß er sich eben noch gefragt hatte, wie eine Frau wie Rachel an so einen Mann geraten konnte. Vielleicht war Ellis wütend auf ihn, weil er sich in der Kneipe mit Rachel unterhalten hatte.

»Es gibt 'ne Menge Leute, die was dagegen haben, daß sich so einer wie du hier in Little River rumtreibt«, sagte Ellis. Er drehte sich zu Hanson um. »Der war schon als Kind nicht ganz sauber. Das hat er wahrscheinlich von seiner Mutter. Die hatte auch nicht alle Tassen im Schrank.«

Michael erwiderte nichts, denn er nahm an, daß Ellis ihn bloß provozieren wollte.

»Es heißt, deine Mutter hat sich umgebracht, Somers. Was sagst du dazu, stimmt das etwa?« Ellis blies ihm den Rauch seiner Zigarette ins Gesicht und spuckte aus. Es machte ihn wütend, daß Somers so gelassen blieb. Er dachte daran, wie der andere mit Rachel am Tresen gesessen hatte und wie sie miteinander geredet und gelacht hatten. Wofür hielt dieser Typ sich eigentlich? Dachte wohl, er könnte Ellis' Frau einfach ein Bier ausgeben. Nicht genug, daß er ihm den Falken gestohlen hatte, jetzt trieb er sich auch noch mit Rachel herum. Womöglich war sie deswegen neuerdings so merkwürdig.

»Ich würde vorschlagen, ihr fahrt jetzt einfach mal euren Pick-up da weg, okay?« sagte Michael gereizt.

Ellis grinste. »Es heißt, dein alter Herr hat sie sterben lassen, Somers. Angeblich ist er zurückgekommen, hat sie bewußtlos vorgefunden und sie einfach verrecken lassen. Ich schätze, du und dein Alter, ihr seid euch ziemlich ähnlich.«

Michael ballte die Fäuste. Hinter seinen Schläfen begann es zu pochen.

»Fahr deinen Pick-up da weg, Ellis«, sagte er. Dann drehte er sich um und ging auf seinen Nissan zu. In einiger Entfernung sah er die Scheinwerfer eines Wagens, der am Straßenrand hielt. Womöglich warteten dort noch mehr Typen von Ellis' Sorte.

»Hey, Somers, wer hat gesagt, daß du gehen kannst?« fragte Ellis. Es machte ihn wütend, daß Somers ihn nicht ernst nahm.

»Hör zu, ich fahre jetzt«, sagte Michael und hob beide Hände. »Ich will keinen Ärger.«

»Was du willst und was du kriegst, sind zwei verschiedene Dinge«, sagte Ellis. Er schaute sich nach Hanson um, der immer noch auf der anderen Seite des Pick-ups stand.

Michael wußte, er würde nicht so einfach davonkommen. Aber wenn er im Gefängnis etwas gelernt hatte, dann war es, sich zu behaupten, und er hatte eine Menge Zeit im Fitneßraum verbracht. In seinem Kopf machte sich ein stechender Schmerz breit, und er wurde allmählich so wütend, daß er eine Schlägerei regelrecht herbeiwünschte. Eine Chance, zurückzuschlagen. »Paß auf, Ellis«, sagte Michael ruhig. »Ich hab' es nicht nötig, mir so einen Mist anzuhören. Und jetzt steigt ihr beiden Hosenscheißer am besten wieder in euren Pick-up und seht zu, daß ihr Land gewinnt.«

Zum erstenmal flackerte in Ellis' Augen so etwas wie Unsicherheit auf, doch seine ohnmächtige Wut gewann die Oberhand, und er machte einen Schritt auf Michael zu. Aus den Augenwinkeln sah Michael, wie der andere auf die Ladefläche des Pick-up langte und etwas hervorholte, das aussah wie eine Axt.

Plötzlich heulte ganz in der Nähe eine Polizeisirene auf, so daß sie alle zusammenfuhren, und im nächsten Augenblick hielt Coops Streifenwagen mit eingeschaltetem Blaulicht neben ihnen. Coop beugte sich lässig aus dem Fenster und musterte sie mit einem abschätzenden Blick.

»Ellis. Hanson. Irgendwelche Probleme?«

Die Spannung löste sich, und als Michael zu Hanson hinübersah, bemerkte er, daß die Axt verschwunden war.

»Hallo, Coop. Wir haben uns nur ein bißchen unterhalten«, sagte Ellis.

Coop schaute ihn einen Augenblick lang schweigend an. Dann deutete er mit dem Kinn auf Ellis' Pick-up. »Ziemlich gefährlich, wie du da parkst. Du behinderst den Verkehr.«

Ellis rührte sich nicht von der Stelle. »Tja, da hast du recht.«

»Ich könnte dich abschleppen, falls du ein Problem mit dem Wagen hast.«

»Nein, nein, ich hab' kein Problem.«

Ellis trat nervös von einem Fuß auf den anderen und spuckte aus. »Wir machen uns jetzt auf den Weg«, sagte er. Er warf Michael einen letzten, wütenden Blick zu, dann kletterten er und Hanson in den Wagen. Er setzte zurück, wendete und fuhr in die Richtung, aus der sie gekommen waren, davon.

»Ich bin froh, daß Sie angehalten haben«, sagte Michael zu Coop. Der Schmerz in seinem Kopf ließ allmählich nach.

Coop nickte beinahe unmerklich. »Das ist mein Job.«

»Na ja, ich bin Ihnen trotzdem dankbar!«

»Ich fahre lieber hinter den beiden her und passe auf, daß

sie keinen Ärger mehr machen.« Coop wollte schon losfahren, dann fiel ihm noch etwas ein. »Ich habe gehört, Jamie hilft Ihnen beim Abrichten Ihres Falken.«

»Stimmt.«

Coop schaute Michael an, als wollte er noch etwas sagen, doch dann nickte er nur und verabschiedete sich.

Michael blieb am Straßenrand stehen, während der Polizist losfuhr. Das Fahrzeug, das er zuvor gesehen hatte, war verschwunden. Wahrscheinlich war es der Streifenwagen gewesen. Er fragte sich, warum Coop sich so lange Zeit gelassen hatte, bevor er sich entschloß einzugreifen.

Coop fuhr in den Ort hinein und fand Ellis' Pick-up genau da, wo er ihn vermutet hatte: gegenüber von Clancys Kneipe. Ellis war jetzt allein. Er saß im Dunkeln in seinem Wagen und hatte sich gerade eine Flasche an den Hals gesetzt. Coop dachte, er hätte die Dinge da draußen einfach ihren Lauf nehmen lassen können. Und er ärgerte sich über sich selbst, weil er es tatsächlich kurz in Erwägung gezogen hatte. Warum empfand er eine so tiefe Abneigung gegenüber Somers? Hatte das vielleicht mit Jamie zu tun? Wenn er ehrlich war, kannte er die Antwort. Am liebsten wäre es ihm, Michael Somers würde einfach aus Little River verschwinden. Das wäre für alle Beteiligten das Beste.

Er ging zu dem Pick-up hinüber und klopfte ans Fenster. Ellis schreckte auf.

»Verdammt, Coop, was soll das?«

Coop deutete auf die Flasche in Ellis' Hand. »Du solltest nicht mehr fahren, Pete. Ich denke, du hast auch so schon genug Probleme.«

»Ja, ja.« Ellis schraubte die Flasche zu. »Ich wollte sowieso zu Fuß nach Hause gehen.«

»Was war da draußen eigentlich los«, fragte Coop. Das hätte er tatsächlich gern gewußt. Ellis war in letzter Zeit immer häufiger betrunken, und in diesem Zustand hatte er eine besonders große Klappe, aber Coop fragte sich, was für ein Hühnchen er mit Somers zu rupfen hatte. Ellis war nicht gerade der Typ, der sich über das, was Somers getan hatte, moralisch entrüsten würde.

Ellis antwortete nicht sofort. Schließlich brummte er etwas vor sich hin, was Coop nicht verstand.

»Was hast du gesagt, Pete?«

»Ich hab' gesagt, er hat mich beschissen.«

Coop sah, wie Ellis' blutunterlaufene Augen wütend funkelten. »Was soll das heißen?«

»Der Typ hat mich um zweitausend Dollar beschissen, wenn du's genau wissen willst.«

»Somers?« Ellis war anscheinend noch betrunkener, als Coop angenommen hatte. Wahrscheinlich hatte Ellis noch nie in seinem Leben zweitausend Dollar auf einmal gesehen, geschweige denn, sich eine solche Summe abknöpfen lassen. Gleichzeitig machte ihn die Sache neugierig. »Wie hat er das denn geschafft?«

»Dieser verdammte Falke, den er hat. Ich hab' ihn tagelang oben in den Bergen verfolgt. Ich hatte den Vogel schon entdeckt, bevor dieser Somers überhaupt hier aufgetaucht ist. Er gehört mir. Ich hatte schon einen Käufer, der hätte mir zwei Riesen bar auf die Kralle gegeben.«

Dann schwieg er abrupt und wandte sich ab, als hätte er schon zuviel gesagt.

Coop dachte über das nach, was Ellis ihm gerade erzählt hatte und fragte sich, ob es wirklich stimmte. Dann sagte er: »Pete, wenn mich einer um zwei Riesen beschissen hätte, würde ich ganz was anderes tun, als du da eben vorhattest.«

Ellis schaute ihn mit trüben Augen an und versuchte zu begreifen, worauf der andere hinauswollte.

Coop beugte sich durch das Fenster. Ellis stank nach Alkohol. »Ich sage dir, was ich tun würde. Ich würde mir den verdammten Vogel zurückholen. Das wäre doch das Allerbeste, meinst du nicht?«

19. Kapitel

Allmählich sah der Laden wieder ganz passabel aus. Michael hatte festgestellt, daß die Flecken oben an den Wänden durch Wasser verursacht wurden, das durch eine undichte Stelle im Dach ins obere Geschoß tropfte. Nachdem er das Loch im Dach repariert hatte, klopfte er an den feuchten Stellen den Putz von den Wänden, ersetzte einen Balken teilweise und verputzte die Wände neu. Das Ergebnis war nicht perfekt, aber wenn man nicht gerade danach suchte, fiel es nicht weiter auf. Auch die Löcher im Boden besserte er aus. Er nahm die Dielen auf, sägte die beschädigten Teile ab und ersetzte sie durch neue. Das Ganze sah ein bißchen zusammengestückelt aus, aber wenn die Dielen erst einmal abgezogen und neu versiegelt waren, würde man es kaum noch bemerken. Auf einem Plan zeichnete er ein, wo die neue Theke stehen sollte und wo er Regale einbauen wollte. Zum Schluß brauchte er nur noch alles frisch zu streichen, dann war der Laden fertig.

Am Morgen hatte Michael bei Susan im Büro vorbeigeschaut, um ihr zu sagen, er wolle heute die Theke fertig bauen und anschließend in die Berge fahren, um mit Cully zu arbeiten. »Wenn Sie Jamie vom Bus abholen, können Sie ihn doch einfach zu mir bringen. Dann nehme ich ihn mit, und später bringe ich ihn nach Hause.«

»Okay«, sagte sie. »Sie haben doch hoffentlich die Einladung zum Essen heute abend nicht vergessen?«

»Gegen sieben, richtig?«

Er schaute sich die Fotos der zum Verkauf stehenden Immobilien an und verglich die Preise mit dem, was Carl Jeffrey ihm für sein Haus und den Laden geboten hatte. »Läuft das Geschäft gut?« fragte er.

»Zur Zeit ist es ziemlich ruhig, aber in ein oder zwei Monaten wird wohl wieder mehr zu tun sein. Wollen Sie verkaufen?«

Er schüttelte den Kopf. »Ich bin nur neugierig.«

Am Nachmittag brachte Susan Jamie in den Laden. Während Michael noch eine Weile an der neuen Theke arbeitete, saß der Junge auf einer Kiste und zeichnete ein Bild von Cully, die auf einem der neugebauten Regale hockte. Als er fertig war, ging Michael hinüber und schaute ihm über die Schulter. Jamie hatte nur Cullys Kopf gezeichnet und es geschafft, ihren stolzen, durchdringenden Blick einzufangen.

»Sehr gut.« Jamie zuckte zusammen und schaute verblüfft auf. Verlegen klappte er seinen Zeichenblock zu und wandte sich ab.

Michael wischte sich die Hände mit einem Lappen ab und begutachtete sein Werk, ließ dann den Blick durch den Raum schweifen. Jamie dort auf der Kiste zu sehen, berührte ihn auf seltsame Weise. Wie der Junge so dasaß, mit unbeteiligter Miene, die nichts von dem verriet, was in seinem Kopf vorging, fühlte sich Michael erneut an seine eigene Kindheit erinnert. So ähnlich mußte er auch in diesem Laden gesessen haben, als er in Jamies Alter war.

»Der Laden hat früher meinem Vater gehört«, sagte er. Ein flüchtiger Blick in Michaels Richtung, ein kurzes Aufflackern von Interesse waren das einzige, womit Jamie zu verstehen gab, daß er zugehört hatte. Dann schaute er wieder zu Cully hinüber. Plötzlich begann sie heftig mit den Flügeln zu schlagen, beruhigte sich jedoch gleich wieder. Sie war hungrig, begierig, sich zu bewegen. Michael begann, seine Sachen zusammenzupacken.

»Als Junge habe ich nach der Schule hier im Laden ausgeholfen. Während mein Vater die Kunden bediente, habe ich da an der Theke Hausaufgaben gemacht und zwischendurch Kisten ausgepackt, wenn neue Lieferungen kamen.« Er schwieg einen Augenblick und hing seinen Erinnerungen nach. Jamie schien gar nicht zuzuhören.

»Während der Arbeit hat er immer mit mir geredet«, sagte Michael. Das war ihm gerade erst wieder eingefallen. Wie sein Vater ihm erzählt hatte, wer an dem jeweiligen Tag bereits alles im Laden gewesen war, was die Leute gekauft hatten, worüber er mit ihnen gesprochen hatte, und was in der Zeitung stand. Er hatte ihm alles mögliche erzählt, doch Michael hatte nie richtig hingehört. In gewisser Weise waren diese endlosen Monologe wie ein vertrautes Hintergrundgeräusch gewesen, das etwas Beruhigendes hatte. Plötzlich fiel ihm auf, wie still es im Laden war.

»Er hat fast sein ganzes Leben lang hier gearbeitet«, sagte er. »Bis er gestorben ist.«

Als Michael zu Jamie hinüberschaute, bemerkte er, daß dieser ihn aufmerksam beobachtete, und einen Moment lang trafen sich ihre Blicke. Michael meinte, in Jamies Augen einen fragenden Ausdruck bemerkt zu haben, aber es konnte auch etwas anderes gewesen sein.

Sie parkten an der üblichen Stelle am Rand der Falls Pass Road, und Michael holte Cully aus dem Wagen. Mit seiner freien Hand zerdrückte er eine der Pillen, die Tom Waters ihm gegeben hatte, und streute die Krümel auf ein Stück Fleisch, das er Cully anbot. Sie schnappte danach und verschlang es gierig.

»Ein Antibiotikum«, erklärte er Jamie. »Keine Sorge, sie wird wieder ganz gesund«, fügte er hinzu, als er Jamies ängstlichen Blick sah, obwohl er davon selbst nicht ganz überzeugt war.

Er streichelte Cullys Beine und Klauen. Sie beugte sich neugierig vor, um Michaels Finger zu beobachten, dann plusterte sie ihre Federn. Die Landschaft und der Himmel waren eindeutig interessanter. Sie entdeckte eine Ente, die über ihre Köpfe hinwegflatterte. Dann tauchte eine zweite auf, und sie schauten ihnen nach, bis sie nur noch dunkle Flecken am Himmel waren.

Cully plusterte sich wieder auf, drehte ihren Kopf nach hinten und begann, ihre Schwanzfedern mit dem Schnabel zu bearbeiten.

»Weißt du, was sie da macht?« fragte Michael. Jamie schaute ihn fragend an. »Sie fettet ihr Gefieder ein. Das macht sie, damit sie nicht naß wird, wenn es regnet. Das Wasser perlt dann einfach an ihr ab. Deswegen streicheln wir immer nur ihre Brust, nie ihren Rücken oder die Schwingen, sonst würden wir nämlich den Fettfilm abreiben.«

Cully nahm sich ihr Gefieder systematisch vor, fuhr mit dem Schnabel an jeder einzelnen Feder entlang, wobei sie das Fett, das von Drüsen in ihrer Haut abgesondert wurde, vom Schaft bis in die Spitzen verteilte. Die Prozedur diente auch dazu, die Federn zu glätten, so daß sie wie ein Reißverschluß ineinandergriffen und die Luft an ihrer Oberfläche entlangströmen konnte. Das ermöglichte dem Vogel, sich beim Fliegen vom Wind tragen zu lassen. Jede Feder war ein Meisterwerk der Natur. Leicht und doch unglaublich stabil.

Michael rammte den Holzklotz in den Schnee und setzte Cully darauf ab. Anschließend zog er den Handschuh aus und reichte ihn Jamie.

»Genau wie beim letzten Mal, okay?«

Jamie zögerte kaum noch, bevor er sich den Handschuh überstreifte. Während Michael ein Stück Fleisch an der Schnur befestigte, beugte Jamie sich hinab und nahm Cully auf die Faust. Sie fand ihr Gleichgewicht und plusterte das

Gefieder, als Jamie sich aufrichtete. Dann legte sie die Flügel dicht an ihren Körper und ließ den Köder nicht aus den Augen.

»Nimm ihr die Geschühriemen ab, während ich mich entferne«, sagte Michael. Er hielt den Köder vor seinen Körper, so daß Cully ihn nicht mehr sehen konnte, und machte sich auf den Weg. Bei jedem Schritt knirschte die vereiste Schneedecke unter seinen Füßen. Nach fünfzig Metern blieb er stehen.

»Fertig?«

Er erhielt keine Antwort. Natürlich nicht, dachte er und mußte grinsen. Als er über die Schulter schaute, sah er Jamie mit Cully auf der Faust dastehen, ihre Köpfe waren auf gleicher Höhe. Dann drehte er sich um, rief Cullys Namen und begann, den Köder zu schwingen. Sofort breitete sie die Flügel aus und hob ab. Sie flog so dicht über dem Boden auf Michael zu, daß sie mit den Flügelspitzen den Schnee berührte. Während der vergangenen Tage hatte er den Umgang mit dem Köder geübt, und als sie jetzt auf ihn zuflog, begann er, ihn in einem Bogen über den Boden zu schwingen. Im letzten Augenblick zog er ihn weg, und Cully flog an Michael vorbei, erhob sich in die klare, kalte Luft. Ein paar Sekunden lang beobachtete er, wie sie, die Sonne im Rücken, in den weiten, blauen Himmel aufstieg. Als er zu Jamie hinüberschaute, sah er dessen besorgtes Gesicht, doch diesmal fühlte Michael sich sicher. Cully machte kehrt, noch bevor er sie gerufen hatte.

Michael verfolgte die Flugbewegungen des Falken, und wieder bemerkte er die leichte Unsicherheit, sah, wie der Vogel seinen Flügelschlag korrigierte. Er schaute noch einmal genauer hin und gewann den Eindruck, insgesamt habe es sich ein wenig gebessert. Als Cully nahe genug war, warf er ihr den Köder hin, etwas zu früh, so daß das Fleischstück schon am Boden lag, bevor sie es erreichte. Sie legte die Schwingen an, spreizte ihren Schwanz und landete sicher im Schnee.

Beim nächsten Versuch ließ Michael Cully den Köder erst im dritten Anlauf fangen. Diesmal warf er ihn so hoch, daß sie ihn in der Luft erwischte. Als sie anschließend landete, hatte sie anscheinend keine Schwierigkeiten, die verletzte Schwinge anzulegen. Michael war erleichtert.

Jamie durfte Cully zurück zum Wagen tragen, und als Michael die Tür schloß, begegneten sich ihre Blicke. Sie grinsten sich an, und in diesem Augenblick waren keine Worte nötig.

Susan hatte Rindfleisch mit Zwiebeln und Bohnen in Wein geschmort und mit Knoblauch und frischen Kräutern gewürzt. Sie probierte die Soße und fügte noch eine Prise Salz hinzu. Auf dem Herd stand ein Topf mit frischem Brokkoli bereit, der nur noch gedünstet werden mußte, und auf dem Tisch lag eine Packung Nudeln, die sie erst ganz zum Schluß aufsetzen würde. Sie hatte eine Flasche Merlot geöffnet, um den Wein ein bißchen atmen zu lassen. Draußen war es bereits dunkel. Sie ging ins Wohnzimmer, wo Jamie dabei war, seine Hausaufgaben zu machen.

»Ich gehe jetzt nach oben und ziehe mich um, okay?« Sie schaute ihm über die Schulter. »Was schreibst du denn da? Darf ich mal lesen?«

Er gab ihr das Schulheft, und sie sah, daß er einen Aufsatz über Cully schrieb, in dem stand, wie er Michael half, sie abzurichten, und wie sie von seiner Faust auf einen Köder flog. Gerade war er dabei zu beschreiben, wie es sich anfühlte, wenn sie ganz nah an seinem Gesicht die Schwingen ausbreitete und abhob.

»Du hast sie selbst gehalten?« fragte Susan überrascht und besorgt zugleich. Cully war zweifellos ein wunderschöner Vogel, aber sie hatte auch scharfe Krallen und einen gefährlich aussehenden Schnabel.

Jamie strahlte übers ganze Gesicht. Sie kniete sich neben seinen Stuhl und drückte ihm einen Kuß aufs Haar. Es duftete nach Shampoo, und sie sog seinen Kindergeruch ein, der sie an die Zeit erinnerte, als er noch ein Baby war. Er ließ sich kurz drücken, dann entwand er sich ihr, immer noch lächelnd. Plötzlich spürte sie, wie ihr Tränen in die Augen traten, und sie wischte sie eilig weg.

»Ich muß mich fertigmachen. Michael wird gleich hier sein.«

Sein Blick verfinsterte sich für einen kurzen Moment, doch dann fing er sich wieder und beugte sich über das Heft, um weiterzuschreiben.

Susan ging unter die Dusche, genoß das heiße Wasser auf ihrer Haut, dann zog sie Jeans und eine Bluse an. Sie band ihr Haar im Nacken zusammen und schminkte sich ein wenig. Ihr fiel auf, daß ihre Wangen gerötet waren, wahrscheinlich von der heißen Dusche.

Um kurz nach sieben klopfte Michael. Als sie die Tür öffnete, stand er mit einer Flasche Wein in der Hand auf der Veranda. Er trug Jeans und ein dunkelblaues Sweatshirt, das fast dieselbe Farbe hatte wie seine Augen, und er duftete nach Rasierwasser.

»Hallo, kommen Sie rein.« Sie nahm die Weinflasche entgegen und zeigte ihm, wo er seine Jacke aufhängen konnte. Während sie Gläser aus dem Küchenschrank holte, schaute er kurz ins Wohnzimmer, um Jamie zu begrüßen, der ihn kaum beachtete.

Susan merkte, daß Jamies Reaktion Michael irritierte. »So benimmt er sich immer, wenn Besuch kommt«, erklärte sie, während sie ihm Wein einschenkte.

»Ich dachte, er wäre ein bißchen aufgetaut«, sagte Michael.

»Vielleicht ist es etwas anderes, wenn er mit Ihnen und Cully draußen in den Bergen ist. Er schreibt übrigens gerade einen Schulaufsatz über sie. Er ist völlig fasziniert von ihr, aber das wissen Sie ja.«

»Ich bin auch völlig fasziniert von ihr«, sagte Michael lächelnd.

Er ließ seinen Blick durch die Küche schweifen und

schaute sich alles ganz genau an. Beide waren verlegen. »Ich muß kurz nach dem Essen sehen«, sagte sie und ging an den Herd. Während sie in den Töpfen rührte, die Soße abschmeckte und hin und wieder an ihrem Wein nippte, plauderten sie über dies und das. Sie erzählte ihm von ihrem Geschäft, woher sie stammte, wie lange sie schon in Little River lebte. Sie hatte den Eindruck, Michael lenkte das Gespräch so, daß sie nur über sie sprachen. Aber vielleicht stellte er auch einfach mehr Fragen als sie.

»Seit wann spricht Jamie eigentlich nicht mehr?« wollte Michael wissen, als sie sein Glas erneut füllte.

»Seit dem Tod seines Vaters. Ich nehme an, Sie kennen die Geschichte. Es war ein Jagdunfall. Es ist vor ungefähr anderthalb Jahren passiert.«

»Ich habe davon gehört. Tom Waters hat es erwähnt.«

Susan wandte sich wieder den Töpfen zu. »Nach Meinung des Psychologen versucht Jamie, indem er nicht spricht, auszublenden, was er erlebt hat. Er war dabei, als der Unfall passierte, und den Schock hat er nicht überwunden.«

»Ist er immer noch in psychotherapeutischer Behandlung?«

»Nein, zur Zeit nicht. Wir machen sozusagen eine Pause.« Sie schwieg einen Augenblick. »Wissen Sie, ich habe schon lange nicht mehr erlebt, daß ihn irgend etwas so begeistert hat wie Cully. Als er heute nach Hause kam, hat er gestrahlt wie ein Honigkuchenpferd. Ich weiß gar nicht, wie ich Ihnen danken soll.«

Michael schüttelte den Kopf. »Sie brauchen mir nicht zu danken. Außerdem genieße ich seine Gesellschaft.«

Susan dachte über die letzte Bemerkung nach. »Sie müssen sich da drüben ziemlich einsam fühlen«, sagte sie, und es klang nicht ganz so beiläufig, wie sie beabsichtigt hatte. Sie lachte verlegen auf. »Ich meine, ich kann mir vorstellen, wie es für Sie gewesen sein muß, als Sie zurückkamen ... Ich meine, bei allem, was die Leute sich so erzählen ...« Sie unterbrach sich. »Hören Sie, wir müssen nicht darüber reden, wenn es Ihnen unangenehm ist.«

»Ist schon in Ordnung. Sie haben recht, es ist manchmal ein bißchen einsam.«

»Darf ich Sie etwas fragen?«

Er zögerte, doch dann nickte er. »Bitte.«

»Warum sind Sie hierher zurückgekommen?«

Er nippte an seinem Wein und schaute vor sich auf den Tisch. »Ich wußte nicht, wo ich sonst hingehen sollte«, sagte er schließlich.

Sie fühlte sich abgewiesen, und ihr wurde plötzlich ganz heiß. Offenbar wollte er darüber nicht reden. »Tut mir leid. Es geht mich ja auch nichts an. Hören Sie, ich bringe nur rasch Jamie ins Bett. Machen Sie es sich solange bequem, und wenn ich wiederkomme, gibt's was zu essen. Fühlen Sie sich wie zu Hause.« Bevor er antworten konnte, war sie schon aus der Küche verschwunden.

Sie deckte Jamie zu und erlaubte ihm, noch eine Weile zu lesen, dann ging sie ins Bad. Sie betrachtete sich einen Moment im Spiegel und fragte sich, warum sie plötzlich so nervös und unsicher war, daß sie aus der Küche fliehen mußte. Während sie die Treppe hinunterging, atmete sie ein paar Mal tief durch und setzte ein Lächeln auf. Michael stand am Fenster und betrachtete die Kupfertöpfe, die von der Decke baumelten, als sie die Küche betrat.

»Es gibt nichts Besonderes«, sagte sie. »Aber es ist reichlich da, ich hoffe also, Sie haben ordentlich Hunger mitgebracht.«

»Es riecht jedenfalls köstlich.«

Während des Essens schleppte sich das Gespräch dahin, als wäre ihnen beiden die Situation unangenehm. Schließlich legte Michael sein Besteck ab.

»Hören Sie, ich wollte Sie eben nicht vor den Kopf stoßen. Ich bin es einfach nicht gewöhnt, über mich selbst zu sprechen.«

»Ist schon gut, ich verstehe das.«

»Nein, es ist nicht gut. Sie haben mich gefragt, warum ich hierher zurückgekommen bin, und die Wahrheit ist, daß alles, was dazu geführt hat, daß ich im Gefängnis gelandet bin, an diesem Ort angefangen hat, als ich noch ein Junge war. Ich dachte, wenn ich hierher zurückkäme, würde mir das helfen, diesen Abschnitt in meinem Leben zu verstehen und irgendwann hinter mir zu lassen.«

Susan dachte einen Moment über das nach, was er gesagt hatte. »Und, funktioniert es?«

Er runzelte die Stirn und schaute in sein Weinglas, das er zwischen den Fingern drehte. »Ich weiß es nicht.«

Sie fühlte sich durch seine plötzliche Offenheit ermutigt und sagte: »Darf ich Sie noch etwas fragen?«

Er lächelte schwach. »Klar.«

»Worüber haben Sie nachgedacht, als ich eben in die Küche gekommen bin? Sie haben die Kupfertöpfe angeschaut und dabei so ein Gesicht gemacht, ich weiß nicht, es lag fast etwas Wehmütiges in Ihrem Blick.«

Er zuckte die Achseln und lächelte. »Es war eigentlich nichts besonderes. Mir ist nur aufgefallen, wie sie im Licht glänzen. Ich finde, sie strahlen Wärme aus, Kupfertöpfe haben für mich etwas Heimeliges.« Er machte eine ausladende Handbewegung. »Genau wie diese ganze Küche.« Plötzlich wirkte er nach innen gekehrt, so als dächte er an etwas vollkommen anderes.

Dann sagte er unvermittelt: »Es hat sehr gut geschmeckt. Vielen Dank!«

»Es ist noch mehr da, möchten Sie noch etwas?«

»Nein, danke, ich bin wirklich satt.«

Er stand auf, als sie anfing, den Tisch abzuräumen, und obwohl sie protestierte, half er ihr beim Zubereiten des Nachtischs. Es gab Obstsalat, und während Susan die Sahne schlug, kochte er Kaffee. Beim Hantieren in der Küche berührten sie sich hin und wieder zufällig, und sie roch sein Rasierwasser. Ihr Herz klopfte ein bißchen zu schnell.

Beim Kaffee erzählte sie ihm von David und wie sie in Little River gelandet waren. »Es war nicht unbedingt das, was ich mir für mein Leben vorgestellt hatte«, sagte sie zum Schluß. Über David zu sprechen, verursachte ihr ein leichtes Unbehagen, und sie schaute zu seinem Foto hinüber, das an der Pinnwand hing. Michael folgte ihrem Blick. »Haben Sie ihn gekannt?« fragte sie, denn ihr war plötzlich klargeworden, daß die beiden etwa im gleichen Alter waren und sich womöglich aus der Schule kannten.

»Eigentlich nicht.« Er schüttelte den Kopf.

Sie schwiegen nachdenklich, und als er seinen Kaffee austrank und erklärte, er müsse jetzt gehen, war sie irgendwie erleichtert. Sie wollte auf einmal nur noch allein sein.

Zu Hause setzte sich Michael mit einem Glas Whiskey auf die Veranda und dachte darüber nach, wie sehr Susans Küche für ihn das versinnbildlichte, was er seit Jahren vermißte. Ein Zuhause. Eine Familie. All das hatte er einmal besessen, und er hatte es verloren. Tiefschwarz wölbte sich das Universum über ihm, von winzigen Sternen erleuchtet. Ein Gefühl der Leere breitete sich in ihm aus, und er kam sich vor wie ein bedeutungsloses Staubkörnchen.

20. Kapitel

Michael stand auf der Veranda und sog die frische Morgenluft ein. Er spürte, daß das Wetter sich allmählich änderte. Nachts war es nicht mehr ganz so kalt, und die Tage wurden wieder länger. Der Boden war zwar noch mit Schnee bedeckt, doch es hatte seit Tagen nicht mehr geschneit. Etwa einen Monat würde es noch dauern, bis der Frühling in Little River einzog, aber es lag bereits etwas Erwartungsvolles in der Luft. Unter der Schneedecke begann sich neues Leben zu regen, die Natur sammelte Energie, Knospen machten sich bereit zu sprießen. Bald würden das violette Flohkraut, die scharlachrote Kastilea und das gelbe Kreuzkraut die Bergwiesen in ein Farbenmeer verwandeln.

Der Morgenhimmel war klar. Die Sonne hatte wieder mehr Kraft, und auf den Bäumen jenseits der Lichtung fing der Schnee an zu schmelzen.

Hoch oben auf der Falls Pass Road, wo Michael später mit Jamie unterwegs war, wehte noch ein scharfer Wind. Seit einer Woche richtete er Cully auf den Köder ab, und inzwischen schaffte sie schon über ein Dutzend Anflüge, bevor ihr Flügel Anzeichen von Ermüdung zeigte. Die Behandlung mit dem Antibiotikum war abgeschlossen. Tom Waters hatte sie noch einmal untersucht und erklärt, die Infektion sei ausgeheilt, er könne jedoch nicht sagen, ob von der Verletzung eine leichte Behinderung zurückbleiben werde. Er wußte auch nicht, ob sie schon wieder genug Kraft und Schnelligkeit besaß, um in der freien Natur zu überleben.

Während sie durch den Schnee stapften, dachte Michael besorgt über das nach, was heute vor ihnen lag. Bevor er sie freilassen konnte, mußte Cully beweisen, daß sie in der Lage war zu jagen, das hieß, eine Beute aus großer Höhe zu schlagen, doch zunächst mußte Michael herausfinden, ob sie schon soweit war, einen Sturzflug zu bewältigen. Jamie hatte sich von seiner Stimmung anstecken lassen und warf ihm ängstliche Blicke zu, während sie die Vorbereitungen trafen.

»Heute machen wir es ein bißchen anders«, erklärte Michael. Bisher hatten sie Cully ziemlich tief über dem Boden fliegen lassen, aber in der Freiheit jagten Falken meist auf andere Weise. »Manchmal lassen sie sich von einem Aufwind in die Höhe tragen und warten dort oben auf eine Gelegenheit zum Jagen. Wenn sie zum Sturzflug ansetzen, dann legen sie ihre Flügel so an.« Er machte es Jamie mit den Armen vor. »Dabei erreichen sie eine hohe Geschwindigkeit, mehr als hundert Stundenkilometer. Und das müssen wir heute mit ihr üben.«

Der letzte Teil des Trainings bestand darin, den Köder zu verstecken, nachdem Cully zum erstenmal versucht hatte, ihn zu erwischen, was sie dazu animieren sollte, hoch aufzusteigen und auf ihre Beute zu warten. Während sie immer höher stieg, mußte der Köder verborgen bleiben. Natürlich konnte es passieren, daß sie sich auf einem Felsvorsprung niederließ oder völlig verwirrt im Schnee landete. Dann mußte er den Versuch so lange wiederholen, bis ihr Instinkt erwachte und sie das Richtige tat. Wenn sie hoch genug gestiegen war, sollte er ihr den Köder zeigen und sie rufen, dann würde sie zum Sturzflug ansetzen, so wie bei der Jagd in freier Wildbahn. Kurz vor dem Boden würde sie die Schwingen ausbreiten, um im letzten Augenblick die Richtung zu ändern und den Köder zu schlagen. Bei diesem letzten Manöver war die Belastung für die Flügel am größten, es war also der gefährlichste Augenblick für Cully.

Ihr Überleben hing davon ab, ob sie den Sturzflug bewältigte.

Während sie auf Jamies Faust saß, knabberte Cully ungeduldig am Handschuh, plusterte sich auf und wartete offenbar auf ihr Futter. Michael vergewisserte sich, daß Jamie das Geschüh fest im Griff hatte, bevor er die Langfessel und die Drahle abnahm. Er hatte Jamie immer wieder erklärt, wie wichtig es war, daß sie nicht losflog und die Fessel hinter sich herschleifte.

»Fertig?«

Jamie schaute ihn unsicher an.

»Sie wird es bestimmt schaffen«, sagte Michael.

Jamie wirkte ängstlich, er wußte jetzt, was auf dem Spiel stand.

»Schau sie an«, forderte Michael ihn auf.

Cully stand sicher auf Jamies Faust, den Kopf in den Wind gereckt, die Schwingen leicht geöffnet.

»Sie ist bereit«, sagte Michael. Ihr Blick war in die Ferne gerichtet. Jetzt hatte sie ihr Schicksal selbst in der Hand, Michael und Jamie waren nur noch Zuschauer. Michael war Cullys Betreuer, aber er war nicht ihr Besitzer, so war es von Anfang an gewesen. Ein letztes Mal testete er ihren Appetit mit einem Stückchen Fleisch, das sie ihm gierig aus den Fingern riß, dann machte er sich auf den Weg.

Nach etwa vierzig Metern drehte er sich um, schwang den Köder und rief ihren Namen. Sie flog auf ihn zu, machte einen halbherzigen Versuch, den Köder zu erwischen, wohl wissend, daß Michael ihn wieder wegziehen würde, und begann, in die Höhe zu steigen. Dann kehrte sie um, aber Michael hatte den Köder in seine Tasche gestopft. Sie kam auf ihn zu, und da es nichts zu jagen gab, ging sie in den Gleitflug über. Sie wartete ab.

Hoch oben in der Luft weht der Wind stärker, und im Gefieder des Falken entsteht beim Fliegen ein knisterndes Geräusch. Er spürt die Kraft der Brise, die er jederzeit ausnutzen kann, wenn er den Winkel seiner Schwungfedern nur leicht verändert. Sein Instinkt erwacht. Bei jedem Flügelschlag spürt er seine kräftigen Brust- und Rückenmuskeln.

Die Gestalten unten am Boden sind so deutlich zu erkennen, als wären sie in Reichweite. Die Augen des Falken sind zehnmal so scharf wie die eines Menschen. Noch aus dreißig Metern Höhe kann er ihre Augenfarbe erkennen. Einen Augenblick lang ist der Vogel unsicher, weiß nicht genau, was er tun soll, da seine Beute nicht mehr zu sehen ist. Um Kraft zu sparen, läßt er sich von der Luft tragen, und wartet ab, was als nächstes geschieht. Die Thermik trägt ihn höher, und er fliegt eine Schleife, um im Aufwind zu bleiben. Als er spürt, daß der Wind nachläßt, fliegt er ein Stück weiter, bis er die nächste Thermik findet, zieht seine Kreise, läßt sich höher und höher tragen.

Auf dem weißen Feld unter ihm sind nur die beiden Gestalten zu sehen, die er so gut kennt. Er vertraut ihnen und hat sich an die seltsame Welt gewöhnt, in der er seit einer Weile lebt. Manchmal, wenn er in der Luft ist, erwachen seine alten Instinkte, und während er seine Kreise zieht, wandert sein Blick nordwärts zu den Berggipfeln, die in der Ferne aufragen. Irgend etwas zieht ihn in diese Richtung, aber gleichzeitig zieht es ihn zurück auf den Boden. Er fühlt sich der größeren der beiden Gestalten, die er auch aus einer halben Meile Entfernung noch erkennt, tief verbunden. Ihr Gesicht ist nach oben gewandt, hebt sich bleich von dem dunklen Körper ab. Der Falke befindet sich jetzt oberhalb der Felshänge, und als er den Kamm überfliegt, tragen die Aufwinde aus dem Tal ihn noch höher hinaus und weiter fort.

Er dreht den Kopf, läßt seinen Blick über die Landschaft schweifen, schaut zu den Gestalten im Schnee hinunter. Er ist hungrig.

Michael sah Cully höher steigen und immer weiter fortfliegen. Er hatte einen Kloß im Hals. Jamie war näher gekommen, er wirkte blaß und angespannt. Immer wieder schaute er Michael ängstlich an, während Cully sich weiter und weiter entfernte, bis sie nur noch ein schwarzer Punkt am Himmel war. Michael spürte Jamies stummes Flehen, er solle sie zurückrufen.

Beinahe war er versucht, sie nicht zu rufen. Er könnte einfach zusehen, wie sie über das Tal hinweg davonflog. Der Hunger würde sie ablenken, sie würde vielleicht ein Kaninchen oder eine Taube entdecken, und dann wäre sie über alle Berge, und er sähe sie nie wieder. Er könnte sich einreden, sie werde schon irgendwie überleben, und jedesmal, wenn er an sie dächte, könnte er sich vorstellen, wie sie ihre Freiheit genoß und irgendwo über den Bergen ihre Kreise zog. Es war eine Wunschvorstellung, gespeist aus der Angst vor dem, was möglicherweise als nächstes geschah.

Als sie in etwa siebenhundert Metern Höhe flog und sich so weit entfernt hatte, daß er sie kaum noch erkennen konnte, holte er den Köder aus dem Beutel und rief sie. Das Herz schlug ihm bis zum Hals, und seine Kehle war wie zugeschnürt. Womöglich hatte er zu lange gewartet, vielleicht konnte sie ihn gar nicht mehr hören, konnte den Köder nicht sehen und verspürte nicht den Drang umzukehren. Er hatte sich an sie gewöhnt, und er wollte sie nicht verlieren. Er bangte um sie, aber die Angst, nicht zu wissen, was aus ihr wurde, war noch größer. Ihr Erfolg wäre auch der seine, doch falls ihr Flügel dem Druck nicht standhielt, würde er auch die Niederlage mit ihr teilen. Er war so sehr von seinen Gefühlen überwältigt, daß es eine Weile dauerte, bis er begriff, was mit ihm geschah. Er hatte einem anderen Wesen sein Herz und seine Seele geöffnet.

Während er sie beobachtete und ein Stoßgebet zu ihr hinaufschickte, legte sie die Schwingen an und begann ihren Sturzflug.

Ein Vorbild an aerodynamischer Perfektion, rast der Falke in die Tiefe. Durch den Luftstrom entsteht ein leise pfeifendes Geräusch. Sein Flug ist sicher und gezielt, und er gewinnt so rapide an Geschwindigkeit, daß er am Himmel kaum noch auszumachen ist. In dem Flügel, der verletzt war, spürt er hin und wieder ein Zittern, schenkt dem jedoch keine Beachtung. Einen Kompromiß kann er sich nicht leisten. Er ist ein Schneefalke, in der Luft ist ihm niemand ebenbürtig, und sein Leben ist von Extremen bestimmt. Entweder er überlebt als der Jäger, zu dem die Natur ihn bestimmt hat, voller Schönheit und Grazie, oder er stirbt mit ungebrochenem Stolz. Die kleinen dunklen Gestalten unter ihm kommen in rasender Geschwindigkeit näher.

Michael blieb fast das Herz stehen, als Cully zum Sturzflug ansetzte; was, wenn ihr Flügel wieder brach, wenn er nutzlos im Wind flatterte, während sie auf die Erde zu raste? Er entdeckte eine leichte Unsicherheit, ein kaum merkliches Abkommen vom Kurs.

Etwa dreißig Meter über dem Boden fing sie ihren Sturz ab und flog einen perfekten Bogen, und im selben Augenblick warf Michael den Köder in die Luft. Cully fing ihn im Flug, glitt noch ein kleines Stück dicht über den Boden und landete im Schnee. Sie stand aufrecht da, schnappte mit weit offenem Schnabel nach Luft, dann legte sie die Flügel schützend über ihre Beute und begann zu fressen.

Auf der Heimfahrt hing Michael seinen Gedanken nach. »Weißt du«, sagte er schließlich zu Jamie, »einen Moment lang hätte ich sie am liebsten freigelassen, als ich sie da oben fliegen sah.« Er wußte nicht recht, wie er das erklären sollte. Jamie hörte ihm aufmerksam zu. »Ich meine, ich habe mich kaum getraut, sie zu rufen, weil ich mich vor dem fürchtete, was hätte passieren können. Es kam mir so vor, als wäre es leichter, sie einfach fliegen zu lassen, so zu tun, als wäre mit ihr alles in Ordnung. Aber ich glaube, das wäre nicht richtig gewesen, was meinst du?«

Sie schwiegen eine Weile, dann sagte Michael: »Manchmal muß man einfach eine Entscheidung treffen, egal, wie schwer es einem fällt und welche Konsequenzen es haben kann.«

Jamie wandte sich ab und schaute aus dem Seitenfenster. Vielleicht hatten sie an diesem Tag beide etwas gelernt.

Ellis parkte seinen Pick-up zwischen den Bäumen abseits der Straße und ging auf das Haus zu. Der Mond leuchtete so hell, daß die Bäume Schatten auf die Lichtung warfen. Ellis blieb stehen, schaute sich um und lauschte. Es war nichts zu hören und nichts zu sehen. Er brauchte nur in den Schuppen zu gehen, den er tags zuvor ausgekundschaftet hatte. Um sich vor dem Falken zu schützen, trug er Handschuhe, doch wahrscheinlich war der Vogel sowieso schläfrig, und mit etwas Glück müßte es ihm gelingen, ihn zu packen und ihm ganz schnell den Hals umzudrehen. Tusker würde sich noch nicht einmal mit einer lästigen Schußverletzung herumärgern müssen.

Ellis hatte sich selbst ganz schön unter Zugzwang gesetzt. Als er sich entschloß, Michael den Falken wieder abzunehmen, hatte er gleich Tusker angerufen und ihm mitgeteilt, er werde den Gerfalken am übernächsten Tag liefern und sich die zwei Riesen abholen. Tusker hatte sich dumm gestellt und ihn auf siebzehnhundert Dollar runtergehandelt, von wegen Unkosten und so weiter. Ellis war stocksauer, daß Tusker schon wieder versuchte, ihn über den Tisch zu ziehen, gab sich aber schließlich mit der geringeren Summe zufrieden. Mittlerweile war ihm sowieso klargeworden, daß er mehr als die paar Kröten brauchte, um seine Kredite zu bezahlen. Es ging ihm gar nicht in erster Linie um das Geld, sondern darum, einmal im Leben etwas richtig zu machen. Es ging darum, Rachel etwas zu beweisen.

Wie er nun so vor Michael Somers' Haus stand, hatte Ellis plötzlich eine unheilvolle Vorahnung. Er wußte selbst nicht, woher dieses Gefühl kam. Vielleicht hatte es etwas damit zu tun, daß Rachel am frühen Nachmittag auf den Holzhof gekommen war.

Plötzlich hatte sie in der Tür gestanden und verkündet: »Wir müssen reden.«

Ellis hatte gerade die Füße auf den Schreibtisch gelegt und machte ein Nickerchen. Er war völlig von den Socken, als Rachel mit einem Mal vor ihm stand, und als er den Ausdruck in ihrem Gesicht sah, wurde ihm ganz anders. Sie schaute ihn an, als wäre er ein dreckiger alter Köter, der nicht mehr in der Lage war, sich von seinem warmen Plätzchen am Kamin zu erheben. Als fragte sie sich, ob es besser war, ihn zum Tierarzt zu bringen und einschläfern zu lassen, oder mit ihm in den Wald zu gehen und ihn eigenhändig abzuknallen.

»Willst du 'ne Tasse Kaffee?« fragte er, stand auf und ging an den Ofen. Wo zum Teufel hatte er den Wasserkessel gelassen? Dann fiel ihm wieder ein, daß er ihn unter dem Schreibtisch abgestellt hatte, nachdem er hineingepißt hatte, weil er zu faul gewesen war, nach draußen zu gehen.

Sie schüttelte den Kopf und setzte sich.

»Mußt du nicht arbeiten?« fragte er. Er legte ein Scheit ins Feuer und fuhr sich mit den Händen durchs Haar.

»Ich hab' mir ein paar Stunden freigenommen. Ich wollte mich nicht zu Hause mit dir auseinandersetzen, nicht vor den Kindern.«

Ellis gefiel Rachels Tonfall nicht. Sie klang so ernst. Womöglich hatte er es zu weit getrieben, und jetzt war sie gekommen, um ihm zu erklären, daß sie ihn verlassen würde. Eigentlich brauchte er sich nicht zu wundern, es lief sowieso immer alles gegen ihn. Er versuchte sich vorzustellen, wie sein Leben ohne Rachel aussehen würde. Sie würde die Kinder mitnehmen, und wer sollte ihr das verübeln? Er würde als Penner enden, der in alten Eisenbahnwaggons hauste und sich mit Schnaps zudröhnte.

»Hör zu«, sagte er. »Ich bin froh, daß du gekommen bist. Ich wollte es mir eigentlich für später aufheben, aber wo du schon mal da bist, kann ich dir die gute Nachricht auch gleich erzählen.«

»Pete, wir müssen reden.«

Sie hörte ihm noch nicht mal zu. An ihrem Gesichtsausdruck sah er, daß sie an nichts anderes denken konnte als an das, was sie ihm zu sagen hatte. Sie wirkte ernst, aber sie schaute ihm nicht in die Augen, woraus er schloß, daß sie ihn noch nicht vollkommen verabscheute.

»Es wird alles anders werden, Rachel. Ich hab' ein bißchen Glück gehabt. Ich hab' es endlich geschafft.« Dann redete er einfach drauflos. Vor lauter Verzweiflung fing er an zu stottern, und da sah sie ihn auf einmal an. Wahrscheinlich fragte sie sich, ob er betrunken war.

»Ich werde einen ordentlichen Batzen Knete bekommen. Morgen. Alles wird sich ändern. Ich meine, ich weiß, daß ich mit dem Saufen aufhören muß. Aber das ist gar nicht so leicht für einen wie mich, Rachel. Du kannst dir nicht vorstellen, wie schwer das manchmal ist. Ich hab' noch nie im Leben eine Chance gehabt, alles, was ich anfasse, wird zu Scheiße. Nur du nicht. Du bist die Beste, die es gibt, und das weiß ich. Ich kriege morgen Geld. Ich meine, es ist kein Vermögen oder so was, aber es sind fast zweitausend Dollar. Damit kann ich ein paar von den Rechnungen bezahlen. Dann können wir noch mal von vorne anfangen, dann wird alles wieder so wie früher. Ich brauche dich.«

Er sprach ganz schnell, denn er spürte, daß sie drauf und dran war, alles, was er sagte, vom Tisch zu wischen. Er wollte nicht hören, was sie sich zurechtgelegt hatte.

Sie starrte ihn an, und er spürte, wie ihre Entschlossenheit zu bröckeln begann. Dann fragte sie ihn mißtrauisch: »Woher soll das Geld denn kommen?«

»Aus einem Geschäft, das ich in den letzten Tagen mit Red gemacht hab'. Ich hab' einfach Glück gehabt.«

Sie schaute ihn zweifelnd an.

Alles hing von diesem Augenblick ab. Wenn sie ihm glaubte, würde alles gut werden, wenn nicht, war das das Ende. Verrückt, dachte er, daß sein Leben von dieser einen Sache abhängen sollte.

Am Ende hatte sie einfach irgendwie traurig genickt. Er hatte versucht, sie zum Bleiben zu überreden, damit sie sich aussprechen konnten. Er wollte ihr von seinen Zukunftsplänen erzählen, aber sie hatte ihn nur angesehen, als wäre sie todmüde, und gesagt, sie erwarte ihn zu Hause. In Wirklichkeit war er erleichtert gewesen, als sie ging. Die Art, wie sie ihn angeschaut hatte, machte ihn nervös. Er hatte keine Ahnung, was in ihrem Kopf vorging, aber er glaubte, sie gab ihm noch eine Chance. Er hoffte bloß, daß sie nie dahinterkam, woher das Geld wirklich stammte.

Während er im Mondschein auf der Lichtung stand und über all das nachdachte, wurde Ellis immer unsicherer. Er hatte das ungute Gefühl, wenn er seinen Plan ausführte, würde er eine Grenze überschreiten und sich für den Rest seines Lebens mit den Konsequenzen herumschlagen müssen. Im Haus war alles still. Er fragte sich, warum er immer noch zögerte. Er war Somers nichts schuldig, das war klar, die ganze verdammte Stadt wünschte sich, er wäre nie zurückgekommen. Selbst Cooper hatte offenbar mit Somers eine Rechnung zu begleichen. Niemand würde ihm etwas übelnehmen, falls es jemals herauskommen sollte. Und der Falke gehörte ihm von Rechts wegen sowieso. Dennoch gelang es ihm nicht, seine Zweifel abzuschütteln. Immer wieder mußte er an Rachel denken, daran, was sie dazu sagen würde. Er befand sich in einer Zwickmühle. Irgendwie mußte er an das Geld herankommen, und er wußte einfach nicht, wie er es anders anstellen sollte. Vorsichtig schlich er um das Haus herum.

Im Traum redete Michael mit seinem Vater. Er zeigte ihm den Laden, der jetzt fast fertig war und genauso aussah wie früher. Dann schauten sie gemeinsam aus einem Fenster. Sie sahen einen Mann und einen Jungen im Schnee, die einen Falken abrichteten. Er erklärte seinem Vater, wie er den Falken gefunden hatte, dann erzählte er ihm von dem Jungen und dessen Mutter, die im Nachbarhaus wohnten. Während er redete, schaute sein Vater die ganze Zeit aus dem Fenster, sah dem Mann und dem Jungen zu. Schließlich wandte er sich zu Michael um und lächelte.

Schweißgebadet schreckte Michael aus dem Schlaf und setzte sich auf. Der Traum, der eben noch so intensiv gewesen war, begann zu verblassen, die Gefühle, die er so klar empfunden hatte, verschwanden wieder in seinem Unterbewußtsein. Er stand auf und trat ans Fenster. Irgend etwas hatte ihn geweckt. Ein paar Wolken schoben sich vor den Mond und tauchten die Lichtung in Dunkelheit. Etwa in der Mitte der freien Fläche sah er ein Augenpaar aufleuchten. Sonst war nichts zu erkennen, nur diese beiden winzigen Punkte, die ihn anzustarren schienen. Er ging nach unten und öffnete die Haustür. Vorsichtig, mit heftig klopfendem Herzen, trat er auf die Veranda. In der Dunkelheit vor ihm war nichts zu sehen, doch dann hörte er hinter dem Haus ein Geräusch, das klang wie das Quietschen von Scharnieren.

Ein leichter Wind war aufgekommen. Der Mond kam wieder zum Vorschein, und in dem fahlen Licht waren die Umrisse des Schuppens zu erkennen. Eine Gestalt bewegte sich an der offenen Tür.

»He, wer ist da?« rief Michael erschrocken.

Der Mond verschwand erneut hinter Wolken, und plötzlich war es wieder dunkel. Aber Michael hörte Geräusche, irgend etwas oder irgend jemand stolperte hinter dem Haus entlang. Er zögerte, hin- und hergerissen zwischen dem Impuls, den Eindringling zu verfolgen, und dem Bestreben, nach dem Falken zu sehen. Schließlich ging er zum Schuppen hinüber. Mit vor Angst pochendem Herzen öffnete er die Tür, doch Cully war noch da, sicher und unverletzt, eine blasse Gestalt in der Dunkelheit, und als er sich ihr näherte, trat sie willig auf seine Faust.

Er hörte, wie in einiger Entfernung ein Motor angelassen wurde. Dann wurde das Motorengeräusch immer schwächer, und schließlich war wieder alles still. Er beschloß, Cully von nun an in der Küche zu halten, wo sie hinter der verschlossenen Tür in Sicherheit war.

Erst am nächsten Morgen entdeckte er auf der Lichtung Spuren von einem Tier, und er erinnerte sich wieder an die Augen, die er gesehen hatte. Es war also doch kein Traum gewesen. Die Spuren schienen von einer großen Katze zu stammen, einem Berglöwen wahrscheinlich. Michael hatte einmal von dem Indianerglauben gehört, in Berglöwen lebe der Geist der Toten weiter.

Daran mußte er jetzt denken.

21. Kapitel

Das Haus, in dem Rachel und Pete Ellis wohnten, lag im Westen von Little River. Es war ein altes, zweistöckiges Holzhaus mit Garten und Garage. Früher hatte Rachel es geliebt. Sie hatte viel Zeit damit verbracht, den Garten herzurichten, Wände und Decken zu streichen, und hatte sich ausgemalt, wie es aussehen würde, wenn das Verandageländer erneuert und die Türen und Fenster neu lackiert wären. Anfangs hatten sie nur einen Raum und die Küche zur Verfügung, weil der Rest des Hauses noch unbewohnbar war. Sie renovierten Zimmer für Zimmer und führten die nötigsten Reparaturen durch, dann kam das erste Baby, und von da an ging alles nur noch langsam voran. Aber das machte ihr nichts aus. Das Haus endgültig in Ordnung zu bringen, war ein Traum, der sie immer wieder aufgerichtet hatte, wenn der Holzhandel und die Kinder all ihre Zeit beanspruchten.

Rachel saß auf dem Ehebett und betrachtete die Wände. Zum Teil waren sie mit einer alten, verschossenen Tapete beklebt, an manchen Stellen aber auch kahl, wo der Putz ausgebessert worden war. Im ganzen Haus sah es so aus, alles war unfertig, denn seit langem schon hatten sie nichts mehr gemacht. Am Anfang waren sie voller Zuversicht gewesen, jetzt waren sie nur noch desillusioniert.

Sie hätte Pete sagen sollen, daß sie ihn verlassen wollte, als sie bei ihm war. Sie hatte es sich gründlich überlegt und war zu dem Schluß gekommen, daß Pete sie mit in die Gosse ziehen würde, wenn sie sich nicht von ihm trennte. Als sie auf dem Holzhof ankam, war sie fest entschlossen, es ihm zu sagen, und als sie ihn schlafend vorfand, unrasiert und mit offenem Mund schnarchend in dem kleinen Büro, das nach Alkohol und ungewaschenen Kleidern stank, verachtete sie sich selbst, weil sie so lange gewartet hatte.

Und doch brachte sie es am Ende nicht fertig. Sie hatte sich gefragt, wie er reagieren würde, hatte sogar damit gerechnet, er könnte gewalttätig werden, wenn er merkte, daß sie es ernst meinte. Statt dessen überrumpelte er sie regelrecht. Er ahnte, warum sie gekommen war, aber er gab ihr keine Chance auszusprechen, was sie sich zurechtgelegt hatte, sondern schwor ihr, er werde mit dem Trinken aufhören, sie könnten noch einmal von vorne anfangen, und er sagte, er brauche sie. Wenn er nicht gesagt hätte, daß er sie brauchte, hätte sie ihm vielleicht gar nicht zugehört, aber er klang so hilflos, und sie war schließlich nicht aus Stein. Sie waren seit vielen Jahren verheiratet, und sie hatte ihn einst trotz seiner Fehler geliebt. Jetzt, da sie vorhatte, ihn zu verlassen, wurde sie von Schuldgefühlen geplagt. Das war völlig irrational, denn schließlich hatte sie lange genug versucht, ihre Ehe zu retten. Und war sie es sich nicht schuldig, auch an sich selbst zu denken?

Vielleicht waren ihre Schuldgefühle so heftig, weil ihr immer wieder ihr letztes Gespräch mit Michael Somers durch den Kopf ging. Zum erstenmal seit langem hatte sie das Gefühl gehabt, nicht bloß Pete Ellis' Ehefrau zu sein, die verzweifelt versucht, offene Rechnungen zu bezahlen und die Familie zu ernähren. Sie hatte sich wieder so gefühlt wie früher, als sie noch jung war, als Männer sie noch auf eine bestimmte Art und Weise ansahen und das Leben noch vor ihr lag.

Sie mußte verrückt gewesen sein, Pete überhaupt zuzuhören. All das Gerede von dem vielen Geld, das er angeblich durch ein Geschäft, das er mit Red angeleiert hatte, verdienen würde, war bestimmt nichts weiter als heiße Luft. Doch er hatte geklungen, als wäre tatsächlich etwas an der Sache dran, als gäbe es etwas, mit dessen Hilfe er sich aus dem Loch würde befreien können, das er sich selbst gegraben hatte. Obwohl sie eigentlich nicht glaubte, daß er mit dem Trinken aufhören und sein Leben wieder in den Griff bekommen würde, und obwohl seine Bettelei ziemlich erbärmlich gewesen war, hatte sie einen Rückzieher gemacht. Draußen hatte sie tief durchgeatmet und sich seine Worte noch einmal durch den Kopf gehen lassen. Er zerfloß vor Selbstmitleid, führte sein Versagen immer nur darauf zurück, daß sich alle Welt gegen ihn verschworen hatte. Sie wußte, er würde sich nie ändern. Das Geld war nichts als ein Wunschtraum, er hoffte schließlich immer nur auf Wunder. Beinahe wäre sie wieder zu ihm hineingegangen, um ihm ihren Entschluß doch noch mitzuteilen, aber dann war ihr klargeworden, daß er kurz davor stand durchzudrehen, und sie hatte es nicht getan. Alles an ihm, der Ton seiner Stimme, seine flehenden, blutunterlaufenen Augen, brachte sie zu der Überzeugung, daß er vollständig abstürzen würde, wenn sie ihm jetzt noch einen kleinen Schubs gab. Das hatte ihr angst gemacht, und von dem Moment an fürchtete sie, er könnte irgend etwas Schreckliches tun.

Danach hatte er einmal angerufen, um ihr mitzuteilen, er müsse mit Red Parker wegfahren. Das war vor zwei Tagen gewesen, und seitdem hatte sie nichts mehr von ihm gehört. Seine Stimme hatte geklungen, als wäre dieses Geschäft, was immer es gewesen sein mochte, nicht zustande gekommen. Wahrscheinlich wollte er ihr deswegen nicht unter die

Augen treten. Aber sie war nicht in der Lage gewesen, ihn zu trösten, und hatte aufgelegt.

Sie trat vor den Spiegel und hielt sich das Kleid an, das sie am Morgen in Williams Lake gekauft hatte. Es war schwarz und knielang. Einfach, aber figurbetont.

Am Vormittag hatte sie die Auskunft angerufen und sich Michaels Nummer geben lassen. Nach dem dritten Läuten hatte er abgenommen. Als sie sich meldete, war er verblüfft und verwirrt.

»Ich habe mir gesagt, du kommst wahrscheinlich nicht viel unter Leute«, sagte sie, bemüht, leichthin zu klingen. »Pete ist für ein paar Tage weggefahren, und ich dachte, wir könnten vielleicht zusammen essen gehen.« Sie wartete einen Moment ab. »Macht nichts, wenn du keine Lust hast. Es war nur so eine Idee.«

Nach kurzem Zögern sagte er: »An was hattest du denn gedacht?«

Schnell, bevor sie Angst vor der eigenen Courage bekam, antwortete sie: »Es gibt so ein kleines Restaurant in der Nähe des Highway, The Red Rooster. Laß dich nicht von dem Namen abschrecken, der Laden ist nicht schlecht.«

Sie beschrieb ihm den Weg, und falls er sich gewundert haben sollte, daß sie einen Ort vorschlug, der so weit außerhalb von Little River lag, ließ er es sich nicht anmerken. Beim Auflegen hatte ihre Hand leicht gezittert.

Selbst jetzt, als sie sich das erste neue Kleid anhielt, das sie seit Jahren gekauft hatte, war ihr nicht ganz klar, was sie eigentlich vorhatte. Vielleicht verspürte sie einfach Lust, den Abend mit jemandem zu verbringen, der nicht gerade fremd, aber auch kein richtiger Einheimischer war. Mit jemandem, der sie nicht nur als Rachel Ellis sah, die Frau eines Säufers und Versagers, und der sie nicht heimlich bemitleidete. Sie wollte einfach wissen, wie sich das anfühlte.

Sie ließ Badewasser einlaufen und legte sich die neue Unterwäsche zurecht, die sie ebenfalls am Morgen gekauft hatte. Sie hatte alles mit ihrer Kreditkarte bezahlt und viel zuviel ausgegeben, aber das war jetzt unwichtig. Darüber, wie sie ihre Schulden begleichen sollte, konnte sie sich auch später noch den Kopf zerbrechen. Heute abend wollte sie nicht über ihr Leben nachdenken. Die Kinder waren bei Freunden, wo Pete sich aufhielt, wußte der liebe Himmel, und sie hatte das Haus für sich allein. Sie ging nach unten, holte sich etwas zu trinken, und nahm das Glas mit ins Badezimmer.

Im Restaurant herrschte Hochbetrieb. Das Licht war gedämpft, und es lief leise Hintergrundmusik. Michael setzte sich an den Tresen und bestellte ein Bier. Während er auf Rachel wartete, dachte er über ihren Anruf nach. Zunächst war er überrascht gewesen, aber dann hatte er sich an ihre Freundlichkeit in der Kneipe erinnert und gedacht, warum nicht. Er konnte schließlich nicht dauernd allein zu Hause sitzen. Außerdem fand er Rachel sympathisch, obwohl sie mit diesem unangenehmen Kerl verheiratet war, der ihm neulich abend auf die Pelle gerückt war.

Als er sie kommen sah, stand er auf. Sie trug ein schlichtes schwarzes Kleid, das ihre Figur zur Geltung brachte. Sie lächelte ihn an.

»Tut mir leid, daß ich ein bißchen spät bin.«

»Ich bin auch gerade erst gekommen. Möchtest du etwas trinken?«

»Ein Glas Wein vielleicht«, sagte sie und nahm neben ihm an der Bar Platz.

Rachel holte eine Schachtel Zigaretten aus ihrer Handtasche und zündete sich eine an.

»Übrigens vielen Dank für die Einladung«, sagte Michael. Er schaute sich um und machte ein paar anerkennende Bemerkungen über das Lokal. Sie waren beide ein wenig verlegen, und er fragte sich, ob das an ihm lag. Er war schon so lange nicht mehr mit einer Frau in einem Restaurant gewesen und empfand die ganze Situation nun doch als etwas befremdlich.

Rachel rauchte nervös eine Zigarette nach der anderen, drückte sie halbgeraucht wieder aus, und jedesmal, wenn der Barkeeper einen sauberen Aschenbecher auf die Theke stellte, steckte sie sich eine neue an.

»Verdammte Raucherei«, sagte sie.

Sie hatte das Gefühl, daß sie mit ihrer Nervosität die ganze Stimmung ruinierte, aber sie konnte sich nicht beruhigen. Was wollte sie überhaupt hier? Sie überlegte, ob sie ihm nicht besser sagen sollte, es sei alles ein Irrtum gewesen. Plötzlich fühlte sie sich unwohl in ihrem neuen Kleid, dachte, es sei vielleicht zu gewagt. Bevor ihre Gedanken sie völlig in Panik versetzten, wurden sie an einen Tisch geführt. Als das Essen kam, fühlte sie sich sicherer. Ihre Hände hatten etwas zu tun, nur schmeckte sie vor Aufregung kaum etwas. Michael war so anders als Pete. Er wirkte jünger, und sein Blick berührte sie auf eine ganz besondere Weise, wenn er lächelte. Am liebsten hätte sie ihre Hand ausgestreckt und an seine Wange gelegt, um seine Haut zu fühlen.

Sie sprachen viel über die Vergangenheit, über die Schule und Leute, an die sich erinnerten, und sie erzählte ihm, was aus einigen von ihnen geworden war. Allmählich wich die Verlegenheit. Anscheinend war er ebenso nervös wie sie. Schließlich fragte sie ihn, was eigentlich in Toronto genau geschehen war, wieso er ins Gefängnis mußte. Sie wollte nicht in ihn dringen, aber das Thema zu meiden, wäre ihr auch komisch vorgekommen.

»Es gibt wahrscheinlich nicht viel zu erzählen, was du nicht sowieso schon weißt.« Er zuckte die Achseln. »Ich hatte eine Art Zusammenbruch, hatte irgendwie die Kontrolle über mein Leben verloren. Mir war der Sinn für die Realität abhanden gekommen, wie mein Therapeut sich auszudrücken pflegte. Doch das ist alles Vergangenheit«, fügte er hastig hinzu. »Und was ist mit dir? Ich weiß, daß du verheiratet bist und zwei Kinder hast. Was gibt es sonst noch über dich zu berichten?«

»Nichts besonderes«, sagte Rachel.

Michael schüttelt den Kopf. »Du stellst dein Licht unter den Scheffel. Du hast immerhin eine intakte Familie und allen Grund, stolz auf dich zu sein.«

»Das klingt ja, als meintest du das wirklich ernst», sagte Rachel, überrascht über den bewegten Ton in seiner Stimme.

»Ich meine es ernst.«

»Wahrscheinlich hast du recht. Ich wünschte nur, ich hätte die Kinder nicht so jung bekommen, das ist alles.« Sie schwenkte den Wein in ihrem Glas. »Vielleicht wäre es besser gewesen, ich hätte nicht so früh geheiratet. Manchmal kommt es mir so vor, als ginge das Leben an mir vorbei. Ich meine, ich liebe meine Kinder über alles, versteh mich nicht falsch.« Sie zuckte die Achseln. »Eigentlich weiß ich gar nicht genau, was ich sagen will.«

Er erwiderte nichts, lächelte nur verständnisvoll.

»Jeder hat wohl irgend etwas, dem er nachtrauert, nicht wahr?« sagte Rachel nachdenklich. »Ich würde dich gerne noch etwas fragen. Vermißt du deine Tochter?«

Sein Blick verfinsterte sich. Einen Moment dachte er darüber nach, ob er überhaupt antworten sollte, ob ihm die Frage nicht zu persönlich war. Schließlich kannte er Rachel kaum. Doch dann gab er sich einen Ruck. Vielleicht war es ja gut für ihn, mal mit jemandem über diese Dinge zu sprechen. »Ich denke jeden Tag an sie. Ich weiß nicht, ob ich sagen kann, daß ich sie vermisse, denn ich kenne sie ja eigentlich gar nicht. Aber ich vermisse das, was hätte sein können. Ich wünschte einfach, es wäre alles anders gelaufen, und wir wären immer noch zusammen, aber sich so was zu wünschen, ist ziemlich sinnlos, nicht wahr? Ich habe meine Tochter verloren. Genauso, wie ich ihre Mutter verloren habe.« Ein Hauch von Bitterkeit lag in seiner Stimme.

»Du gibst dir die Schuld, nicht wahr?«

»Wem soll ich sie sonst geben?«

»Ich weiß nicht. Vielleicht geht es gar nicht um Schuld.« Sie streckte ihre Hand aus und legte sie einen Moment auf seine. »Du könntest deine Tochter doch besuchen, oder?«

Er schüttelte den Kopf. »Sie lebt jetzt ein ganz anderes Leben. Sie würde sich nicht einmal an mich erinnern.«

»Aber deine Frau wird ihr doch von dir erzählt haben.«

»Ich weiß nicht. Ich wollte auch nicht, daß sie mir schrieb oder mich besuchte, als ich im Gefängnis war. Ich habe mich von ihnen zurückgezogen. Ich habe keine Ahnung, was Holly weiß.«

»Sie ist trotzdem deine Tochter. Kinder verzeihen leicht, sie sind nicht wie wir. Nicht wie die Leute hier in dieser Gegend.«

»Vielleicht ist es besser so. Besser für Holly.«

»Es soll besser für sie sein, ihren Vater nicht zu kennen?«

»Ihr geht es besser ohne ihren verrückten Vater.«

Es erschreckte Rachel, daß er so etwas sagte, und sie spürte, er meinte es ernst. »Du hast dir selbst immer noch nicht vergeben, nicht wahr? Es war ein Zusammenbruch, das hast du doch selbst gesagt, und es ist schon lange her.«

Ein Kellner kam, um ihre Teller abzuräumen, und sie schwiegen eine Weile. »Würde es dir etwas ausmachen, das Thema zu wechseln?« fragte er, als sie wieder allein waren. »Was du sagst, ist wirklich nett, aber ich würde lieber über etwas anderes reden.« Er spürte einen dumpfen Schmerz und begann geistesabwesend seine Schläfen zu massieren. Er fragte sich, warum Rachel sich über sein Leben den Kopf zerbrach, sie mußte doch genug eigene Probleme haben. Eine Frau, die mit einem Typen wie Pete Ellis verheiratet war, hatte es bestimmt nicht leicht.

»Was ist?«

Er schreckte aus seinen Gedanken auf. »Wie bitte?«

»Du hast gerade so seltsam geguckt. Worüber hast du nachgedacht?«

»Soll ich ehrlich sein? Ich habe über dich nachgedacht. Über das, was du vorhin gesagt hast, daß du wünschtest, nicht so früh geheiratet zu haben.«

»Du meinst, du willst wissen, warum ich einen Mann wie Pete geheiratet habe?«

Ihre Direktheit verblüffte ihn, aber er gab zu, daß ihre Vermutung stimmte. Ob sie wohl wußte, daß Ellis und sein Kumpel ihm an dem Abend, als er sie in Clancys Kneipe getroffen hatte, gefolgt waren? Wahrscheinlich nicht, sonst hätte sie es sicherlich erwähnt. »Ihr beide scheint so wenig zusammenzupassen.«

Sie lächelte ironisch. »Als ich Pete kennenlernte, kam er gerade aus der Army. Vielleicht kannst du dir das nicht vorstellen, aber damals war er anders. Er wollte etwas aus sich machen, und er war sehr nett zu mir.« Sie schüttelte den Kopf bei dem Gedanken, daß der Pete, den sie heute kannte, derselbe war wie der, den sie geheiratet hatte. Es schien eine Ewigkeit her zu sein, daß sie sich in ihn verliebt hatte.

»Ich war noch sehr jung. Wenn ich gewartet und ihn näher kennengelernt hätte, wären mir seine Schwächen sicher aufgefallen, aber in dem Alter will man die Fehler des anderen nicht sehen, stimmt's?«

Michael schüttelte den Kopf. »Nicht mal die eigenen.«

»Die Leute verändern sich, und dann ist man plötzlich ein ganz anderer Mensch«, sagte Rachel. »Wie soll eine Ehe da ein Leben lang halten?«

»Da fragst du den Falschen«, erwiderte er.

»Tut mir leid.« Rachel senkte den Kopf und schaute nachdenklich in ihr Weinglas.

Schon an dem Abend in der Kneipe hatte Michael gespürt, daß sie unglücklich und auf der Suche nach Antworten war. Daß sie ihn eingeladen hatte, mit ihr auszugehen, hatte wahrscheinlich mit dieser Suche zu tun.

Sie hob den Kopf, und ihre Blicke begegneten sich. »Woran denkst du?« fragte sie.

Er schüttelte den Kopf. Er konnte ihr nicht sagen, daß er sich gerade gefragt hatte, wie es wäre, nach so langer Zeit wieder eine Frau in den Armen zu halten, ihre weiche Haut, ihren warmen Körper zu spüren, zu hören, wie sie seinen Namen liebevoll flüsterte.

Rachel sagte: »Ich könnte noch ein bißchen mit zu dir kommen, wenn du möchtest.« Sie hatte das Gefühl, ihre Stimme klang zittrig, aber sie hielt seinem Blick stand.

»Ja, warum eigentlich nicht«, sagte Michael.

Sie gingen hinaus, und er zeigte Rachel, wo sein Nissan stand.

»Ich fahre hinter dir her«, sagte sie. Plötzlich erhellten zwei Lichtkegel den Parkplatz, huschten über sie hinweg, und dann hielt ein Pick-up am Nebeneingang des Restaurants. Rachel sah, wie Red Hanson ausstieg, um den Wagen herumging und etwas von der Ladefläche hievte, wahrscheinlich einen Hirsch, den er geschossen hatte. Sie wandte sich ab und eilte zu ihrem Wagen, bevor er sie entdecken konnte.

Es hatte leicht zu schneien begonnen. Michael fuhr mit geöffnetem Fenster, obwohl die eisige Luft ihm ins Gesicht schlug und Schneeflocken ins Wageninnere wehten. Hin und wieder schaute er in den Rückspiegel, um sich zu vergewissern, daß Rachel ihm noch folgte. Jetzt, da er allein war und Zeit zum Nachdenken hatte, war er nicht mehr sicher, ob er das Richtige tat. Er mußte an Susan denken.

An seinem Haus angekommen, blieben sie einen Moment auf der Veranda stehen und schauten in die Dunkelheit. Als er merkte, wie Rachel vor Kälte zitterte, legte er einen Arm um sie und zog sie an sich. Sie legte ihren Kopf an seine Schulter.

Etwas huschte vor ihnen durch die Luft, und er nahm an, daß es die Eule auf ihrer nächtlichen Jagd war. Als hätte sie seine Gedanken gelesen, stieß sie einen leisen Ruf aus. Der Wind trieb die Schneeflocken über die Lichtung.

Sie gingen hinein, und Michael schenkte zwei Drinks ein. Er schürte die Glut im Kamin, legte noch ein Scheit nach und schaltete die Lichter aus, bis auf eine kleine Lampe, die in der Ecke stand. Schweigend beobachteten sie die flakkernden Muster, die das Feuer an die Wände warf, und die Funken, die in den Kamin hochschossen.

Rachel hockte mit angezogenen Beinen in einem Sessel und hielt ihr Glas in beiden Händen. Das Licht des Feuers ließ Michaels blondes Haar aufleuchten und hob das Blau seiner Augen hervor. Als er auf der Veranda den Arm um sie gelegt hatte, waren Gefühle in ihr geweckt worden, die sie schon lange nicht mehr empfunden hatte. Am liebsten hätte sie diesen Gefühlen freien Lauf gelassen und die Nacht mit ihm verbracht. Vielleicht wüßte sie dann, was sie mit ihrem Leben anfangen sollte, doch zugleich fürchtete sie sich davor. Wenn sie mit Michael schlief, wäre das, als schlösse sie eine Tür, als ließe sie ihr ganzes jetziges Leben hinter sich, denn dann könnte sie auf keinen Fall bei Pete bleiben. Sie konnte ihn nicht betrügen.

»Würdest du mir noch einen Drink geben?«

Er holte die Flasche, während sie ein paar Kissen vor den Kamin legte. Michael setzte sich mit dem Rücken gegen einen Sessel auf den Boden, und sie lehnte sich an ihn.

»Ist es in Ordnung, wenn wir einfach noch ein bißchen reden?« fragte sie.

Michael zog sie an sich, spürte ihre Wärme, roch den Duft ihres Haares und beobachtete die Flammen.

An jenem Abend stand Susan an ihrem Küchenfenster und schaute hinaus. Dicke Schneeflocken trudelten so sanft durch die Luft, daß sie einzelne von ihnen bis zum Boden verfolgen konnte. Sie nippte an ihrem Wein und fragte sich, wie Jamie es aufnehmen mochte, wenn Michael Cully in die Freiheit entließ. Susan hatte ihn vor ein paar

Tagen getroffen, und er hatte gefragt, ob er Jamie noch einmal mitnehmen dürfe, wenn er teste, ob der Falke in der Lage sei, echte Beute zu schlagen. Das sei die letzte Übung, und wenn er es schaffe, könne er ihn der Natur zurückgeben. Seitdem machte Susan sich Sorgen, sie fürchtete, der Verlust des Falken könnte Jamies Fortschritte zunichte machen.

Es war ganz still im Haus, Jamie schlief bereits, und Susan hatte noch nichts gegessen. Sie spürte den Hunger, hatte aber keine Lust zu kochen. Von dem Wein, den sie auf leeren Magen getrunken hatte, war sie schon ziemlich beschwipst, und sie beschloß, eine Tiefkühlpizza in den Ofen zu schieben. Dann ging sie an den Küchenschrank, in dem sie für Notfälle eine Schachtel Zigaretten aufbewahrte. Sie zündete sich eine an und nahm einen tiefen Zug. Sie fand den Geschmack widerlich, und sie haßte den Nikotinrausch, aber irgendwie genoß sie es auch.

Sie überlegte, wie es wohl war, wenn eine lärmende Kinderschar durchs Haus tollte. Vor einigen Jahren hatten David und sie sich bemüht, noch ein Kind zu bekommen. Nachdem er gestorben war, hatte sie lange um die Tochter getrauert, die sie sich immer gewünscht hatte und die jetzt nie geboren werden würde. Sie war immer noch jung genug, um Kinder zu bekommen.

Die Pizza schmeckte fad, und als sie versuchte, sie mit Kräutern und scharfer Soße aufzupeppen, tat sie des Guten zuviel, so daß sie schließlich gänzlich ungenießbar war. Sie warf die Pizza in den Müll und zündete sich noch eine Zigarette an. Draußen war es mittlerweile so dunkel geworden, daß sie keine drei Meter weit sehen konnte. Was würde ein Fremder von ihr denken, wenn er sie so am Fenster stehen sah? Würde er sich fragen, warum sie allein trank und rauchte? Würde er sie schön finden und sich fragen, wie sie nackt aussehen mochte? Sie schüttelte den Kopf über ihre krausen Gedanken.

Am Nachmittag war viel zu tun gewesen, denn sie hatte

einem Ehepaar, das nach Little River ziehen wollte, ein Haus verkauft, und die beiden hatten es sich, bevor sie den Vertrag unterzeichneten, noch einmal ansehen wollen. Später war sie zu Linda und Paul in den Diner gegangen und hatte vom Fenster aus zugesehen, wie in der Main Street die Dekoration für das Winterfest aufgehängt wurde. Am letzten Abend der Festwoche sollte wie immer im Valley Hotel ein Tanzball stattfinden. Es war das gesellschaftliche Ereignis des Jahres. Fast alle Bewohner von Little River würden hingehen, und Susan hatte sich bereit erklärt, bei den Vorbereitungen zu helfen. Den ganzen Nachmittag war sie damit beschäftigt gewesen, Listen mit Dingen aufzustellen, die noch erledigt werden mußten. Nach all dem Trubel spürte sie die Stille jetzt beinahe körperlich, und sie fühlte sich irgendwie melancholisch.

Vielleicht sollte sie ein heißes Bad nehmen und anschließend zu Bett gehen. Sie könnte eine Kerze anzünden und noch ein Glas Wein in der Badewanne trinken, doch dann stellte sie fest, daß die Flasche leer war. David schaute sie von der Pinnwand aus an. Er lächelte, aber sein Gesicht war halb hinter einem Zettel verborgen, auf dem sie sich notiert hatte, daß sie Joghurt einkaufen mußte. Plötzlich hatte sie das Gefühl, sie müsse nach draußen an die frische Luft, und beschloß, einen Spaziergang zu machen. Als sie die Tür öffnete, hob Bob, der in seinem Korb lag, kurz den Kopf, machte es sich jedoch wieder bequem, als er den kalten Luftzug spürte. Draußen war alles still, und es hatte aufgehört zu schneien.

Als Susan auf der Veranda stand, mußte sie an Michael denken. Es war, als hätte sie eine Tür aufgestoßen, die bereits einen Spaltbreit offengestanden hatte, und dahinter wartete Michael auf sie. Sie fragte sich, ob er tatsächlich vorhatte, den Laden wieder zu eröffnen, und erinnerte sich daran, wie er die Fotos der zum Verkauf stehenden Immobilien in ihrem Büro betrachtet und sich nach den Preisen erkundigt hatte. Hieß das, er hatte vor, wieder von Little River fortzugehen? Sie spürte, wie sich instinktiv alles in ihr gegen diese Vorstellung sträubte.

Ohne darüber nachzudenken, wohin sie ging oder was sie tun würde, wenn sie dort ankam, lief sie durch den Wald. Am Rand der Lichtung, auf der Michaels Haus stand, blieb sie stehen. Ein Fenster war schwach erleuchtet. In diesem Augenblick wurde die Haustür geöffnet, und Michael trat auf die Veranda. Sie rührte sich nicht, blieb hinter einem Baum stehen, damit er sie nicht sah. Aus der Entfernung konnte sie sein Gesicht nicht erkennen, aber sie stellte sich seine Augen vor und die Einsamkeit, die sie darin gelesen hatte.

Der Wein hatte sie beflügelt, und sie beschloß, einfach zu ihm hinüberzugehen und mit ihm zu reden. Als sie aus dem Schatten der Bäume trat, sah er sie. Angestrengt starrte er in ihre Richtung, und sie fragte sich, ob er sie erkennen konnte. Als sie einen Schritt auf ihn zu machte und ihn schon von weitem grüßen wollte, tauchte hinter ihm eine zweite Gestalt im Türrahmen auf.

Einen Augenblick glaubte Michael, er hätte einen Geist gesehen. Wie erstarrt spähte er in die Dunkelheit, dann war er sich sicher, daß es ein Mensch war. Er fragte sich, wer es sein mochte, konnte aber nur eine dunkle Gestalt erkennen. Wer immer es war, hatte ihn wahrscheinlich beobachtet. Und mit einem Mal wußte er, daß es Susan war. Bevor er sich jedoch weiter den Kopf darüber zerbrechen konnte, spürte er Rachel hinter sich. Sie trat neben ihn und legte ihm eine Decke über die Schultern.

»Was machst du denn hier draußen?« fragte sie leise.

Er schloß die Augen, und als er sie wieder öffnete, war die Gestalt am Rand der Lichtung verschwunden. Vielleicht hatte er sich ja alles nur eingebildet. »Du bist eingeschlafen. Ich wollte dich nicht wecken.«

»Tut mir leid, das muß am Wein liegen. So hatte ich es mir eigentlich nicht vorgestellt.«

»Ist schon gut«, sagte er und schaute sie an.

»Vielleicht war es heute einfach nicht der richtige Zeitpunkt«, sagte Rachel und blickte auf die Lichtung hinaus.

Er fragte sich, ob sie die Gestalt auch gesehen hatte, aber sie lächelte ihn nur an und ging ins Haus. Bevor er ihr folgte, warf er noch einen Blick zu den Bäumen hinüber, doch Susan war verschwunden. Falls sie es gewesen war.

TEIL 3

22. Kapitel

Es war Anfang April. Der Laden war fertig, der Boden abgeschliffen und versiegelt, alle Wände waren gestrichen, und das alte Schild an der Tür hatte Michael durch ein neues ersetzt. Es war dunkelgrün und trug noch keinen Namen. Die Ladentheke stand an der hinteren Wand, wie früher, und die Regale, die er gebaut hatte, warteten darauf, gefüllt zu werden.

Michael hatte kein Geld mehr übrig, um Ware zu kaufen. In Kamloops fand er einen Großhändler, der bereit war, ihn, sofern er im voraus bezahlte, mit Waren auszustatten, die er zurückgeben konnte, falls er sie nicht verkaufte. Michael ging zu einer Bank in Williams Lake und nahm eine Hypothek auf das Haus auf, und ein paar Tage später fuhr ein mit Kartons beladener Lastwagen vor. Als Michael den beiden Fahrern beim Ausladen half, bemerkte er, wie auf der anderen Straßenseite Leute stehenblieben und ihn anstarrten, und als er die beiden Männer zu einem zweiten Frühstück in den Diner einlud, erstarben die Gespräche an den anderen Tischen.

Es dauerte drei Tage, bis Michael die Lieferung mit der Bestelliste verglichen und alles in die Regale geräumt hatte.

Als er endlich fertig war, stellte er Schilder in die immer noch mit Papier verhängten Schaufenster, auf denen die große Eröffnung angekündigt wurde.

Anschließend setzte er sich in seinen Nissan und fuhr zu dem Friedhof, auf dem seine Eltern begraben waren. Er hielt gegenüber der Kirche an und trank ein Bier aus dem Sixpack, das auf dem Beifahrersitz lag. Während er den Laden renovierte, hatte Michael viel über seine Kindheit nachgedacht, über die beklemmende Atmosphäre in seinem Elternhaus, das distanzierte Verhältnis zu seinem Vater, und allmählich hatte er manches klarer gesehen. Er war voller Groll gegen seinen Vater aufgewachsen, hatte alles geglaubt, was seine Mutter ihm über ihn erzählte. Seit ihrem Tod fragte er sich, ob sein Vater sie wirklich früher gefunden und nichts unternommen hatte, wie manche Leute behaupteten. Deswegen und wegen allem, was seine Mutter so bitter genährt hatte, hatte er Little River Bend verlassen und sich geschworen, niemals zurückzukehren.

Als er mit der Zeit begriff, daß seine Mutter psychisch krank gewesen war, sickerte ganz langsam die Erkenntnis in sein Bewußtsein, daß sein Vater vielleicht nicht in allem so schlimm gewesen war, wie sie ihn hatte glauben machen wollen. Er versuchte, sich an diesen Gedanken zu gewöhnen und begann sich zu fragen, ob er seinem Vater mit seiner Unzugänglichkeit und Sturheit Unrecht getan hatte, doch dann starb sein Vater, bevor Michael sich aus dem Morast seiner Gefühle befreien konnte, und er verlor die Kontrolle und stürzte in den Abgrund. Er war sich nicht sicher gewesen, wonach er eigentlich suchte, als er beschloß, nach Little River zurückzukehren. Vielleicht mußte er einfach den Dämonen ins Auge sehen. Nie würde er eine Antwort auf all seine Fragen finden, und es blieb ihm nichts anderes übrig, als das zu akzeptieren. Vielleicht hatte er anfangs geglaubt, er werde ein fein säuberlich geordnetes Päckchen an Erklärungen finden, aber so einfach war es nun mal nicht.

Er trank das Bier aus und überquerte im Zwielicht die Straße. Auf dem Friedhof, in der Nähe der alten Pappel, begegnete ihm eine ältere Frau. Als sie aneinander vorbeigingen, schaute sie ihm ins Gesicht, und ihm fielen ihre leuchtenden Augen auf. Einen Moment lang dachte er, sie wollte stehenbleiben und etwas sagen, doch dann senkte sie den Kopf und ging weiter. Er schaute ihr nach.

Michael trat an das Grab seiner Eltern und betrachtete den grauen Stein mit ihren beiden Namen in goldenen Lettern. Es hatte Zeiten gegeben, da war er voll Zorn und Bitterkeit ihnen gegenüber gewesen, aber jetzt empfand er nur Bedauern. Nach einer Weile wandte er sich ab, ging zu seinem Wagen und fuhr zurück in den Ort.

Die Lichterketten für das bevorstehende Winterfest verliehen der Main Street einen festlichen Glanz. Überall klebten Plakate, die ein Schlittenrennen und den Jahrmarkt, einen Kochwettbewerb und Holzfällerspiele ankündigten. Der Höhepunkt war das Tanzfest im Valley Hotel. Michael fuhr an seinem Laden vorbei, wollte auf schnellstem Wege nach Hause, machte dann aber einen kleinen Umweg und hielt vor Susans Haus. Er hatte sie seit über einer Woche nicht gesehen, seit dem Abend, an dem Rachel bei ihm gewesen war.

Er stellte den Motor ab und stieg aus. Drinnen hörte er den Hund bellen. Er mußte nur wenige Sekunden warten, bis Susan auf sein Klopfen öffnete.

»Hallo, ich war gerade auf dem Weg aus der Stadt nach Hause«, sagte er.

Ihr Blick spiegelte die unterschiedlichsten Empfindungen wider, doch es dauerte nur einen Moment, dann hatte sie sich unter Kontrolle.

»Ich wollte Jamie sagen, daß ich am Samstag mit Cully auf die Jagd gehe. Es ist soweit, jetzt soll sie zeigen, ob sie sich selbst ernähren kann.«

»Ich werde es ihm sagen. Er will bestimmt mitkommen.«

Sie war höflich, aber distanziert, und er hatte das Gefühl, sie wollte das Gespräch so schnell wie möglich beenden. Seit jenem Abend hatte er immer wieder das Bedürfnis verspürt, herzukommen und ihr etwas zu sagen, aber er hatte nicht gewußt, was. Manchmal war er sich nicht einmal sicher, ob es wirklich Susan gewesen war, die da auf der Lichtung gestanden hatte. Jetzt, da sie ihm so kühl und reserviert begegnete, fiel ihm nichts ein, womit er die Kluft zwischen ihnen überbrücken konnte. Er hatte plötzlich das Gefühl, daß er möglicherweise mehr für sie empfand, als er sich eingestehen wollte. Es kam ihm so vor, als hätte sie Wurzeln in ihm geschlagen, und wenn er abends allein in seinem Haus am Kamin saß, dachte er an sie. Was wäre wohl passiert, wenn Rachel an jenem Abend nicht bei ihm gewesen wäre? Jetzt jedoch las er in ihrem Gesicht nur, daß sie sich in seiner Gegenwart unbehaglich fühlte.

»Ich habe etwas im Ofen«, unterbrach Susan seine Gedanken. »Ich muß in die Küche.« Sie machte Anstalten, die Tür zu schließen.

»Warten Sie«, sagte er schnell. »Ich habe gelesen, daß am Samstag im Hotel ein Tanzabend stattfindet und ... nun, ich dachte, Sie wollen vielleicht hingehen. Mit mir, meine ich.« So hatte er es nicht sagen wollen, er war aus der Übung und unsicher. »Was ich sagen will, ist, daß ich Sie gerne einladen möchte.«

Im ersten Moment schaute sie ihn verblüfft an, dann schüttelte sie schnell den Kopf. »Ich kann nicht, tut mir leid. Jemand ... ich meine, Coop hat mich schon eingeladen.«

Er nickte und versuchte, seine Enttäuschung zu verbergen. »Macht nichts. Es war nur so eine Idee.« Wieder dachte er, daß er sich vielleicht getäuscht hatte, als er glaubte, sie auf der Lichtung gesehen zu haben, oder er hatte es völlig falsch interpretiert. Schon die ganze Zeit hatte er sich gefragt, ob sie und Coop etwas miteinander hatten, und vielleicht war es ja am Ende besser so. Vielleicht sah er in ihr und Jamie mehr als gut für ihn war. Als er die Verandastufen hinunterging, sagte sie: »Viel Glück. Ich hoffe, mit Cully geht alles gut. Ich sage Jamie, daß Sie da waren.«

»Danke.« Er ging zu seinem Wagen, und sie schloß die Tür.

23. Kapitel

Susan saß am Tresen und drehte sich auf dem Hocker so, daß sie die Straße überblicken konnte. Das Papier an den Schaufenstern von Michaels Laden war verschwunden, und auf dem Schild über der Tür stand »Eisenwaren Somers«.

»Seit einer Stunde ist kein Mensch da reingegangen«, sagte sie.

Linda, die eine kleine Pause machte und neben Susan saß, schüttelte den Kopf. »So wie ich es sehe, ist den ganzen Tag noch niemand da reingegangen.«

»Und da wird auch niemand reingehen«, warf Carl Jeffrey ein, der eben an einem Tisch Platz genommen hatte. »Kann ich bitte ein Stück Blaubeerkuchen und einen Kaffee haben, Linda?«

Susan drehte sich um. »Das klingt ja, als fänden Sie das gut.«

Carl zuckte mit den Schultern. »Das hat nichts mit gutfinden zu tun, Susan. Ich stelle nur etwas fest. Ich hätte ihm gleich sagen können, daß er nur seine Zeit verschwendet. Wozu zum Teufel braucht ein so kleiner Ort wie Little River zwei Eisenwarenhändler?«

Susan runzelte die Stirn. Sie mochte Carl nicht besonders, er war ihr einfach zu selbstgefällig. Trotzdem mußte sie sich eingestehen, daß er recht hatte. Sie verstand auch nicht, warum Michael ausgerechnet Eisenwaren verkaufen mußte, wo es doch ein Stück die Straße hinunter einen Werkzeugladen gab, der zu einer Kette gehörte und seine Waren viel billiger anbieten konnte.

»Er hätte nehmen sollen, was man ihm angeboten hat«, sagte Carl. Er steckte ein Stück Kuchen in den Mund und trank einen Schluck Kaffee. »Es war ein fairer Preis. Mehr als fair. Wenn er den Laden jetzt verkaufen will, wird er weniger Geld dafür bekommen.«

»Aber er hat ihn doch renoviert«, sagte Susan.

»Das ist nicht der Punkt.« Carl wischte sich den Mund mit der Serviette ab, stand auf und legte Geld auf den Tresen. »Es geht hier um Wirtschaftlichkeit, das müßten Sie eigentlich wissen, Susan. Jetzt liegt eine Hypothek auf dem Laden, und so wie es aussieht, gibt es keine Einnahmen. Das schwächt sozusagen seine Verhandlungsposition, würde ich sagen.«

»Sie meinen, das gibt den Leuten Gelegenheit, seine Situation schamlos auszunutzen«, sagte Susan.

»He, warum sind Sie denn so aggressiv?« Carl zog die Augenbrauen hoch. »Was haben Sie überhaupt mit ihm zu tun?«

»Er ist einfach mein Nachbar, und ich verstehe nicht, wie man so offensichtlich Gefallen am Unglück anderer Leute finden kann.«

»Das hat nichts mit Unglück zu tun. Er ist selber schuld an seiner Lage. Wie auch immer, ich muß los. Bis bald, Linda.«

Susan sah ihm nach. »Arschloch«, murmelte sie, als er draußen war.

Linda grinste. »Er mag ja ein Arschloch sein, aber du mußt zugeben, daß er nicht unrecht hat. Die Idee, einen Eisenwarenladen aufzumachen, ist völlig idiotisch.«

»Ja, ich weiß«, gab Susan zu. »Aber das heißt doch nicht, daß Michael mir nicht leid tun darf.« Sie rutschte vom Hocker. »Ich muß los. Bis später.«

In ihrem Büro setzte sie sich an den Schreibtisch und spielte eine ganze Weile geistesabwesend mit einem Bleistift, schließlich faßte sie einen Entschluß. Sie trat auf die Straße und ging zu Michael Somers' Laden hinüber. Vor dem Schaufenster blieb sie kurz stehen, dann öffnete sie die Tür. Michael lehnte an der Wand hinter der Ladentheke und las Zeitung. Er machte einen überraschten Eindruck, als er sie erblickte. Sie griff nach irgendeinem Gegenstand und legte ihn auf die Theke.

»Das hier hätte ich gerne.«

»Sie wollen einen Schraubenschlüssel?«

»Genau. Wieviel kostet er?«

Als sie seinem Blick begegnete, spürte sie, wie ihr die Hitze ins Gesicht stieg. Seit dem Abend, an dem sie sich vor seinem Haus lächerlich gemacht hatte, hatte sie alles getan, um ihm nicht über den Weg zu laufen. Erst hatte sie sich noch eingeredet, er habe sie vielleicht gar nicht erkannt, doch mittlerweile war ihr klar, daß er sich denken konnte, wer dort auf der Lichtung gestanden hatte. Dennoch hatte sie nun beschlossen, daß es das Beste war, so zu tun, als wäre es nie passiert.

»Er ist doch zu verkaufen, oder? Ich meine, das hier ist doch ein Laden?«

»Natürlich.« Er sah sich um und griff nach einer Tüte. »Der kostet nichts.«

Sie schüttelte den Kopf. »So kann man kein Geld verdienen.«

»Sie sind meine erste Kundin. Das heißt, der Schraubenschlüssel ist ein Geschenk des Hauses.«

Sie wußte nicht, was sie sagen sollte. »Wenn sich erst herumgesprochen hat, daß es den Laden gibt, wird mehr los sein.«

Er lächelte. »Das glaube ich kaum.«

Sein Verhalten war verwirrend. Sie hatte angenommen, er wäre wütend oder verbittert, zumindest enttäuscht, aber nichts dergleichen war zu spüren. Eher schien er sich über die ganze Geschichte zu amüsieren. Sie bestand darauf zu bezahlen, und schließlich nahm er das Geld.

»Danke für den Schraubenschlüssel«, sagte sie an der Tür.

»War mir ein Vergnügen«, gab er zurück.

Vom Diner aus beobachtete Linda, wie Susan den Laden verließ und wieder in ihr Büro ging. Sie schenkte Coop eine Tasse Kaffee ein. Wahrscheinlich hatte er Susan auch gesehen, ließ sich aber nichts anmerken.

»Was gibt's Neues, Coop?« fragte sie ihn gut gelaunt.

Er nippte an seinem Kaffee. »Wir sind ziemlich beschäftigt wegen des Wochenendes.«

»Wie macht sich denn dein ehrgeiziger junger Kollege? Wie heißt er noch gleich?«

»Miller.«

»Genau, Miller.«

»Ganz gut, wenn er damit aufhören würde, ständig aus dem Gesetzbuch zu zitieren. Er muß noch 'ne Menge lernen, bis er begreift, was es bedeutet, ein Kleinstadtpolizist zu sein.«

Linda ließ Coop allein, um eine Bestellung aufzunehmen, und als sie zurückkam, starrte er zu Somers' Laden hinüber. Sie fragte sich, was in seinem Kopf vorging. Irgendwas stimmte zwischen Susan und ihm nicht. Susans Stimme hatte so einen merkwürdigen Unterton gehabt, als sie Michael Carl Jeffrey gegenüber in Schutz nahm, und das war nicht das erstemal gewesen, daß Linda das auffiel. Sie wußte, Jamie verbrachte eine Menge Zeit mit Michael und seinem Falken, und sie fand, Coop war in letzter Zeit nicht wie sonst.

Sie setzte sich neben ihn und zündete sich eine Zigarette an. »Gehst du mit Susan zu dem Tanzabend?«

Er nickte. »Ja.«

»Besonders glücklich klingt das aber nicht, Coop.«

»Ich hab' zur Zeit einfach zuviel um die Ohren, das ist alles.«

Linda ließ nicht locker. »Darf ich dir einen Rat geben, Coop?« fragte sie.

Er sah sie verständnislos an. »Was für einen Rat?«

»Wenn du findest, daß es mich nichts angeht, darfst du es ruhig sagen ...«

Sein Blick wurde wachsam. »Das mache ich dann schon.«

Sie lächelte ihn an. »Hör mal, findest du nicht, daß es an der Zeit ist, die Sache mit Susan zu klären?«

Er dachte einen Moment über ihre Frage nach. Seine Augen verrieten nichts. »Wenn ich das tun wollte«, sagte er langsam, »wie sollte ich es deiner Meinung nach angehen?«

»Nun, vielleicht solltest du dir einfach überlegen, was du willst und sie dann fragen.«

Er nickte bedächtig. »Du meinst, ich soll sie fragen, ob sie mich heiraten will?«

»So macht man das normalerweise.«

Sie sah die Unsicherheit in seinen Augen und fragte sich, wie er das Problem sonst lösen wollte. »Coop«, sagte sie, »was kann denn schlimmstenfalls passieren? Sie könnte nein sagen, richtig? Aber wäre es nicht besser, das jetzt zu wissen?«

»Ich wollte ihr Zeit lassen«, meinte er.

»Am Anfang war das auch ganz richtig«, stimmte Linda ihm zu. »Aber früher oder später mußt du den Stier bei den Hörnern packen.«

Coop nickte. »Vielleicht hast du recht.« Dann stand er auf. »Danke für den Kaffee.«

»Keine Ursache«, sagte sie.

Sie lächelte vor sich hin, nachdem er gegangen war, und überlegte, ob Susan ihr wohl für das, was sie getan hatte, dankbar sein würde. Als sie aufstand, bemerkte sie, daß

Paul sie aus den Augenwinkeln beobachtete, während er den Grill schrubbte.

»Was ist?«

Er schüttelte den Kopf. »Ich habe kein Wort gesagt.«

Coop ging zurück zum Polizeirevier und setzte sich hinter seinen Schreibtisch. Miller war damit beschäftigt, einen Bericht zu schreiben.

»Wir müssen über das Wochenende sprechen«, sagte Coop. »Ich meine, wir müssen uns einigen, wer wann Dienst macht.«

»Wenn Sie irgendwelche Pläne haben, könnten wir den Dienstplan ja danach einrichten«, schlug Miller vor.

»Ich würde gern zu dem Tanzfest im Hotel gehen. Glauben Sie, Sie können den Laden am Samstagabend allein schmeißen?«

»Natürlich.«

Coop hatte zwar seine Zweifel, denn während des Winterfestes tranken die Leute mehr als sonst, und gelegentlich kam es zu Schlägereien, aber schließlich war er ja jederzeit erreichbar. Er mußte an das denken, was Linda gesagt hatte. Sie hatte den Nagel auf den Kopf getroffen. Die Sache mit Susan ging überhaupt nicht voran. Wenn er sie im Büro anrief oder zufällig im Diner traf, schien sie neuerdings eher zurückhaltend. Mit Jamie war er ebenfalls keinen Schritt weiter, und Somers war immer noch da, und sein verdammter Falke auch, obwohl Coop doch mit Ellis geredet hatte. Wahrscheinlich war der Bursche zu betrunken gewesen und hatte ihre kleine Unterhaltung vergessen, oder er hatte sich nicht getraut, etwas zu unternehmen.

Coop versuchte, sich vorzustellen, wie er Susan fragte, ob sie ihn heiraten wolle. Vielleicht war es eine Möglichkeit herauszufinden, woran er war. Vielleicht verstand sie dann, wie ernst es ihm war, und sah die Sache in einem anderen Licht. Vielleicht hörte sie auf, sich an die Vergangenheit zu klammern, und begann darüber nachzudenken, was für sie und Jamie wirklich das Beste war. Auch Jamie würde wahrscheinlich erkennen, daß es keinen Sinn hatte, so zu tun, als wäre nichts geschehen, und früher oder später würde er wieder sprechen. Coop wußte, wie wichtig das für Susan war. Er mußte sie einfach fragen.

Und der Tanzabend war der ideale Zeitpunkt dafür.

24. Kapitel

Früh am Morgen wanderten sie über das Schneefeld und schauten von dessen Rand hinunter ins Tal. Der Boden fiel beinahe senkrecht ab bis zu einem breiten Plateau, dann ging es wieder steil bergab bis zum Waldrand. Tief unten floß ein Bach in einen kleinen See, in dem sich die Berge spiegelten. Über ihnen wölbte sich der grenzenlose Himmel.

Vor ein paar Tagen hatte Cully hoch oben auf den Felsen gehockt, als eine einzelne Ente ungefähr dreißig Meter über dem Boden in Richtung See über den Abhang flog. Michael hatte Cully beobachtet, während die Ente näher kam, und sich gefragt, ob sie sie angreifen würde. Aber die Ente mußte den Falken bemerkt haben, denn sie drehte ab und verschwand in Richtung Wald. Er hatte nicht gewollt, daß Cully sie jagte, deshalb hatte er den Köder geschwungen und sie gerufen. Dabei war ihm eine Idee gekommen.

Er wußte, daß Enten für gewöhnlich in einigem Abstand entweder allein oder in kleinen Gruppen flogen, und so wollte er heute warten, bis die erste vorbei war, ehe er Cully absetzte, in der Hoffnung, sie würde Jagd auf die nachfolgenden machen. Es dauerte über eine Stunde, bis endlich eine einzelne Ente auftauchte. Sie sahen zu, wie sie immer näherkam, dann war sie mit leisem Flügelschlag über ihnen.

Cully beobachtete sie neugierig, mehr nicht. Das beunruhigte Michael ein wenig, denn er hatte gelesen, daß Falken, die auf einen Köder abgerichtet waren, gelegentlich kein Interesse mehr dafür zeigten, ihre Beute selbst zu jagen. Für einen Vogel, der wie Cully in der freien Wildbahn zu Hause war, wäre das aber eher ungewöhnlich gewesen. Natürlich bestand die Möglichkeit, daß es für sie wegen ihrer Verletzung schwieriger war, sich durch die Luft zu bewegen, und sie am Ende einfach den leichteren Weg wählte. Während der vergangenen Woche hatte Michael hart mit ihr gearbeitet, hatte sie immer wieder auf den Köder angesetzt, bis sie sichtlich erschöpft war. Ihr Flügel machte ihm nach wie vor Sorgen. Wenn sie die Richtung änderte, war da immer noch eine kleine Unsicherheit in ihrem Flug, und ab und zu verfehlte sie einen Köder, wenn er ihn sehr hoch warf.

Er wandte sich zu Jamie um. »Es geht los. Bist du fertig?«

Jamie nickte, und Michael entfernte die Langfessel und die Drahle, dann hob er die Faust, damit Cully die leichte Brise an den Flügeln spürte. Ihr Blick bekam etwas Entschlossenes, und sie erhob sich in die Lüfte. Schnell gewann sie an Höhe.

»Viel Glück, Cully«, murmelte Michael.

Unbewußt hatte er seine Hand auf Jamies Schulter gelegt, und gemeinsam beobachteten sie, wie sie Kreise zog, bis sie einen Aufwind fand, der sie höher trug. In der Ferne tauchten zwei Schatten auf, die in Richtung See flogen. Ein Entenpaar, das den Falken nicht bemerkte. Cully schwebte hoch über ihnen, draußen über dem Tal, vielleicht eine viertel Meile entfernt. Als die Enten über den Abhang flogen, witterten sie plötzlich Gefahr, trennten sich und stießen hinab, um nach Deckung zu suchen. Doch der See war noch etwa eine Meile entfernt.

Cully schien das Entenpaar nicht zu interessieren. Sie

konnte die beiden unmöglich übersehen haben, aber es hatte den Anschein, als wartete sie auf den Köder. In Michael machte sich Enttäuschung breit. Seit dem Tag, an dem er Cully gerettet hatte, freute er sich auf den Moment, in dem sie wieder zu dem wurde, wozu die Natur sie bestimmt hatte: ein wilder, freier Greifvogel, der größte, schnellste und schönste seiner Art. Der Wunsch, sie nicht zu verlieren, verblaßte angesichts des Wunsches, sie möge ihm zeigen, daß sie allein überleben konnte.

»Kein Köder, Cully, heute nicht«, murmelte er vor sich hin. Der Druck seiner Hand auf Jamies Schulter wurde immer fester, während er innerlich betete, Cullys Instinkt möge erwachen. Jamie bemerkte es nicht, sein Blick klebte am Himmel.

Die Enten flohen, schnell verloren sie an Höhe, und es schien, als hätte Cully sich die Chance entgehen lassen. Michael griff langsam nach dem Köder, den er für alle Fälle in der Tasche hatte. Er würde sie rufen und es später noch einmal versuchen, doch plötzlich ging ein Ruck durch Cully, und sie änderte abrupt die Richtung. Mit kräftigen Flügelschlägen nahm sie die Verfolgung auf.

In Gedanken war Michael bei ihr, hoch oben in der kalten Luft. Er sah die Enten mit ihren Augen, die grünbraunen Flecken auf ihren Rücken und Flügeln, wie sie dem Falken zu entkommen suchten. Cully richtete ihr Augenmerk ganz auf die Ente, die weiter vom Wald entfernt war.

Mit einem Mal legte sie die Flügel an und stieß nach unten. Als sie zum Sturzflug in Richtung Erdboden ansetzte, wurde das Rauschen des Windes in ihren Ohren allmählich zu einem Tosen.

Ihre stromlinienförmige Gestalt war das Ergebnis von Millionen Jahren Evolution, sie war der perfekte Jäger, schnell, beweglich, geschmeidig und von tödlicher Anmut. Sie war in ihrem Element, mit Klauen ausgerüstet, die den sofortigen Tod bringen konnten.

Mit jeder Sekunde verringerte sich der Abstand zwischen

Cully und ihrem Opfer. Die Ente war sich der Gefahr bewußt und änderte erneut urplötzlich die Richtung.

Cully drehte im selben Augenblick ab. Ein leichtes Zittern war in ihrer Bewegung zu erkennen. Für den Bruchteil einer Sekunde schienen die beiden Vögel miteinander zu verschmelzen, doch dann tauchte Cully unter der Ente auf, und Michael und Jamie wußten, daß sie ihr Ziel ganz knapp verfehlt hatte.

Wieder drehte die Ente ab und suchte verzweifelt nach Deckung. Cully flog eine Schleife, stieg höher und nahm die Verfolgung erneut auf. Die Ente hetzte auf ein Versteck im Gebüsch zwischen Felsen zu, und obwohl Cully schneller war, sah es so aus, als würde sie sie nicht rechtzeitig einholen. Doch plötzlich befand sie sich über der Ente, sie legte die Flügel an, und als sie diesmal herabstieß, verfehlte sie ihr Opfer nicht.

Michael und Jamie beobachteten, wie eine Wolke von Federn aufflog und die Ente wie ein Stein zu Boden fiel. Wenig später landete Cully neben ihr.

Beide hielten den Atem an. Seit Cully den Sturzflug begonnen hatte, war nicht mehr als eine Minute vergangen, doch es kam ihnen viel länger vor. Michaels Herz raste wie nach einem Tausendmeterlauf.

Er lachte Jamie an und stieß einen Freudenschrei aus. Jamie strahlte über das ganze Gesicht. Zusammen stolperten sie durch den tiefen Schnee und kamen völlig außer Atem bei Cully an. Sie breitete die Schwingen über ihre Beute und beäugte die beiden argwöhnisch. Sie hatte einen Fuß auf die Brust der Ente gesetzt, und ringsum im Schnee lagen bereits flaumige Federn verstreut. Seite an Seite sanken Michael und Jamie auf die Knie und sahen ihr beim Fressen zu.

Auf dem Rückweg zum Auto wirkte Jamie bedrückt und kickte den Schnee mit den Füßen vor sich her. Jetzt, da sich die Aufregung ein wenig gelegt hatte, dachte er wahrscheinlich darüber nach, wie es weitergehen würde. Während der

Hinfahrt hatte Michael ihm erklärt, sie müßten Cully ziehen lassen, wenn sie bewies, daß sie überleben konnte. Wahrscheinlich begriff Jamie erst jetzt, was das bedeutete. Nach einer Weile blieb Michael stehen, und der Junge schaute ihn fragend an.

»Du denkst über das nach, was ich vorhin gesagt habe, nicht wahr?«

Jamie sah weg und nickte langsam. Offenbar kämpfte er mit den Tränen.

Michael suchte nach den richtigen Worten. »Hör zu.« Er zeigte in die Richtung, aus der sie gekommen waren, in den weiten Himmel über dem Tal und die Landschaft, die jenseits davon lag. »Das ist ihre Welt. Da habe ich sie zum erstenmal gesehen, dort gehört sie hin. Ich weiß, daß du sie am liebsten behalten würdest, und irgendwie will ich das auch.« Er zuckte hilflos mit den Achseln; er wußte einfach nicht, was er sagen konnte, um es Jamie leichter zu machen. »Ich habe es dir nie erzählt, Jamie, aber ich habe einen Pakt mit ihr geschlossen. Als sie die erste Nacht bei mir war, nachdem ich sie vom Tierarzt geholt hatte, da war sie schwach und hatte Schmerzen, und ich dachte, sie müßte sterben. Sie wollte nicht fressen, es war, als hätte sie für sich entschieden, daß sie lieber sterben wollte, als den Rest ihres Lebens eingesperrt in einem Holzschuppen zu verbringen. Da habe ich ihr etwas versprochen. Ich habe gesagt, wenn du jetzt frißt, werde ich dir helfen, wieder zu Kräften zu kommen. Und ich habe ihr versprochen, sie freizulassen, wenn sie ganz gesund ist. Nun, jetzt ist es an der Zeit, daß ich mein Versprechen einlöse. Du willst doch nicht, daß ich es breche, oder?«

Jamie drehte sich zu Cully um, die, den Kropf voll mit Entenfleisch, auf Michaels Faust stand. Sie erwiderte seinen Blick, dann breitete sie ihre Flügel aus und ließ sich einen Moment lang den Wind durchs Gefieder wehen. Ihre wachsamen Augen wanderten zu den Bergen im Norden. Jamie schüttelte den Kopf und wandte sich ab.

25. Kapitel

In der ganzen ersten Woche hatte Michael sechsundfünfzig Dollar und zwanzig Cents eingenommen. Er verbrachte viel Zeit damit, über die Stunden nachzudenken, die er als Junge in dem Laden verlebt hatte. Es war der einzige Ort, an dem er mit seinem Vater allein gewesen war, und er erkannte jetzt, daß sein Vater es aus dem Grund so eingerichtet hatte, daß er nach der Schule dorthin kam. Vielleicht hatte sein Vater gehofft, eines Tages werde sich Michaels Verhalten ändern, vielleicht war er auch einfach froh gewesen, etwas Zeit mit seinem einzigen Kind zu verbringen.

Am späten Vormittag rief Michael den Großhändler in Kamloops an, einen pragmatischen Mann, der Verständnis für seine Situation zeigte. Als er gerade aufgelegt hatte, ging die Ladentür auf und eine ältere Frau trat ein. Sie blieb auf der Schwelle stehen und sah sich um, ein sehnsüchtig wirkendes Lächeln auf den Lippen, und nach einer Weile erinnerte Michael sich, sie schon einmal gesehen zu haben. Es war die Frau mit den strahlenden Augen, der er auf dem Friedhof begegnet war.

»Es sieht alles genauso aus wie bei Ihrem Vater«, sagte sie

und schloß die Tür. »Nur, daß es natürlich nie so aufgeräumt war. Haben Sie das mit Absicht gemacht?«

»Die Ordnung oder das andere?« sagte er, von ihrer Frage überrascht.

»Das andere.«

Michael sah sich um. »Ich glaube schon«, gab er zu.

»Das dachte ich mir.« Sie kam an die Ladentheke und stellte ihre Tasche ab. Sie hatte eine kräftige Stimme und einen aufrechten Gang. »Haben Sie wirklich geglaubt, daß es funktioniert?«

Er zögerte, dann schüttelte er den Kopf. »Nein.«

Die Antwort gefiel ihr anscheinend. »Ich hatte gehofft, daß Sie das sagen würden. Es täte mir leid, wenn Sie all die Mühe und Zeit verschwendet hätten. Und das Geld. Ich nehme an, das ist nicht der Fall? Es ist nicht alles verschwendet, meine ich.«

»Nein, es ist nicht verschwendet.«

»Darf ich Sie fragen, warum Sie es getan haben? Sie dürfen mir ruhig sagen, wenn Sie finden, daß es mich nichts angeht.«

Michael betrachtete sie aufmerksam. Er versuchte, ihr Alter zu schätzen, und dachte daran, wie sich ihre Wege auf dem Friedhof gekreuzt hatten. Und jetzt stand sie hier im Laden. »Kannten Sie meinen Vater?«

Sie lächelte und streckte ihm die Hand entgegen. »Ich bin Eleanor Grove, aber das sagt Ihnen natürlich nichts. Und Sie sind Michael.«

»Genau.« Er schüttelte ihr die Hand.

Sie musterte ihn von Kopf bis Fuß. »Ich möchte immer noch wissen, warum Sie das Geschäft wieder eröffnet haben.«

Er ließ seinen Blick durch den hell erleuchteten Laden schweifen. »Ich mußte es einfach tun«, sagte er. »Wie gut kannten Sie meinen Vater?«

»So gut man jemanden überhaupt kennen kann.«

Michael öffnete die Klappe der Ladentheke und zog einen

Hocker für sie heran. »Wie wäre es mit einer Tasse Kaffee?« fragte er. »Ich glaube nicht, daß uns jemand stören wird.«

Eleanor erzählte ihm, daß sie seinen Vater kennengelernt hatte, als Michael noch sehr klein war, vielleicht vier oder fünf Jahre. »Wir hatten nicht vor, uns zu verlieben«, sagte sie, »manchmal passieren diese Dinge einfach.« In ihrem Tonfall lag nichts Entschuldigendes. Die Affäre hatte bis zu dem Tag gedauert, an dem sein Vater starb, und sie hatten sich die ganzen Jahre über geliebt.

»Ich wollte, daß Ihr Vater Ihre Mutter verließ, als Sie klein waren«, sagte sie. »Das ist wahrscheinlich ein Schock für Sie.«

»Früher wäre es das vielleicht gewesen«, antwortete er.

Sie hob kaum merklich die Augenbrauen. »Wissen Sie, daß Sie ganz anders sind, als ich erwartet hatte?«

»Was hatten Sie denn erwartet?«

Sie lächelte ihn entschuldigend an. »Vielleicht jemanden, der weniger selbstsicher ist.«

»Sie meinen, ein bißchen verrückt? Wie meine Mutter?«

Eleanor sagte mit ernster Stimme: »John hätte Ihre Mutter in eine Klinik einweisen lassen müssen, das habe ich ihm immer gesagt.«

Es war seltsam zu hören, wie jemand den Vornamen seines Vaters aussprach. Seine Mutter hatte immer ›dein Vater‹ gesagt, und es hatte distanziert und voreingenommen geklungen.

»Darf ich Sie etwas fragen? Warum hat mein Vater meine Mutter nicht verlassen?«

Eleanor schien die Frage zu überraschen. »Das wissen Sie nicht? Er ist Ihretwegen geblieben. Er hat es einmal versucht und Ihrer Mutter gesagt, er werde Sie mitnehmen. Er wollte, daß sie sich in Behandlung begab, aber das hat sie natürlich nicht getan.«

»Wußte meine Mutter von Ihnen?« fragte Michael nachdenklich.

»Ich glaube, sie ahnte es«, sagte Eleanor. »Sie war wild

entschlossen, niemals zuzulassen, daß John sie verließ, und sie hat Sie dazu benutzt, ihn unter Druck zu setzen. Sie hat Sie gegen ihn eingenommen, als Sie noch viel zu klein waren, um zu begreifen, was vor sich ging. John hatte Angst, wenn er sie verließ, würde sie dafür sorgen, daß er seinen Sohn nie wiedersah. Ihre Mutter war sich anscheinend sicher, daß er sie nicht einweisen lassen würde. Sie war verwirrt und labil; aber sie wußte genau, was sie tat.« In Eleanors Stimme lag Bitterkeit. »Es tut mir leid, ich sollte nicht so über Ihre Mutter sprechen.«

Michael antwortete nicht. Es schmerzte ihn, diese Dinge über seine eigene Mutter zu hören, aber er konnte auch die Haltung von Eleanor verstehen, die seinen Vater so sehr geliebt hatte.

Nach einer Weile fragte er: »Wissen Sie, daß ich meinen Vater nach dem Tod meiner Mutter nie mehr gesehen habe?«

»Ja, das weiß ich«, sagte Eleanor.

Michael schüttelte traurig den Kopf. »Ich habe deswegen furchtbare Schuldgefühle gehabt, als er starb. Ich wußte die ganze Zeit nicht, ob ich ihn liebte oder haßte, aber ich war mir ziemlich sicher, daß er mich nicht liebte. Nach seinem Tod habe ich begriffen, daß ich mich nun nie mehr mit ihm aussöhnen konnte, und das hat mich nicht mehr losgelassen.«

»Und dann hatten Sie einen Nervenzusammenbruch?«

»So etwas ähnliches. Ich meine, es war mehr als nur ein Nervenzusammenbruch.« Er wollte jetzt nicht darüber sprechen und wechselte das Thema. »Wieso haben Sie ihn nicht geheiratet, nachdem meine Mutter tot war?« fragte er Eleanor.

Sie lächelte traurig. »Wir haben uns immer donnerstags und samstagnachmittags getroffen, das waren unsere Zeiten. So haben wir es gelassen, bis zu dem Tag, an dem John starb. Sehen Sie, ich habe schließlich selber geheiratet, als ich merkte, daß John Ihre Mutter niemals verlassen würde.

Ich will es nicht näher erklären, aber zwischen mir und Ihrem Vater hat sich dadurch nichts verändert.«

Wieder hatte ihr Tonfall nichts Entschuldigendes. Michael spürte, wie sehr diese Frau und sein Vater sich geliebt haben mußten. Eleanor erhob sich, nahm ihre Tasche und sagte, sie müsse jetzt gehen. Als er die Ladentür für sie öffnete, fragte sie ihn, was er jetzt vorhabe.

»Ich weiß es nicht«, sagte er ehrlich.

»Aber Sie werden nicht hierbleiben?«

Er schüttelte den Kopf. »Nein, ich werde nicht hierbleiben.« Plötzlich fiel ihm etwas ein. »Dad hat immer Modellschiffe gebaut. Wußten Sie das? Er hat viele, viele Stunden damit verbracht.«

Sie nickte. »Er hat sie alle verbrannt. Hat im Garten ein Riesenfeuer angezündet und sie hineingeworfen.«

Beide standen schweigend in der offenen Tür und hingen ihren Gedanken nach. Michael konnte Eleanor nicht gehen lassen, ohne die eine Frage zu stellen, die ihm dauernd durch den Kopf ging.

»An dem Abend, an dem meine Mutter starb, war er da bei Ihnen?«

Sie sah ihm lange in die Augen und schüttelte schließlich den Kopf. »Nein, er war nicht bei mir.«

»Glauben Sie, daß meine Mutter sich umbringen wollte?«

»Nein«, sagte Eleanor. »Ich denke, sie hatte Angst, Sie und Ihren Vater zu verlieren, und das war ihre Art, mit der Angst umzugehen. Es ist einfach schiefgegangen.«

»Weil mein Vater nicht zur gewohnten Zeit nach Hause gekommen ist. Er kam immer pünktlich, außer donnerstags, wenn er sich mit Ihnen traf.«

»Ich weiß, was die Leute reden«, sagte Eleanor, »aber ich habe es nie geglaubt. Ich hab' ihn auch nie danach gefragt.«

Sie hielt seinem Blick stand, und er wußte, daß dies die einzige Antwort war, die er je bekommen würde.

»Ich spüre seine Anwesenheit hier, verstehen Sie das?« fragte sie.

»Ja. Ich auch«, antwortete er.

Sie lächelte. »Er hat Sie sehr geliebt. Er hat immer gesagt, die größte Sünde seines Lebens sei es gewesen, zuzulassen, daß Ihre Mutter seine Beziehung zu Ihnen zerstörte. Er hat ihr nie Vorwürfe gemacht. Nur sich selbst.« Ein letztes Mal sah sie sich um. »Und auch Ihnen hat er nicht vorgeworfen, daß Sie nie hierher zurückgekommen sind. Er hätte gerne Ihre Frau und seine Enkeltochter kennengelernt, aber er hat nie ein Wort gegen Sie verloren. Vergessen Sie das nicht.«

Susan saß an ihrem Schreibtisch, als die Tür aufging, und Michael das Büro betrat. Alle möglichen Gedanken wirbelten durch ihren Kopf, und sie spürte, wie ihr die Röte ins Gesicht schoß, was sie schrecklich ärgerte. Verdammt, warum mußte sie jedesmal, wenn sie ihn sah, an jenen Abend denken?

»Was kann ich für Sie tun?« fragte sie betont geschäftsmäßig.

»Ich habe beschlossen zu verkaufen«, sagte er. »Ich will das Haus und den Laden zum Verkauf anbieten.«

Es dauerte einen Moment, bis sie begriff, was das bedeutete. »Sie meinen, Sie wollen weggehen? Ich meine, jetzt schon? Sie haben doch den Laden gerade erst eröffnet, ich bin sicher, mit der Zeit ...«

Er schüttelte den Kopf. »Das ist nicht der Grund, es gibt einfach nichts mehr, was ich hier tun könnte. Sie brauchen den Laden nicht mit der Ware zu verkaufen, der Großhändler nimmt alles gegen eine Gebühr von fünf Prozent zurück, und die Immobilie sollte einen vernünftigen Preis erzielen. Vielleicht versuchen Sie es bei einem gewissen Ron Taylor. Ich glaube, er war mal interessiert.«

Sie nickte benommen. Es fiel ihr schwer, zu begreifen, was er da sagte. Sie hatte das Gefühl, etwas in ihr zerbrach, und in Gedanken sah sie sein Haus leer und still auf der Lichtung stehen. Wenn sie aus dem Schlafzimmerfenster schaute, würde kein Rauch mehr aus dem Schornstein aufsteigen.

Michael wäre nicht mehr da, aber sie und Jamie blieben zurück, und ihr Leben würde wieder so werden wie vorher. Nicht gerade erfreuliche Aussichten.

»Was wird aus Cully?« fragte sie plötzlich.

»Jamie und ich werden sie morgen freilassen.«

»Morgen? Wann wollen Sie weg? Ich meine, es kann eine Weile dauern, bis das Haus verkauft ist.«

»Ich werde wahrscheinlich nicht so lange warten. Ich gebe Ihnen eine postlagernde Adresse, sobald ich weiß, wo ich hingehe.«

Sie war wie betäubt. Warum wollte er nur so schnell weg von hier? Plötzlich spürte sie eine irrationale Wut in sich aufsteigen. Am liebsten hätte sie ihn gefragt, was er sich eigentlich dabei dachte, einfach in ihrem und Jamies Leben aufzutauchen, nur um wieder zu verschwinden, wenn es ihm gefiel? Einfach so. Sie dachte daran, wie Jamie sich ohne Cully fühlen würde, sah ihn vor sich, wie er in seinen alten Zustand zurückfiel. All ihre Hoffnungen, daß er vielleicht eines Tages wieder zu sprechen anfing, zerstoben, und sie spürte, wie ihr Tränen in die Augen stiegen. Sie wollte nur noch, daß Michael das Büro verließ. Sollte er doch verschwinden und sie in Ruhe lassen.

»Gut«, sagte sie kühl und streckte ihm die Hand entgegen. Überrascht sah er sie an, dann schlug er ein, und sie schüttelten sich wie Geschäftspartner die Hände.

»Ich lege die Haustürschlüssel in meinen Briefkasten.«

Sie sah ihm nach, wie er zu seinem Wagen ging. Plötzlich erschien ihr die Welt grau und leer.

26. Kapitel

Die Main Street war mit bunten Lichterketten festlich erleuchtet. Michael parkte gegenüber dem Diner. Die meisten Stände waren jetzt geschlossen, aber immer noch bummelten Familien über den für Autos gesperrten Teil der Main Street und aßen Hot dogs, bevor sie sich langsam auf den Heimweg machten. Aus Clancys Kneipe am Ende der Straße erscholl Musik, das Valley Hotel war ebenfalls mit bunten Lichtern geschmückt.

Michael schlug den Kragen hoch. Es war kalt, und seine Schritte knirschten im Schnee. Die Tür zur Kneipe wurde geöffnet, die Musik schwoll an, und Licht fiel auf die Straße. Michael trat beiseite, um eine Gruppe Betrunkener vorbeizulassen, dann ging er hinein und bestellte ein Bier. Der Raum war voller Menschen, die den ganzen Tag getrunken hatten, aber in dem Gedränge beachtete ihn niemand. Er fand einen freien Tisch in einer Ecke am Fenster, auf dem Bier schwamm und Zigarettenasche verstreut war. Er starrte vor sich hin und dachte darüber nach, was Eleanor ihm erzählt hatte. Zum erstenmal seit langem hatte er nicht mehr das Gefühl, innerlich verkrampft zu sein. Stück für Stück hatte sich der Knoten gelöst, und seine Rückkehr in diesen Ort, das Leben in dem alten Haus und die Renovierung des Ladens hatten dazu beigetragen. Aber es hatte auch etwas mit Cully zu tun. Die Aussicht, sie am nächsten Morgen freizulassen, gab ihm einerseits das Gefühl, der Natur zu ihrem Recht zu verhelfen, so wie er es gehofft hatte, aber es machte ihn auch traurig. Er würde die Ausflüge in die Berge vermissen, den Anblick ihrer ausgebreiteten Schwingen vor der unendlichen Weite des Himmels. Und er würde Jamie vermissen. Als er an den stillen, ernsten Jungen dachte, runzelte er die Stirn.

»Du siehst aus, als könntest du ein bißchen Gesellschaft vertragen.«

Michael schaute auf und erblickte Rachel. »Sieht man das?«

Sie zog einen Stuhl heran und setzte sich. »Nur ein kleines bißchen. Ich bin übrigens mit einer Kollegin hier. Gehst du zu dem Tanzabend?«

»Ich glaube nicht.«

»Du weißt nicht, was du verpaßt«, sagte sie ironisch. »Es ist das Ereignis des Jahres.« Sie griff in ihre Tasche, holte eine Schachtel Zigaretten heraus und zündete sich eine an.

Michael beobachtete, wie sich die Flamme in ihren Augen spiegelte. Seit dem Abend, an dem sie zusammen in dem Restaurant und später bei ihm zu Hause gewesen waren, hatte er sie nicht mehr gesehen. »Wie ist es dir ergangen?«

»Du meinst, ob ich mich für meine Ehe entschieden habe?«

Als sie in jener Nacht nach Hause gekommen war, war sie fest entschlossen gewesen, bei Pete zu bleiben. Irgendwie würden sie es schon schaffen, redete sie sich ein. Sie hatte die Chance gehabt, auszubrechen, war aber nicht in der Lage gewesen, sie wahrzunehmen. Sie konnte ihre Ehe nicht einfach so hinter sich lassen. Doch schon einen Tag später, als Pete von seiner obskuren Reise mit Red Parker zurückkam, war sie ihrer Sache nicht mehr so sicher. Pete hatte schon alles Geld ausgegeben, was er verdient hatte, und bereits nach zehn Minuten fingen sie wieder an zu streiten.

»Ich kann ihm nicht mehr helfen«, sagte Rachel zu Michael. »Er ist zu verbittert und wütend auf alles und jeden. Ich glaube, ich muß jetzt erst mal an mich denken und versuchen, ohne ihn klarzukommen.«

»Das tut mir leid.«

Sie schüttelte den Kopf. »Das hätte ich schon eher tun sollen. Aber wie geht es dir? Ich habe im Schaufenster ein Schild gesehen, daß der Laden geschlossen ist. Heißt das, du willst weggehen?«

»Ja, ich habe mich entschlossen, Little River wieder zu verlassen.«

Rachel nickte nachdenklich. »Ich hoffe, du weißt, was du tust. Ich wünsche dir jedenfalls, daß du einen Ort findest, an dem du willkommen bist. Jetzt muß ich leider gehen, meine Kollegin wartet auf mich. Alles Gute und viel Glück!«

»Ich wünsche dir auch viel Glück.«

Rachel hob eine Hand, lächelte ihn noch einmal an, dann war sie verschwunden. Gedankenverloren sah er ihr nach.

Coop wartete in der Polizeistation auf Miller. Vor ihm auf dem Schreibtisch stand eine kleine, mit Samt bezogene Schachtel, in der der Ring steckte, den er von seiner Mutter geerbt hatte. Er öffnete sie und drehte sie so, daß sich das Licht in dem Stein brach. Es war ein hochkarätiger, kunstvoll geschliffener Diamant. Coop versuchte, sich den Ring an Susans Finger vorzustellen.

Als die Tür aufging, schloß er die Schachtel schnell und ließ sie in seiner Tasche verschwinden.

»Tut mir leid, daß ich so spät komme«, sagte Miller.

»Kein Problem.« Coop erhob sich. »Ich gehe jetzt nach Hause und ziehe mich um. Ist da draußen alles ruhig?«

»Im Moment noch.«

»Gut. Ich bezweifle allerdings, daß es so bleiben wird. Behalten Sie Clancys Kneipe im Auge. Als ich vorhin dort war, habe ich ein paar Typen gesehen, die saufen, als hätten sie seit einem Jahr nichts gekriegt.«

»Glauben Sie, daß es Ärger gibt?«

Coop zuckte die Achseln. »Irgend jemand fängt immer Streit an, da können Sie sicher sein. Sie wissen ja, wo ich zu finden bin, wenn Sie mich brauchen.«

»Klar, Coop. Viel Spaß heute abend.«

»Danke.« Coop blieb zögernd an der Tür stehen. »Hören Sie, Miller, holen Sie mich nur, wenn es unbedingt nötig ist, okay?«

»Okay.«

Zu Hause angekommen, schaltete Coop das Licht in der Küche ein und holte eine Flasche Bourbon aus dem Schrank. Er schenkte sich eine kleine Menge ein und leerte das Glas in einem Zug. Er kostete das Brennen des Whiskeys in seiner Kehle aus, dann ging er ins Badezimmer und stellte die Dusche an.

Susan saß in ihrem Wagen vor dem Valley Hotel und versuchte, sich dazu aufzuraffen, hineinzugehen. Von allen Seiten strömten Menschen auf das Gebäude zu, Männer in feinen Anzügen und Frauen in schönen Kleidern, die auf ihre Frisuren und auf das Make-up wahrscheinlich so viel Sorgfalt verwendet hatten, wie seit dem Tanzabend im letzten Jahr nicht mehr. Susan lächelte vor sich hin und schaute an sich herunter. Sie trug ein einfaches schwarzes Kleid, das sie vor Jahren gekauft und bestimmt schon ein dutzendmal getragen hatte. Sie sah auf die Uhr. Coop mußte gleich kommen. Dann dachte sie an Michael. Was er wohl jetzt tat? Nachdem er gegangen war, hatte sie sich an ihren Schreibtisch gesetzt und wie blind vor sich hin gestarrt. Ihr Zorn war so schnell verflogen, wie er gekommen war, und hatte ein taubes Gefühl zurückgelassen.

Es war an der Zeit, dachte Susan jetzt, ein paar Entscheidungen zu treffen. Ihr war klargeworden, daß sie sich verändert hatte, seit Michael nach Little River gekommen war. Er hatte sie aus ihrer Lethargie herausgerissen. Vielleicht fühlte sie sich zu ihm hingezogen, weil er ihr einen Ausweg zu eröffnen schien. Vielleicht hatte sie diese Gefühle zugelassen, weil Jamie so positiv auf Cully und Michael reagierte. Sie durfte jedenfalls nicht zulassen, daß sie und Jamie wieder in ihre alten Verhaltensmuster zurückfielen. Sie mußte Entscheidungen treffen. Das Leben mußte weitergehen. Sie durfte nicht länger herumsitzen und hoffen, alles werde von allein besser.

Entweder verließ sie Little River oder sie blieb, doch sie mußte sich für eines ganz bewußt entscheiden. Alles weitere würde sich daraus ergeben. Wenn sie blieb, würde sie vielleicht sogar die Sache mit Coop anders angehen.

Entschlossen, ihre Vorsätze in die Tat umzusetzen, stieg Susan aus dem Wagen, überquerte die Straße und betrat das Hotel. Die Musik wurde lauter, und alle möglichen Leute begrüßten sie. Sie entdeckte Linda und Paul am anderen Ende des Saales und drängte sich zu ihnen durch. Heute abend würde sie sich amüsieren.

Coop merkte, daß die Leute sie beobachteten. In seinen Augen hatte Susan nie schöner ausgesehen als an diesem Abend. Ihr Haar glänzte, und als er mit den Fingern darüber strich, fühlte es sich an wie Samt. Er roch ihr Parfum, spürte die harmonischen Bewegungen ihres Körpers beim Tanzen und kam sich vor wie im siebten Himmel. Während sie zu einem langsamen Song von Crystal Gale über die Tanzfläche schwebten, rutschte seine Hand auf ihrem Rücken höher. Er spürte ihre kühle Haut, ließ seine Hand einen Moment liegen, und sie sah ihn an und lächelte. Da hätte er beinahe drauflos geredet, ohne Rücksicht auf Verluste.

Der Ring steckte in der Schachtel in seiner Tasche. Er genoß den Tanz und die flüchtigen Berührungen und erinnerte sich daran, wie sie sich geküßt hatten, und wie Susan dann plötzlich zurückgewichen war, als hätte sie Angst davor, sich gehenzulassen. Vielleicht war es das, vielleicht hatte sie einfach nur Angst. Wenn sie den Ring sah, würde sie erkennen, daß er es ernst meinte. Vielleicht verflog ihre Angst dann.

Ab und zu trafen sich ihre Blicke, und jedesmal lächelte sie ihn an. Doch trotz der Wärme, die sie ausstrahlte, erschien sie ihm irgendwie abwesend. Er merkte es deutlich, als sie sich einen kurzen Moment lang einander zugewandt im Kreis drehten und Susan gedankenverloren durch ihn hindurchblickte. Woran dachte sie wohl? An die Vergangenheit oder an die Zukunft? Oder an etwas ganz anderes?

Die Musik hörte auf zu spielen. »Wollen wir etwas trinken?« fragte sie ihn.

Er führte sie an den Tisch zurück, und sie bat ihn, ihr ein Glas Wein zu holen. Auf dem Weg an die Bar traf er Linda, die stehenblieb und eine Hand auf seinen Arm legte.

»Wie steht's, Coop?«

»Gut«, antwortete er. Sie tätschelte aufmunternd seinen Arm und ließ ihn mit einem Lächeln gehen. Als er mit zwei Gläsern an den Tisch zurückkam, lächelte Susan ihn an und bedankte sich.

Er setzte sich neben sie, nahm einen Schluck und sagte: »Dein Kleid gefällt mir. Du siehst umwerfend aus.«

»Danke.« Sie legte kurz ihre Hand auf seinen Arm.

In dem Moment wurde das Buffet eröffnet, und Coop bot an, etwas zu essen für sie beide zu holen.

»Gute Idee, ich verhungere fast.«

Während Coop sich in die Schlange am Buffet einreihte, warf er einen Blick auf die Uhr und beschloß, Susan nach dem Essen zu einem kleinen Spaziergang einzuladen. Er tastete nach dem Ring in seiner Tasche, um sich zu vergewissern, daß er noch da war. Plötzlich war er überhaupt nicht mehr hungrig und spürte ein nervöses Kribbeln im Magen. Als er wieder an den Tisch kam, sah sie erstaunt auf den übervollen Teller, den er ihr brachte. Im Gegensatz dazu war sein Teller fast leer.

»Coop, was hast du mit mir vor?« fragte sie stirnrunzelnd.

»Ich habe schon gegessen«, sagte er, aber seine Stimme klang anscheinend merkwürdig, denn sie warf ihm einen seltsamen Blick zu.

»Alles in Ordnung?« fragte sie.

»Klar, es geht mir gut.«

Linda und Paul kamen mit zwei Tellern und einer Flasche Wein an den Tisch und fragten, ob sie sich dazusetzen dürften. Coop konnte sich nicht auf die Unterhaltung konzentrieren, so angestrengt beobachtete er jeden Bissen, den Susan zu sich nahm.

»Was hältst du davon, Coop?« fragte Paul plötzlich.

»Wovon?«

»Mann, hast du nicht zugehört? Von dem Spiel natürlich.«

»Entschuldigung.« Er zuckte die Achseln und stand auf. Er brauchte eine Erfrischung und beschloß, auf die Toilette zu gehen, um sich ein bißchen kaltes Wasser ins Gesicht zu spritzen.

»Coop, ist wirklich alles in Ordnung?« fragte Susan beunruhigt.

»Ja, ich bin gleich wieder da.«

Auf der Toilette musterte er sich im Spiegel. Er sah wirklich angestrengt aus. Das kalte Wasser erfrischte ihn etwas, half allerdings nicht gegen das Kribbeln in seinem Magen. Er holte den Ring aus der Schachtel und betrachtete ihn. Wie Susan wohl reagieren würde, wenn er ihn ihr zeigte? Sollte er sie erst fragen, ob sie ihn heiraten wolle, und ihr dann den Ring geben? Oder war es umgekehrt besser? Er konnte sich nicht entscheiden.

Er hatte einstudiert, was er sagen wollte. Er würde ihr sagen, daß er sie liebte, daß er sie schon immer geliebt hatte. Dann würde er ihr erklären, daß er wußte, wie sehr sie Dave geliebt hatte, so wie sie ihn vielleicht nie lieben würde, daß er es verstand und respektierte und niemals versuchen werde, Daves Platz einzunehmen, daß er aber hoffte, sie werde für ihn eine andere Art Zuneigung empfinden. Er würde über Jamie sprechen, darüber, daß er ihm ein Freund sein wolle, jemand, mit dem Jamie reden konnte, selbst wenn er, Coop, nicht sein richtiger Vater war. Und dann würde er ihre gemeinsame Zukunft in Little River ausmalen und den großen Augenblick vorbereiten.

Plötzlich klang das alles in seinem Kopf völlig wirr, und er fürchtete, daß er nur dummes Zeug stammeln würde, wenn es soweit war. Er atmete tief durch und steckte den Ring zurück in die Tasche. Als er sich zu ihrem Tisch drängelte, begann die Band wieder zu spielen, und er sah, wie Paul Susan zum Tanzen aufforderte. Er glaubte, er könne die Warterei nicht noch länger aushalten, und wollte Paul und Susan gerade unterbrechen, als Linda sich geräuschvoll räusperte und ihn erwartungsvoll ansah.

»Wie wär's, wenn du mir das Gefühl nimmst, ein Mauerblümchen zu sein?«

»Klar, es ist mir ein Vergnügen.« Er reichte ihr den Arm und führte sie auf die Tanzfläche.

»Was geht in deinem Kopf vor, Coop?« fragte sie, als sie ein freies Plätzchen gefunden hatten.

Er zuckte mit den Schultern und schaute in Susans Richtung. »Das weißt du doch.«

Als das Stück endete, führte er Linda an den Tisch zurück und erwartete, daß Paul und Susan ebenfalls zurückkamen, aber die beiden tanzten weiter. Linda zog die Augenbrauen hoch und lächelte.

»Entspann dich, Coop, sie läuft dir nicht weg.«

Er verlor sie in der Menge aus den Augen, und nach einer Weile kam Paul allein an den Tisch und sagte, Susan sei zur Toilette gegangen, um sich frisch zu machen.

»Ich glaube, ich hole mir ein Bier«, sagte Coop und machte sich auf den Weg zur Bar. Er wartete, bis Susan über die Tanzfläche zurückkam und fragte sie, ob sie auch etwas trinken wolle.

»Gute Idee, die Tanzerei macht schrecklich durstig«, sagte sie.

»Wie wär's mit einem Bier?«

Sie schüttelte den Kopf. »Lieber ein Mineralwasser.«

Eine Weile standen sie an der Bar, wo es nicht so voll war, und Coop überlegte, wie er es anstellen sollte, sie zu einem Spaziergang einzuladen. Irgendwie erschien ihm die Idee plötzlich merkwürdig, bei der Kälte draußen. Wieder tastete er in der Tasche nach dem Ring. Vielleicht sollte er sie jetzt, hier im Saal fragen, oder vorne in der Halle, wo es ruhiger war. Aber wenn nun jemand vorbeikam und mithörte? Vielleicht war es doch keine gute Idee.

»Du bist so still heute abend.«

»Findest du?«

Er spielte mit der Flasche und überlegte krampfhaft, was er sagen sollte. Plötzlich war seine Kehle wie zugeschnürt. »Mir geht etwas Bestimmtes nicht aus dem Kopf«, sagte er schließlich.

Sie musterte ihn mit ihren großen, grünen Augen.

»Ich wollte etwas mit dir besprechen.«

»Nur zu«, sagte sie mit einem vorsichtigen Lächeln. »Ich höre.«

Coop sah sich um. »Nicht hier. Können wir ein bißchen nach draußen gehen?«

»Nach draußen?«

Er nickte, und dann drängten sie sich durch die tanzende Menge zum Ausgang. In dem Moment kam Miller in die Hotelhalle. Coop schüttelte ungläubig den Kopf. Es war wie verhext.

Zu Susan sagte er widerstrebend: »Ich muß Miller mal eben fragen, was er will.«

»Geh nur. Ich warte hier auf dich.«

Coop versprach, sich zu beeilen und schimpfte leise vor sich hin: »Wehe, wenn es nichts Wichtiges ist.«

27. Kapitel

Rachel saß im dunklen Schlafzimmer und schaute aus dem Fenster. Auf dem Bett lagen die Kleider, die sie bei ihrer Verabredung mit Michael getragen hatte. Als sie nach Hause gekommen war, hatte sie sie dort verstreut vorgefunden. Ihr Kleiderschrank war durchwühlt worden, Wäsche aus den Schubladen gezerrt, Kleider von den Bügeln gerissen. Sie hatte ein bißchen aufgeräumt, aber der Anblick des Durcheinanders hatte sie zutiefst schockiert. Sie war völlig verwirrt und hatte keine Ahnung, wie sie mit der Situation umgehen sollte.

Dann hörte sie Petes Pick-up in der Einfahrt und sah, wie er die Scheinwerfer ausschaltete. Er blieb eine ganze Weile da draußen im Wagen sitzen; es dauerte beinahe zehn Minuten, bis die Tür hinter ihm zuschlug, und noch einmal fünf Minuten, ehe sie seine Schritte auf der Treppe hörte.

Sie schaute sich nicht um, aber sie spürte, daß er an der Tür stand. Wahrscheinlich sah er sie an, wie sie im Dunkeln am Fenster saß, inmitten all ihrer verstreuten Sachen.

»Wo warst du?« fragte sie.

»Was trinken«, sagte er.

Sein Tonfall verriet, daß er sich nicht sicher war, was er

von den neuen Kleidern halten sollte. Vielleicht hatte er Angst, auf jeden Fall war er wütend, das spürte sie.

Er trat ins Zimmer und setzte sich schwerfällig auf das Bett. Die Federn quietschten unter seinem Gewicht.

Sie hörte ihn hinter sich atmen und roch seine Bierfahne. Sie dachte schon, er schliefe gleich ein, aber dann wurde ihr klar, daß er grübelte.

»Willst du nicht wissen, was mit deinen Sachen passiert ist?«

Sie antwortete nicht. Sie glaubte immer noch, er werde vielleicht Ruhe geben, wenn sie nur das Richtige sagte. Sie drehte sich um und sah ihn an.

»Sie sind neu«, sagte sie schließlich.

Er schaute sie an, als wäre sie verrückt geworden. »Ach wirklich? Das hatte ich mir beinahe gedacht.« Abrupt stand er auf, suchte nach irgend etwas, und als er es nicht sofort fand, fing er an, Sachen im Zimmer herumzuschmeißen. Er hob ihr Kleid auf und warf es nach ihr.

»Verdammte Scheiße. Glaubst du wirklich, das weiß ich nicht?« schrie er. Er japste wie ein durstiger Hund. Rachel hatte mal gehört, daß tollwütige Tiere immer sehr durstig wurden. Mit vor Wut funkelnden Augen starrte er sie an, und auf einmal tat er ihr leid.

Er entdeckte etwas auf dem Fußboden, hob es auf und wedelte damit vor ihrem Gesicht herum. »Siehst du das? Siehst du, was das ist? Eine verdammte Quittung ist das.« Er faltete sie auseinander. »Für das Kleid. Fünfundsechzig Dollar für einen beschissenen Fummel!«

Er fand noch eine Quittung auf dem Boden. »Sechsunddreißig Dollar für ein Paar Schuhe!« Er hielt einen hochhackigen Schuh hoch, ganz offensichtlich ein Schuh zum Ausgehen, einer, den man trug, um sich mit jemandem in einem Restaurant zu treffen.

Er warf ihn quer durch den Raum gegen ein Bild, und als es nicht zerbrach, ging er wütend hin und zerrte es von der Wand.

»Wozu brauchst du diese verdammten Schuhe? Kannst du mir das erklären?«

Sie schüttelte den Kopf. »Pete ...«

»Komm mir bloß nicht auf die Tour!« schrie er, und seine Stimme klang gleichzeitig wütend und verzweifelt. Das alarmierte sie, und schlagartig begriff sie, was los war. Warum hatte sie das nicht schon früher erkannt? Pete hatte den Verstand verloren. Er war tatsächlich verrückt geworden. Es mußte schleichend passiert sein. Er war schon immer reizbar gewesen. Und er war labil. Er hatte keinerlei Selbstachtung, die hatte sein Vater schon vor langer Zeit aus ihm herausgeprügelt. Er hielt sich für einen Versager.

Sie stand auf, ging zu ihm und legte eine Hand auf seine Schulter. »Hör zu, Pete ...«

Er schlug ihre Hand weg. »Warum hast du die Sachen gekauft, Rachel?«

»Ich kann sie zurückbringen«, sagte sie. »Es war dumm von mir, sie zu kaufen.«

Sie wußte, daß sie die Kleider nicht zurückbringen konnte, aber sie wollte irgend etwas sagen, das ihn beruhigte. Sie machte sich jetzt richtig Sorgen, nicht um sich, eher um ihn. Sie hätte es kommen sehen müssen. Je schlechter der Holzhandel lief, desto mehr schrumpfte sein Selbstvertrauen. Das hatte ihn verändert.

Er packte sie an den Schultern und kam mit seinem Gesicht ganz nah an ihres heran. Er stank nach Bier.

»Ich will wissen, warum du so viel Geld für Klamotten ausgegeben hast«, sagte er.

Er schnappte ihren Arm und zerrte sie durch den Raum. Wie eine Puppe zog er sie hinter sich her, dann bückte er sich und hob etwas auf. Sie konnte nicht erkennen, was es war, bis er es ihr ins Gesicht hielt.

»Wieviel hat der gekostet?« Mit lüsternem Blick ließ er einen Slip durch seine Finger gleiten. »Für wen war der, hä?« Er schrie und spuckte. »Hat er geil ausgesehen? Hat er sich gut angefühlt? Los, sag schon!«

Sie stolperte rückwärts. »Bitte, Pete, so war es nicht.«

Er schüttelte langsam den Kopf und näherte sich ihr. Unwillkürlich wich sie immer weiter zurück.

»Zieh ihn an«, befahl er.

»Was meinst du?«

Er hob den Slip auf und warf ihn ihr zu. »Komm schon, ich will dich damit sehen. Ich wette, er fühlt sich ganz weich an. Richtig sexy. Zieh ihn an.«

»Pete«, flehte sie. »Tu das nicht. Laß uns in Ruhe über alles reden ...«

»Ich hab' gesagt, zieh das verdammte Ding an!«

Starr vor Schreck blieb sie stehen. Sie sah, wie die dicke Vene an seinem Hals pulsierte und eine andere auf seiner Stirn hervortrat. Seine Hand schnellte vor, und er schlug ihr mit ganzer Kraft ins Gesicht. Tränen traten ihr in die Augen, und als sie ihn wieder ansah, schmeckte sie Blut.

»Zieh ihn an«, sagte Pete leise.

Langsam zog sie sich aus. Sie nestelte am Verschluß ihres Büstenhalters. Drohend stand er vor ihr und beobachtete jede ihrer Bewegungen. Sie fühlte sich unendlich gedemütigt. Schließlich zog sie den Slip an und blieb mit vor der Brust verschränkten Armen vor ihm stehen.

Sie wußte, was kommen würde. Sie versuchte, ihn aufzuhalten, versuchte, ihm zu erklären, daß sie nie mehr darüber hinwegkämen, wenn er es tat. Doch es half nichts, und nach einer Weile lag sie einfach da und ließ es geschehen. Ihr war klar, es ging nur darum, daß er sich selbst etwas beweisen mußte. Sie weinte in ihr Kopfkissen, während er auf ihr lag und brutal in sie hineinstieß, und sie fragte sich, ob sie jemals wieder ein normales Leben würde führen können.

28. Kapitel

Coop war schon seit einer Stunde weg, und Susan wurde allmählich müde. Der Saal begann sich zu leeren, nur noch wenige Paare tanzten. Über den Tisch hinweg fing sie Lindas Blick auf.

»Ich glaube, ich werde bald gehen.«

»Kommt Coop nicht wieder?«

»Vielleicht ist er aufgehalten worden. Ich schaue noch in der Polizeistation vorbei, bevor ich nach Hause fahre.«

Vor der Tür blieb sie einen Moment stehen. Sie zog ihren Mantel enger um sich, atmete in der kalten Luft tief durch und schaute nach oben in den sternenklaren Himmel. Sie dachte über Coop nach, rief sich sein seltsames Benehmen ins Gedächtnis und fragte sich, was wohl mit ihm los war.

Sie blickte die Main Street hinunter und sah, daß es vor Clancys Kneipe einen Aufruhr gegeben haben mußte. Ein paar Leute, wahrscheinlich betrunken, redeten wild gestikulierend aufeinander ein, und jemand fegte Glasscherben zusammen. Was auch immer passiert war, jetzt schien alles vorbei zu sein. Als sie die Straße überquerte, löste sich eine Gestalt aus dem Schatten gegenüber und kam auf sie zu. Einen Moment lang dachte sie, es sei Coop.

Michael blieb stehen, als er Susan sah. Er hatte fast den ganzen Abend in der Kneipe gesessen, sein Bier kaum angerührt und über seine Zukunft nachgedacht. Auf einmal kam es ihm selbst seltsam vor, daß er sich so Hals über Kopf entschieden hatte, Little River Bend zu verlassen. Mit seiner Vergangenheit war er versöhnt – zumindest hatte er jetzt das Gefühl, sie hinter sich lassen zu können –, aber es gab anscheinend noch etwas anderes, das ihn an den Ort band. Michael mußte an Susans Reaktion denken, als er ihr seinen Entschluß mitgeteilt hatte, und er spürte auf einmal ganz deutlich, daß er sie und Jamie nicht so einfach zurücklassen konnte.

Schon vor einer Stunde hatte er nach Hause fahren wollen, aber dann hatte er vor dem Hotel ihren Ford gesehen, und während er in der Dunkelheit stand und grübelte, war Coop vorbeigekommen und mit einem Kollegen auf Clancys Kneipe zugegangen, in der offenbar eine Prügelei im Gange war. Michael hatte gewartet, unschlüssig, was er tun sollte. Als Susan jetzt auf ihn zukam, spürte er, daß er etwas für sie empfand, was er die ganze Zeit unterdrückt hatte. Nicht einmal vor sich selbst hatte er es zugeben wollen, hatte gemeint, nur mit Jamie verbinde ihn etwas.

Er trat auf sie zu und sagte: »Hallo.«

Sie zögerte, und einen Moment lang glaubte er, sie wollte an ihm vorbeigehen.

Doch dann blieb sie stehen. »Hallo«, erwiderte sie seinen Gruß.

»Wie war das Fest?«

»Sehr schön.« Sie warf einen Blick zurück auf das Hotel. »Coop mußte gehen.«

»Ach ja, in der Kneipe hat es eine Schlägerei gegeben.« Sie sah an ihm vorbei, wich seinem Blick aus.

»Also dann …« Sie wollte weitergehen.

»Warten Sie.« Er legte ihr die Hand auf den Arm, und einen Augenblick sahen sie beide auf seine Hand. Dann zog er sie zurück.

»Ich wollte Ihnen noch etwas sagen.« Er wußte nicht, wie er weiterreden sollte, fühlte sich verunsichert durch ihren Gesichtsausdruck, der keinerlei Gefühle preisgab.

»Was denn?« drängte sie.

»Ich habe Sie gesehen. Neulich abend, auf der Lichtung.«

Sie preßte die Lippen zusammen, und er hatte den Eindruck, sie wollte nicht daran erinnert werden. Schnell redete er weiter.

»Die Frau, die Sie da gesehen haben ...« Er suchte nach den richtigen Worten. »Also, sie ist nur eine Freundin.«

»Sie müssen mir nichts erklären.«

»Warten Sie.« Wieder hielt er sie auf. Er spürte, wie sie sich sträubte. »Warum wollten Sie an dem Abend zu mir herüberkommen?«

Sie schüttelte abwehrend den Kopf. »Das spielt keine Rolle.«

Michael ließ ihren Arm los, aber sie ging nicht weiter. Eine Ewigkeit standen sie sich gegenüber und schauten sich an. Er hatte keine Ahnung, was sie dachte, war sich seiner selbst nicht sicher, aber keiner von beiden bewegte sich. Eingehend betrachtete er ihr Gesicht, die Grünschattierungen ihrer Augen, ihre vollen, weichen Lippen. Ihr Gesicht war ihm vertrauter, als er gedacht hatte. Er roch ihr Parfum, und ihr Haar glänzte im Licht einer Straßenlaterne. Ihr Mantel war offen, und er sah, wie sie zitterte, wie ihre Brust sich beim Atmen hob und senkte, und mehr als alles in der Welt wünschte er sich, sie in die Arme zu nehmen.

Susan las es in seinen Augen, noch ehe er sich bewegte. Sie spürte sein Verlangen, und plötzlich erwachte eine Sehnsucht in ihr, die sie viel zu lange unterdrückt hatte. Als seine Hände ihre Taille berührten, zuckte sie im ersten Moment zurück, doch dann beugte er sich hinunter, um sie zu küssen, und sie schaute zu ihm auf, und plötzlich zählte nichts anderes mehr, als das Gefühl, ihm nah zu sein und seinen Mund und seinen Körper zu spüren.

Aus der Dunkelheit auf der gegenüberliegenden Straßenseite beobachtete Coop die beiden. Seine Hände waren zu Fäusten geballt, und in seinem Innern herrschte Tumult. Er wußte auf einmal, daß er sich die ganze Zeit etwas vorgemacht hatte. Susan hatte nie dasselbe für ihn empfunden, wie er für sie. Aber es hätte gutgehen können. Manchmal kam die Liebe langsam, und vielleicht wäre es Susan so ergangen, wenn sie ihm nur eine Chance gegeben hätte. Jamie hätte sich mit der Zeit an ihn gewöhnt, genau wie Susan. Nur darum ging es doch. Sie machte sich solche Sorgen um Jamie, daß sie ihre eigenen Gefühle nicht wahrnahm. Was sollte denn sonst der Grund sein? Somers war ein Knastbruder. Er war durchgedreht und hatte auf jemanden geschossen, warum sollte Susan sich in ihn verlieben? Doch nur, weil er Jamie mit dem Falken den Kopf verdreht hatte. Vielleicht sollte er rübergehen und etwas unternehmen, ihr klarmachen, daß sie einen Riesenfehler beging. Sicherlich wäre es eine Genugtuung, Somers die Faust ins Gesicht zu schlagen, aber er wußte, bei Susan würde ihm das gar nichts bringen. Er mußte ruhig bleiben und über alles nachdenken, er mußte einen Weg finden, in aller Ruhe mit ihr zu sprechen, damit sie erkannte, daß es ein Fehler war.

Coop versteckte sich im Dunkeln, bis die beiden gingen, und als sie wegfuhren, jeder in seinem Wagen, ohne ihn zu sehen, versetzte er der Haustür, neben der er die ganze Zeit gestanden hatte, einen heftigen Faustschlag. Er spürte, wie seine Knöchel krachten und die Haut aufplatzte, und er sah Blut an der Tür. Der Schmerz durchzuckte ihn, und all seine Wut konzentrierte sich darauf. Er wandte sich um und ging langsam zurück zur Polizeistation.

Miller wollte gerade anfangen, den Bericht über die Schlägerei in Clancys Kneipe zu schreiben. Überrascht und verwirrt sah er auf, als Coop in der Tür stand.

»Ich dachte, Sie wären zurück ins Hotel gegangen?«

»Ich habe es mir anders überlegt.« Coop ging zu seinem

Schreibtisch und setzte sich. »Hören Sie, Miller, jetzt ist alles ruhig. Gehen Sie doch nach Hause.«

»Ich wollte noch den Bericht schreiben.« Miller bemerkte das Blut an dem hastig um Coops Hand gewickelten Taschentuch, das er jetzt löste. »Mist, ist das im Clancys passiert?«

»Ja«, sagte Coop. »Der Bericht hat Zeit. Gehen Sie schon. Ich mache dann hier Schluß.«

Miller stand zögernd auf. »Wenn Sie meinen.«

An der Tür blieb er unsicher stehen. Coop wirkte irgendwie mitgenommen, etwas war anders als sonst, seine Augen sahen glasig aus, als hielte er nur mit Mühe seine Gefühle unter Kontrolle. Er fragte sich, was wohl geschehen war, nachdem Coop die Kneipe verlassen hatte.

»Es macht mir wirklich nichts aus zu bleiben ...«

Coop winkte ab. »Gehen Sie nach Hause.«

Miller zögerte noch einen Augenblick, dann zuckte er die Achseln und griff nach seiner Jacke. »Bis morgen«, sagte er, aber Coop antwortete nicht.

Er wartete, bis er allein war, dann holte er eine fast volle Flasche Bourbon, die er im Schrank aufbewahrte. Er hatte sie kaum angerührt, seit er sie in den Schrank gestellt hatte, und er konnte sich nicht mehr erinnern, wann das gewesen war. Er setzte sich wieder hin, schenkte sich ein Glas Whiskey ein und holte die Samtschachtel aus seiner Tasche. Während er den Ring anstarrte, leerte er das Glas in einem Zug und schenkte sofort nach. Wie Miniatursterne glitzerten kleine Lichtpunkte in dem Diamanten.

Mit der flachen Hand schlug Coop die Schachtel zu und schleuderte sie ganz hinten in seine Schreibtischschublade.

»Bitte ...« Es war mehr ein Murmeln, nur eine Bewegung ihrer Lippen. Sie wußte nicht, worum sie bat. Ihre Lippen berührten sich, dann lösten sie sich voneinander.

Sie hatten nicht viel gesprochen, seit sie in seinem Haus angekommen waren. Während der Fahrt war ihr alles mögliche durch den Kopf gegangen, Zweifel, Ängste, aber sie hatte sie beiseite geschoben. Unbeholfen standen sie sich im Haus gegenüber.

»Möchtest du etwas trinken?« fragte Michael unsicher. »Ich glaube, ich habe irgendwo noch Whiskey.«

Sie schüttelte den Kopf. Er machte den Kamin an, um sich irgendwie zu beschäftigen, während sie sich kerzengerade auf eine Couch setzte. Die Holzscheite fingen Feuer, und er stand auf.

Als er sie auf der Straße vor dem Hotel getroffen hatte, wußte er genau, was er wollte. Er wollte sie in den Armen halten, ihre Wärme und tröstliche Nähe spüren. Er wollte sein Gesicht in ihrem Haar vergraben, wollte ihren süßen Duft einatmen. Doch jetzt war plötzlich alles anders. Susan hatte sich innerlich zurückgezogen. Er fragte sich, ob sie darüber nachdachte, warum sie hier war, warum er sie begehrte, wo er doch Little River verlassen wollte.

Sie lächelte schwach, als sie seinem Blick begegnete. Keiner von beiden rührte sich, und eine Minute verstrich, die ihm vorkam wie eine Stunde. Schließlich stand Susan auf. Sie hatte an David gedacht, aber dann war sein Bild unscharf geworden und sein Lächeln vor ihrem inneren Auge verschwommen. Sie ergriff Michaels Hände. Suchend blickte sie ihm in die Augen, sah sein Verlangen, spürte, wie sie sich selbst danach sehnte, seinen Körper zu berühren. Den Körper eines Menschen, den sie lieben konnte.

»Ich habe das seit langer Zeit nicht mehr getan.«

»Ich auch nicht«, sagte er ernst.

»Ich will, daß du weißt, was es für mich bedeutet. Ich tue das nicht leichthin.«

Er nickte, dann sahen sie sich eine ganze Weile schweigend an. Endlich sagte er: »Ich liebe dich.« Ihm war, als sei eine Last von ihm genommen, die er schon viel zu lange mit sich herumtrug.

Sie lächelte sanft, reckte sich und küßte ihn zärtlich.

Er nahm sie an der Hand und führte sie nach oben. Zusammen standen sie neben seinem Bett. Die Tür war geschlossen. Sie machten kein Licht. Wie ein Mantel legte sich die Dunkelheit über sie.

Eine lange Zeit hielten sie einander eng umschlungen. Erst jetzt wurde ihr bewußt, wie einsam sie gewesen war, und niemand verstand das besser als er. Es war, als könnten sie für immer so stehenbleiben. Tränen liefen über Susans Wangen.

Sie ließ ihre Finger über seinen Rücken wandern und hob das Gesicht, damit er sie küssen konnte. Ihre Lippen berührten sich, zögernd erst, dann verschmolzen sie miteinander, und sie spürte dasselbe hungrige Verlangen wie er.

»Warte.« Sie löste sich von ihm, trat einen Schritt zurück. Sie konnte ihn in der Finsternis kaum sehen, aber sie ahnte, daß er die Augen geschlossen hatte. Sie streckte die Hand nach ihm aus, und als er sich auf sie zu bewegen wollte, hielt sie ihn zurück. Sie wollte ihn ausziehen, seinen nackten Körper spüren. Es war wie ein Ritual, es bedeutete mehr als das Auskosten eines erotischen Gefühls, und er wehrte sich nicht, als verstünde er, was in ihr vorging.

Sie schloß die Augen. Sanft wanderten ihre Hände über seinen Körper. Sie zog ihm das Hemd aus und löste seinen Gürtel. Als er nackt vor ihr stand, legte sie ihre Hände an seine Wangen. Sie fühlte sein Haar, dicht und lockig, strich über seine Stirn und die Augen und erforschte jede Kontur seines Gesichts. Sie legte einen Finger zwischen seine Lippen. Ihre Hände glitten an seiner Brust hinunter, und sie zählte die Rippen an seinem schlanken, muskulösen Körper. Ihre Fingerspitzen strichen über seinen Bauch, berührten den erigierten Penis. Sie ertastete seinen Körper, prägte ihn sich ein wie eine Landkarte, und genoß jede Berührung mit einer Sinnlichkeit, die sie viel zu lange vermißt hatte. Ein leichter Luftzug begleitete sie, während sie um ihn herumging und seinen Körper liebkoste.

Sie ließ ihre Hände über seine Hinterbacken gleiten, dann schlang sie beide Arme um seine Taille. Sie kniete sich vor ihm nieder, so daß sie seine Schenkel erforschen konnte, strich über seine Beine, bis sie an den Füßen angelangt war, fuhr jeden Zeh mit den Fingern nach, bis sie schließlich ihren Kopf an seinen Bauch schmiegte. Mit jeder einzelnen Faser ihres Körpers hatte sie ihn in sich aufgenommen.

Schließlich stand sie auf, nahm seine Hände und legte sie auf ihre Schultern.

Er zog sie aus, wie sie ihn ausgezogen hatte, mit geschlossenen Augen. Obwohl er sie nicht sehen konnte, entstand in seinem Kopf ein Bild von ihr, das eindringlicher war als die Wirklichkeit. Sie reagierte mit jeder Nervenzelle, ihr Körper zitterte kaum merklich. Leise raschelnd glitt ihr Kleid zu Boden. Er strich ihr das Haar aus dem Gesicht, so daß es über ihren Rücken fiel und nur noch die Träger ihres Büstenhalters ihre Schultern bedeckten. Er fuhr ihre zarten Schlüsselbeine entlang bis zum Hals, wo die Haut straff gespannt war. Dann streifte er die Träger über ihre Schultern und löste den Verschluß.

Nackt und umhüllt von der Dunkelheit lagen sie eng umschlungen beieinander, ihr Bauch an seinem Bauch, ihre Brüste an seiner Brust. Er wünschte, dieser Moment würde nie vergehen. Weich umschlossen ihre vollen Lippen seinen Mund, und er hatte das Gefühl, als saugte sie ihn in sich auf, fühlte sich dabei sicher und geborgen. Gleichzeitig spürte er ihr Verlangen, und er rollte sich auf sie, stützte sich auf die Ellbogen und wollte sich ihr ganz hingeben.

Sie hörte das Blut in ihren Ohren rauschen, hörte, wie er immer schneller atmete. Sie küßten sich langsam, dann hungriger, verschlangen einander förmlich, während ihre Hände ihre Körper erkundeten. Sie schlang die Beine um seine Hüften, und sie bewegten sich sanft, ohne Hast, seine Lippen suchten ihren Nackenansatz, ihre Brüste, während sie sich hielten und gemeinsam den Höhepunkt erreichten.

Leise atmend lagen sie mit geschlossenen Augen nebeneinander, spürten den Körper des anderen in der Dunkelheit, fühlten sich nah und hingen zugleich ihren eigenen Gedanken nach.

Er küßte sie wieder, und als sie seinen Kuß erwiderte, begann er, sie erneut zu streicheln, drang in sie ein, und sie gab sich seinem Rhythmus hin. Sie bewegten sich erst sanft, dann heftig, dann wieder langsam, jeder die Glut des anderen spürend. Sie schmeckte salzige Tränen, fühlte, wie ihre Wangen naß wurden, und war sich nicht sicher, ob es ihre oder seine Tränen waren.

Irgendwann schliefen sie eng umschlungen ein.

29. Kapitel

Michael erwachte von einem ungewohnten Geräusch. Ein paar Minuten blieb er ruhig liegen und überlegte, was es gewesen sein mochte. Er konnte den mattblauen Himmel durch das Fenster sehen, die Sonne stand noch tief. Er lag auf der Seite und spürte Susan, die sich an seinen Rücken kuschelte. Als er sich umdrehte, murmelte sie verschlafen etwas vor sich hin und schlang die Arme um ihn. Er küßte sie. Er sog den Duft ihres Haares und ihrer Haut ein, den Geruch von Sex am frühen Morgen. Wohlige Schauer durchliefen ihn, als ihre Hand über seinen Bauch wanderte, und sie etwas an seiner Brust murmelte.

Von draußen hörte er wieder das Geräusch, das ihn aufgeweckt hatte, ein Krachen auf dem Dach, dann eine Art Poltern.

»Was ist das?« Susan öffnete die Augen und setzte sich auf. Michael ging ans Fenster. »Es ist Jamie.«

Er stand unten und warf Steine auf das Dach. Als er Michael am Fenster erblickte, trafen sich ihre Blicke für einen kurzen Moment. Jamie schaute ihn trotzig an, dann wandte er sich ab und scharrte mit den Füßen im Schnee.

Susan stand schnell auf und begann, sich anzuziehen. In

der vergangenen Nacht hatte sie nicht einen Moment an ihren Sohn gedacht, und jetzt waren mit einem Schlag all ihre Ängste wieder da, das Gefühl, nach Davids Tod an Jamie versagt zu haben. Sie wünschte so sehr, auch er könnte die Vergangenheit endlich hinter sich lassen, könnte sich dem Neuen öffnen, wie sie es getan hatte, und wieder zu sprechen anfangen. Bedrückt und verwirrt ging sie die Treppe hinunter und lief nach draußen.

Sie faßte Jamie sanft an den Schultern, schaute ihm ins Gesicht und fing an zu reden. Michael konnte die beiden vom Küchenfenster aus sehen. Jamie wich Susans Blick aus und stand stocksteif da. Sie verstummte, strich sich eine Haarsträhne aus dem Gesicht und runzelte verwirrt die Stirn. Als sie Michael am Fenster entdeckte, zuckte sie hilflos mit den Schultern. Susan wußte nicht, wie sie Jamie alles erklären sollte, denn Michael und sie hatten noch gar nicht über die Zukunft gesprochen, darüber, wie es mit ihnen weitergehen konnte, zumal er Little River verlassen wollte.

Sie ging in die Küche und trat Michael mit einem verzweifelten Gesichtsausdruck entgegen. Er nahm ihre Hand und drückte sie. »Ich liebe dich«, sagte er. Er sah ihr in die Augen, wollte herausfinden, was sie für ihn empfand.

Sie erwiderte schweigend seinen Blick, dann nickte sie und lächelte. »Ich liebe dich auch.«

Nach einer Weile sagte er: »Ich will Cully heute freilassen. Ich nehme Jamie mit, und wenn wir zurückkommen, überlegen wir, wie es weitergeht.«

»Okay.«

In der Küche hatte Cully ihn mit heftigem Kopfwackeln und zufrieden aufgeplustertem Gefieder begrüßt. Jetzt bot er ihr ein Stück Fleisch an. Sie schnappte nicht ganz so gierig danach wie sonst. Er hatte einen halben Kaninchenkadaver in seiner Tasche, den er ihr geben würde, bevor er sie freiließ, und am vergangenen Abend hatte er ihr die doppelte Ration gefüttert. So brauchte sie ein paar Tage lang nicht selbst zu jagen und konnte sich in aller Ruhe wieder an die Freiheit gewöhnen.

Jamie wartete am Auto, und Susan stand an der Tür. Michael setzte Cully auf ihre Stange hinten im Wagen.

»Wir werden ein paar Stunden unterwegs sein.«

»Viel Glück«, sagte Susan und winkte ihnen zum Abschied.

Jamie saß mit versteinertem Gesicht auf dem Beifahrersitz. Während sie die kurvige Straße entlangfuhren, starrte er unverwandt aus dem Seitenfenster. Er wirkte abweisend und in sich zurückgezogen, und Michael wußte nicht, was er sagen sollte. Er ahnte, was in dem verwirrten Jungen vorging. Nach einer Weile erreichten sie die gewohnte Stelle an der Falls Pass Road, und Michael hielt am Straßenrand.

»Warte, Jamie«, sagte er, als der Junge aussteigen wollte. In dieser Stimmung wollte er Cully nicht freilassen. »Hör zu, ich glaube, ich weiß, wie du dich fühlst. Du denkst, ich will den Platz deines Vaters einnehmen, nicht wahr?« Er versuchte, sich in Jamie hineinzuversetzen. Er fragte sich, was wirklich damals passiert war. Was hatte den Jungen stumm gemacht? Warum hatte er beschlossen, nicht mehr zu sprechen und jeden Mann abzulehnen, der seiner Mutter näherkam? Er betrachtete Jamie und stellte ihn sich als Erwachsenen vor. Er wußte aus eigener Erfahrung, was passieren konnte, wenn man die Dinge zu lange in sich verschloß. Würden sich in Jamie Haß und Verwirrung breitmachen? Würden seine Gefühle sich eines Tages gegen seine Mutter oder gegen ihn selber wenden? Würden die zerstörerischen Kräfte der Selbstverachtung sein Leben zugrunde richten?

Michael legte eine Hand auf Jamies Schulter und ließ nicht zu, daß er sie abschüttelte. »Ich will, daß du mir zuhörst, Jamie. Du kannst nicht immer so weitermachen. Ich glaube, du willst, daß alles so bleibt, wie es ist. Deshalb sprichst du nicht, deshalb willst du verhindern, daß deine Mutter jemand anderen liebt, habe ich recht?« Er spürte, wie Jamies Anspannung stieg. Er wollte die Tür öffnen, aber Michael griff an ihm vorbei und hielt sie fest.

»Hör mir zu, Jamie. Nur eine Minute, okay? Du willst mir doch helfen, Cully freizulassen, oder? Na komm, nur eine Minute.«

Einen Augenblick lang bewegte sich keiner von beiden. Jamie saß stocksteif da, immer noch eine Hand am Türgriff, dann ließ er langsam los. Er wandte den Kopf, doch er sah Michael nicht an, sondern starrte stur durch die Windschutzscheibe.

»Schau mal, Jamie, ich weiß nicht, was an dem Tag geschehen ist, als dein Vater starb, aber ich glaube, du hast ihn geliebt und vermißt ihn schrecklich. Und dieses Gefühl solltest du dir bewahren. Weißt du, was passieren wird, wenn du so weitermachst wie bisher? Wenn du nicht an ihn denkst? Du wirst langsam vergessen, wie er war. Ich weiß, wovon ich rede, denn ich habe mich lange Zeit geweigert, an meinen Vater zu denken, vielleicht aus einem anderen Grund, aber ich habe ihn aus meinen Gedanken ausgeschlossen. Und weißt du was? Das war das Schlimmste, was ich tun konnte. Ich habe schrecklich darunter gelitten, und die Menschen, die ich geliebt habe, ebenfalls. Deshalb bin ich hierher zurückgekommen, nach Little River, damit ich mich wieder an meinen Vater erinnern konnte. Ich habe so vieles wiederentdeckt, das ich verdrängt hatte, eine Menge Dinge, die mich getröstet hätten, als ich jung war, wenn ich sie nicht vergessen hätte. Mach es nicht wie ich, Jamie. Verschließ dich nicht, behalte deinen Vater in Erinnerung. Was auch immer an jenem Tag geschehen ist, du mußt dem ins Auge sehen. Und du mußt dich der Tatsache stellen, daß dein Vater nicht mehr da ist. Das ist die einzige Möglichkeit, wie du ihn in dir wiederfinden kannst.«

Michael spürte, daß Jamie zuhörte, er hatte allerdings keine Ahnung, wieviel von dem, was er sagte, zu ihm durchdrang. Im Rückspiegel sah er Cully mit gespreizten Beinen auf ihrer Stange stehen, kraftvoll und geschmeidig, den Blick auf die Berge gerichtet.

»Jamie, schau dir Cully an. Weißt du noch, wie sie das erstemal herabgestoßen ist? Ich hatte solche Angst, ihr Flügel könnte nicht kräftig genug sein. Sie hatte bestimmt Schmerzen, aber sie hat nicht aufgegeben.« Jamie wandte ihm langsam das Gesicht zu, dann schaute er sich nach Cully um. »Ich will damit sagen, wir beide können viel von Cully lernen. Meinst du nicht auch? Schau sie dir an. Sie hat vor nichts Angst.«

Er stieg aus, ging um den Wagen herum und öffnete die Beifahrertür. »Na komm, schicken wir sie dahin zurück, wo sie hingehört.« Er machte eine ausladende Bewegung mit dem Arm in Richtung Himmel, und als Jamie aus dem Auto kletterte, klopfte er ihm aufmunternd auf die Schulter.

Rachel erwachte, als es draußen hell wurde. Sie lag im Bett, die Decke eng um sich gezogen. Sie hatte sich in den Schlaf geweint. Nachdem Pete von ihr abgelassen hatte, war er gegangen, und sie hatte gehört, wie die Reifen seines Pick-ups durchdrehten, als er rückwärts die Auffahrt hinunterfuhr.

Sie stand auf und ging ins Badezimmer. Ihr Gesicht sah grauenvoll aus. Die Augen waren gerötet und die Lippe aufgeplatzt und geschwollen, wo er sie getroffen hatte. Sie stellte die Dusche an und ließ den heißen Wasserstrahl auf ihre Haut prasseln, schrubbte ihren ganzen Körper ab und wusch sich das Haar so heftig, daß die Kopfhaut schmerzte. Als sie sich abgetrocknet hatte, zog sie sich an, legte etwas Make-up auf und ging hinunter, um Kaffee zu machen und nachzudenken.

Trotz allem machte sie sich Sorgen um Pete. Sie war selbst erstaunt, daß sie immer noch solcher Gefühle für ihn fähig war, aber anscheinend war ihr Beschützerinstinkt noch nicht ganz erloschen. Sie hatte Pete einmal geliebt, und er war immerhin der Vater ihrer Kinder. Gleichzeitig fürchtete sie sich vor dem, was geschehen würde, wenn er sich darüber klarwurde, was er getan hatte.

Sie ging zum Telefon und rief auf dem Holzhof an. Es klingelte endlos. Sie legte auf und überlegte, wo er sein konnte. Sie wählte Red Parkers Nummer und ließ das Telefon so lange läuten, bis er abhob. Seine Stimme klang verschlafen.

»Ja?«

»Ist Pete bei dir, Red? Hier ist Rachel.«

Eine Pause entstand. Sie fragte sich, ob er versuchte, den Kopf klar zu bekommen, oder ob er überlegte, wieviel er ihr sagen konnte.

»Er ist nicht hier.«

»Hast du ihn gesehen?«

»Seit gestern abend nicht mehr.«

Sie hatte das Gefühl, daß Parker ihr irgend etwas verschwieg. »Hör zu, es ist wichtig. Ich mache mir wirklich Sorgen um ihn. Wenn er bei dir ist, sag es mir. Ich will nur wissen, ob alles okay ist.«

»Er war hier, aber er ist schon wieder weg«, sagte Parker. »Ist letzte Nacht hier aufgetaucht, hat wirres Zeug geredet, keine Ahnung, was er wollte. Jedenfalls hat er auf dem Sofa übernachtet, aber jetzt ist er weg, sein Pick-up steht nämlich nicht mehr vorm Haus.«

»Hast du eine Ahnung, wo er hingefahren sein könnte? Hat er irgendwas gesagt?«

»Ich weiß nicht genau.«

Sie spürte, daß er etwas wußte. Warum sagte er es ihr nicht einfach? Sie versuchte, ruhig zu bleiben.

»Du mußt es mir sagen. Ich glaube, Pete ist im Moment nicht gut drauf. Ich glaube, er braucht Hilfe. Ich habe Angst, daß er Mist baut.«

Parker schwieg, wahrscheinlich versuchte er zu entscheiden, wem seine Loyalität gehörte.

»Wo wart ihr gestern abend? Bevor Pete nach Hause gefahren ist?«

»Im Forester«, sagte Parker.

Das war eine kleine Kneipe an der Maple Road, die sie nie betreten würde, weil es dort ziemlich rauh zuging.

»Ist da etwas passiert? War irgendwas mit Pete?«

Sie dachte an das Chaos in ihrem Schlafzimmer. Nachdem Pete ihre neuen Sachen gefunden hatte, war er losgezogen, um sich zu betrinken. Sie fragte sich, warum er nicht die ganze Nacht weggeblieben war, oder wenigstens, bis die Kneipe zumachte. Irgend etwas mußte dort vorgefallen sein.

»Pete hat mit Ted Hanson geredet, mehr weiß ich nicht. Jedenfalls ist er plötzlich durchgedreht, aber er wollte nicht sagen, was los ist.«

Es dauerte einen Moment, dann begriff sie. Ted Hanson mußte sie mit Michael gesehen haben, als sie das Restaurant The Red Rooster verließen. Plötzlich ging ihr ein Licht auf. Starr vor Entsetzen legte sie den Hörer auf. Auf einmal hatte sie schreckliche Angst – aber nicht mehr um Pete. Sie rannte nach draußen zu ihrem Auto.

Susan wollte gerade Michaels Haus verlassen. Wendy war bestimmt beunruhigt, weil sie die ganze Nacht nicht nach Hause gekommen war. Als sie vor die Tür trat, fuhr ein alter Honda vor und hielt mit quietschenden Bremsen, dann flog die Fahrertür auf. Susan erkannte Rachel Ellis und fragte sich, was sie hier wollte. Während sie einander forschend ansahen, spürte Susan, wie sie nervös wurde, ohne daß sie hätte sagen können, warum.

»Ist Michael da?«

»Was ist denn mit Ihrem Gesicht passiert?«

Sie hatten beide gleichzeitig gesprochen. Susan vermutete seit einiger Zeit, daß es Rachel gewesen war, die sie in jener Nacht bei Michael gesehen hatte, doch sie konnte sich keinen Reim darauf machen.

»Bitte, wissen Sie, wo er ist?«

Susan ging zu Rachel und schob für den Augenblick all die verwirrenden Gedanken beiseite.

»Was ist los?« fragte sie.

Rachel holte tief Luft. »Es ist wegen Pete, er glaubt ...« Sie schüttelte den Kopf. »Er ist zur Zeit nicht er selbst, und ich mache mir Sorgen.«

»Was glaubt er?« Susan begriff überhaupt nichts.

»Ich weiß nicht, wo er ist«, sagte Rachel. »Ich habe Angst, daß er eine Dummheit macht.«

Langsam dämmerte Susan, wovon Rachel redete, und wenn sie die Zusammenhänge auch immer noch nicht ganz verstand, entging ihr doch nicht, daß Rachel ernsthaft besorgt war.

»Sie sind nicht hier. Ich meine Michael und Jamie. Mein Sohn. Sie sind in den Bergen, um den Falken freizulassen.«

»Pete hat ein Gewehr im Wagen«, sagte Rachel mit verzweifelter Stimme.

Susan ergriff Rachels Arm. »Fahren Sie in die Stadt und suchen Sie Coop«, sagte sie und versuchte, nicht in Panik zu geraten. »Sagen Sie ihm, die beiden sind in Richtung Falls Pass unterwegs. Ich fahre ihnen nach.«

Rachel zögerte kurz, dann drehte sie sich um und rannte zum Auto. Sie machte sich auf den Weg zu Coops Haus, doch sein Wagen stand nicht vor der Tür, also wendete sie und fuhr zur Polizeistation. Dort parkte sein Auto. Sie sprang heraus und hämmerte an die Tür.

»Coop«, schrie sie. »Sind Sie da?«

Von drinnen kam keine Antwort. Wieder hämmerte sie gegen die Tür. Vielleicht war er zu Fuß unterwegs. Sie schaute die Straße hinunter, aber es war Sonntagmorgen, und so früh war kaum jemand auf den Beinen. Immer wieder sagte sie sich, sie sei hysterisch, doch das ungute Gefühl ließ sich nicht vertreiben.

Als sie sich gerade zum Gehen wandte, wurde ein Schlüssel im Schloß umgedreht, dann ging die Tür auf, und da stand Coop, eine Hand am Rahmen. Er rieb sich das Gesicht und blinzelte ins Licht. Er sah furchtbar aus, schlimmer als sie, aber sie hatte keine Zeit, sich darüber den Kopf zu zerbrechen.

»Was ist los?« fragte er.

»Es ist wegen Pete«, sagte sie. »Ich glaube, er könnte jemanden umbringen.«

Coop blinzelte sie an und versuchte zu begreifen, was sie da sagte.

Ein perfekter Tag für unser Unternehmen, dachte Michael. Über Nacht hatte es leicht geschneit, und ihre alten Fußspuren waren nicht mehr zu sehen. Die Sonne stand in ihrem Rücken, die Schneeflächen und die Felshänge reflektierten die Strahlen. Über ihnen erstreckte sich der Himmel blau und grenzenlos.

Michael wollte Cully vom Rand des Schneefelds aus freilassen. Von dort oben konnten sie ihr zusehen, wie sie über das Tal flog, bis sie beschloß, sie zu verlassen. Er blieb stehen, strich dem Vogel über die Brust, und spürte Trauer in sich aufsteigen. Die klare, nach Kiefern duftende Luft knisterte vor Kälte.

Eine Brise fuhr durch Cullys Gefieder, und sie öffnete die Schwingen. Ihre leuchtenden, dunklen Augen fixierten Michael, als wollte sie ihn an sein Versprechen erinnern. Sie stapften durch den Schnee auf die Felsen zu. Auf halbem Weg blieben sie stehen.

Michael holte ein Messer aus seiner Gürteltasche und bereitete sich darauf vor, die Lederriemen an ihrem Fußgelenk durchzuschneiden. Auf einmal verspürte er das Bedürfnis, den entscheidenden Moment hinauszuzögern, sie noch eine Weile auf der Faust zu tragen, und bot ihr ein Stück Fleisch an. Sie ignorierte es zunächst, doch dann schien sie es sich anders zu überlegen, beugte sich vor und riß kleine Streifen davon ab. Während sie beschäftigt war, wickelte er die Langfessel ab und versuchte, mit den Zähnen das Messer aufzuklappen. Cully hob den Kopf und schaute zum Himmel, und plötzlich breitete sie die Flügel aus und erhob sich in die Luft. Vor Schreck glitt Michael die Fessel durch die Finger. Ehe er sie aufhalten konnte, stieg sie höher, entfernte sich immer weiter von ihnen und zog die Fessel hinter sich her.

Schockiert über seine Unachtsamkeit brauchte Michael ein paar Sekunden, bevor er reagieren konnte. Er wußte, daß sie nicht hungrig war, und blitzartig erkannte er den Ernst der Lage. Dennoch fingerte er hastig nach dem Köder – eine andere Möglichkeit gab es nicht – und rief ihren Namen, während er ihn durch die Luft schwang. Immer höher stieg sie auf, und wieder rief er sie, betete voller Verzweiflung, sie möge ihn hören und umkehren. Angst schnürte ihm die Kehle zu. Er wußte, wenn er sie aus den Augen verlor, würde er sie wahrscheinlich nie wiederfinden. Der Gedanke, schuld an ihrem Tod zu sein, nachdem er so weit gekommen war, schien ihm unerträglich.

Jamie flehte ihn mit den Augen an, irgend etwas zu unternehmen, und Michael wußte sich nicht anders zu helfen, als dem Falken hinterherzurennen.

Keuchend stolperte er durch den Schnee, fiel hin, rappelte sich wieder auf, versuchte, einen klaren Kopf zu bewahren. Auch wenn sie jetzt nicht hungrig war, würde das Fliegen sie anstrengen, und ihre Energie wäre schnell aufgebraucht. Dann würde sie wieder hungrig werden; das hoffte er jedenfalls. Er durfte sie nur nicht aus den Augen verlieren, bis es soweit war.

Er versuchte, sie durch seine Willenskraft dazu zu bringen, die Richtung zu ändern und hoch über ihm zu kreisen. Dann könnte er sie irgendwann rufen, aber sie flog unbeirrt auf die Felswand zu, und ihm wurde schlecht bei dem Gedanken, sie könnte dahinter verschwinden und für immer verloren sein. Wenn sie irgendwo landete, würde die Langfessel sich verfangen, und bei dem Versuch, sich zu befreien, würde sie schnell ermüden. Sie würde eines langsamen, qualvollen Todes sterben, und er konnte nichts dagegen tun.

Als sie sich immer weiter entfernte, verlor Michael alle

Hoffnung. Völlig außer Atem blieb er stehen und schaute ihr nach. Cully hatte jetzt fast die Felswand erreicht und stieg immer höher. Jamie holte Michael ein und klammerte sich mit tränenüberströmtem Gesicht an dessen Arm fest. So laut Michael konnte, rief er Cullys Namen. Weit hallte seine Stimme durch das Tal und kam als schwaches Echo zurück. Für einen Moment stockte ihm der Atem, er hatte das Gefühl, sein Herz setzte aus, und er betete, sie möge umkehren. Dann verschwand Cully aus seinem Blickfeld. Kurz darauf tauchten ihre weißen Flügel wieder auf, und Michael erkannte, daß sie sich auf einem Felsvorsprung niederließ.

Das Gefühl der Erleichterung währte nur kurz. Schnell wurde ihm klar, daß sie jederzeit wieder aufsteigen konnte. Er konnte sie nicht mehr sehen, hatte aber eine ungefähre Vorstellung, wo sie sein mußte und fing wieder an zu rennen. Jamie stolperte neben ihm her, bis sie am Fuß des Felshangs ankamen.

»Kannst du sie sehen?« fragte Michael ihn mit angsterfüllter Stimme.

Da, wo er sie vermutete, war der Fels zerklüftet und teilweise schwer einsehbar. Zu Michaels Verblüffung nickte Jamie, faßte ihn am Arm und zeigte nach oben.

Michael suchte die Felsen mit den Augen ab und sah zunächst gar nichts. Plötzlich erregte eine Bewegung seine Aufmerksamkeit, und dann entdeckte er sie. Sie saß auf einem Vorsprung zwischen lauter gezackten Felsen etwa dreißig Meter über ihnen. Anscheinend gefiel es ihr dort oben.

Er zerbrach sich den Kopf, was er tun sollte. Wenn er sie rief und sie ihren Platz verließ, aber nicht daran dachte, zu ihm zurückzukommen, würde er sie ganz aus den Augen verlieren. Besser war es wahrscheinlich, zu warten. Es bestand immerhin die Hoffnung, daß sie so lange da oben blieb, bis sie hungrig genug war, um auf den Köder zu reagieren. Plötzlich breitete Cully die Schwingen aus und erhob sich in die Luft. In diesem Augenblick war Michael überzeugt, sie nie wiederzusehen.

Doch dann merkte er, daß etwas nicht in Ordnung war. Cully kam nicht vom Fleck, vergeblich flatterte sie mit den Flügeln, nur um gleich wieder zurückzufallen. Immer wieder versuchte sie, sich zu befreien, aber die Langfessel hatte sich irgendwo verfangen. Tatenlos mußten sie mit ansehen, wie die Befreiungsversuche Cully ermüdeten. Nach einer Weile hatte sie keine Kraft mehr und hockte, mit einem Bein an die Leine gefesselt, am Abgrund.

Michael gab Jamie den Köder und blickte suchend den Hang hinauf. Es gab genug Spalten und Vorsprünge, an denen er mit den Händen Halt finden würde. Das Hauptproblem war der Vorsprung, wo sich die Fessel verfangen hatte, da er oberhalb eines Überhangs lag, um den er herumklettern mußte. Dort schien nie die Sonne, und der schwarze Fels war von blankem Eis überzogen.

Michael hockte sich vor Jamie und erklärte ihm, was er vorhatte. »Ich muß versuchen, Cully zu erreichen, aber vielleicht schafft sie es auch, sich zu befreien, während ich da raufklettere.« Er legte dem Jungen die Hände auf die Schultern. »Wenn sie das tut, mußt du sie aufhalten, bevor wir sie ganz aus den Augen verlieren. Du mußt sie wieder runterholen. Wenn wir sie verlieren, solange sie die Fessel noch trägt, wird sie sterben, Jamie.«

Er wünschte, es gäbe einen anderen Ausweg, aber er hatte keine Wahl. Er schaute Jamie forschend an, doch ihm begegnete ein verständnisloser Blick. »Wenn sie sich befreit«, wiederholte Michael eindringlich, »mußt du sie rufen. Du mußt ihre Aufmerksamkeit erregen, sonst ist sie verloren. Okay? Du mußt sie zurückrufen, Jamie!«

Immer noch zeigte der Junge keinerlei Reaktion, er blickte nur mit vor Schreck geweiteten Augen in Cullys Richtung.

Michael ging auf die Felswand zu und begann den Aufstieg, wohl wissend, daß er Unmögliches von Jamie verlangte.

An manchen Stellen war der Stein glatt und bot seinen vor Kälte starren Händen kaum Halt. Unten hatte er es nicht so gespürt, aber zehn Meter über dem Erdboden pfiff ihm der eisige Wind um die Ohren und schmerzte wie tausend Nadelstiche auf der Haut. Seine Ohren dröhnten, und sein Gesicht wurde taub. Da, wo der Felsen rauh war und voller scharfer Kanten, riß er sich die Handflächen blutig.

Er machte eine Pause, um sich auszuruhen, und suchte mit tränenden Augen nach Cully. Sie war ungefähr sechs Meter von ihm entfernt, immer noch flatterte sie hilflos, versuchte sich zu befreien, doch die Fessel löste sich nicht. Er konnte ihren klagenden Blick sehen, aber nicht erkennen, ob sie ahnte, daß er ihr zu Hilfe kommen wollte.

Michael schaute nach unten, und der Abgrund schien endlos. Seine Hände schmerzten, Taubheit kroch ihm in alle Glieder. Schlagartig wurde ihm klar, daß er jederzeit abstürzen konnte, und er stellte sich vor, wie er auf den Felsen aufschlug und sich dabei alle Knochen brach. Doch daran durfte er nicht denken, er mußte weiter.

Während er sich Cully näherte, redete er beruhigend auf sie ein, und als sie seine Stimme hörte, schlug sie kläglich mit den Flügeln. Jetzt war sie nur noch drei Meter von ihm entfernt, aber zwischen ihnen befand sich der Überhang, und Michael sah keine Möglichkeit, um ihn herum zu klettern. Vielleicht konnte er sich von unten daran hochziehen und sich mit einem Ellbogen abstützen, um Cully zu erreichen. Doch auch wenn er sie zu fassen bekam, war sie noch lange nicht gerettet.

Unter ihm wirkte Jamie wie eine elfenhafte, dunkle Gestalt gegen den weißen Schnee. Blaß und angespannt beobachtete er jede Bewegung von Michael.

Der klammerte sich an die Kante des Überhangs und versuchte blind, mit den Füßen Halt zu finden. Der Fels war mit blankem Eis überzogen, und die Vorsprünge, an denen er sich mit den Händen festhalten konnte, waren zu klein für seine Stiefel. Längst kletterte er nur noch im Schatten, und seit die Sonne nicht mehr seinen Rücken wärmte, war es beißend kalt geworden. Er wußte, wenn er jetzt abstürzte, würde er den Aufstieg nicht noch einmal schaffen.

Mittlerweile war er so dicht an Cully herangekommen, daß er sie hätte anfassen können, wenn er nur eine Hand hätte ausstrecken können. Er hörte, wie sie keuchte. Besänftigend sprach er mit ihr, während er überlegte, was er als nächstes tun sollte. Er stützte sich auf einem Unterarm ab, merkte aber, daß er sich nicht würde halten können, wenn er mit der anderen Hand losließ, um nach ihr zu greifen und zu versuchen, sie zu befreien.

Schließlich sah er nur noch eine Möglichkeit. Vorsichtig holte er sein Messer aus der Hosentasche und schnitt Cullys Fessel auf halber Länge durch. Plötzlich befreit, stürzte sie beinahe an ihm vorbei in die Tiefe, doch dann breitete sie noch rechtzeitig die Schwingen aus. Ihre Flügel streiften sein Gesicht, und sie flog davon.

Auf der Brise, die um den Felsen wehte, stieg sie in die Höhe, flog eine Schleife und bewegte sich auf das Tal zu, bis er sie nicht mehr sehen konnte. Der Rest der Fessel schleifte hinter ihr her, und Michael begann so laut er konnte zu schreien.

»RUF SIE, JAMIE!«

Jamie begann, den Köder durch die Luft zu schwingen, und rannte am Fuß des Felshangs entlang.

»RUF SIE!«

Hilflos mußte Michael zusehen, wie beide aus seinem Blickfeld verschwanden, und eine unvorstellbare Traurigkeit stieg in ihm auf. Einen Moment später glaubte er, einen dünnen Schrei zu hören. War das möglich? Bestand doch noch Hoffnung? Er lauschte angestrengt, und da war es wieder, ganz deutlich. »CULLY!« Michaels Herz fing an, wie wild zu klopfen, und als er seinen Blick über die verschneite Fläche wandern ließ, um zu sehen, ob Jamie und Cully irgendwo auftauchten, entdeckte er in der Ferne eine Gestalt, die sich näherte.

Ellis war den Fußspuren von der Straße her gefolgt, und als er eine halbe Meile von der Felswand entfernt einen Schrei hörte, hob er das Fernglas. Er sah gerade noch, wie der Falke sich entfernte und Michael hoch oben auf dem Felsen zurückließ. Was zum Teufel machte er da?

Ellis spuckte in den Schnee. Während der vergangenen Nacht war ihm ein Licht aufgegangen: An seinen ganzen Schwierigkeiten war nur Somers schuld. Er machte Rachel keine Vorwürfe mehr für das, was sie getan hatte. Jetzt war ihm klar, wie es passiert war. Dieser Somers war wirklich ein gerissener Hund.

Von Anfang an hatte er vorgehabt, ihm Rachel auszuspannen, nur deswegen war er nach Little River zurückgekommen. Ellis wunderte sich, warum er das nicht gleich gemerkt hatte. Warum zum Teufel hätte Somers sonst wieder herkommen sollen? Irgendwie mußte er die Geschichte mit dem Falken herausbekommen haben, und er hatte ihn Ellis geklaut, weil er wußte, wie dringend der das Geld brauchte. Somers mußte das alles von langer Hand geplant haben.

Ellis war überzeugt, daß Somers ihn dazu gebracht hatte, mit dem Trinken anzufangen. Mit Rachel war es doch gar nicht so schlecht gelaufen, bevor dieser ganze Mist angefangen hatte. Mit dem Geld, das Tusker ihm versprochen hatte, hätte er den Holzhandel schon wieder in Schwung gebracht. Erst als Somers hier auftauchte, war alles schiefgegangen, und Ellis hatte erkannt, daß Somers Rachel nur zeigen wollte, mit was für einem Versager sie verheiratet war. So hatte Somers sie rumgekriegt, und Rachel wußte gar nicht, was sie tat.

Für Ellis war das Ganze so eine Art Bewährungsprobe. In letzter Zeit glaubte er an Teufel und Gespenster, er hatte sie leibhaftig gesehen, wie sie grinsend zwischen den Bäumen oder hinter Barhockern saßen und ihn auslachten. Wahrscheinlich steckte Somers mit ihnen unter einer Decke, und wenn er ihn aus dem Weg räumte, zeigte er seinen Plagegeistern, daß er der Stärkere war. Und dann würde alles wieder gut werden. Er würde mit dem Trinken aufhören, das Geschäft würde wieder in Gang kommen, und die Sache mit Rachel würde sich auch wieder einrenken.

Vielleicht war er ein bißchen grob mit ihr umgegangen, aber sie mußte doch verstehen, wie er sich gefühlt hatte. Vielleicht mußten sie sich beide entschuldigen. Er war sogar bereit, den ersten Schritt zu machen.

Ungefähr eine viertel Meile vor den Felsen blieb Ellis stehen und nahm sein Gewehr von der Schulter. Er sah Somers durch das Zielfernrohr und richtete die Waffe auf ihn.

Du Hurensohn, dachte er, jetzt kriegst du, was du verdient hast.

Nachdem Rachel weggefahren war, stieg Susan in ihren Ford und drehte den Zündschlüssel um. Einen Augenblick blieb sie noch bei laufendem Motor stehen und versuchte, sich zu sammeln. Sie kam sich vor wie in der Achterbahn. In den letzten acht Stunden war ihr Leben völlig auf den Kopf gestellt worden, und sie hatte sich von ihren Gefühlen mitreißen lassen, ohne Zeit zu haben, auch nur eine Sekunde nachzudenken. Und nun das. Sie holte tief Luft und umklammerte das Lenkrad. Immer wenn es gerade besonders gut lief, geschah irgend etwas, das alles wieder zunichte machte.

Schließlich legte sie den Gang ein und fuhr ein Stück vorwärts. Dann setzte sie zurück, um zu wenden. Die Räder kamen ins Rutschen und wirbelten den Schnee auf, weil sie zuviel Gas gab. Sie trat auf die Bremse und wechselte in den Vorwärtsgang, und wieder drehten die Räder durch.

»Verdammt!«

Sie nahm den Fuß vom Gas und versuchte es von neuem. Diesmal griffen die Reifen, der Wagen machte einen Satz nach vorn, und vor Schreck ließ sie das Lenkrad los. Der Ford brach aus, rammte etwas, bäumte sich förmlich auf und krachte wieder herunter, so daß sie sich den Kopf am Dach stieß. Sie spürte, wie etwas von unten gegen das Bodenblech schlug. Der Wagen war zum Stehen gekommen, und Susan versuchte vergeblich, sich zu beruhigen. Die Art, wie Rachel sie angesehen hatte, ging ihr nicht aus dem Kopf. Jetzt ließ sich das Auto überhaupt nicht mehr bewegen. Die Reifen knirschten im Schnee, und der Motor heulte auf. Fluchend stieß sie die Tür auf, um nachzusehen, was das Problem war. Der Wagen hatte auf einem dicken Holzbalken aufgesetzt und steckte fest. Allein hatte sie keine Chance, ihn wieder loszubekommen.

Vor lauter Wut versetzte sie der Fahrertür einen Tritt, der eine große Beule hinterließ. In dem Augenblick hörte sie einen Wagen näher kommen, und kurz darauf tauchte Coop auf. Er hielt an, beugte sich über den Beifahrersitz und öffnete die Tür.

»Steig ein«, sagte er.

Sie zögerte, versuchte, seine Gedanken zu lesen. »Wo ist Rachel?«

»Ich habe ihr gesagt, sie soll Miller holen.«

Einen Augenblick lang rührte sie sich nicht. Er blieb, wo er war, und hielt ihr die Tür auf. Schließlich stieg sie ein, und sofort setzte er zurück. Erst als sie auf der Straße waren, fiel ihr Coops Zustand auf. Er roch nach Alkohol, und seine Augen waren rot gerändert. Er sah sie nicht an, sondern blickte mit grimmigem Gesicht durch die Windschutzscheibe. Auf einmal wurde ihr klar, wie das alles wirken mußte, und sie überlegte, warum er sie nicht danach fragte. Sie konnte es sich nicht erklären, aber anscheinend wußte er Bescheid, und zu allem Überfluß bekam sie ein schlechtes Gewissen. O Gott, was war das nur für ein Chaos.

Es dauerte zwanzig Minuten, bis sie Michaels Nissan gefunden hatten. Dahinter parkte am Straßenrand ein alter Pick-up. Während der ganzen Fahrt hatte sie versucht, sich einzureden, an all dem sei nichts dran. Doch jetzt bekam sie es mit der Angst zu tun.

»O Gott«, sagte sie laut. »Bitte mach, daß ihm nichts geschieht.«

Coop warf ihr einen fragenden Blick zu. Sie hatte an Jamie gedacht, aber eigentlich meinte sie beide.

Die Fahrertür von Ellis' Pick-up stand offen. Auf dem Sitz lag eine fast leere Flasche Whiskey. Coop faßte die Motorhaube an.

»Noch warm«, sagte er.

Er ließ seinen Blick über die verschneite Fläche schweifen, dann ging er eilig zu seinem Auto und kam mit einem Fernglas und einem Gewehr zurück. In der Ferne lief jemand durch den Schnee. Drei verschiedene Fußspuren waren zu erkennen. Coop schaute durch das Fernglas.

»Es ist Ellis«, sagte er.

Wieder hob er das Glas, sie konnte aber nicht genau erkennen, wohin er blickte. Die Spuren führten zu den Felshängen, doch Michael und Jamie waren nicht zu sehen.

»Was ist los?« fragte sie. Sie spürte, daß etwas Bedrohliches vor sich ging.

Coop gab ihr das Fernglas und machte sich auf den Weg durch den Schnee. Zuerst sah sie nur Ellis und vor ihm zwei weitere Spuren. Sie folgte ihnen bis zum Felsen und konnte immer noch nichts erkennen, dann erregte eine Bewegung hoch oben auf dem Felsen ihre Aufmerksamkeit, und sie sah Michael. In diesem Augenblick hörte sie einen Schuß.

Michael beobachtete, wie die Gestalt, seinen und Jamies Spuren folgend, durch den Schnee näher kam, und fragte sich, wer es sein mochte. Zunächst war die Person noch zu weit entfernt, aber schließlich konnte er eine rotkarierte Jacke erkennen, und dann sah er das Gewehr. Es mußte ein Jäger sein. Sein Instinkt warnte ihn, und als der Mann stehenblieb, dämmerte es ihm langsam. Der Jäger fiel ihm ein, der Cully am Anfang verfolgt hatte, und er erinnerte sich an die Nacht, in der er angehalten worden war, nachdem er Clancys Kneipe verlassen hatte, und da wußte er, daß es Ellis sein mußte. Erst war er überrascht, doch dann verstand er plötzlich. Ihre Blicke trafen sich. Ellis legte das Gewehr an.

Michael schaute nach unten. Es war verdammt tief, und unter der Schneedecke lagen Steine. Den Weg, den er hinaufgeklettert war, konnte er nicht zurück, das wußte er, denn er hatte kein Gefühl mehr in den Gliedern, war kaum noch in der Lage, sich festzuhalten. Er kam sich vor wie eine lebendige Zielscheibe, und jetzt zitterte er nicht nur vor Kälte.

Ein Schuß hallte durch die Luft. Zwei Meter von ihm entfernt splitterte Felsgestein. Er hatte keine andere Wahl; irgendwie mußte er versuchen, runterzukommen. Ein zweiter Schuß traf den Felsen, ganz in seiner Nähe. Als er sich bewegte, schlug eine dritte Kugel ein, diesmal noch näher. Michael erstarrte. Jedesmal, wenn er sich rührte, schoß Ellis, und langsam dämmerte Michael, daß Ellis ihn gar nicht treffen wollte. Er wollte nur dafür sorgen, daß er nicht vom Fleck kam, wollte ihn frieren lassen, bis er sich nicht mehr halten konnte. Er sah nach unten und überlegte, was besser war: abzustürzen oder erschossen zu werden.

Er setzte den Abstieg fort.

Wieder wurde ein Schuß abgefeuert, aber Michael registrierte es kaum noch, seine Fingerspitzen waren taub, und er konnte sich nur unter großen Mühen bewegen. Er hatte noch keine drei Meter geschafft, als er abrutschte und vom Felsen hinunterstürzte. Während er fiel, hallten immer wieder Schüsse durchs Tal. Als er auf dem schneebedeckten Boden am Fuß des Felsens aufschlug, durchzuckte ihn der Schmerz wie ein greller Blitz, und dann wurde es schwarz vor seinen Augen.

Coop hörte, wie Susan schrie, er solle etwas unternehmen. Er war stehengeblieben, um herauszufinden, was zum Teufel da eigentlich los war, und Susan hatte ihn eingeholt und ihm das Fernglas zurückgegeben. Er schaute hindurch, und da sah er, wie Ellis auf Somers feuerte. Aber anscheinend wollte er ihn gar nicht treffen, sonst hätte er ihn doch längst erwischen müssen. Coop richtete das Fernglas auf die Stelle, wo Somers hing. Da oben im Schatten mußte es eiskalt sein, und Coop konnte sich denken, was Ellis vorhatte.

»Tu etwas, Coop«, schrie Susan neben ihm.

Er sah sie nicht an. Wieder zerriß ein Schuß die Stille. Coop hob das Gewehr und blickte durch das Zielfernrohr. Somers klammerte sich immer noch am Felsen fest. Einen Moment lang hatte Coop ein kleines Rechteck auf seinem Rücken im Visier. Alle möglichen Gedanken schossen ihm durch den Kopf. Er spürte Susans Gegenwart. Abrupt senkte er das Gewehr und fand Pete Ellis im Zielfernrohr. Er rief seinen Namen. Pete zeigte keinerlei Reaktion, aber Coop wußte, daß er ihn gehört hatte. Ellis hatte das Gewehr angelegt. Er hätte Somers jederzeit abschießen können.

Coop schwenkte zurück zu Somers und behielt ihn im Auge. Wieder spannte sich sein Finger am Abzug. In seinem Kopf drehte sich alles. Susan sagte fragend seinen Namen. Als würde sie ihn nicht kennen.

Ellis feuerte ohne Unterlaß. Dann sah Coop, wie Somers abstürzte. Ellis schoß immer weiter.

»Coop«, schrie Susan.

Er schwankte, schloß kurz die Augen. Wie in Zeitlupe sah er Somers fallen. Er drückte ab.

Michael öffnete die Augen, überrascht, daß er dazu überhaupt in der Lage war. Er lag auf dem Rücken, Arme und Beine von sich gestreckt, und konnte sich nicht bewegen. Über sich sah er blauen Himmel und die vorspringenden Felsen, dann hörte er ein Knirschen im Schnee. Er dachte, es wäre Ellis, der ihn endgültig fertigmachen wollte, doch dann erblickte er Jamie. Mit Tränen in den Augen beugte der Junge sich über ihn, und Cully saß auf seiner Faust. Zwischen den Fingern hielt Jamie das ausgefranste Ende der Fessel. Weinend nahm er ihr die Geschühriemen ab.

»Ich habe sie gerufen, und sie ist gekommen. Ich habe sie einfach gerufen. Wie du gesagt hast. Du kannst mich doch hören, oder?«

Michael konnte nicht antworten, aber er blinzelte Jamie zu. Seine Augen waren feucht, und er spürte, wie eine Träne aus seinen Augenwinkeln in den Schnee fiel. Er stellte sich vor, wie sie sich dort in ein Eiskristall verwandelte. Cully drehte stolz und hellwach den Kopf hin und her. Ihr cremefarbenes Gefieder leuchtete. Er konnte ihr kräftiges Herz schlagen sehen.

Jamie reckte die Faust, und sie erhob sich in die Lüfte.

Kleine, kalte Hände drehten Michaels Kopf, damit er Cullys Flug in den eisblauen Himmel verfolgen konnte. Immer höher stieg sie, mit ausgebreiteten Schwingen, und Jamie hob Michaels Kopf an, so daß er sehen konnte, wie sie über den Abhang und das Tal schwebte.

»Jetzt kann ihr nichts mehr passieren, nicht wahr?«

Ja, dachte Michael, jetzt ist sie in Sicherheit. Er stieg mit Cully empor und spürte den Wind. Gemeinsam erhoben sie sich in die Luft, flogen eine Schleife, und weit, weit unten formten winzige Gestalten ein Bild im Schnee. Leise blies ihm der Wind um die Ohren. In Spiralen flogen sie dahin, änderten die Stellung der Schwungfedern, reagierten auf die kleinsten Veränderungen im Luftstrom.

Unten kommt Susan ins Bild, und Jamie rennt auf sie zu. Schluchzend liegt er in ihren Armen. Er spricht mit ihr, verwirrt nimmt sie es wahr, während sie Michael in die Augen schaut. Er sieht sie wie aus weiter Ferne. Auf seinen Augenbrauen hat sich eine Eisschicht gebildet.

Über ihnen ertönt der Schrei des Schneefalken.

30. Kapitel

Der Schnee war verschwunden. Nur auf den Berggipfeln gab es noch vereinzelte weiße Flecken, dort, wo er das ganze Jahr über nicht schmolz. Es war Ende Mai, und die Sonne beschien das Haus, in dem Michael aufgewachsen war. Susan schaute zum Fluß und ließ ihren Blick dann über den tiefblauen Himmel wandern. Es würde ein heißer Sommer werden.

Durch die Bäume hörte sie Männerstimmen gutgelaunt fluchen, während sie Susans Möbel in den Lastwagen luden. Am vergangenen Tag hatten sie gepackt und würden wahrscheinlich heute nachmittag mit dem Einladen fertig werden. Dann würden sie und Jamie, mit Bob auf dem Rücksitz ihres Fords, diesen Ort verlassen. Ein letztes Mal würden sie den kleinen Weg entlangfahren, auf die Landstraße abbiegen und zwanzig Minuten später auf den Highway in Richtung Süden gelangen. Das war's. Little River Bend würde hinter ihnen liegen.

Sie hörte ein Geräusch, wandte sich zum Haus um und sah Jamie um die Ecke kommen.

»Hallo, ich dachte mir doch, daß du hier bist.«

Er lächelte sie an und strich sich eine Haarsträhne aus den

Augen. »Ich habe nur etwas im Holzschuppen gesucht«, sagte er.

»Cully?«

»Nein, ich weiß doch, daß sie nicht mehr da ist.« Jamie schaute zu den Bergen hinüber und zuckte mit den Schultern. »Na ja, vielleicht doch.«

Susan ging zur Verandatreppe, setzte sich auf eine Stufe und klopfte auf den freien Platz neben sich. »Komm zu mir.«

Er setzte sich und stellte beide Füße fest ins Gras. Sie widerstand dem Impuls, ihm übers Haar zu streichen. Das konnte er nicht ausstehen. Sie unterdrückte ein Lächeln. Wie schnell sie sich doch daran gewöhnt hatte, wieder seine Stimme zu hören. Die Ängste, die ihr zu schaffen gemacht hatten – daß sie ihn nicht wiedererkennen oder er mit einer völlig fremden Stimme sprechen würde –, hatten ihren Ursprung darin gehabt, daß sie fürchtete, einen Teil von ihm verloren zu haben, den sie niemals wiederfinden würde. Aber das hatte sich nicht bewahrheitet. Seit er wieder sprach, kam es ihr so vor, als hätte die Zeit dazwischen gar nicht existiert. Sie hatte ihren alten Jamie wieder.

Es hatte eine Weile gedauert, bis er anfing, über David zu sprechen. Ungefähr drei oder vier Wochen nach dem Tag in den Bergen, als er Cully freigelassen hatte, fuhren sie zum Friedhof. Auf dem Weg dorthin sagte sie zu ihm: »Wenn du nicht willst, mußt du nicht mitkommen.«

Mit seinen großen, braunen Augen schaute er sie ernst an und antwortete mit fester Stimme: »Ich komme mit.«

Eine ganze Weile standen sie schweigend nebeneinander an Davids Grab. Erst später, nach dem Abendessen, sagte Jamie zu ihr: »Wenn wir wegziehen, können wir nicht mehr zu Daddy auf den Friedhof gehen, oder?«

»Nicht so oft«, antwortete sie. »Aber ab und zu können wir schon herkommen.«

Er dachte darüber nach. »Und wir können uns immer an ihn erinnern, stimmt's? Ich meine, wir haben ja Fotos und so?«

Sie nickte. »Natürlich werden wir ihn in Erinnerung behalten. Er bleibt immer dein Vater, Jamie.«

Sie fragte ihn, ob er die Fotoalben sehen wolle, und nachdem sie sie geholt hatte, saßen sie zusammen am Tisch und schauten die Bilder an. Jamie hörte zu, wie sie über jedes Foto erzählte, wann und wo es aufgenommen worden war. Die Bilder von seinem Vater sah Jamie sich besonders lange an, als wollte er sie ganz tief in sich aufnehmen.

Ehe er an jenem Abend nach oben ging, sagte er zu Susan: »Ich dachte, ich hätte ihn vergessen, aber das stimmt nicht.« Dann lächelte er ein wenig, und sie nahm ihn mit Tränen in den Augen in den Arm.

Danach erklärte er sich einverstanden, wieder zu Doktor Carey zu gehen. Solange sie noch in Little River waren, hatte er einmal in der Woche eine Sitzung, und während der zweiten Stunde begann er darüber zu sprechen, was an dem Tag geschehen war, als David starb.

Sie hatten sich an einen Hirsch angeschlichen, Jamie hatte neben seinem Vater im Unterholz gehockt und versucht, durch die Bäume zu spähen. Der Hirsch hatte die Gefahr gewittert, sich nervös umgesehen, dann aber den Kopf gesenkt und weitergeäst.

David signalisierte Jamie, daß sie versuchen sollten, näher heranzukommen. Er senkte das Gewehr und stand auf, um sich vorsichtig anzupirschen. Jamie wollte ihm folgen, aber seine Jacke blieb an einem jungen Baum hängen, und als er sich losmachte, schnellte der biegsame Stamm mit einem lauten Zischen zurück. Überrascht drehte David sich um, stolperte über eine Wurzel, und da löste sich ein Schuß. Das war die ganze Geschichte. Ein Unfall wegen einer kleinen Unachtsamkeit.

David lag auf dem Waldboden und verlor schnell viel Blut, war aber bei Bewußtsein. Jamie wollte loslaufen, um Hilfe zu holen, doch David versuchte, ihn davon abzuhalten, vielleicht weil er ahnte, daß er sterben würde. Jamie war so verstört, so schockiert über das viele Blut und das leichenblasse Gesicht seines Vaters, daß er sich aus Davids schwachem Griff befreite und durch das Dickicht davonstolperte. Panisch rannte er den Weg zurück, den sie gekommen waren, doch irgendwann verlor er die Orientierung. Schluchzend kehrte er um. Als er zu David zurückkam, hatte der bereits das Bewußtsein verloren. Jamie legte sich neben ihn auf den feuchten Waldboden und hielt ihn fest, bis man die beiden Stunden später fand.

»Ich glaube, das ist der Grund, warum du dich schuldig fühlst«, sagte Doktor Carey. »Du hast das Gefühl, deinen Vater beim Sterben allein gelassen zu haben. Als du fortgelaufen bist, war er noch wach und hat mit dir gesprochen, doch als du zurückkamst, war er bewußtlos.«

Am Abend nach der Sitzung fragte Susan Jamie, ob Doktor Careys Vermutung stimmte. Er dachte lange darüber nach, dann füllten sich seine Augen mit Tränen, und er fing bitterlich an zu weinen. Sie nahm ihn fest in den Arm und versicherte ihm wieder und wieder, alles werde gut.

»Ich hab' ihn allein gelassen«, schluchzte er in einem fort.

Langsam wird es besser, dachte Susan, als sie zusammen auf den Stufen der Veranda saßen. Inzwischen konnten sie darüber reden, ohne daß Jamie die Fassung verlor, aber sie sah in seinen Augen, daß er sich selbst noch nicht ganz vergeben hatte, und sie wußte, das konnte noch lange dauern.

Am anderen Ende der Lichtung schnüffelte Bob schwanzwedelnd an einem verrotteten Baumstamm herum. Sein Fell glänzte rötlich im Sonnenschein. Susan stellte sich Michael vor, wie er in der Kälte auf der Lichtung stand und Cully vom Verandageländer zu sich auf die Faust rief, so wie sie es auf den Bildern gesehen hatte, die Jamie immer wieder zeichnete.

»Wir müssen gehen«, sagte sie schließlich und erhob sich.

Auch Jamie stand auf und sah sich ein letztes Mal um. Das Haus war verkauft, und die neuen Besitzer sollten in einem Monat einziehen.

»Wo sie wohl jetzt ist«, sagte Jamie. »Cully, meine ich. Glaubst du, daß es ihr gutgeht?«

»Bestimmt«, erwiderte Susan.

Sie rief Bob, und zusammen gingen sie durch den Wald zurück zu ihrem Haus.

Kurz bevor sie losfahren wollten, kam Coop. Er stieg aus seinem Wagen und sah zu, wie die Männer die letzten großen Möbelstücke verstauten.

»Hallo«, sagte Susan.

»Hallo. Ich wollte mich von euch verabschieden.« Er sah Jamie mit einer Schachtel aus dem Haus kommen und hob grüßend die Hand. »Hallo, Jamie, wie geht's?«

»Hallo, Coop«, antwortete Jamie. »Darf ich mein Flugzeug im Auto mitnehmen, Mom?«

»Wir haben keinen Platz dafür, Jamie«, sagte sie, und er fügte sich achselzuckend.

Jamie benahm sich Coop gegenüber jetzt wie ein ganz normaler Junge, und Susan konnte sich einfach nicht daran gewöhnen. Sie sah ihm nach, wie er zurück ins Haus ging, dann drehte sie sich wieder zu Coop um und strich sich die Haare aus der Stirn.

»Alles soweit fertig?« fragte Coop.

»Sozusagen.«

Sie wußten beide nicht so recht, was sie sagen sollten, und standen eine Weile verlegen da. Susan bedauerte nicht, daß sie ihn nicht mehr sehen würde, denn jedesmal, wenn sie ihm begegnete, mußte sie an jenen Tag in den Bergen denken. Die Art, wie er mit seinem Gewehr gezielt hatte, das lange Zögern, ehe er endlich schoß, hatten sich in ihr Gedächtnis eingebrannt. Vielleicht waren es nur ein oder zwei Sekunden gewesen, aber ihr war es vorgekommen wie eine Ewigkeit.

»Ellis ist letzte Woche aus dem Krankenhaus entlassen worden«, sagte Coop.

»Ich habe es gehört. Was geschieht jetzt mit ihm?«

»Kann ich noch nicht sagen.« Coop wich ihrem Blick aus.

»Susan ...«, begann er dann.

Sie schüttelte den Kopf. »Nicht, Coop.«

Er verstummte. Sie hatte ihn einmal gefragt, warum er so lange gezögert hatte, Ellis aufzuhalten, und die Antwort hatte sie in seinen Augen gelesen. Seitdem hatte sie das Thema gemieden, und sie wollte auch jetzt nicht darüber sprechen.

»Ich glaube, ich gehe dann besser«, sagte er. »Ich wünsche dir alles Gute.«

Sie nickte. »Danke.«

Sie sah ihm nach, während er zu seinem Wagen ging. Bevor er einstieg, schaute er sich kurz nach ihr um und hob die Hand, dann fuhr er weg.

Sie übernachteten in einem Motel, und nachdem Jamie eingeschlafen war, saß Susan noch lange vor dem Fernseher. Schließlich griff sie nach dem Telefon, wählte eine Nummer und wartete. Jemand hob ab, und sie bat darum, verbunden zu werden.

»Hallo?«

»Michael? Ich bin's, Susan.«

»Hallo«, sagte er. »Ich habe auf deinen Anruf gewartet.«

Sie lächelte. »Du fehlst mir.«

»Du fehlst mir auch.«

»Wie ist es in Boston?«

»Ach, laß es mich erzählen, wenn wir uns sehen.«

Susan und Jamie holten Michael am Flughafen in Vancouver ab. Sie fuhren in das Hotel, in dem sie untergekommen waren, und aßen zusammen zu Abend.

»Wie fühlst du dich?« fragte Susan Michael, als Jamie im Bett war.

Michael massierte sich den Nacken. Immer noch hatte er Schmerzen, wenn er länger als ein paar Minuten in derselben Position saß. Doch auch das würde irgendwann aufhören, wenn er regelmäßig seine Übungen machte, hatte die Krankengymnastin ihm in Aussicht gestellt.

»Gut«, sagte er. »Wie ist es gestern gelaufen?«

»Wir sind einfach weggefahren. Coop kam kurz vorher vorbei.«

»Hat er noch irgendwas gesagt?«

»Nichts Besonderes. Ellis ist aus dem Krankenhaus entlassen worden.«

»Ich habe mich entschlossen, keine Anzeige zu erstatten«, sagte Michael.

»Das habe ich mir schon gedacht.« Nach einer kurzen Pause stellte Susan die Frage, die ihr am meisten am Herzen lag. »Wie ist es dir denn nun in Boston ergangen?«

Michael nahm an, er wäre wahrscheinlich früher oder später selbst auf die Idee gekommen, aber so war es Susan gewesen, die ihn dazu brachte, nach Boston zu fahren, bevor sie in den Staat Washington zogen, wo sie in Zukunft gemeinsam leben wollten. Während er im Krankenhaus war, hatte sie ihn täglich besucht, und sie hatten viel Zeit gehabt, miteinander zu reden. Viel mehr konnte er ohnehin nicht tun, solange er eingegipst und im Streckverband bewegungsunfähig im Bett lag, damit die vielen Knochenbrüche, die er bei seinem Sturz davongetragen hatte, heilen konnten. Er erzählte ihr alles. Jede Kleinigkeit aus seiner Kindheit, an die er sich erinnerte, und wie er sich gefühlt hatte, als er von zu Hause wegging und Louise kennenlernte. Er ließ nichts aus und beschönigte nichts von dem, was geschehen war, als er anfing, die Kontrolle über sich zu verlieren.

Er gab sogar zu, daß er nicht wußte, was er an jenem Tag hatte tun wollen, als er in seine Wohnung zurückkam, nachdem er auf den Mann geschossen hatte, der sich mit seiner Frau traf.

»Vielleicht wollte ich sie erschießen. Vielleicht wollte ich sogar Holly erschießen«, sagte er. Er hatte das Bedürfnis, daß Susan erfuhr, was passiert war, daß sie wußte, wozu er damals fähig gewesen war.

»Aber du hast es nicht getan«, erwiderte sie. »Du hast es nicht getan.«

Nachdem er ihr alles erzählt hatte, bestand sie darauf, daß er nach Boston fuhr. Es sei das letzte, was er tun müsse, ehe sie zusammen ein neues Leben anfangen könnten, und er wußte, daß sie recht hatte.

Ellis hatte ihn am Ende nicht getroffen, obwohl er es vielleicht versucht hatte. Später hatte man anhand der Einschläge in der Felswand herausgefunden, daß er über ein Dutzend Schüsse abgefeuert hatte. Die Verletzungen an der Wirbelsäule und an beiden Beinen hatte Michael sich beim Aufprall auf den Boden zugezogen. Zu dem Zeitpunkt hatte Ellis bereits eine Kugel im Rücken, die ihn beinahe das Leben gekostet hätte, aber das wußte Michael da noch nicht.

Er trat ans Fenster des Hotelzimmers und ließ seinen Blick über die hell erleuchtete Stadt schweifen.

»Ich habe Louise getroffen. Sie war nicht überrascht, von mir zu hören«, sagte er. »Ich hätte mir denken können, daß sie von meiner Entlassung erfahren hatte. Sie wollte wissen, ob ich vorher schon mal angerufen hatte.«

»Und, hattest du?«

»Einmal«, sagte er. »Von Clancys Kneipe aus. Aber ich habe gleich wieder aufgelegt. Sie meinte, sie hätte gespürt, daß ich es war, aber sie war in dem Moment zu verblüfft, um zu reagieren.«

»Wie war es denn nun, als du sie gesehen hast?« fragte Susan.

Er entdeckte einen Hauch von Unsicherheit in ihrer Stimme, was nicht überraschend war, wenn man bedenkt, daß sie über seine Ex-Frau sprachen, eine Frau, die er einmal so sehr geliebt hatte, daß er versuchte, einen Mann zu töten, von dem er glaubte, er wolle sie ihm wegnehmen.

»Es war, wie wenn man sich mit einem alten Freund trifft. Mit jemandem, den man lange nicht gesehen hat. Ich glaube, am Anfang war sie ein bißchen nervös, aber das ging vorbei. Bei mir war es genauso. Ich hatte angenommen, sie würde mich hassen, doch sie hat mir versichert, das habe sie nie getan. Sie sagte, ich hätte ihr nur angst gemacht.«

Michael berichtete Susan ganz ausführlich von dem Treffen in einem Bostoner Café. Er erzählte ihr jedoch nicht, daß Louise immer noch eine gewisse Anziehung auf ihn ausübte. Es hatte nichts zu bedeuten, davon war er überzeugt, es lag einfach daran, daß er sie einmal geliebt hatte und sich, bei aller Trauer, an die guten Zeiten erinnerte, die sie zusammen erlebt hatten.

Louise hatte Fotos von Holly mitgebracht, und auf einigen war ein Mann zu sehen, der Arzt, den sie geheiratet hatte. Es waren Schnappschüsse von einer ganz normalen Familie. Was ihn überraschte, waren die beiden anderen Kinder, zwei Jungen.

»Das sind Matt und Campbell«, erklärte Louise.

Er nickte und betrachtete ein Gruppenfoto, auf dem alle in die Kamera lächelten. Ihr Mann machte einen sympathischen Eindruck.

»Alan«, sagte Louise. »Er behandelt Holly wie sein eigenes Kind.«

Holly. Sie sah genauso aus, wie er sie sich vorgestellt hatte. Langes, dunkelblondes Haar und tiefblaue Augen. Ein hübsches, glücklich wirkendes Kind. Sie hatte Ähnlichkeit mit Louise, aber am meisten sah er sich selbst in ihr.

»Sie sieht dir sehr ähnlich«, sage Louise, als könnte sie seine Gedanken lesen. »Manchmal verhält sie sich auch wie du.«

Eine Weile konnte er nichts sagen, versuchte, seine Gefühle in den Griff zu bekommen. Louise legte über den Tisch hinweg behutsam ihre Hand auf seine.

»Sie ist glücklich, Michael.«

Später machten sie einen Spaziergang im Park, und sie erzählte ihm, daß Holly Schauspielunterricht nahm. Anscheinend hatte sie Talent und war fest entschlossen, ein Filmstar zu werden. Sie war eine gute Schülerin, besaß einen kleinen Hund, und eine Zeitlang war sie geritten, hatte jedoch nach einer Weile die Lust daran verloren. Er erfuhr unzählige Kleinigkeiten aus Hollys Leben, ihre Vorlieben, was sie nicht mochte, und er saugte jedes Detail begierig in sich auf.

Die ganze Zeit über wollte Michael Louise die Frage stellen, die ihm am meisten auf der Seele brannte, und auf einmal blieb sie stehen und sah ihn an.

»Sie weiß von dir, Michael. Sie weiß, daß du ihr Vater bist, sie weiß alles. Sie erinnert sich natürlich an nichts, aber ich habe ihr auch nichts verheimlicht. Sie weiß sogar, daß du hier bist.«

In diesem Augenblick mußte er sich abwenden. Ein überwältigendes Gefühl von Dankbarkeit gegenüber Louise durchströmte ihn, und er war nicht in der Lage, etwas zu sagen.

Anschließend fuhr sie mit ihm zur Schule, um Holly abzuholen. Er wartete auf dem Bürgersteig, Louise blieb im Auto sitzen. Als Holly herauskam, erkannte er sie sofort. Am Tor verabschiedete sie sich von ihren Freundinnen, die ebenfalls abgeholt wurden. Dann sah Holly sich nach ihrer Mutter um. Ihr Blick streifte ihn, gleich darauf entdeckte sie Louise im Wagen, lächelte ihr zu und schaute stirnrunzelnd wieder zu ihm. Und als er zu ihr hinüberging, sich vor sie hinhockte, um ihr zu sagen, wer er war, schlang sie völlig unerwartet die Arme um seinen Hals.

»Daddy«, sagte sie.

Michael verstummte. Susan strich ihm das Haar aus der Stirn, beugte sich zu ihm hinüber und küßte ihn. Seine Augen schimmerten feucht. Gott, wie ich dich liebe, dachte sie, und als könnte er ihre Gedanken lesen, nahm er ihre Hand und legte sie an seine Lippen.

»Ich liebe dich.«

Sie erhob sich, ohne ihre Hand zurückzuziehen. »Du siehst müde aus, laß uns ins Bett gehen.«

Am Morgen beluden sie den Ford und frühstückten im Hotel. Sie überquerten die Staatsgrenze nach Washington und fuhren auf eine Stadt zu, die eineinhalb Stunden nördlich von Seattle lag. Sie hatten sie auf der Landkarte herausgepickt, weil sie ihnen gerade groß genug erschien, nicht so riesig wie Seattle, das an der Luftverschmutzung geradezu erstickte. Wenn sie einmal dort waren, wollten sie entscheiden, was sie als nächstes tun würden.

Während Susan an der Rezeption das Zimmer bezahlte, warf sie einen Blick auf den Parkplatz und sah Michael und Jamie, die am Auto lehnten. Sie wirkten nicht wie Vater und Sohn, dazu waren sie zu unterschiedlich, aber Michael hatte den Arm um Jamies Schultern gelegt, und beide grinsten. Bob lief schwanzwedelnd um das Auto herum, und sein Fell glänzte in der Sonne.

Die Frau hinter dem Tresen gab ihr den Kreditkartenbeleg und folgte ihrem Blick. »Fahren Sie in Urlaub?«

Susan schüttelte den Kopf. »Nein, wir ziehen um.«

Die Frau lächelte. »Ein neues Leben.«

Susan erwiderte das Lächeln. »So könnte man sagen.«

»Dann wünsche ich Ihnen viel Glück.«

»Danke«, sagte Susan.

Ein neues Leben, dachte sie, immer noch lächelnd. So war es. Sie ging zum Wagen, stellte sich auf die Zehenspitzen und küßte Michael, und als er sie fragend ansah, sagte sie: »Ich erkläre es dir später.«

Hoch oben im Norden ist das Land von glitzerndem Schnee und Eis bedeckt. Ein Falkenweibchen schwingt sich in die Luft, steigt immer höher empor. Ein frischer Wind streift ihr Gefieder. Sie kreist über dem Felsen, auf dem sie sich zuvor ausgeruht hat. Es ist ein Hauch von Steifheit in ihrem Flügel, die sie beim Fliegen aber nicht behindert. Sie spürt den Luftstrom und beobachtet das Gelände.

Ihr Gefährte betrachtet sie mit schiefgelegtem Kopf. Dann schwingt auch er sich auf, gesellt sich zu ihr. Gemeinsam ziehen sie ihre Kreise, und ihre Rufe schallen durch die Luft.

Hoch oben über dem Schnee.